Trois jours en juin

Steven Gambier

Trois jours en juin

Libre Expression

Données de catalogage avant publication (Canada)

Gambier, Stevens

Trois jours en juin

ISBN 2-89111-805-7

I. Titre.

PS8563.A574T76 1998   C843'.54   C98-941326-8
PS9563.A574T76 1998
PQ3919.2.G35T76 1998

Maquette de la couverture
FRANCE LAFOND
Infographie et mise en pages
SYLVAIN BOUCHER

Libre Expression remercie le gouvernement canadien
(Programme d'aide au développement de l'industrie de l'édition),
le Conseil des Arts du Canada et la Société de développement
des entreprises culturelles du soutien accordé à
ses activités d'édition dans le cadre de leurs programmes
de subventions globales aux éditeurs.

Éditions Libre Expression
2016, rue Saint-Hubert
Montréal (Québec) H2L 3Z5

Dépôt légal :
4ᵉ trimestre 1998

ISBN 2-89111-805-7

Imprimé au Canada

« … un pays dont on ne considère pas qu'il mérite
d'être défendu
ne mérite pas d'exister. »

David COLLENETTE,
ministre de la Défense du Canada,
Livre blanc 1994.

AVERTISSEMENT

Ce roman est une œuvre de fiction, et toute ressemblance avec des personnes connues ou ayant existé ne serait que le fruit du hasard. Il n'était pas dans l'intention de l'auteur de décrire des situations vécues ni de présumer d'événements pouvant se réaliser dans l'avenir. Quelques passages de ce livre sont inspirés du volume de Bruce Catton, *The Coming Fury*, publié chez Doubleday en 1961.

TABLE

PREMIÈRE PARTIE

LAMES DE FOND

Le vent se lève

Le lundi 21 juin, 21 h 15,
dans la ville de Halifax, Nouvelle-Écosse

Le numéro 3244 de la rue Jubilee était une charmante résidence de style Nouvelle-Angleterre qui seyait parfaitement à ce quartier riche de Halifax. Elle semblait avoir poussé tout naturellement en ce lieu tranquille, au milieu du cul-de-sac qui descendait dans l'ombre d'une ancienne futaie avant d'aller buter contre l'eau bleue du North West Arm. De la maison, il suffisait de quelques pas pour se rendre à ce court bras de mer encaissé, et s'embarquer sur son voilier pour faire une balade jusqu'aux portes de l'océan. Au retour, on était assuré de retrouver sa demeure endormie sous ses beaux grands arbres, entourée de bosquets fleuris, confortable, indolente, et semblant se moquer, autant que ses voisines, des humeurs de l'Atlantique Nord. Et on aurait pu croire que la vie derrière ces murs d'un blanc tout neuf et garnis de volets verts impeccables se déroulerait toujours sans histoire, à l'abri des tempêtes.

Ce soir-là, une grande voiture sombre vint se garer du côté opposé de la rue. Le chauffeur laissa le moteur tourner et braqua les yeux dans le rétroviseur. Il n'avait nullement l'habitude de ce genre de travail et s'efforçait de ne rien laisser paraître de sa nervosité. Les deux hommes assis à l'arrière observèrent la maison un long moment, puis l'un d'eux hocha la tête. Aussitôt le chauffeur, d'un geste qu'il trouva lui-même trop brusque, poussa l'épaule du jeune marin assis à ses côtés. Ce dernier se précipita pour ouvrir la portière arrière, et le walkie-talkie qu'il tenait à la main gauche faillit lui échapper quand il percuta la vitre.

Au moment de poser le pied dehors, l'officier de marine crut que sa casquette allait s'envoler et dut la plaquer vivement sur son crâne. Levant les yeux vers les branches qui se froissaient bruyamment dans la pénombre, il se dit que, si le vent prenait vraiment, la pluie ne tarderait pas à ruisseler le long des troncs des grands ormes. Rabattant de l'autre main les pans de son long manteau, il contourna la voiture, entraînant le marin à sa suite au milieu de la chaussée. Au trottoir, l'officier s'arrêta pour faire un signe en direction d'une autre voiture noire, garée dans la pénombre plus haut dans la rue. Ses phares s'éteignirent.

Les deux hommes s'engagèrent vers la maison sur une étroite allée faite de carrés de ciment inégaux et que l'âge avait scellés avec de petits coussins de mousse sombre. De part et d'autre, les bordures d'hortensias oscillaient sous les bourrasques comme la toile d'un décor, balayant le sol de leurs branches basses. L'officier sauta l'unique marche du perron et se mit à chercher la sonnerie électrique. À défaut d'en trouver une, il agrippa une tête de lion en laiton fixée au centre de la porte et la heurta vivement contre son butoir. C'est alors seulement qu'il trouva le petit bouton de la sonnerie, engoncé dans un creux de la moulure de bois peint qui ornait le chambranle. Il allait l'écraser du doigt lorsque la porte de la résidence s'entrouvrit. Vivement, l'officier retira sa casquette pour la loger furtivement au creux de son bras gauche. Une femme jeune, et qu'il trouva immédiatement très séduisante, le dévisageait en souriant poliment.

– Madame Larsen?

– Oui, c'est moi.

– Pourrais-je parler au professeur Larsen, s'il vous plaît?

Justine Larsen eut un moment d'hésitation devant ce visiteur importun qui parlait l'anglais avec un accent très britannique, mais son allure irréprochable la mit en confiance. Elle jeta un bref coup d'œil au garçon qui se tenait en retrait, et fit un pas en arrière.

– Donnez-vous la peine d'entrer, messieurs.

L'intérieur de la maison sentait le pot-pourri à l'anglaise, dont l'odeur se mariait agréablement au parfum citronné de Justine Larsen. Dans l'entrée plutôt vaste, au-dessus d'un secrétaire de style italien, un grand miroir montra à l'officier le profil de Justine dans une lumière dorée qui l'avantageait. Il vit ses longs cheveux noirs frôler un chandelier en bronze finement ciselé à la rococo quand elle se tourna pour répondre à une voix qui, dans la pièce à côté, s'informait, en français.

– Qui est-ce, Justine?

– Des gens pour toi, répondit-elle dans la même langue, esquissant un parfait sourire de circonstance quand elle se retourna vers les deux inconnus.

L'officier évita son regard. Il y avait plus de chaleur dans les tableaux accrochés aux murs du hall et qu'il apercevait par-dessus l'épaule de Justine. Un dessin de chevaux au pas de course au milieu de dunes de sable parsemées de foin de mer. Une aquarelle où des moutons semblaient transis près d'une clôture blanche décrépite dans un paysage d'aubépines et de brouillard. Juste en dessous, une chaise Louis XV recouverte d'un riche tissu à larges fleurs offrait un contraste frappant. L'officier en était à l'examen du bel escalier de bois quand parut l'homme qu'on lui avait décrit. Il était grand et de forte carrure, effectivement d'apparence suédoise, ou plutôt norvégienne, crut se rappeler l'officier.

Bjorn Larsen fronça les sourcils et fixa le visiteur de ses yeux bleus perçants par-dessus des verres de lecture en demi-lunes.

– À qui ai-je l'honneur?

– Lieutenant Lonsdale, annonça l'officier en tendant la main. Je suis désolé de vous déranger à votre domicile à une heure pareille, professeur, mais j'ai à vous parler d'urgence.

Malgré l'incongruité de cette visite nocturne, Bjorn Larsen ne parut pas du tout alarmé et répondit calmement :

– Je vous écoute !

– Le capitaine de l'*Hudson* m'envoie, monsieur. Il semble que nous ayons perdu le contact avec quelques sondes à canaux multiples. Je suis chargé de vous demander si vous recevez toujours vos propres signaux.

– Je les captais clairement hier soir.

Larsen consulta sa montre.

– Et je me proposais de vérifier de nouveau vers vingt et une heures trente, comme d'habitude.

Bjorn Larsen jeta un regard étonné à son épouse en haussant légèrement les épaules, comme il le faisait souvent devant un problème.

– Eh bien, ce projet ne nous aura donné que des maux de tête ! Passons dans mon bureau, monsieur Lonsdale, voulez-vous ? Nous aurons vite la réponse à votre question. Par ici, je vous prie.

Larsen emmena le visiteur dans une pièce sur la gauche, abandonnant dans le vestibule le marin, qui devint soudain visiblement mal à l'aise de se retrouver dans un espace réduit avec une femme aussi belle.

Le professeur Larsen se rendit à un renfoncement du mur de gauche, entre deux bibliothèques. Des poissons virtuels y évoluaient sur deux écrans d'ordinateur, imitant à la perfection des occupants d'un véritable aquarium. Sur des tablettes au-dessus des consoles, deux séries identiques d'appareils électroniques étaient rangées. Larsen appuya sur la barre d'espacement de chacun des claviers, et les poissons firent place à des cartes marines représentant deux secteurs de l'océan Atlantique au large de la Nouvelle-Écosse. Le professeur entra une série d'instructions sur le premier clavier, puis les répéta sur le second. Rien ne se produisit sur l'écran de gauche, tandis qu'une série de petits cercles rouges se mirent à clignoter sur l'autre. Larsen répéta les instructions sur le premier clavier, et attendit. En vain. Il effaça la carte marine de cet écran et en fit paraître une autre qui couvrait le large de la côte ouest de Terre-Neuve, dans le golfe du Saint-Laurent. Cette fois, le professeur n'eut aucune peine à faire apparaître des cercles rouges lumineux qui se mirent à clignoter doucement.

Larsen ramena la première carte. Toujours rien. Il vérifia rapidement les branchements des appareils électroniques et le câble de l'antenne installée au sommet d'une petite tour métallique sur le gazon à côté de la maison. Après quelques secondes, il se releva en se frottant l'arrière du crâne.

– Je crains que vous n'ayez raison. La première série semble morte. Les autres, par contre, sont bien vivantes.

Larsen avait parlé tout bas, mais il réalisa en se retournant que le lieutenant n'était plus à ses côtés. Lonsdale était à la porte, qu'il venait de refermer discrètement. Il revint vers Larsen, approcha une chaise et se mit à parler à voix basse.

Lorsque, plusieurs minutes plus tard, les deux hommes sortirent en silence du bureau, le marin était toujours collé dans le vestibule, un verre d'eau à la main. Il le déposa maladroitement, à peine entamé, sur le secrétaire, reprit le walkie-talkie qu'il y avait posé, et ouvrit la porte extérieure en s'écartant devant son supérieur. Justine trouva aux trois hommes un air de connivence qui la rebuta, et elle retourna sans conviction le salut que lui fit l'officier en sortant. Elle ne regarda pas son visage cette fois, mais s'attarda sur le rabat du veston qui pointait sous le manteau entrouvert. Il s'y trouvait une petite broche dorée qui brillait encore dans l'esprit de Justine après que l'homme fut sorti.

Justine se tourna vers son mari qui refermait la porte et elle laissa paraître sa curiosité maintenant qu'ils étaient seuls.

– Bjorn? Que se passe-t-il?

– Ma pauvre Justine, nous avons un pépin. Un gros pépin. Une urgence, ma chérie. Je dois faire ma valise et partir en vitesse. Ils m'attendent dans la voiture.

Son épouse le regardait de ces grands yeux noirs brillants qui le figeaient à coup sûr s'il la regardait bien en face lorsqu'il se sentait fautif de l'abandonner. Il insista pour se donner meilleure contenance.

– Tu te souviens de cette mission océanographique que nous avons faite il y a quelques mois près de l'île au Sable? Nous avions immergé de nouveaux instruments pour enregistrer les courants sous-marins, la température de l'eau et une foule de données sur le plancton. Il s'est passé quelque chose. Des ancrages ont lâché, ou il y a eu des bris, je ne sais pas au juste. Nous ne recevons plus certains des signaux émis par les appareils et transmis jusqu'ici par satellite. Il faut aller vérifier les sondes qui sont encore mouillées en profondeur à leur position originale, et essayer de récupérer les autres. Tu imagines les millions de dollars qui risquent d'être engloutis à jamais! Sans compter toutes ces semaines de travail perdues...

Bjorn attendit un quelconque signe d'approbation ou de sympathie, mais Justine restait de glace.

– Je suis vraiment désolé, Justine, mais l'équipage m'attend. L'*Hudson* appareille dans quelques minutes et je dois y aller immédiatement. Je me sens vraiment mal de t'abandonner comme ça, encore une fois... Mais ne t'inquiète pas, je serai de retour dans trois jours, quatre au maximum.

– Dans ce cas, pars au plus vite, puisque tu n'as pas le choix, Bjorn.

Justine parlait calmement, trop calmement, et c'était une façon de montrer à quel point ce départ imprévu la contrariait.

– Et à ton retour, mon chéri, je serai ici pour t'accueillir, à moins que… je ne sois pas encore revenue !

Elle attendit que son mari réagisse, qu'il s'inquiète à son tour, mais, au fond, elle savait que c'était inutile. Comme d'habitude, Bjorn était tout à sa propre histoire, et ne montrait pas le moindre intérêt pour ses projets à elle.

– Je t'en ai parlé, Bjorn, et tu avais pensé venir avec moi. Je vais au Cap-Breton mercredi. Pas exactement sur l'île, en fait, mais juste en face, sur le détroit de Canso, au fond de la baie de Chedabucto. Il y a quelque temps que j'essaie de vendre à CNN ce reportage sur le petit béluga de Guysborough.

– Un reportage sur quoi ?

– Tu as déjà oublié ! Un béluga, une petite baleine blanche. Un gros dauphin, quoi !

– Ah oui !

Il s'en souvenait, bien sûr, et cherchait maladroitement à se rattraper.

– Tu t'y connais en baleines, maintenant ?

– Pas vraiment, mais c'est un sujet comme un autre. On en a beaucoup parlé aux informations. Il est là depuis des années, seul dans cette baie, à des centaines de kilomètres de ses semblables. Perdu, quoi. Et il nage avec les gens. C'est mignon, et j'ai convaincu CNN de m'y envoyer.

Bjorn se taisait, et Justine le dévisagea, avant d'ajouter :

– Et je pars mercredi. Alors, quand tu reviendras, je ne serai peut-être pas à la maison, moi non plus !

Bjorn esquissa un sourire, passa dans le hall et se dirigea vers l'escalier. Justine le regarda monter au pas de course comme un adolescent venant d'être accepté dans l'équipe de hockey de son collège, et sentit monter la tendresse qu'elle avait encore pour lui. Quand il eut disparu à l'étage, elle entra dans le salon, où, mieux qu'ailleurs dans la maison, elle sentait la présence de chacun des objets chers dont elle avait peuplé leur intérieur. Elle s'avança dans la pénombre en s'assurant de la présence de chacun des meubles, comme un capitaine vérifie les bouées dans un chenal de navigation. Elle alla à la fenêtre et écarta le rideau.

Il pleuvait légèrement. Le crachin typique de Halifax. Si la pluie continuait, ce serait tintin le lendemain matin pour le tennis au club Waegwoltic avec Élisabeth. Sur le trottoir en bordure du parterre, l'officier et le marin attendaient sous la pluie. Une automobile était garée de l'autre côté. Justine la trouva très laide et ressentit du dédain pour les hommes assis à l'intérieur, dont elle ne discernait que les vagues profils à travers les vitres embuées. Les essuie-glaces battaient trop vite pour la pluie fine qui tombait, et la fumée du tuyau d'échappement s'effilochait en s'enfuyant sur les sautes du vent. Justine y vit une image de sa propre vie qui s'agitait et se perdait sans que personne y prêtât la moindre attention.

Bjorn venait de passer en coup de vent dans le hall, où il avait laissé choir un gros fourre-tout bien bourré. Justine l'entendit ensuite descendre et fourrager bruyamment au sous-sol, d'où elle savait qu'il remonterait avec ses bottes et son blouson de cuir fourré. Elle laissa tomber le rideau et se rendit dans le bureau de Bjorn, de l'autre côté du hall, pour y prendre un objet. À peine était-elle revenue que son mari était déjà à l'entrée du salon, ébouriffé et trépidant, son attirail de marin à la main, souhaitant qu'elle lui enjoigne gentiment de se sauver. Justine s'approcha pour l'embrasser.

– Sois prudent. Avec ce vent, et la pluie qui tombe, la mer sera dure.

Bjorn sourit en l'étreignant, s'attendant qu'elle lui dise de bien regarder avant de traverser la rue.

– Tu fais attention en voiture aussi ; les gens vont si vite.

– Justine, ce n'est pas moi qui conduis !

Il s'apprêtait à profiter de cette boutade pour sortir sur une note gaie quand elle le retint encore, lui montrant l'objet qu'elle avait à la main. Un petit étui en cuir entrouvert sur un cadran enchâssé sous un verre épais.

– Bjorn, tu l'oubliais !

– Ah oui ! Où avais-je la tête ?

– Tu ne pars jamais en mer sans elle.

Bjorn prit l'étui avec la boussole dans son boîtier de laiton ancien, un souvenir de famille qui avait fait plus d'une fois le tour du monde. Il le mit dans une poche du blouson, sourit gauchement et sortit.

Justine se renfrogna. Le regard de Bjorn avait ce même petit air faux qui lui faisait mal lorsqu'il la trompait, quelques années auparavant. Quand il sortait ainsi le soir, soi-disant pour aller travailler au Centre de recherche de la marine. Justine n'avait jamais questionné Bjorn, et lui-même n'en avait jamais parlé. Mais elle le savait aussi sûrement que si elle les avait vus ensemble. Bjorn voyait Évelyne, une collègue journaliste et une amie à elle par surcroît… Évelyne. Étrangement, Justine n'en avait pas voulu à son amie. C'était Bjorn le responsable. Mais elle les avait quand même perdus tous les deux. L'amour et l'amitié envolés du même coup de vent.

De la fenêtre du salon, Justine vit Bjorn traverser la rue rapidement et donner son sac au marin, qui venait d'ouvrir le coffre. Elle perdit son mari de vue lorsqu'il monta du côté opposé pour s'installer sur la banquette arrière. L'officier le suivit, et le jeune marin s'engouffra à son tour à l'avant. Justine ne voyait plus que les mêmes profils flous que précédemment, et c'est à ce moment qu'elle trouva étrange qu'il eût fallu quatre hommes pour venir chercher son mari pour une banale opération de sauvetage. La voiture s'éloigna aussitôt en montant la rue Jubilee, comme emportée par le vent froid qui venait de la mer. Justine frissonna et laissa retomber le rideau, sans avoir vu l'autre voiture faire demi-tour pour suivre la première à distance.

Justine retourna dans le bureau et alluma. Elle promena son regard sur le papier peint à rayures estompées bleu et gris qu'elle avait choisi pour son caractère masculin. Ici et là, un petit meuble présentait des objets et des souvenirs que Bjorn affectionnait. Il en rapportait sans cesse de nouveaux, mais c'était toujours Justine qui choisissait la place que chacun devait occuper. Sur les murs, dans l'ordre parfait qu'elle avait décrété, s'agençaient des bibliothèques en bois sombre et des cadres portant des cartes et des scènes maritimes. Il y avait plusieurs gravures anciennes remémorant les grandes expéditions lancées à la découverte de l'Arctique et de l'Antarctique, et dont Bjorn connaissait toutes les péripéties. Bien en évidence se trouvait une photo de Roald Amundsen, le célèbre explorateur norvégien qui avait successivement vaincu le pôle Sud et découvert le passage du Nord-Ouest, au début du siècle. Le vieux marin en anorak, avec son regard triste de commis de village, se tenait bien droit dans son petit cadre sur le mur. Il était coincé entre un rayon et une reproduction vieillie d'un petit caboteur au nom officiellement morne de *RCM Police St. Roch*. Un grand-oncle de Bjorn, le sergent Henry Larsen, en était capitaine lorsqu'il fut le premier à franchir le passage du Nord-Ouest d'ouest en est, en 1942.

Justine se rendit à une petite commode sur laquelle reposait le modèle réduit d'un petit destroyer datant de la Deuxième Guerre mondiale. La coque portait une dédicace, «À Bjorn, de ses copains», entourée d'un graffiti de signatures que le temps érodait lentement. Juste derrière, sur le mur, éclatant sous le soleil comme la mer tout autour, un grand navire blanc avec une cheminée jaune voguait dans un cadre d'acajou. Il avait l'aspect à la fois d'un paquebot et d'un cargo, et une inscription gravée dans une plaque de cuivre l'identifiait comme le navire océanographique canadien *CSS Hudson*. Justine y jeta un coup d'œil, puis ouvrit et referma les tiroirs de la commode l'un après l'autre. Elle trouva enfin dans le dernier, enterré sous des petites boîtes de diapositives, l'album de photos qu'elle cherchait.

Elle le feuilleta attentivement, posant son regard ici et là, pour s'arrêter enfin sur une page qu'elle approcha de son visage. La pénombre ne lui permettant pas de bien voir, elle se rendit derrière le bureau de Bjorn et écarta quelques dossiers pour y déposer l'album sous la lampe de travail. Elle l'alluma, prit une loupe dans un tiroir et l'ajusta au-dessus d'une photographie. On y voyait quelques hommes en uniforme sur un quai devant la coque d'un navire blanc dont seulement les trois premières lettres du nom étaient visibles dans le cadrage. Sous la photo, Bjorn avait écrit : «Officiers de l'*Hudson*, Valparaiso, 14 avril 1970.» «Il était encore un jeune étudiant», se dit Justine. Elle déplaça la loupe vers le cliché suivant, qui représentait une portion de la même scène en plan très rapproché. Elle scruta les personnages figés, la plupart en uniforme, inspectant le col de la chemise et les pans du veston. Elle ne vit nulle part la broche qu'elle avait remarquée tout à l'heure au col de l'officier qui était venu chercher son mari.

Justine éteignit la lampe et s'assit sur la chaise. Ce lieutenant Lonsdale n'était pas un officier de l'*Hudson*. Il appartenait à la marine de guerre, et il avait surgi du passé de Bjorn. De l'époque des tromperies avec Évelyne et des projets ultrasecrets dont on ne savait jamais rien et qu'il fallait quand même taire. Justine balaya du regard cette pièce qui était un condensé du monde de Bjorn Larsen, l'océanographe réputé qui enseignait maintenant à l'université Dalhousie.

Bjorn Larsen avait commencé sa carrière comme élève officier dans la Marine royale du Canada, où il obtint un doctorat en physique. Larsen était brillant et un leader-né. Il avait lu, un jour, une phrase dont il avait fait sa devise et qui aurait bien pu être celle de son compatriote Amundsen en route vers le pôle Sud sur son traîneau : «Pour celui qui n'est pas le chien de tête, le paysage ne change jamais». Larsen avait mené sa vie en conséquence, passant des bases de la marine sur la côte ouest à celles de la côte est, faisant de longs séjours à l'étranger, et voguant d'un intérêt à un autre, toujours fasciné par ce qu'il ne connaissait pas et qui lui semblait intéressant. Au fil des ans, d'abord comme assistant, puis comme chef d'équipe, il avait participé comme partenaire canadien à divers projets dans les centres de recherche de la Marine des États-Unis. Tous ces dossiers avaient été classés «*Secret*» ou «*Top Secret*», cotes qu'ils portaient toujours.

Justine avait toujours admiré Bjorn. Dès leur première rencontre, elle avait été fascinée par son intelligence et sa détermination, par ce qu'il avait accompli et qui lui avait mérité le respect des gens autour de lui. Bjorn était de quinze ans son aîné, ce qui la rassurait, et il l'avait si bien éblouie par sa vivacité qu'elle se persuada qu'elle l'aimait éperdument. Ils se ressemblaient à bien des égards, en particulier dans leur rapidité à prendre des décisions, et ils se marièrent rapidement. Le fait que Bjorn était alors dans la marine ne plaisait pas à Justine, qui n'aimait pas les militaires, mais c'était là quelque chose qu'elle entendait changer chez lui, en même temps que bien d'autres petits traits qu'elle trouvait démodés ou déplaisants par leur côté un peu enfantin. Après quelque temps, Bjorn, qui ne craignait jamais de changer de paysage, avait cédé à Justine et quitté les forces armées, apparemment sans aucun regret. Il joignit l'Institut océanographique de Bedford, une vénérable institution du gouvernment fédéral qui méritait encore à l'époque sa réputation mondiale d'excellence. Son grand édifice et sa jetée sur la baie en face de Halifax étaient les points de repère les mieux connus de la région. Dans ce grand complexe doté de laboratoires, de navires de recherche et des équipements les plus modernes, les travaux du docteur Larsen sur les systèmes de positionnement et de navigation sous-marine lui avaient permis d'acquérir une renommée internationale. Et lorsque le gouvernement, obsédé par sa dette publique, sabra dans les budgets de l'Institut, le docteur Larsen n'eut aucune difficulté à se trouver un poste à l'université.

Justine alla replacer l'album dans son tiroir. Elle aimait cette pièce, le caractère ésotérique qui s'en dégageait. Tous ces livres et ces objets lui paraissaient venus d'un autre monde, un monde tout à fait étranger aux préoccupations ordinaires des citadins qu'elle côtoyait tous les jours. Ici, elle pouvait explorer les profondeurs de la mer, le continent perdu de l'Antarctique, le pôle Nord gisant sous la banquise à la dérive, tout autant que les sommets des plus hautes montagnes. Et ce monde était celui de Bjorn, cet homme de lumière que Justine avait été si fière d'épouser. D'un seul coup, elle avait jeté à la rue son passé sans éclat, pour s'unir à Bjorn, à qui elle avait tout donné et tout pris, même son nom. Quelle délivrance ce fut de devenir Justine Larsen et de ne plus porter le nom de Justine Côté, ce patronyme québécois dont la banalité l'avait toujours désolée. Encore maintenant, elle préférait Larsen, malgré les assurances de Bjorn que ce patronyme était on ne peut plus courant en Scandinavie.

Justine referma la porte du bureau derrière elle et éteignit tout le rez-de-chaussée. De retour dans le hall, au pied de l'escalier, elle hésita au moment de monter à sa chambre. Elle ressentit en cet instant, comme toujours quand elle s'y retrouvait seule, la sensation que sa demeure se faisait plus grande. Cette maison était la réalisation d'un rêve, le refuge où enfin Bjorn et elle s'étaient établis après des années d'errance. Mais, ce soir, on aurait dit que les murs fuyaient inexorablement, comme s'ils cherchaient à lui échapper. Et elle sentit la crainte l'envahir, la peur de perdre toutes ces choses et ces souvenirs qui peuplaient sa maison, témoins de sa vie et de son histoire. Sur le mur au pied des marches, les tableaux se mirent à dériver, comme des barques qui chassent sur leur ancre, et Justine vit les moutons de l'île aux Phoques et les petits chevaux sauvages de l'île au Sable se faire emporter sur l'océan soudain déchaîné. Elle imagina sa maison renversée par la tempête, et elle-même s'y accrochant comme à une coque renversée, attendant que le vent se calme et que la dérive la porte au rivage. Et Bjorn au réveil ne serait pas sur la plage avec elle.

Où ces hommes avaient-ils emmené son mari ce soir? Elle ne cessait de se poser la question, mais, au fond, ce n'était pas cela qui l'angoissait. Elle savait bien que ce qui l'avait tellement contrariée, ce n'était pas que Bjorn la laissât encore seule comme cela lui arrivait si souvent, mais qu'il soit parti avec ces gens ingrats surgis de sa mémoire comme des épaves englouties depuis longtemps et qui refont surface. Justine hésitait encore avant de monter, attendant que les murs se rapprochent inexorablement après s'être éloignés, que le ressac qui avait laissé entrevoir l'avenir ramène le passé. Elle attendait anxieusement ce retour de la vague, sachant trop bien qu'il y a des souvenirs qui sont plus inquiétants qu'un futur incertain.

Cela faisait déjà quelque temps qu'elle avait compris que la mer étincelante et les sommets enneigés n'étaient pas pour elle. Bjorn pouvait se nourrir de ces morceaux de pays exotiques qu'il avait visités ou pas, vivre de ses idées, de ses projets et théories vérifiées ou non, mais dont la pure beauté lui servait d'oxygène. Justine longtemps s'était acharnée à suivre et à apprivoiser ce chevalier intrépide, cet homme si gentil qu'elle adulait mais qui ne prêtait pas la moindre attention aux petites joies et aux petits maux des existences banales comme la sienne. Le jour où elle avait compris cela, sa vie était devenue un exercice d'équilibriste, un plan de survie, le surplace d'une nageuse qui cherche à toucher un rivage simplement pour se reposer, y vivre une existence terrestre avec un homme enraciné dans les choses du quotidien.

Et elle sut que le courant, ce soir encore, la portait vers ce récif au détour des marches, où elle avait touché autrefois. Il était là, à mi-chemin vers l'étage, sur le palier où l'escalier semblable aux chemins de la vie prenait une autre direction. Chaque fois qu'elle était seule, Justine reprenait conscience que c'était là que son passé l'attendait. Sur le mur où était accrochée cette photo que

Bjorn affectionnait et devant laquelle elle passait chaque jour en l'ignorant volontairement. Elle éteignit le plafonnier et gravit les marches une à une. Elle s'arrêta devant la photo, attendant que ses yeux s'habituent à l'obscurité et que les formes qui naissaient lentement dans un vert phosphorescent se précisent.

Justine se tenait devant un simple agrandissement en noir et blanc d'une photographie où trois amis se tenaient bras dessus, bras dessous. Elle se souvenait très bien que c'était le jour de la Saint-Jean, le 24 juin sur les remparts de Québec, quelques années auparavant. Bjorn, au centre, regardait l'appareil-photo en souriant, rayonnant comme celui qui reste toujours maître de sa vie et de celles des membres de son équipage. Justine se tenait à gauche, la tête inclinée sur l'épaule de son époux, l'air anxieuse et plutôt mal à l'aise. Et, à la droite de Bjorn, il y avait Robert, avec son visage serein d'aristocrate rompu, mais dont les yeux trahissaient une chaleur et une fragilité que Justine connaissait bien. Robert tournait la tête légèrement vers les deux autres, sans qu'on puisse vraiment dire s'il regardait son meilleur ami ou sa femme. Il y avait longtemps que Justine n'avait vu Robert, et elle le trouva toujours aussi attirant. Elle ajusta machinalement le cadre de la photo, puis se hâta de monter à l'étage.

Sur le palier, la photo était demeurée tout aussi inclinée, mais dans une autre direction. Sous cet angle, il ne faisait aucun doute que c'était Justine que Robert regardait, et on aurait dit que sa main aussi allait vers elle. De plus près, on voyait qu'il tenait entre ses doigts un drapeau miniature qu'il secouait comme un enfant regardant un défilé. Justine et Bjorn en avaient un également, qu'ils agitaient de gauche à droite. C'étaient de tout petits fanions qu'ils avaient achetés dans une boutique de souvenirs de la rue Saint-Louis le jour même. Les bannières étaient un peu floues, mais on pouvait quand même distinguer leurs couleurs. C'étaient les drapeaux du Canada, du Québec et des États-Unis. Tous trois d'Amérique.

Dans son lit en haut des marches, Justine trouva vite le sommeil. Elle ignorait que le temps était venu et que la vie, la vraie, avait commencé à réduire en lambeaux le décor dans lequel elle vivotait depuis quelques années.

Un départ à l'anglaise

Le lundi 21 juin, 22 h,
dans le port de Halifax

L'automobile sortit des ténèbres sous le viaduc et s'arrêta presque aussitôt. La petite rue était bloquée par une barrière. La lumière des phares éclairait une guérite sur la gauche, ainsi qu'une grande enseigne à droite, fixée à la clôture avec des bouts de fil de fer. En la voyant, Bjorn Larsen ressentit un flottement sous les côtes, là où se trouve le cœur. Il aurait pu lire cette affiche les yeux fermés. Presque chaque jour pendant des années, il avait traversé cette grille. Et il se rappelait de la vie de l'autre côté comme on a souvenir de la maison de son enfance. Un lieu où se vivent les joies les plus intenses autant que les peines les plus profondes.

Un agent de la police militaire s'approcha. Bjorn aurait juré qu'il reconnaissait même cet homme. Le chauffeur baissa la vitre et tendit un document. Une rafale s'engouffra dans l'habitacle et le pare-brise se couvrit de petits cercles flous. Les lettres de l'enseigne se fondirent dans le mur du bâtiment de l'autre côté de la clôture. «ARSENAL CSM HALIFAX, Ministère de la Défense nationale». Rien d'autre. Pas de barbelés, pas de soldats en armes. Et pourtant cette immense enceinte au cœur du port abritait le grand commandement maritime, le COMAR. Bjorn frissonna en songeant à ce que sa vie aurait pu devenir. Tout comme cet ami qui le faisait venir ici ce soir, Larsen n'aurait eu qu'à suivre une ligne toute tracée pour monter très haut. Il avait plus d'ancienneté et plus de talent que son ami John Harley, et il aurait été promu encore plus vite que lui. Jusqu'au sommet peut-être, et son autorité s'étendrait aujourd'hui à toutes les forces navales du Canada, d'un océan à l'autre. Le vice-amiral qui régnait ici pouvait lever des milliers d'hommes, des escadrons d'hélicoptères, une flottille de petits navires et de sous-marins, ainsi que dix-huit frégates et destroyers, dont chacun avait une puissance de feu suffisante pour détruire le centre-ville de Halifax en quelques minutes.

Dehors, le militaire n'en finissait plus d'examiner les papiers des occupants de la voiture. Il les apporta à la guérite, où son collègue entreprit un contrôle téléphonique. Larsen se tortilla. Depuis qu'ils avaient quitté la maison, il était resté coincé au centre de la banquette entre un Lonsdale muet et un marin qui avait à peine respiré. Ils lui avaient fait autant de place que deux menhirs. Bjorn enfonça les pieds dans la moquette, tendit les bras et rejeta la tête et les épaules contre l'arête du dossier. La lunette arrière était coupée en deux par la grande masse noire du pont suspendu qui passait très haut pour franchir la baie d'un seul bond. Les grosses pierres à la base du pilier étaient striées de petits serpentins qui luisaient comme des traces de vers. Un nuage s'était accroché dans la superstructure loin là-haut et la pluie dégoulinait jusqu'à la rue. Bjorn se souvint de la dernière fois qu'il était venu ici. Il était tard. Il n'était pas entré dans la base ce soir-là. Prétextant un travail urgent à terminer au bureau, il avait fait le détour pour se donner l'illusion qu'il n'avait pas menti à Justine. Lorsqu'il était arrivé en vue de la barrière, Évelyne l'attendait comme prévu dans la caverne sous le pont. Il pleuvait, la jeune femme n'avait pas de parapluie et elle était trempée. En la voyant, Bjorn avait eu la vision d'une loutre sortie de l'eau et en quête d'un terrier abandonné. C'était sordide, autant que le marécage dans lequel leur relation s'était embourbée.

Bjorn Larsen avait cru ne jamais devoir revenir. Ce soir, il avait suivi Lonsdale parce que John le lui avait demandé. John, qui lui avait fait une faveur un an auparavant en obtenant l'autorisation de jumeler ses propres appareils de mesures océanographiques à des sondes sous-marines appartenant à la marine de guerre. Le ministère de la Défense assumait tous les coûts, et donnait un accès gratuit à certains canaux d'un satellite militaire géo-stationnaire. Jamais l'université n'aurait pu payer pour un pareil projet de recherche. Ce soir, Larsen avait suivi Lonsdale pour s'acquitter d'une obligation, et cela le contrariait. D'autant plus que dans la voiture, en cours de route, le lieutenant lui avait appris que l'*Hudson* ne les avait pas attendus. Le gros navire était parti le premier, puisqu'il était aussi lent qu'une baleine franche. Celui qui attendait Bjorn était rapide comme un dauphin. Mais aussi inconfortable par grosse mer qu'un tonneau de bois.

Bjorn replia les jambes et courba l'échine en se laissant caler dans le siège, comme un chien qui se met en boule quand il sent que la tempête va s'abattre sur lui. Ce n'était pas que Bjorn Larsen craignît la mer et le mauvais temps. Au contraire. Il adorait les départs de nuit et, de surcroît, par temps dur. Son grand-père était né dans un village de Norvège où les maisons s'accrochaient au nez d'un fjord comme des balanes cimentées au rocher à la laisse de haute mer. Depuis des générations, les Larsen aimaient aller se faire malmener au large, puis revenir goûter à la douceur du foyer. Ce n'était pas par hasard que Bjorn avait choisi de jeter l'ancre dans cette ville des provinces maritimes lovée au bord d'une des mers les plus rageuses de la planète. Lorsque le vent soufflait depuis l'Europe ou l'Afrique, l'océan lançait d'énormes vagues sur la côte de granite morcelée en milliers d'écueils et d'îlots de roc où même un Larsen n'aurait jamais abordé volontairement. En revenant du large, Bjorn aimait chercher dans cette frange d'écume l'échancrure qui pénétrait dans les terres jusqu'à un étroit passage où les derniers ressacs se faisaient déchiqueter. La ville soudain paraissait calme et chaude comme un cocon qui sentait le bois de pin de Point Pleasant à l'embouchure du North West Arm, où se trouvait sa maison.

Bjorn consulta sa montre. Le délai pour entrer dans la base ce soir lui paraissait démesurément long. Moins de cinq minutes s'étaient écoulées, mais elles lui avaient semblé une vie. Un vieux réflexe lui revint et il s'adressa à Lonsdale comme s'il avait été son supérieur.

– Allez donc voir ce qui se passe, lieutenant !

Au moment où l'officier allait poser le pied sur la chaussée, une forte lumière pénétra par la portière ouverte. Une autre voiture arrivait derrière. Bjorn lança.

– Il y a foule ce soir !

Lonsdale ne répondit pas et, au lieu de sortir, il referma la portière : la sentinelle venait de lui faire signe de passer. « Eh bien, les autres attendront leur tour», ajouta Bjorn pour lui-même. Mais, à son grand étonnement, les phares suivirent immédiatement sous la barrière. «Cette voiture est avec nous…, songea Larsen, et depuis la maison!» Cette pensée ne le détendit pas.

Le convoi se faufila parmi des douzaines de hangars et d'ateliers avant de déboucher sur l'eau devant des destroyers amarrés bord à bord. Larsen reconnut parmi eux celui qu'il avait commandé autrefois. Une activité intense régnait aux alentours, ainsi que partout sur les quais, et le chauffeur dut faire un détour pour éviter un encombrement, avant de déboucher enfin sur un petit bassin aménagé entre deux jetées. Dans un grand V ouvert sur la baie, deux navires étaient amarrés le nez au large. La voiture se dirigea vers celui de droite, dont la proue déjà libre était orientée à bâbord. De sa place sur la banquette, Bjorn n'apercevait que le flanc gris pâle d'une coque étroite qui luisait sous la pluie dans la lumière des projecteurs.

L'automobile s'arrêta au pied de la passerelle qui descendait depuis la poupe. Un peu plus loin, des marins se tenaient aux bollards, prêts à détacher le dernier câble d'amarrage qui retenait encore le navire. Bjorn descendit et s'approcha du rebord. Deux autres câbles pendaient mollement comme les boyaux d'une baleine éventrée pendant qu'on les hissait à bord. Sous le ventre de la coque, la peau noire de l'eau mijotait doucement et des volutes striées de bulles venaient buter contre les caissons en chuintant. Les puissantes hélices avaient commencé de gruger la mer, et Bjorn en ressentait les sourdes vibrations jusque dans les talons. Là-haut sur le navire, l'agitation était presque démente. Des marins couraient dans tous les sens, sous les yeux du sous-officier chargé de la manœuvre. La dunette, qui aurait dû être occupée uniquement par les supports pour canons mitrailleurs et les coffres contenant les radeaux de sauvetage, se trouvait encombrée de caisses qu'on s'affairait fébrilement à emporter dans les cales.

Le navire ne portait pas de nom comme les bâtiments civils, mais seulement un numéro peint en caractères noirs de la taille d'un homme. Le 332. Un abri rectangulaire occupait tout le centre des appontements, entourant comme en une sorte de hangar l'endroit où normalement les cheminées s'élanceraient. Larsen reconnut ce dispositif. Il s'agissait d'un camouflage pour masquer la chaleur des gaz d'échappement, afin de dérouter d'éventuels missiles pourvus de détecteurs d'infrarouge. Cette caractéristique identifiait le navire comme une frégate de patrouille de la classe Halifax. Bjorn savait qu'outre son numéro chacune portait le nom d'une ville du pays. Celle que commandait son ami John Harley jusqu'à ses récentes promotions était identifiée à la métropole du Canada. Bjorn s'approcha de Lonsdale :

– La voilà donc, cette *Toronto* !

Mais le lieutenant le corrigea :

– Non monsieur. Celle-ci est la *Ville-de-Québec*.

Bjorn baissa les bras. Allait-on, en plus, l'embarquer sur un autre navire que celui de John ? Il s'informa.

– Qui la commande ?

– Le commodore Harley.

Bjorn hésita. Il était étrange que John ait choisi de reprendre du commandement sur un navire qu'il ne connaissait pas. De plus, toute cette hâte ne lui disait rien qui vaille. L'*Hudson* ne serait pas sur le site, au large, avant des heures ! Et il y avait un troisième élément qui clochait. Ces nombreuses caisses qu'on embarquait ne cadraient pas du tout avec une croisière de deux ou trois jours. Larsen se dit qu'il était encore temps de reculer et de rentrer à la maison. Il se retourna. La voiture qui les avait suivis était venue se garer silencieusement devant l'autre. Des marins et un sous-officier en étaient sortis et s'étaient approchés à quelques mètres de Larsen. Ils se tenaient au repos, mais, pendant un court instant, Bjorn eut l'impression qu'ils formaient une sorte de cordon. Un barrage humain dont la seule issue menait à la frégate.

Lonsdale lui sourit et l'invita à s'engager à sa suite sur la passerelle. À l'autre bout, le marin qui portait son sac se frayait déjà un chemin sur le pont au milieu du fouillis. D'un coup, Bjorn trouva ses soupçons plutôt ridicules et se décida à les rejoindre. De toute façon, il n'y avait qu'une seule manière d'en avoir le cœur net. Monter là-haut et s'informer auprès du capitaine ! Au moment de quitter le quai, instinctivement, Larsen s'arrêta pour retourner leur salut aux deux hommes qui se tenaient de chaque côté de la passerelle, puis il s'élança au pas de course. Il ne montait jamais sur un navire autrement. L'embarquement était un plongeon dans un paysage nouveau et sans limites. Rien ne lui plaisait davantage qu'un séjour en mer. Il s'y trouvait comme dans une navette spatiale dont le programme ne pouvait être modifié une fois qu'elle était lancée. Le navire était une retraite, et Bjorn s'y sentait comme un ours en hibernation. Rien ne l'excitait autant que le moment de partir. Il se retrouvait dans le même état que lorsque, petit garçon, il arrivait au camp d'été avec son baluchon pour commencer un mois d'aventures.

Le sol ploya sous son pas et Larsen se mit à osciller comme un équilibriste sur un câble. À mi-chemin, il entendit un crépitement électronique et vit l'officier de pont coller un walkie-talkie sur sa joue en jetant un regard vers l'avant du navire. Là-bas, sur son perchoir attenant à la timonerie, Harley piaffait. Il avait suivi le moindre mouvement à la poupe, et refusait d'attendre un instant de plus. L'officier répéta sèchement l'ordre reçu et fit un signe aux marins qui se trouvaient sur le quai. Poussant et tirant, ils ramenèrent la passerelle à eux, et Bjorn la vit filer sous ses jambes au moment où il sautait sur le pont.

Le marin avait disparu. Lonsdale était un peu plus haut sur la droite, dans la lumière des projecteurs. En deux bonds, Bjorn fut sur une grande surface plane entièrement dénudée qui couvrait tout l'espace d'un bord à l'autre. Un héliport. Sur les côtés, la rambarde faisait place à un filet de corde à grosses mailles carrées qui servait à attraper les objets projetés par le remous des pales. Ou les marins qui perdaient pied en bossant par grosse mer. Larsen ne fit qu'un pas avant de s'arrêter pile en entendant Lonsdale lui crier, en montrant le pont à ses pieds :

– Attention, monsieur Larsen, de ne pas buter là-dessus !

Le lieutenant était debout sur une grille légèrement surélevée faite de pièces métalliques semblables à des rails.

– Ils servent à arrimer l'hélicoptère lorsqu'il n'est pas dans son hangar. On préfère qu'il ne s'envole pas tout seul…

Les deux hommes se dirigèrent vers le hangar, dont la porte était ouverte sur la grosse forme ronde de l'appareil. Le vent en s'y engouffrant faisait vibrer les pales, qui pendaient vers le sol comme les pétales d'une fleur en train de se faner. Sur la gauche, une écoutille ouverte dessinait un rectangle noir dans la paroi d'acier grise. Larsen l'atteignit à l'instant où un long sifflement aigu se fit entendre à la poupe. Sur la dunette, le maître d'équipage soufflait à pleine bouche dans un petit sifflet métallique en forme de pipe biscornue. Larsen esquissa un sourire. Tout relevait d'un rituel immuable, même cet antique signal hérité de la marine britannique, et qui signifiait que le dernier câble avait été hissé à bord et que le navire quittait le port. Larsen prit une longue bouffée d'air et pénétra dans la coursive au moment où la frégate glissait doucement hors de sa couche en fuyant légèrement sur tribord. Elle sortit aussitôt de la zone éclairée par les faisceaux des projecteurs terrestres et s'évanouit dans le crachin.

Larsen déboucha à l'air libre sur le pont supérieur du côté bâbord. Une bourrasque siffla dans l'enchevêtrement des tourelles portant les radars pour la navigation. Dans un bruit de caverne, Lonsdale reverrouilla la lourde porte étanche et passa devant.

– Suivez-moi. Nous arriverons plus vite par l'extérieur, avec tout le va-et-vient dans les couloirs !

Bjorn le suivit sur le sol antidérapant et tourna à droite pour grimper dans une échelle. En haut, un virage à cent quatre-vingts degrés le mena sur une autre échelle qui longeait obliquement la paroi. N'étant jamais monté sur ce type de navire, Larsen notait chaque détail. C'était une seconde nature chez lui. Il passa la main sur le mur. Sur toute la coque et la quasi-totalité de la superstructure, la tôle était bosselée comme celle d'une automobile accidentée. Les concepteurs avaient tout fait pour réduire autant que possible l'efficacité des radars ennemis. Bjorn regarda aux alentours. Il ne vit pas la moindre ouverture qui puisse ressembler, même vaguement, à un hublot. Le navire était un empilement de blocs d'acier, hérissés de senseurs fixés par des cornières sur les parois, tels des oiseaux de proie perchés sur des saillies. Des boîtes, des sphères, des tubes, des grilles, et une sorte de baril tronqué sur une hampe fixée à la paroi. Sur la gauche, deux très longues tiges plantées obliquement oscillaient doucement comme des bambous défoliés à flanc de montagne.

Bjorn sentit une main toucher son épaule. Lonsdale était redescendu, et lui parla de près pour couvrir le bruit du vent :

– Le capitaine nous attend dans la timonerie !

Le lieutenant gravit une marche, puis se ravisa et cria, en montrant les bambous et les coupoles que Bjorn n'avait pas quittés des yeux :

– Antennes VHF et ultrasons.

Bjorn acquiesça et regarda le sol. Sous ses pieds, à l'intérieur de ces cubes d'acier, un équipage se terrait, docile engrenage d'une machine bien huilée, opérant des boutons et des manettes, vivant comme des terrassiers dans des alvéoles où la lumière du jour ne pénétrait jamais. Les grilles leur procuraient un air filtré arrivant par de longs tuyaux, comme les trachées apportent l'oxygène au corps d'un insecte. Lonsdale pointa le doigt vers le baril et lança :

– Communications par satellite. Venez !

En tournant le dernier angle, Bjorn vit deux carrés de lumière qui se reflétaient sur la paroi mouillée. Les fenêtres de la timonerie ! Même en arrivant ainsi par l'arrière, on devinait la forme trapue du poste de commande en hémicycle percé de fenêtres panoramiques. En comparaison du reste, cette partie du navire dégageait l'atmosphère chaleureuse d'une petite maison sur la mer. De la passerelle, on entendait l'eau se faire couper en deux par l'étrave effilée comme la pince d'un canot, on voyait les milliers de points lumineux des villes jumelles sur les deux rives, et les feux de navigation de George's Island, et là-bas, vers l'horizon, le rayon du phare sur l'île inhabitée de McNab. De vrais repères de marin. Sur un pareil vaisseau, travailler à la timonerie devait être un privilège. Ici seulement pouvait-on être encore un humain, à sentir la mer comme les navigateurs autrefois.

À l'intérieur, la chaleur était bonne, mais le silence lourd et la lumière tamisée, presque nulle, donnaient une sensation de gêne, l'impression d'être entré à l'improviste dans un salon où le maître de la maison écoute sa musique préférée. Et ici, il n'y avait pas le moindre doute sur l'identité du maître. Il était debout en plein centre de la pièce, les mains derrière le dos, la tête haute, le regard figé vers la proue. Le commodore John Harley. C'était à sa demande expresse que Bjorn était venu ce soir. Harley avait été un ami très proche, avec lequel Bjorn avait étudié et bourlingué pendant des années. Ils se voyaient moins depuis que Bjorn avait quitté la marine. Sans se retourner, Harley s'adressa à Larsen :

– Bienvenue à bord, Bjorn ! Merci d'être là ! Et merci de me l'avoir emmené, monsieur Lonsdale.

Le capitaine avait parlé avec bonhomie. Dès qu'il avait senti l'air du large, son impatience s'était entièrement évaporée.

Son attitude acheva de rassurer Bjorn, qui lui tendit la main.

– John! Heureux de te voir.

Sans mot dire, et le regard toujours droit devant, Harley empoigna la main de Larsen, qui poursuivait en s'étonnant :

– Mais, John, veux-tu me dire ce que tu fais sur cette frégate? Qu'est-il arrivé à ton ancien bâtiment?

Au lieu de répondre, Harley entraîna Bjorn à l'écart. Le capitaine marchait de côté comme un crabe, pour mieux garder l'œil sur l'avant. Harley ne se contentait pas d'être présent au poste de commande pour entrer ou sortir d'un port; il dirigeait toujours la manœuvre lui-même, allant parfois jusqu'à prendre la barre. Parvenu au fond de la pièce, il donna un ordre bref :

– Dix sur tribord!

Le timonier répéta à haute voix :

– Tribord dix, monsieur.

Le navire obéit instantanément, et le marin confirma la correction :

– Midships.

Harley se tourna vers Larsen un bref instant et lui parla sans le regarder :

– Il n'y a rien qui n'aille pas avec ma vieille baignoire, mon vieux. Simplement question de changer un peu. Celle-ci est identique à la *Toronto*, mais on me dit qu'elle est un peu plus rapide.

Il fit la moue.

– Par contre, paraît-il qu'elle ne se comporte pas aussi bien dans toutes les conditions.

Les lèvres du capitaine s'étirèrent en un petit sourire entendu.

– Je crois que c'est dû au fait qu'elles ne viennent pas toutes deux du même chantier : la *Toronto* a été construite à Saint-Jean, Nouveau-Brunswick, et la *Québec*, à Lauzon.

Harley fit une pause avant d'ajouter, avec une pointe d'ironie :

– Dans la Belle Province. On m'a dit qu'elle piquait un peu de la proue et projetait un énorme rouleau dans les virages serrés. C'est ce que nous verrons, mon vieux! Mais si c'est là vraiment tout ce qu'elle a de travers, ça devrait aller.

– John! l'interrompit Bjorn, tu veux bien t'arrêter un peu?

Bjorn n'aimait pas la tournure que prenait la conversation. John évitait son regard, ce qui n'était pas du tout son habitude. Il lui cachait quelque chose.

– Veux-tu me dire au juste pourquoi tu es si pressé d'aller faire brasser ta carcasse au large cette nuit?

Harley le coupa en lui faisant un signe de la main :

– Mon vieux, plus tôt on y sera, plus vite on saura! Pour le moment…

Harley s'interrompit pour lancer une autre commande :

– Quinze sur bâbord!

Puis il revint à Bjorn, sans attendre la réponse du timonier.

– Écoute, je te suis très reconnaissant d'avoir accepté de venir à la dernière minute.

Cette fois, il regarda Larsen droit dans les yeux.

– Vraiment, je t'assure… Mais tu m'excuseras, je préférerais que nous parlions de tout cela plus tard. Je dois sortir le navire d'ici, puis rencontrer les officiers du bord, faire les entrées dans le livre, et envoyer quelques communications.

Il se tourna de nouveau vers l'étrave.

– De plus, Bjorn, comme tu le dis, ce ne sera pas du gâteau en dehors là-bas. Il paraît que ça tape fort, et je veux m'assurer que les timoniers de la *Ville-de-Québec* connaissent leur affaire et qu'on ne risque pas de se faire secouer à s'en briser les os. Je crois que je resterai peut-être un peu plus longtemps en haut ici.

John avait posé la main sur l'épaule de Bjorn.

– Profites-en pour t'installer. Je te rejoins dès que j'aurai terminé et que la bête aura été mise bien d'aplomb sur sa route.

Comme s'il n'y avait pas de réponse à attendre, Harley s'adressa à Lonsdale, resté de glace près de la porte.

– Lieutenant Lonsdale, je vous confie le capitaine… je veux dire le professeur… Larsen. Assurez-vous qu'il obtienne tout ce qu'il désire, Garson, et faites lui faire le tour du propriétaire, pour qu'il se sente un peu plus chez lui.

Puis, se tournant vers son ami, John prit un air très officiel.

– Monsieur Larsen, je suis à vous dès que les conditions le permettront.

Larsen suivit son guide jusqu'à l'accès intérieur du côté bâbord de la cloison arrière. Les deux hommes prirent l'échelle menant au premier pont. Ils baignaient dans une lumière douce et un silence oppressant, parfaitement inattendu en raison de l'allure déjà rapide de la frégate. Larsen ne put s'empêcher de s'étonner de l'absence totale de vibrations engendrées par les machines, et s'en informa au lieutenant, tout en se demandant si ce dernier, qui n'avait pas prononcé plus de trois mots depuis leur échange dans son bureau, daignerait lui répondre. À sa grande surprise, Lonsdale s'arrêta pile sur une marche et se lança dans un long monologue, laissant Larsen pantois…

– Cette frégate de 4 750 tonnes est construite pour la vitesse. Et pour le silence. Elle est équipée de deux systèmes de propulsion. Le moteur de croisière au fuel diesel de 8 800 chevaux est celui qui tourne en ce moment. Il permet une autonomie de 7 100 milles marins…

Bjorn écoutait, bouche bée, étonné d'avoir déclenché une telle réaction. Le lieutenant débitait d'un seul souffle une présentation rodée pour les visites guidées que la marine donnait dans le but de redorer son image auprès du public. Larsen sourit. La routine du temps de paix avait produit comme dérivé aux automatismes du guerrier la livraison de messages publicitaires… Il descendit quelques marches pour rejoindre le lieutenant qui, sans interrompre son boniment, avait déjà posé le pied dans la coursive au pied de l'échelle.

– Ce cheval de course est doté de la plus haute technologie…

Larsen, qui n'avait aucun goût pour les statistiques et les données brutes, n'écoutait pas vraiment, cherchant la moindre excuse pour interrompre Lonsdale. Ce dernier poursuivait, parlant de son navire comme s'il récitait les exploits de son dernier enfant. Dès qu'il y eut un trou, Larsen lui lança :

– Avez-vous des enfants, monsieur Lonsdale ?

L'officier s'arrêta net.

– Je n'ai pas cette chance, monsieur, et je ne suis pas marié. Voyez-vous, je ne pense pas qu'un homme qui passe la moitié de sa vie en mer et l'autre dans une base de la marine puisse s'occuper d'une famille. Certains le font, pas moi. Quelques-uns d'entre nous doivent avoir le cœur et l'esprit entièrement libres afin d'être prêts à parer à toute éventualité. J'ai fait moi-même le choix de consacrer mes énergies et mes moyens à mon unité, à la marine et à mon pays. Peut-être n'est-il pas exclu définitivement que je fonde un foyer un jour, mais, pour le moment, je me considère comme un célibataire… obligé !

«Une réponse de moine!» commenta Larsen pour lui-même, pendant que le silence de l'acier remplissait tout le volume du couloir aveugle où les deux hommes se tenaient. Mais le calme ne dura que quelques secondes, car Lonsdale reprenait, comme s'il se sentait obligé de remplir un vide dès qu'il s'en créait un. Il pointa l'index vers l'échelle qu'ils venaient de descendre.

– La timonerie ne sert qu'en temps de paix. Sinon, tout se fait depuis l'endroit le plus protégé au centre du navire, la salle des opérations. L'officier de garde y dirige tout, sans jamais voir la mer, à l'aide d'ordinateurs reliés entre eux. Des systèmes informatiques de soutien sont répartis à divers endroits sur le navire de sorte qu'il puisse continuer à opérer même quand l'une des sections vitales est touchée.

Larsen profita d'une interruption dans le débit de Lonsdale pour indiquer une porte étanche dans la paroi près du pied de l'échelle, comme s'il s'intéressait soudain à la visite.

– Et qu'y a-t-il derrière cette porte?

– La salle des communications.

Et, avec encore plus de sérieux, Lonsdale enchaîna aussitôt:

– Je vous signale que cette partie du navire ne fait pas partie de la visite. Ce qui s'y trouve est classé secret et ne peut être vu que par les personnes ayant fait l'objet d'une enquête et jugées sûres. Je suis obligé de vous dire, monsieur Larsen, qu'on ne m'a pas encore avisé que vous en étiez, et je ne puis vous y introduire pour le moment.

Larsen ignora la remarque de son guide.

– Lieutenant Lonsdale, vous parlez de ce navire avec beaucoup d'enthousiasme. Vous y naviguez depuis longtemps?

– Ce sera la première fois, monsieur.

Cet aveu prit Bjorn par surprise.

– Je ne comprends pas. Vous semblez pourtant en connaître la moindre caractéristique.

– Monsieur Larsen, je suis un officier de frégate, et je connais bien ce navire même si je n'y suis pas normalement affecté. Toutes les frégates canadiennes sont semblables. Je navigue normalement sur la *Toronto*, celle que commandait autrefois le commodore Harley. Mon affectation sur la *Ville-de-Québec* est temporaire. Elle est essentiellement liée à la présente mission…

Lonsdale s'interrompit brusquement, comme quelqu'un qui en aurait trop dit.

Il était trop tard. Ces quelques mots avaient suffi à confirmer les soupçons de Bjorn. «S'il s'en mord les lèvres, songea-t-il, c'est qu'il a failli cracher le morceau, et que cette mission n'est pas telle qu'il me l'a présentée.» Larsen avait compris qu'il était très peu probable que l'amirauté ait changé le commandement de la frégate simplement pour aller observer l'*Hudson* récupérer quelques sondes. Il savait cependant qu'il était inutile d'interroger le lieutenant, lequel avait d'ailleurs aussitôt enchaîné :

– Je dois cette affectation au fait que je suis parfaitement bilingue. L'équipage régulier de cette frégate est francophone. Le saviez-vous?

Sans attendre une réponse, l'officier ajouta :

– Parlez-vous bien le français, monsieur Larsen?

Bjorn, perdu dans son propre questionnement, se demandait à laquelle des deux interrogations de Lonsdale il devait répondre lorsque ce dernier en posa une troisième :

– Voulez-vous jeter un coup d'œil au reste du navire?

Bjorn s'entendit dire :

– Moi? Bien sûr!

Et il le regretta aussitôt. Sa réponse ne s'adressait pas du tout à la dernière demande de Lonsdale. Déjà l'officier avait retiré un trousseau de clés de sa poche et s'approchait d'une porte étanche percée dans la cloison sur la droite. Il la déverrouilla et l'ouvrit en annonçant :

– La suite du capitaine!

Cette fois, Larsen, visiblement contrarié, se demanda si Lonsdale, qui avait repris son sourire figé de chasseur d'hôtel, le faisait exprès. Tout en essayant de contenir son impatience, Bjorn parla lentement, en insistant sur chaque mot.

– Monsieur Lonsdale, je répondais à votre question précédente, en vous indiquant que je parlais effectivement très bien le français. Quant à la visite, peut-être pourrions-nous la poursuivre à un autre moment?

– Mais, monsieur, j'avais compris, et nous en avons terminé!

Lonsdale n'avait pas même sourcillé.

– La cabine du capitaine Harley sera aussi la vôtre pendant votre séjour! Il n'y a pas de cabine d'invité sur nos frégates, mais comme celle de l'officier commandant a deux couchettes isolées, c'est ici que vous logerez.

Larsen s'excusa en passant devant son guide, enjamba le petit muret au bas de l'ouverture, et inspecta la pièce. Il la trouva tristement banale. Un petit salon modeste, sans luxe, bien que tapissé, et plutôt encombré par un petit canapé et trois fauteuils; des meubles tout neufs, recouverts d'un tissu moiré synthétique, sortis tout droit d'un grand magasin à rayons bon marché. Le dernier capitaine, comme tout fonctionnaire d'un certain âge et de rang élevé, avait fait changer le mobilier. La seule chose évidente était que cet homme n'avait assurément pas plus de goût que son prédécesseur. Des petites tables, quelques tableaux corrects mais sans grande valeur, deux sabres de samouraï posés sur un présentoir. Il se souvint d'avoir vu ces derniers objets chez John. Au fond, une petite armoire de coin avec des trophées, et un rideau entrouvert qui donnait sur une deuxième pièce, encore plus réduite, avec une couchette. Lonsdale mena son visiteur sur la gauche, au-delà des toilettes, où se trouvait un autre coin aménagé pour dormir. Bjorn y trouva son sac fourre-tout, ses bottes et son anorak, déposés en bon ordre sur le lit.

Quand Lonsdale se fut retiré, Larsen s'assit sur le bord de la couchette. Pour la première fois de la soirée, et en dépit du doute qui le tenaillait, il pouvait souffler un peu. Tout dans la cabine autour de lui dénotait le confort moderne d'un navire récent. Pas du tout comme ceux sur lesquels il avait navigué il n'y avait pas si longtemps, quand il était lui-même officier dans les forces régulières. La moquette, les cadres de porte en lambris de bois, et la petite porte vernie donnant sur la salle de bains complète lui parurent luxueux. Il ouvrit la commode et les tiroirs sous la banquette pour y ranger les vêtements de son sac.

Dans la penderie, il trouva deux uniformes d'officier en serge bleu marine. Sur le veston, quatre galons dorés entouraient le bas de chacune des manches : le grade de capitaine, celui-là même de Larsen lorsqu'il avait quitté les forces armées. Bjorn se plaqua un des vestons sur la poitrine en se regardant dans le miroir au revers de la porte de la penderie. L'uniforme était à sa taille. Sur la tablette du haut, il y avait deux casquettes. Il en posa une sur sa tête; elle lui allait parfaitement. Il se surprit à sourire en se disant que son ami John avait tout prévu. Étant toujours officier de réserve et, de surcroît, en ce moment sur un navire de guerre en mission, Larsen avait l'autorisation de porter l'uniforme. Et sans doute John voulait également souligner que son propre grade était maintenant plus élevé que celui de Larsen. Pas comme autrefois. Bjorn replaça la casquette et le veston dans la penderie, qu'il referma. Il n'avait nullement l'intention de les porter. En fait, ces uniformes l'irritaient parce qu'ils confirmaient qu'il s'était bien fait avoir comme un enfant. John savait à coup sûr qu'il viendrait...

D'un coup, il ne se sentit plus du tout à l'aise dans la cabine. L'idée de la partager avec quiconque ne lui plaisait pas, et il se rendit compte que le fait d'y vivre avec Harley, auquel il était pourtant lié depuis des années, le gênait. Larsen réalisait soudain ce qu'il y avait de cavalier dans la façon dont on l'avait envoyé chercher cette nuit. À en juger par toutes ces caisses sur le quai, et maintenant ces uniformes dans la cabine, la mission avait été préparée depuis au moins une douzaine d'heures. Et peut-être beaucoup plus. Bjorn regrettait de plus en plus d'avoir mordu sans poser de questions.

Et maintenant il n'allait pas attendre qu'on le fasse demander de nouveau. La seule chose dont il était encore certain concernait cette première série de sondes électroniques immergées au large. Elles étaient effectivement en panne. Et, avec un navire aussi rapide, on serait sur place dans quelques heures à peine. Bjorn décida de sortir sur les ponts extérieurs, histoire de prendre le vent du large et de poursuivre seul la visite que le lieutenant Lonsdale avait entamée. On ne savait jamais à quel moment on pourrait avoir besoin de connaître à fond la galère sur laquelle on venait de s'embarquer. Et de laquelle on pourrait vouloir se sauver en vitesse. Sans plus attendre, Bjorn chaussa ses bottes, enfila un gros chandail et son blouson, cala sa petite tuque de marin et passa dans le petit salon. Au moment de quitter la cabine, il se ravisa et retourna chercher son anorak.

Un virage de plusieurs degrés venait d'amener la course de la frégate à la perpendiculaire du pont Macdonald, en plein milieu du chenal qui, par-delà le goulet, conduisait droit à l'Atlantique. En ce point, le commandant augmenta d'un cran le régime des machines, et le tablier du pont s'éloigna rapidement, en même temps qu'il parut s'abaisser vers l'eau. En cette fin de soirée du beau milieu de la semaine, les automobiles faisaient encore briller le pavé mouillé de longues traînées blanches et rouges.

Au même instant, Larsen déboucha sur le pont supérieur, à l'angle d'une muraille d'acier, au point le plus haut du navire. Le vent le frappa de plein fouet, et il se retourna instinctivement vers l'arrière en portant la main à son front pour se garer. Son regard porta sur un repère familier sur l'autre rive, loin derrière, au-delà du deuxième pont à la pointe des Narrows. La jetée de l'Institut Bedford n'était pas vraiment visible dans le noir, mais sa position était clairement indiquée par la lueur des lampadaires au soufre. En l'apercevant, Bjorn sentit un point le creuser au sommet de l'estomac. La forme blafarde du navire océanographique *Hudson* était bien visible contre le quai, tous feux éteints. Le vieux navire n'était pas du tout devant la frégate, en train de se battre contre la houle. Il était demeuré profondément endormi à son mouillage. Le pincement glissa du ventre vers la poitrine, et Bjorn tâta machinalement la boussole dans la poche de son blouson. Inexplicablement, la brise lui apporta un soupçon de l'odeur de Justine.

Une nuit sur l'Atlantique

Le lundi 21 juin, 23 h 15,
dans l'Atlantique Nord, au large du Canada

Le marin de première classe Jean-Louis Morrissette regarda sa montre. Il restait encore trois quarts d'heure avant le début de son quart sur la *Ville-de-Québec*. Il se retourna sur sa couchette pour jouir encore quelques minutes de la douceur des couvertures avant d'être obligé de se lever en vitesse et de se préparer au dernier moment comme d'habitude. En dessous, et de chaque côté de lui, les autres hommes de la garde étaient déjà levés. Jean-Louis serait le dernier, et c'était précisément ce qu'il attendait chaque fois que son quart revenait. Il s'étira en poussant avec ses paumes sur le fond du lit surplombant le sien. Le matelas se bomba; dans toute la pièce, cette couchette était la seule qui n'avait pas de pensionnaire.

Dans l'espace confus de la cabine, dix-huit hommes s'affairaient sous un éclairage criard, les plus zélés déjà fin prêts et sur le point de partir, les autres encore ensommeillés, se grattant le derrière d'une main en fouinant de l'autre dans leurs vêtements étalés sur les lits. Il y avait un va-et-vient de chaleur humaine, de marins qui revenaient des douches en sautillant pour éviter la serviette mouillée qu'on faisait claquer à la blague sur leur dos, et d'autres marins déjà vêtus qui retournaient à leur couchette au dernier moment pour refaire leur lit impeccablement selon le règlement. Comme dans un essaim, il y avait constamment quelqu'un qui changeait de place, se faufilant entre ceux debout devant les sièges autour de la table au centre, et l'alignement des couchettes fixées par groupes de trois le long des cloisons d'acier aveugles. Et, pour Jean-Louis qui tentait de roupiller dans la rangée du milieu, chaque personne qui passait produisait une secousse et un frottement accompagnés de l'odeur forte d'un étranger.

La cage à poules se vidait peu à peu pendant que Jean-Louis regardait les derniers levés s'étirer et s'habiller. Il se dit qu'il serait plus agréable d'être allongé dans un autre compartiment situé sur le même pont 03. Une cabine plus en avant, juste derrière la salle de contrôle des machines sise à la ligne médiane du navire, et dont les occupants l'obsédaient de plus en plus, à mesure que son temps en mer s'allongeait et que l'ennui et la routine le rendaient dingue. Cette autre cabine était occupée par les femmes marins. Par surcroît, leur alcôve à elles était moins encombrée puisqu'elles n'étaient que quatorze filles à se partager l'espace au lieu des dix-huit gars qui habitaient avec Jean-Louis. On ne pouvait évidemment combler les couchettes libres du quartier des femmes avec des hommes. Quel dommage ! pensa Jean-Louis. Quel plaisir ce serait de les regarder s'habiller, elles, plutôt que d'être obligé de subir ces rustres que pour la plupart il ne connaissait même pas.

Le mois précédent, on avait changé d'un coup la moitié de l'équipage à prédominance québécoise de la *Ville-de-Québec*, hommes autant qu'officiers et sous-officiers. Cela faisait partie d'un programme de rotation des équipages institué deux ans auparavant, soi-disant pour favoriser les échanges culturels entre Canadiens. Cette fois-ci, Jean-Louis avait l'impression qu'on avait enfourné tous les nouveaux marins dans sa propre cabine. Du même coup, il avait perdu de vieux camarades, qu'on avait envoyés sur les autres frégates remplacer les nouveaux venus que Jean-Louis n'aimait pas. Pas très sympathiques, ces gars-là. Pas un seul Québécois, uniquement des gens des autres provinces ; et des anglophones pour la plupart. Mais des anglophones bilingues, cette fois-ci ! C'était le premier critère, avaient-ils dit. Bilingues. Officiellement, en tout cas. Parce que, depuis leur arrivée, dans la cabine de Jean-Louis, ça parlait surtout anglais. Et les blagues étaient au ras du plancher. Du sexe de basse classe, du gros cul. Et des claques qui arrivaient de nulle part, et des caleçons et des baskets qui volaient haut. Ces gars avaient commencé à fêter avant même de quitter leur ancienne unité, et ils ne s'étaient pas encore calmés après quatre semaines.

De la position de Jean-Louis à l'horizontale, la lumière à contre-jour donnait à ces hommes des airs encore plus rébarbatifs. Et, au moment de quitter la pièce, préoccupés de connaître le poste qui leur serait assigné pour le quart qui commençait, ces marins, soudain redevenus sérieux, paraissaient mornes et insensibles. C'étaient des petites machines automates, des combattants, des hommes de guerre qu'on avait sélectionnés sur d'autres navires de la flotte. Et ainsi la frégate, sa frégate à lui, Jean-Louis Morrissette, était devenue une vilaine bête, un animal féroce, une machine à tuer. Et cela faisait aussi de Jean-Louis un guerrier comme les autres, un homme perdu qui avait fait le malheureux choix d'une carrière militaire. Jamais auparavant il ne l'avait réalisé comme maintenant. Pour la première fois depuis qu'il s'était engagé, il sentait qu'il était véritablement un soldat. Non pas qu'il n'ait jamais eu ce sentiment dans le passé, comme une vague fierté qui le submergeait un temps puis s'émoussait chaque fois que son unité partait, comme ce soir, pour aller participer à des manœuvres. Mais, cette fois, c'était autre chose. Jean-Louis s'était éveillé avec la quasi-conviction qu'il se rendait vraiment au feu, qu'il allait expérimenter ce pour quoi on l'avait formé pendant toutes ces années. Il n'arrivait pas à se défaire de ce pressentiment étrange, et voilà en plus qu'il se mit à regretter de ne pas avoir fait son devoir. Son devoir de Québécois.

Jean-Louis n'avait pas appelé Marion avant de s'embarquer. Et, présentement, il était trop tard pour lui faire part de sa pré-monition. On avait pourtant bien insisté auprès de Jean-Louis, comme auprès de tous les autres agents québécois recrutés dans la fonction publique et au sein des forces armées fédérales. Toute discussion, décision ou mouvement qui semblaient suspects devaient être rapportés à Marion. Jean-Louis ne connaissait pas Marion. Personne ne savait qui était Marion. Ce nom était simplement un contact, un nom de code pour la personne qui colligeait toutes les informations qui pouvaient aider le gouvernement indépendantiste du Québec dans ses négociations avec le Canada. Et le préparer à prévenir les mauvaises surprises.

Dans l'après-midi, l'amirauté avait convoqué Morrissette sous un prétexte, comme tous ses camarades, puis ils avaient dû s'embarquer en deux minutes. Les fonctionnaires restés sur le quai se chargeaient d'avertir les familles. À bord, les officiers avaient parlé de manœuvres avec les Américains dans les parages des Bermudes.

– Étrange! murmura Jean-Louis sur sa couchette.

On n'improvisait pas des manœuvres à la dernière minute. Sur le coup, Jean-Louis n'avait pas songé à appeler Marion. Et après, il n'en avait pas eu le temps. Les bras toujours enfoncés dans le matelas du haut, Morrissette se sentit coupable. Et ce mauvais sentiment acheva de le dégoûter.

Normalement, le marin de première classe Morrissette adorait son métier. Et encore plus lorsque, comme aujourd'hui, il faisait le quart de nuit alors que la mer était à son plus beau, à son plus grandiose. Mais, ce soir, comme depuis quelque temps, Jean-Louis n'avait aucune envie de se lever. Il se cacha de nouveau sous les draps, cherchant à s'évader pour retirer un plaisir quelconque de la situation. En se soulevant sur le coude, il ressentit un court instant d'apesanteur, comme si le navire avait eu un flottement à peine perceptible. On venait de frapper une grosse vague, et pas de front mais plutôt par tribord, juste de l'autre côté de la cloison à laquelle sa couchette était fixée. Morrissette, estimant que la frégate venait à peine de quitter la rade, se dit que ça ne serait pas de tout repos une fois qu'on serait loin au large. Là-bas, la mer serait vraiment grosse et ça brasserait joliment. Cette pensée le décida à sortir du lit.

Le mauvais temps travaillait pour Jean-Louis. Il savait qu'au lieu de l'assigner à quelqu'une des tâches du quart, où il se retrouverait probablement à diriger une équipe de nouveaux dans les profondeurs de la cale, l'officier de quart l'enverrait à son poste préféré. Jean-Louis était celui de son groupe qui avait le plus d'expérience sur la *Ville-de-Québec*. Personne à bord ne savait mieux que lui comment mener cette frégate par grosse mer, prévenir les embardées en virage serré et prévoir la façon dont la vague pouvait la cabrer si on ne savait comment la prendre. Ces incidents ne menaient jamais à des situations d'urgence, bien sûr, mais Morrissette avait assez navigué pour savoir que les officiers supérieurs n'aimaient pas se faire secouer inutilement. Et encore moins un nouveau capitaine, qui s'inquiéterait peut-être de sentir les ruades d'un navire qui ne lui était pas familier… Par conséquent, Jean-Louis ne doutait pas qu'il devrait passer le quart entier sur la passerelle, planté derrière la roue dans la timonerie jusqu'à quatre heures du matin. Et si le vent ne se calmait pas d'ici là, on le garderait encore pour le quart suivant, jusqu'à huit heures. Ainsi, il ferait d'une pierre deux coups. Il aurait droit de sauter le quart de jour qu'il devrait normalement faire, et, en conséquence, il se retrouverait affecté à un autre groupe et logerait dans une autre cabine que celle-ci. Et, qui plus est, ce nouveau groupe, selon son calcul, était précisément celui qui faisait son quart en même temps que les filles. Pas aussi bon que de se retrouver dans la même cabine qu'elles, bien sûr, mais c'était ce qu'il y avait de plus approchant.

Et en outre, s'il passait toute la nuit dans la timonerie, Jean-Louis reverrait le plus beau spectacle du monde : le jour qui se lève sur l'océan. La timonerie était le meilleur poste, et il y passerait les deux meilleurs quarts. Le meilleur poste parce que de là-haut on voyait la planète plutôt que d'être enfermé dans cette coque toujours surchauffée comme un four, sans même un ouvreau, et où l'air n'arrivait qu'après avoir été filtré et soufflé par des pompes. Baigner enfin là-haut dans la lumière naturelle, même si c'était la nuit, et se raccrocher au rythme des jours, qu'on perd vite à vivre dans un labyrinthe comme un ver rampant dans son tunnel souterrain. Les meilleurs quarts parce que Jean-Louis disait que c'était la nuit qu'on se réconciliait avec l'existence. La mer, elle, ne dormait pas, elle ne s'arrêtait jamais, elle respirait la nuit comme le jour, elle veillait quand les hommes sommeillaient. La nuit, quand la mer était calme, jouait avec la lumière de la lune et des étoiles, qu'elle étalait en rayons ou concentrait en grandes flaques toujours changeantes. Si la mer était ridée par un mince souffle de vent, sa surface se couvrait d'écailles étincelantes sur des ailes qui s'étendaient à l'infini. Et, quand le ciel se nappait d'un fin rideau de nuages, on aurait dit que c'était depuis le fond de l'eau et non à partir des cieux que la lueur diffusait. Puis, si le vent forçait et agitait l'onde, et que le navire se mettait à monter et à descendre sous la houle, on voyait venir sur soi des masses sombres ourlées d'argent terni qui surgissaient de nulle part, comme si elles venaient d'en dessous, et que c'était le navire lui-même qui par plaisir les formait en frappant l'eau.

Et il était même arrivé à Jean-Louis de voir l'éclat des déferlantes se refléter à son tour sur des nuages bas et lourds. Même dans la nuit la plus sombre, l'eau conservait toujours un soupçon de flamme, comme si l'océan avait gardé en son sein la lumière qu'il avait prise au soleil pendant le jour et qu'il la rendait à petit feu jusqu'au matin. Et lorsque même cette flamme s'éteignait et que tout devenait vraiment noir, Jean-Louis se sentait encore chez lui. Le ciel alors lui rappelait la fonte couleur de jais du vieux poêle à bois de son grand-père, quand Jean-Louis était petit garçon dans son village sur les rives du Saint-Laurent où il était né, tout petit et les yeux déjà pleins d'eau.

En sautant de sa couchette, encore perdu dans ses rêveries, Jean-Louis heurta un des deux derniers marins qui traînaient encore dans la cabine. Le grand brun s'écarta timidement en tournant vers lui un dos d'adolescent couvert d'acné d'une omoplate à l'autre. Il s'excusa abondamment comme s'il sentait qu'il devait le faire au nom de tous ses camarades embarqués récemment. Son copain hocha la tête comme pour approuver et reprit la conversation en anglais. Il s'appelait Mark Ritchie, était originaire de l'ouest de l'Ontario et parlait un peu le français. Jean-Louis l'aimait bien et le poussa affectueusement en lui enfonçant le poing dans l'épaule. Tout comme son compagnon, Mark était un vert qui n'avait pas encore navigué. Ils étaient tout excités à l'idée d'aller croiser au large des Bermudes avec d'autres unités pour participer à un jeu de guerre. Jusqu'à maintenant, leur métier de soldat ne les avait menés qu'au sauvetage d'un de ces cargos pourris avec équipage philippin que la mer avait achevé de briser sur les côtes du Canada, et à l'arraisonnement d'un navire de pêche portugais qui s'était introduit dans la zone des deux cents milles marins au large de la Nouvelle-Écosse. Ils n'avaient aucune expérience du genre de manœuvres auxquelles la frégate allait participer, et leurs propos montraient clairement que, dans leur esprit, la véritable vie de marin incluait deux choses : l'excitation de la poursuite navale en haute mer et les plaisirs de la drague sur des plages de sable blanc.

En quittant la cabine, Mark et son copain en étaient à conclure que les préparatifs prouvaient qu'on partait pour longtemps. L'autre gars, originaire de Halifax, l'avait entendu dire par un ami d'une autre unité qui était partie quelques jours plus tôt. «D'après moi, on pourrait même se rendre jusqu'aux Antilles! À Porto Rico, peut-être!» Jean-Louis avait pouffé. «Porto Rico! Pourquoi pas Cuba, tant qu'à y être?» Il ne leur avait pas livré le fond de sa pensée. Si on allait là-bas, ce serait pour parader, et on ne partirait pas en pleine nuit ni quand la mer était en train de se démonter. Jean-Louis sortit le dernier dans la coursive et se dirigea vers la proue, en suivant les deux hommes qui marmonnaient toujours. Jean-Louis était convaincu également que la mission serait longue, mais pas nécessairement à cause de la distance. Dans la marine, on pouvait aussi bien étirer le temps en restant sur place indéfiniment…

Les trois hommes avançaient sur un plancher gris dans un couloir dont les murs étaient d'un blanc éclatant, comme si la pleine lumière du jour entrait de partout à la fois. Sur toutes les parois couraient des tuyaux de divers diamètres et des couettes de fils enveloppés dans des gaines, chacun identifié par un code de lettres et de chiffres que seule une mémoire d'ordinateur aurait pu retenir. Ces conduites venaient dans tous les sens, arrivant et partant soudain pour pénétrer dans tout le navire, apportant de l'air pur ou rapportant de l'air vicié, transportant du courant électrique ou des données informatisées qui renseignaient les maîtres de la frégate sur l'état de chacun de ses compartiments étanches. Mais, pour Jean-Louis, marcher ici était se balader à l'intérieur des boyaux d'un dinosaure.

Au moment où les trois hommes passèrent devant la salle de contrôle des machines et des avaries, le navire fit une autre embardée, plus forte encore que la première, et Jean-Louis se retrouva contre une grosse bouteille de gaz comprimé en acier qui était arrimée debout contre la cloison. Il avait le nez collé sur une inscription en gros caractères qui disait «HALON 1301», un halogène inerte qui se répandrait instantanément dans le navire en présence de flammes ou d'une chaleur intense. Morrissette avait eu une question à ce sujet lors de son examen de sauvetage. Il avait ajouté, au bas de sa réponse : «Ça sauverait sans doute la frégate du feu, mais le gaz s'évaderait ensuite vers la haute atmosphère pour détruire une partie de la couche d'ozone et contribuer à couler le vaisseau Terre…» Cette nuit, il se sentit encore plus cynique. Ces bonbonnes étaient un autre exemple des pratiques et des produits interdits à tous sauf aux militaires. Il aurait ajouté sur sa feuille d'examen : «Il est vrai que ceux qui s'entre-tuent n'ont pas le temps de penser à l'avenir.»

Un officier sortit de la salle de contrôle, intercepta Ritchie et son copain, puis interpella Jean-Louis. Ordonnant aux deux nouveaux de le suivre, il avisa Jean-Louis de se hâter vers la passerelle : la frégate tanguait et roulait de plus en plus et le vieux avait demandé un gars d'expérience pour barrer. Jean-Louis acquiesça, en se disant que, contrairement à ses deux collègues, qui en seraient encore à rêver de soleil quand leur quart se termine-rait, à quatre heures du matin, lui, de sa timonerie, pourrait presque voir venir dans le lointain ces plages où ils n'aborderaient jamais.

Jean-Louis se hâta de monter sur le pont 2 en prenant la première échelle menant à une écoutille. Il avait hâte de voir l'état de la mer et se demandait si on apercevrait encore des feux sur la côte pour marquer rituellement le départ dans son esprit. Après quelques pas, il monta de nouveau par une écoutille sur le pont suivant, où il saisit la première porte étanche, qu'il déverrouilla pour sortir à l'air libre du côté bâbord. Il voulait se rendre à la passerelle en passant par l'extérieur et avoir l'occasion de balayer le lointain avec le plus grand angle possible. Quand il déboucha à l'extérieur, le vent le cingla, mais Jean-Louis trouva la mer moins grosse que son cerveau ne l'avait reconstruite à partir des chocs qu'il avait reçus en cheminant à l'intérieur. En fait, il comprit que le navire venait de changer de cap pour réduire la saute et voguait maintenant presque face au vent.

Il n'y avait aucune lumière visible à l'horizon, ni sur le flanc ni vers la poupe. À peine Jean-Louis crut-il distinguer au loin une bande plus sombre, un coussin de ouate noire, et qui disparut quand le navire descendit au fond d'une vague. On n'y voyait presque rien dans l'obscurité totale que seul perçait par intervalles un crachin blanchâtre formé de pluie et de pans de mer qui volaient, pulvérisés par l'étrave. C'était beau et excitant, comme de foncer en hiver la nuit sur l'autoroute dans le bas Saint-Laurent en pleine tempête de neige quand on est la seule âme encore sur la route et que sa voiture soulève les petites congères formées par le vent en chapelet de dunes.

Du haut de la crête suivante, Jean-Louis revit la bande noire. C'était effectivement la côte, encore assez proche sur l'arrière. Seulement, il y avait un hic. Elle était du mauvais bord. Les Bermudes, c'était presque franc sud, et la côte de la Nouvelle-Écosse aurait dû se trouver à tribord, sur la droite par rapport à la course du navire. Ou bien le navire voguait en aveugle, tous feux éteints, au hasard sur la masse sombre de l'Atlantique Nord, ou bien il n'allait pas du tout à l'endroit que la plupart des marins avaient en tête. Jean-Louis n'aimait pas cela du tout, et son mauvais pressentiment lui revint. Et, d'un coup, il eut la frousse. Mais pourquoi diable n'avait-il pas parlé à Marion avant de partir? Merde! Il faudrait qu'il se débrouille pour se faire remplacer à la barre sous un prétexte quelconque et l'appeler au plus tôt. «Merde! Merde!» lança-t-il dans le vent.

Jean-Louis se remit à marcher en soliloquant. «Bon, le mauvais temps me joue peut-être des tours et je n'y vois rien. Peu importe!» De son poste sur la passerelle derrière la barre, il pourrait confirmer la direction en lisant le répétiteur du gyro-compas, et, derrière, sur la table des cartes, l'officier de navigation aurait sans doute reporté toute la course prévue pour la nuit. Jean-Louis grimpa dans une échelle fixée à la paroi extérieure du bâtiment avant et se retrouva sur le pont 01, au même niveau que sa destination. À cet endroit, il y avait un espace libre de quelques mètres carrés, une plateforme à découvert et offerte à toutes les intempéries. Un homme s'y tenait, habillé en civil. Un grand type avec un calot sur la tête, qui fixait le large, impassible comme un roc, les bras resserrés sur le corps et la tête entrée dans les épaules pour ne pas donner la moindre prise au vent. La seule fois que Jean-Louis avait vu un civil à bord, c'était quelques années auparavant, quand on avait fait les essais de résistance aux chocs de la coque en faisant exploser des charges de dix mille livres sous l'eau à deux cents mètres du navire. À cette occasion, on avait embarqué des experts qui repéraient les baleines pour s'assurer qu'il n'y avait pas de ces mastodontes dans les parages au moment de faire sauter les charges. L'amirauté ne voulait pas risquer d'en réduire une en bouillie ou de la rendre sourde à jamais. Dans un cas comme dans l'autre, le résultat aurait été plutôt mauvais pour l'image de la marine. Mais ce gars-là, cette nuit, c'était autre chose. On n'allait sûrement pas aux baleines par un temps pareil.

En direction de la proue, les vagues parurent plus menaçantes à Morrissette. Il se hâta autant qu'il put et entra précipitamment dans la timonerie. C'était comme passer par un sas dans un autre monde. À l'intérieur, il faisait aussi noir, mais tout baignait dans une chaleur confortable et un silence feutré, contrastant avec les vrombissements du vent et les claquements secs des trombes d'eau qui s'abattaient sur la coque au dehors. Deux officiers impeccables et aux visages fermés regardèrent Jean-Louis, qui les salua pendant qu'il se hâtait vers l'autre côté de la pièce. Il contourna les instruments munis de petits voyants lumineux qui, avec l'écran de radar, étaient les seules sources de lumière dans cette partie de l'habitacle. Derrière la barre, le confrère dont le quart se terminait avait l'air misérable, un nouveau qui visiblement venait de passer un mauvais moment avec le capitaine. Il était déjà debout et très anxieux de se faire relever. À sa droite, devant le pupitre portant le tableau de contrôle de la passerelle, le capitaine Harley était bien enfoncé dans son siège, regardant droit devant, l'air très contrarié.

Le capitaine ne broncha pas quand Morrissette le salua rapidement en demandant selon la coutume l'autorisation de prendre place à son poste. Jean-Louis s'assit et posa la main droite sur un petit manche noir retourné vers le haut, semblable à la poignée d'un guidon de bicyclette. De tous les instruments de la passerelle, ce manchon était le plus anodin, mais c'était celui qui permettait de diriger avec précision le puissant navire et de l'envoyer exactement là où on voulait qu'il aille. Pour Jean-Louis, la passerelle était une forteresse étanche et imprenable, et, de ce promontoire, la mer n'avait plus du tout l'air indomptable. Les murs d'eau venaient à lui avec un léger angle sur tribord, puis disparaissaient à la vue quand le navire les fendait en montant sur leur dos et que l'étrave restait un instant suspendue dans le vide. Le mur atteignait ensuite l'arrière et la poupe s'allégeait à son tour pendant que la vague suivante arrivait déjà pour frapper l'avant. C'était à ce moment-là qu'on risquait de perdre le contrôle.

Le timonier commença à s'ajuster au navire. À chaque nouvelle vague, la frégate résistait d'abord, puis se battait pour gagner du terrain, prête à avaler la suivante. Mentalement, le marin se représentait la coque effilée, calculait sa longueur par rapport à celle des vagues, évaluant la vitesse idéale des hélices et la position optimale du gouvernail. Graduellement, il se fondit avec la frégate, sachant qu'il fallait faire un avec son navire quand on tenait la barre, même si celle-ci était un manchon électronique, un levier de commande branché sur un ordinateur. Jean-Louis se représentait la mer comme une monture, le navire comme son cavalier. Il vit tout de suite qu'il fallait que ce soit le navire qui attaque les vagues de front juste avant que celles-ci ne le prennent. Chaque fois que la frégate arrivait dans un creux, il se mit à l'orienter vers tribord, l'écartant de plusieurs degrés par rapport à la course prescrite. De cette façon, il esquivait le flanc droit à peine quelques instants, et le gouvernail sous la poupe prenait la vague presque de front et ramenait le navire sur sa course. Et bientôt on aurait dit que, sous la main de Jean-Louis, la mer s'était calmée d'un cran. L'officier de quart, comprenant d'un coup la stratégie, demanda qu'on réduise un peu l'allure, à peine quelques révolutions de moins aux arbres de couche. Il n'en fallut pas plus pour que le navire perde toute sa raideur en se pliant au rythme de l'eau et du vent. En quelques minutes, Jean-Louis avait apprivoisé la mer, il était devenu navire, et c'était lui qui désormais s'élançait seul sur l'océan. Le capitaine Harley se leva et, sans un mot, sans un geste, quitta la timonerie par l'arrière pour s'engouffrer dans le ventre du navire.

Quelques minutes plus tard, Larsen entra précipitamment par la porte du côté bâbord. Il était mouillé comme un phoque qui vient de sauter sur un rocher d'un coup de hanches. Larsen s'ébroua, claqua des pieds sur le sol d'acier côtelé, et retira son anorak, qu'il suspendit en le coinçant à demi derrière la main courante qui faisait le tour de la timonerie sous les fenêtres. Son geste attira les regards désapprobateurs des deux officiers plantés au milieu de la passerelle, mais Larsen, conscient de son grade supérieur même dans son attirail de civil, ne s'en soucia pas et se dirigea vers le timonier. Il savait que l'état de la mer n'avait pas changé, et il voulait voir quel était ce nouvel homme de roue expérimenté qui avait maîtrisé la situation. Il voulait aussi vérifier sa propre estimation de la course du navire. La frégate persistait à prendre les vagues par le petit travers tribord, et il lui semblait qu'on aurait pu se simplifier la vie en les prenant de front. Selon le relevé qu'il avait fait dans les conditions exécrables qui régnaient à l'extérieur, le vent était quelque part dans le quartier sud-est.

Larsen se glissa entre la console du radar et celle du sondeur, passa devant la table des cartes de navigation et s'arrêta à côté de Morrissette, qu'il salua d'un geste bref. Juste sous le nez de Jean-Louis, un voyant lumineux rouge numérique donnait le cap à suivre : 137 degrés. La direction du navire était un peu à gauche du vent, et presque exactement au sud-est. Les deux hommes se regardèrent un long moment. Cette course les menait droit au large. Dans cette direction, il n'y avait rien. Rien que l'océan sur 2 500 milles marins, et puis la côte désertique de l'Afrique, quelque part en Mauritanie, là où les dunes du Sahara déferlaient dans la mer. Pour Larsen, cette trajectoire faisait s'envoler une dernière illusion. Elle ne menait absolument pas à la position des sondes en panne.

Si Jean-Louis avait été autorisé à quitter son poste un seul instant, il aurait vérifié si la course prévue pour la frégate était disponible sur le lecteur de cartes électroniques, bien qu'il se doutât que, dans l'atmosphère de mystère qui régnait en ce moment, l'accès en eût été interdit. À tout hasard, il jeta un coup d'œil par-dessus son épaule vers la table de navigation sur la gauche derrière lui, au cas où l'officier aurait par habitude reporté les données au crayon sur une bonne vieille carte marine en papier. Il vit effectivement une carte sur la table, mais la petite lumière gigogne au-dessus était éteinte et il ne pouvait rien voir. Larsen comprit ce que le timonier avait en tête, et il allongea le bras pour allumer.

Sur la carte, il y avait une ligne droite qui partait de l'entrée du goulet à la sortie du port de Halifax et s'étirait vers le large. La ligne tracée au crayon à mine menait directement à un unique point en pleine mer. Elle n'allait pas plus loin. Au-dessus du point, il était inscrit : latitude 44 degrés, 10 minutes Nord, longitude 63 degrés, 00 minute Ouest. Larsen savait qu'il n'y avait rien de connu à cet endroit. Le fond y était à au moins cent cinquante mètres sous la surface, en plein sur le plateau continental, cette extension naturelle du continent qui, aux temps préhistoriques, était émergée et parcourue par des mastodontes laineux. Pour autant qu'il puisse se souvenir, il n'y avait à cet endroit aucun instrument de mouillé, aucune plateforme de forage, ni quoi que ce soit d'autre. Que diable allait-on faire à trente-cinq ou quarante milles marins de la côte de la Nouvelle-Écosse ? Aurait-on capté tout récemment un signal de détresse provenant de ce point ? Mais, dans ce cas, tous les navires croisant dans le secteur auraient été alertés, et auraient mené les recherches de concert. Il y aurait eu des communications radio à intervalles réguliers, les officiers discuteraient le coup entre eux. Au lieu de cela, la passerelle était plus silencieuse qu'un cimetière. Larsen se tourna vers les deux officiers de garde au fond de la timonerie. Ils étaient de marbre. Soit qu'ils ne voulaient rien révéler, soit qu'ils ne savaient rien. C'était plutôt cela : eux non plus ne savaient rien. Harley était le seul à connaître le but véritable de cette mission. Ainsi que Lonsdale, probablement.

Et soudain Bjorn et Jean-Louis comprirent simultanément. La course reportée sur la carte n'indiquait pas la destination finale, mais seulement un palliatif pour éviter de prendre la mer de travers. De cette façon, le navire roulerait moins et sa dérive serait plus faible sous ce vent qui risquait de brosser la frégate directement sur la côte. C'était pour cette raison que le capitaine avait modifié la trajectoire un peu plus tôt et choisi en même temps ce point unique qui n'avait en soi aucune signification. Le capitaine avait dû le reporter sur la carte lui-même dans un moment d'impatience. Harley voulait d'abord éloigner le navire de la terre avant de le diriger ensuite là où il voulait vraiment aller. Et, parce qu'on prenait encore la mer un peu sur tribord, Larsen et Morrissette en déduisirent également que leur destination réelle était franchement plus à gauche de leur course présente. Parce que à droite, vers le sud, la côte de la Nouvelle-Écosse, à cause de sa géométrie naturelle, fuyait rapidement vers l'ouest et il y avait peu de risques que la frégate aille se perdre à la côte à cause du vent. Le capitaine, qui semblait pressé d'arriver, n'aurait pas hésité à serrer s'il avait voulu aller vers le sud. Non ; Harley voulait aller vers le nord. Plus probablement vers le nord-est, selon une ligne parallèle à la côte. Si ça se trouvait, on s'en allait à Terre-Neuve ou au Groenland, mais certainement pas vers l'Afrique, ni encore moins aux Bermudes.

Jean-Louis examina la crête des vagues et les rouleaux d'écume pendant un certain temps. Il estima que la mer était moins forte que précédemment. Le vent avait commencé à faiblir, et il ne soulevait plus de gerbes d'eau sur les crêtes. Les vagues n'étaient plus aussi longues non plus, ce qui indiquait que le mauvais temps ne venait pas de très loin. C'était tout au plus une perturbation passagère dans les eaux territoriales canadiennes. Jean-Louis se mit à supputer. Si la mer diminuait encore, le capitaine ferait sans doute forcer l'allure sous peu et la frégate serait bientôt en toute sécurité. On arriverait donc assez vite au point indiqué sur la carte. Morrissette fit un calcul rapide et jeta un coup d'œil à sa montre. La frégate atteindrait ce point vers une heure du matin. À partir de là, la surface de l'eau deviendrait noire et patinée, la frégate tiendrait son cap et Jean-Louis n'aurait plus qu'à la laisser aller, comme une mouche qui marche sans souci sur la plaque du poêle à bois. Et c'est ce moment que Jean-Louis choisirait pour demander à être relevé et appeler Marion. À une heure du matin. Quoique pour Marion, à Québec, il ne serait que minuit.

Jean-Louis Morrissette toisa l'homme habillé en civil qui se tenait à sa gauche. Contrairement aux autres nouveaux venus sur le navire, celui-ci lui plaisait. Visiblement, ce visiteur était à son aise sur une passerelle, comme quelqu'un qui a déjà beaucoup navigué, et à son allure, à sa simple présence ici dans la timonerie, il ne faisait pas de doute qu'il s'agissait d'un personnage important. Une des clés du mystère. À cet instant, le navire arriva dans un creux, et Jean-Louis dut se remettre à scruter la nuit devant la proue pour négocier la vague suivante. Il donna un bref coup de barre vers tribord puis redressa aussitôt. Le navire monta tout droit sur la crête sans osciller, et Jean-Louis put regarder de nouveau l'homme à ses côtés. Malgré son statut, il était évident qu'il ne savait rien lui non plus. Et il semblait plutôt préoccupé quand il regardait sa montre.

Larsen était impatient d'arriver au bout de la ligne tracée sur la carte. Il avait un mauvais pressentiment, et cette mer démontée le rendait encore plus impatient. À monter et descendre ainsi, on ferait presque le double de la distance. La pince du navire fonça encore une fois vers la vague dans un angle qui sembla devoir entraîner la coque directement au fond de l'abîme. L'étrave sombra sous la lame, et une masse d'eau noire veinée de traces phosphorescentes s'avança de chaque côté du socle du canon Bofors au centre du pont, avant de disparaître vers l'arrière. Quand la proue refit surface, Larsen entendit Jean-Louis prononcer à voix basse, en français, et sans tourner la tête :

– Pour apprendre quelque chose ici, il suffit de garder les oreilles bien ouvertes. Il y a toujours un officier qui parle à voix haute comme si le timonier était sourd.

Le marin observa un moment de silence avant d'ajouter :

– Et muet, sauf pour répéter les ordres comme un automate.

La tête dans le sable

Le mardi 22 juin, 9 h,
Halifax, Nouvelle-Écosse

– Élisabeth?... C'est Justine... Tu étais dehors?... Mais non, penses-tu! Je suis levée depuis longtemps. Je ne t'ai pas appelée à sept heures pour le tennis à cause du mauvais temps... Oui, je sais, il a plu toute la nuit... Tes iris sont dans l'eau?... Ah bon! Écoute, si ça ne te dérange pas, j'aimerais passer chez toi maintenant... Oui, quelque chose qui me chicote... Non; à propos de Bjorn. J'arrive tout de suite! Bye.

Justine appelait depuis l'entrée de sa maison, vêtue d'un blouson noir et de simples petites bottes de pluie grises de couventine. Elle posa le téléphone sur le secrétaire et sortit en courant dans l'allée sans prêter attention aux flaques d'eau. La chaleur du soleil qui commençait à percer les nuages faisait lever des petites colonnes de vapeur au-dessus du pavé humide tout le long de l'entrée et dans la rue. La voiture de Justine les dissipa lorsqu'elle monta précipitamment jusqu'au croisement de la rue Connaught pour virer à gauche en direction de l'avenue Quinpool. De ce dernier point, il n'y avait que trois kilomètres pour se rendre chez Élisabeth, de l'autre côté du North West Arm.

Pendant qu'elle attendait au feu rouge, Justine alluma la radio. Elle tomba sur l'émission d'affaires publiques *This Morning*, à CBC, le réseau anglais de la radio d'État. L'animateur revenait sur le sujet qui, à l'exclusion de tout autre, à la fois captivait et angoissait les auditeurs depuis des mois. Un sujet qui par ailleurs irritait Justine au plus haut point. L'indépendance du Québec. Peut-être était-ce parce qu'on en parlait depuis plus d'un quart de siècle, ou bien était-ce en vertu de son caractère incertain et insidieux, mais il semblait maintenant à la plupart des Canadiens que dans toute son histoire, y compris la période des deux guerres mondiales, leur pays n'avait jamais vécu de crise aussi traumatisante. Ce sentiment était presque palpable ce matin-là dans la voix de l'animateur alors qu'il faisait un résumé des données dites fondamentales de la situation au Québec. Il concluait son émission par une revue des principales réactions du Canada anglais aux résultats du dernier référendum sur l'indépendance, qui avait eu lieu à l'automne précédent. «Pour la nation entière, disait-il, le temps s'écoule de plus en plus rapidement, et la question fondamentale du jour n'est pas le "Que veut le Québec?" des années 70, non plus que la "menace séparatiste" de 1980. Il nous faut également reléguer aux oubliettes le "Nous vous aimons" que nous leur avons lancé de tout cœur dans les heures qui ont précédé le référendum de 1995. Non; tout cela n'a plus aucun sens aujourd'hui. Maintenant que le dollar canadien est à son plus bas niveau de tous les temps, que les Américains peuvent acheter ici tout ce qu'ils veulent, la question qui surgit maintenant du plus profond de l'âme de chaque citoyen, la question qui hante chacun de nous chaque jour et à laquelle personne ne trouve de réponse satisfaisante, même après qu'elle nous ait gardés éveillés jusque tard dans la nuit, cette question est bien la suivante : "Pourquoi le Québec nous fait-il cela?" Et, poursuivit l'animateur, tout ce qu'on trouve à offrir en réponse, après avoir longuement interrogé sa conscience, n'est au fond qu'une autre question, qui est elle-même tout aussi lourde et tout aussi troublante pour notre sommeil, autant qu'elle le sera pour ceux qui viendront après nous : "Nous, qu'allons-nous faire maintenant?"»

Justine éteignit la radio au moment où le feu de la rue Quinpool passait au vert. Elle avait couvert ce sujet de la situation du Québec pendant des années, d'abord pour la CBC, puis quand elle était devenue pigiste pour CNN. Pendant tout ce temps, elle avait voulu présenter dans ses reportages de fond une vision différente de celles qui s'opposaient traditionnellement au pays. L'option des nationalistes québécois qui voulaient l'indépendance et rien d'autre, ou celle du Canada anglais, que d'ailleurs beaucoup de Québécois partageaient également, et qui revenait à dire : le fédéralisme et rien d'autre. Justine avait cru qu'on pouvait trouver une position intermédiaire qui permettrait à chacun de se retrouver. Mais, à la longue, elle avait réalisé qu'il n'y avait pas de position objective, que les concepts de nation et d'appartenance relevaient plus du sentiment que de l'analyse rationnelle. Et Justine s'était un jour rendu compte que ce sentiment était mort en elle, à petit feu, à mesure qu'elle tentait de l'analyser, et elle avait bientôt trouvé le débat tout simplement interminable et fastidieux. Alors qu'elle avait toujours refusé de se placer d'un côté ou l'autre de la clôture, elle trouva encore plus inconfortable de tenter de s'y tenir en équilibre. Elle ne chercha plus qu'à sauter et à s'en éloigner le plus rapidement possible. À la veille du dernier référendum, elle avait répété à ceux qui s'enquéraient de sa position pour le oui ou pour le non que, selon elle, la seule question référendaire qui aurait mérité un oui était la suivante : "Voulez-vous que ce référendum soit absolument le dernier ?" À ce moment, et avant même de connaître le verdict du peuple québécois, elle avait demandé à être affectée à d'autres sujets. Elle désirait pour quelque temps couvrir des choses anodines qui lui permettraient de prendre un peu de recul et de trouver une autre voie comme journaliste. Des sujets sans conséquences, comme ce petit béluga qu'elle irait voir demain à Guysborough. «Il faut oublier le reste», se dit-elle de nouveau.

Justine ralluma la radio et chercha la bande F.M. de CBC. Une voix d'alto divine combla le vide. Justine reconnut l'aria de la 106e cantate de Bach, qu'elle affectionnait parce qu'elle n'avait absolument aucune parenté avec cette terre boueuse sur laquelle les humains piétinaient la majeure partie du temps. L'automobile arriva dans la dernière courbe de la rue Quinpool, large à cet endroit de quatre voies, et qui descendait vers le rond-point à la tête du bras de mer. À cet instant, Justine, en dépit de Bach et de sa propre résolution de ne plus s'inquiéter de quoi que ce soit, braqua soudain sur sa droite vers l'accotement en réduisant la vitesse presque à zéro. Elle se recueillit un instant. Elle était sur le point de faire une manœuvre osée et savait à quel point les Haligoniens, normalement des gens si doux, pouvaient s'insurger d'une façon absolument irrationnelle pour le moindre manquement au code de la route. Il n'y avait personne jusque loin derrière, ni devant non plus jusqu'à la courbe. Elle braqua sur la gauche en accélérant brusquement et fit un virage à cent quatre-vingts degrés plutôt bruyant pour remonter aussi vite qu'elle le put vers le centre-ville.

En arrivant au pied de la colline où se trouvait la citadelle, elle prit à gauche dans une petite rue, et ensuite à droite dans Cornwallis, pour descendre jusqu'au bord de l'eau. Elle vira encore à gauche sur Barrington et fila à vive allure vers le fond de la baie en doublant tout ce qui se trouvait devant elle. La voiture passa des quais souillés, hérissés de grues et de pièces disparates couvertes de rouille et plus grandes que nature, donnant une impression d'abandon, tels les organes internes de baleines mécaniques que des hommes venus de plus loin que la Norvège avaient disséquées pour n'emporter que les petites glandes les plus précieuses. Au bout du dernier mur, le défilé s'ouvrit d'un coup sur une rade si vaste qu'on disait autrefois qu'elle aurait pu contenir la flotte de l'Empire britannique tout entière. Ce matin, seul un pétrolier était arrimé loin du bord à un îlot artificiel relié à la terre par des tubes, comme un gros fœtus flottant dans le sein de sa mère. Justine se gara au bord de la route. De ce point, la vue portait sans encombre sur l'autre rive du détroit. Là, bien en évidence par-dessous la haute travée du pont McKay, elle vit la confirmation de ses doutes. L'*Hudson* était amarré en toute sécurité. Il n'y avait ni machinerie, ni véhicule, ni même âme qui vive dans les parages.

Justine fit son deuxième demi-tour interdit de la journée et retourna vers le cœur de la ville. Au premier pont, elle jeta un regard furieux sur les quais de la marine, avec les grues, les destroyers et autres bâtiments vétustes datant de la Seconde Guerre mondiale. La circulation était peu dense à cette heure et Justine fut bientôt tout près de chez Élisabeth. Au sortir du rond-point, elle prit vers Purcell's Cove Road, qui longe la rive du North West Arm. Bientôt, elle obliqua dans une petite rue à gauche et emprunta une allée menant à une belle résidence sous les arbres au bord de la baie. Elle n'avait pas encore atteint le perron que déjà son amie, inquiète de la voir arriver si tardivement, lui avait ouvert la porte.

Élisabeth emmena Justine à l'arrière, sur une véranda couverte et magnifiquement décorée en tons de bleu et de jaune. Sur une petite table en rotin, Élisabeth avait disposé du thé, du café fort pour Justine, et un petit panier de scones et de muffins. Par-delà les fenêtres, au bout du parterre gazonné qui s'étendait jusqu'à l'eau, le soleil avalait chacune des effilochures de brume dès qu'elles tentaient de progresser vers la maison sous la faible brise du large. Les petits nuages enrobaient au passage les taches bleues des iris en fleur qui poussaient en touffes sur l'herbe au bord de la baie, et on aurait dit que leurs tiges sortaient directement de la mer.

– Dis-moi, Élisabeth, lança Justine en prenant un scone, est-ce que John est en ville ?

– Eh bien, il y était, mais il est parti.

– Quand ?

– Hier en fin de journée.

– Où ça ?

– Mais c'est un interrogatoire en règle ? blagua Élisabeth.

– Élisabeth, je t'en prie...

– John est en mer.

– Il a repris un commandement ?

– Je crois qu'il dirige des essais. Ou plutôt des manœuvres. Il m'a dit qu'il partait pour quelques jours, mais je n'en sais pas plus.

– Bjorn aussi est parti. Hier, dans la soirée, et précipitamment. Des marins sont venus le chercher.

– Des marins de l'Institut Bedford ?

– C'est ce que Bjorn a laissé entendre. Il a parlé d'un sauvetage d'instruments océanographiques au large sur l'*Hudson*.

– Ah ? Et il est parti pour longtemps ?

– Écoute Élisabeth, je nage dans l'inconnu. Bjorn est en mer; en tout cas, je le crois; mais c'est tout ce que je sais.

Justine n'avait pas touché à son scone et elle le posa sur le bord de sa soucoupe.

– Je ne sais pas pourquoi, je ne sais pas pour combien de temps ni sur quel navire. C'est pour cela que je suis en retard.

Elle se brûla avec son café.

– Tu vois, Bjorn avait l'air fautif hier soir, et je me suis doutée qu'il y avait quelque chose de louche, bien évidemment. Ce matin, je n'ai pu m'empêcher d'aller vérifier. Je suis allée voir à l'Institut Bedford. Élisabeth, l'*Hudson* est encore à quai.

– Eh bien, peut-être le vieux rafiot a-t-il eu un empêchement? Une avarie?

Il était évident qu'Élisabeth louvoyait.

– Il n'est pas jeune, tu sais, l'*Hudson*, et Bjorn se plaint toujours que le ministère n'y a pas mis un rond depuis belle lurette...

– Oui, eh bien, si tu veux le savoir, l'*Hudson* a l'air mort, abandonné. Il est évident qu'il ne partira pas sous peu. Non; si Bjorn n'était pas parti, il aurait appelé... Il a donc bien quitté la ville. Mais sur un autre navire!

Justine posa sa tasse; elle était trop énervée pour avaler quoi que ce soit.

– Élisabeth, si tu me dis que John est parti lui aussi précipitamment...

– Alors tu crois...

– Je ne crois pas, Élisabeth; j'en suis maintenant certaine. Bjorn et John sont sur le même bateau. Mais où? Et pour faire quoi? Et pourquoi Bjorn m'a-t-il menti?

– Je t'assure, Justine, que je n'en sais pas plus que toi.

Élisabeth mentait à demi, et douta que Justine en fût dupe.

– Pas en ce qui concerne Bjorn, en tout cas.

Ça, c'était la vérité.

– John ne m'a rien dit à son sujet. Tout ce que je sais, c'est qu'il dirige des manœuvres avec les Américains au large des Bermudes. Mais, à part ça, John a été plutôt évasif. Et tu le connais; je ne suis pas assez sotte pour insister quand il ne veut pas me dire une chose. Je me mêle de ce qui me regarde, et je m'en porte bien, Dieu merci. Mais toi, tu t'inquiètes, Justine... À quoi songes-tu au juste?

– Je ne sais pas. Je suis sûre que ces hommes avec qui il est parti étaient de la Marine royale canadienne, et non pas de l'*Hudson*. Et s'ils sont revenus chercher Bjorn après toutes ces années, et en pleine nuit, c'était pour un motif bien précis. Ils avaient besoin de lui. De lui et de personne d'autre. Il s'agit de quelque chose que Bjorn sait et qu'eux ne savent pas. Peut-être quelque chose que lui seul peut faire. Je n'en sais rien, moi. Et ton John y est mêlé jusqu'au cou. Bjorn n'y serait retourné que si c'était lui qui le lui demandait.

Elle balaya l'air du revers de la main.

– Depuis hier soir, je fouille dans le passé, je cherche parmi les voyages, les missions, les projets qu'ils ont réalisés quand Bjorn travaillait pour eux, quand il était l'un d'eux. Ce pourrait être n'importe quoi… Et je ne sais rien sur la plupart de ces vieilles choses !

Élisabeth ne disait rien, attendant que Justine en découvre le plus possible avant de sortir le peu qu'elle savait. Justine lui posa encore une question :

– Pour combien de temps John t'a-t-il dit qu'il partait ?

– Je crois en fait qu'il ne le savait pas vraiment lui-même. Il a d'abord dit trois jours, puis une semaine tout au plus… Le connaissant, cela veut dire qu'il a l'intention de terminer la besogne en vitesse, mais que ça ne dépend pas entièrement de lui.

– Et la destination ?

– Mais je te l'ai dit, Justine : les Bermudes, des manœuvres. Tu ne m'écoutes pas…

– Les Bermudes ! Des manœuvres ! Je n'y crois pas ! Bjorn ne serait pas allé avec eux simplement pour des manœuvres de routine.

Justine avait saisi un muffin et elle était en train de l'écraser dans sa main sans s'en rendre compte.

– Il n'a rien à y faire. Et si tu veux savoir, je crois que John t'a menti aussi. Il n'y a pas de manœuvres. Je ne sais pas ce qu'ils font en mer, mais ils avaient besoin de Bjorn ; c'est pour cela qu'ils sont venus le chercher. Et puis il fallait vraiment que ce soit quelque chose d'imprévu ou d'urgent pour qu'ils partent comme ça avec le vent qu'il faisait hier.

Justine ajouta pour elle-même en regardant la baie, sa tasse de café à la main : « Quelque chose que Bjorn ne pouvait pas me dire… » John et Bjorn étaient inséparables quand ils étaient dans la marine tous les deux. Ils étaient encore assez liés aujourd'hui, quoique plus distants, à cause de Justine qui n'aimait pas du tout John. Justine n'arrivait pas à comprendre ce que cette histoire pouvait bien vouloir dire. Elle interrompit sa rêverie quand Élisabeth se racla la gorge.

– Il y a autre chose, Justine.

Justine garda les yeux fixés sur la baie en portant lentement la tasse à ses lèvres. On y était. Élisabeth s'était tue, et Justine savait qu'elle hésitait avant de se compromettre. Pourtant elle le ferait, pour son amie Justine. Mais il ne fallait pas la regarder tout de suite, sinon l'huître risquait de se refermer. Comme ces iris de mer étaient beaux et innocents dans leur pré mouillé, les pieds dans l'eau…

– Je ne devrais pas te le dire, mais je sais que trois autres unités sont parties également. Mais pas hier soir. Elles ont quitté le port plus tôt, la veille peut-être, ou bien quelques jours auparavant. Elles sont parties chacune de leur côté. Mais je sais que c'est dans le même but, parce que je crois bien que c'est John qui a le commandement unifié des quatre navires. Ils ont appelé ici chacun leur tour dans la matinée hier.

– Qui a appelé?

– Les capitaines des autres navires.

Justine fixait maintenant son amie avec un agacement évident. Elle ne voyait pas où Élisabeth voulait en venir. Si elle croyait à l'histoire des manœuvres, pourquoi son amie s'étonnait-elle du fait que d'autres unités y participent? Peut-être ne savait-elle que peu de choses elle-même. Élisabeth reprit :

– C'est quelque chose de gros, mais je ne sais pas quoi. Quelque chose que je ne devrais pas savoir.

Élisabeth avala un scone et ses yeux s'arrondirent quand elle ajouta :

– Je classerais cette mission dans leur catégorie «ultrasecret»!

Ces mots réveillèrent d'autres mauvais souvenirs chez Justine. À vivre dans le secret comme Bjorn l'avait fait, on apprenait à mentir, puis on perdait la juste perspective des choses, et, à la fin, on ne savait plus qui on était soi-même. Élisabeth poursuivit :

– J'ai surpris John hier après-midi en conversation avec les commandants des trois unités. J'avais pris le téléphone en bas sans savoir qu'il était déjà en ligne. Les autres capitaines étaient quelque part au large et appelaient par satellite. Et John a dit une chose qui ne m'a pas frappée sur le coup. Mais maintenant je réalise que ça n'avait pas de sens.

Justine trépignait en attendant qu'Élisabeth vide enfin son sac. Elle était détestable quand elle jouait comme ça au chat, la petite souris, et il fallait la laisser aller, ne pas trop la brusquer, sinon elle aurait peur et retournerait se cacher. Justine se servit encore du café.

– Mais il l'a su quand j'ai pris le combiné. Je n'ai écouté que quelques secondes avant de me rendre compte, mais John m'a ordonné de raccrocher immédiatement.

Élisabeth but une gorgée de thé.

– Après, il m'a fait de gros yeux, en me donnant un de ses ordres très officiels de ne parler de tout cela à personne. Je ne devais même pas dévoiler que lui-même était parti hier soir en vitesse. Je te le dis à toi, mais tu ne dois pas le répéter. Promets-le-moi, veux-tu?

Justine ne disait effectivement pas un mot. Elle regardait de nouveau le bras de mer. La brume revenait et repartait par petits coups, et les iris rapetissaient puis grandissaient à vue d'œil, comme le chat sortait du sac. Élisabeth ne parlait plus. Elle attendait que Justine l'y pousse.

– Mais Élisabeth, me diras-tu enfin ce que tu veux que je te promette de ne pas dire? Que John soit en mer et en manœuvres avec ses copains, ce n'est pas vraiment un secret, ça, Élisabeth. Allez, dis-le-moi, je t'en supplie.

– Quand j'ai pris l'appareil, John riait et il a dit à un des capitaines de faire attention.

– Et?

– Il a dit de faire attention aux icebergs.

– Aux quoi?

– Aux icebergs.

– Et alors?

Justine avait prononcé ces mots distraitement, comme si elle était déjà repartie ailleurs.

– Mais, Justine, il n'y a pas d'icebergs aux Bermudes!

Justine fixait maintenant Élisabeth. Elle avait saisi enfin, et s'interposa avant que son amie ne conclue elle-même.

– Cela veut dire que les autres sont au nord, et que John et Bjorn s'en vont là-bas les rejoindre.

Justine se leva d'un coup. Elle était prête à partir, mais Élisabeth la retint.

– Justine, fais attention. Je sais que tu ne crois plus à tout cela. Mais dis-toi bien que tu es aussi sous le coup de cette interdiction que John m'a servie. Si Bjorn est vraiment parti avec eux, il s'est peut-être remis la main dans le panier de crabes, comme tu dis, et, dans ce cas, tu es un peu dans le coup toi aussi. C'est de nouveau un cas de sécurité nationale, Justine. Comme avant, quand nos maris travaillaient sur leurs trucs ultrasecrets. Nous sommes encore sous serment, Justine. Toi aussi, même si Bjorn en est sorti, lui. Et bien qu'on ne nous dise jamais rien à nous deux, et que la pire torture ne pourrait nous soutirer quoi que ce soit de pertinent ou de cohérent, étant donné que nous ne savons jamais rien.

» Sois bien prudente, Justine. Moi, j'ai bien dormi, cette nuit, parce qu'au fond je n'avais rien entendu et que je ne voulais pas savoir de toute façon. Du moment que John fait ce qu'il a à faire et qu'il me revient sain et sauf, le reste ne m'intéresse pas. Mais toi, Justine, tu veux toujours tout savoir, et, avec ton métier, ils vont te suivre pas à pas. Méfie-toi.

Justine regardait Élisabeth. Soudain, elle la détestait. Elle lui en voulait de sa soumission. Mais elle enviait aussi la tranquillité que cela lui procurait. Dès que Justine serait partie, son amie prendrait un livre et s'allongerait dans son fauteuil en rotin, calée dans un coussin à tournesols sur fond bleu, devant la fenêtre de la véranda. Ou bien elle irait voir ses iris au bord de l'eau et gratterait le sol alentour, amoureusement. Et sa journée serait de nouveau sereine et sa vie remplie de certitudes parce qu'elle refusait d'interroger ses doutes.

Justine promit de se taire, remercia Élisabeth et s'excusa. Il était près de dix heures et elle avait du boulot au studio. Elle rumina tout le long de son trajet vers le centre-ville et vint se garer nerveusement sous le panneau «Visiteurs» derrière l'édifice de Radio-Canada, en face du grand parc des Commons, rue Robie. À la réception, on la salua comme une habituée, et elle inscrivit le nom de Kevin McDonald sous la colonne "But de la visite". Kevin l'attendait à l'étage, et il l'embrassa maladroitement en lui demandant si elle était toujours heureuse d'être passée à CNN.

– Ça dépend des jours, répondit-elle, je suis contente d'être à la pige. Je ne sais jamais à quoi m'attendre et je dois tout faire. C'est comme ça que j'aime le métier : tout faire soi-même sans être obligée d'attendre après la machine syndicale.

– Et là, tu es sur quelque chose? Est-ce que CNN serait sur une grosse affaire? Un scoop?

Un instant, Justine se sentit fouillée et eut l'impression que Kevin avait entendu sa conversation avec Élisabeth, mais c'était impossible, et elle enchaîna, sans rien laisser paraître :

– Non, Kevin, non, rien que tout le monde ne sache déjà. C'est cette histoire de baleine dont je t'ai parlé. Je suis venue voir les images que vous avez sur le béluga de Guysborough. On m'a demandé un reportage, mais je ne veux pas refaire ceux qui ont déjà été faits.

– *Wow!* s'écria Kevin, la grande Justine Larsen qui veut voir nos images! Quel honneur! Se pourrait-il que nous soyons tombés sur quelque chose d'intéressant avant même CNN? Je suis flatté, ma chère, flatté. Attendez-moi, s'il vous plaît, que je regarde.

McDonald fit apparaître sur l'écran de son micro-ordinateur les fiches informatisées de la banque de bandes vidéo.

– Aïe! j'en ai plusieurs… Oh! mais ça date, mon amie. C'est une vieille histoire, ce béluga. Tu es sûre que ça t'intéresse? Tu vois cette fiche? Et ici, tiens, tiens… Il y a même une entrée qui a été faite par une de tes compatriotes, une Québécoise comme toi. Elle a fait un reportage là-dessus en 1995. Veronica Mowren, pour le Réseau de l'Information.

– Kevin, tu le fais exprès; son nom, c'est Véronique Morin, pas Veronica Mowren. Je connais tes sentiments envers le Québec, mais ça ne sert à rien de te moquer ainsi…

– Et d'après toi, qu'est-ce que je devrais faire au juste?

Kevin, soudain transformé en patriote frustré, fixait Justine.

– Ces gens-là sont en train de détruire mon pays et je ne devrais rien dire?

Justine se garda bien de répondre, refusant comme toujours de s'aventurer plus loin sur ce terrain miné. Elle connaissait bien Kevin et elle savait que, si elle ne le provoquait pas, il s'essoufflerait bien avant d'arriver au bout de sa litanie antiquébécoise. Elle lui sourit simplement, espérant que son charme agirait encore sur ce collègue qui avait longtemps eu le béguin pour elle. Mais Kevin se rebiffa, et attaqua plus directement.

– Et toi, ça te fait quoi de savoir que c'est Évelyne Leroy qui dirige les négociations du Québec avec le Canada? Une femme qui a travaillé ici, avec nous, pendant des années?

Kevin attendit en vain une réponse, et reprit :

– Au fond, j'imagine que tu n'es pas plus étonnée que moi : bien avant la fin de son séjour, elle avait déjà commencé à nous casser les oreilles avec sa sympathie pour les séparatistes…

La mention d'Évelyne, dont le souvenir lui était revenu la veille, ennuya Justine encore plus, et elle montra son impatience.

– Kevin, je t'en prie. Il y a des années que je n'ai pas parlé à Évelyne. Et tu sais que je ne m'intéresse plus du tout au dossier du Québec. Sois gentil, veux-tu? Il faut que je voie ces reportages...

Kevin se calma un peu mais ne put s'empêcher de la relancer.

– Et celui de Veronica, tu le veux ou tu ne le veux pas? Il est en français, celui-là, au moins...

Cette fois, Justine se fâcha carrément.

– Cesse tes sarcasmes, Kevin, d'accord? Oui, je le prends; je les prends tous. Je veux voir tous les reportages que vous avez. Tous! En anglais, en français, en chinois ou en kurde. Et après je passe à CTV voir les leurs. Ça te va? Alors, je t'en prie, fais-les sortir, d'accord? La salle A est libre?

Kevin était plutôt ravi de son effet, et il se fit conciliant.

– O.K., O.K., ne vous énervez pas, madame; je suis à votre service!

Il appuya sur une touche du clavier.

– Va t'installer dans la A, je te les fais envoyer. Mais, je te préviens, tu vas y passer un sacré bout de temps. Tu n'es pas la première à avoir un faible pour cette bébête; elle a fait courir tous les reporters du réseau, à ce que je vois. Depuis 1993 que ça dure. Crois-tu vraiment que ton petit chéri soit encore là-bas?

Justine avait déjà quitté la pièce, et Kevin se dit que, si elle travaillait là-dessus, c'était que l'animal était encore vivant et qu'il y avait quelque chose à en tirer. Mais quel gaspillage, pensait-il. Justine Larsen qui faisait un reportage de fond sur une baleine! Et à Guysborough en plus, ce petit coin perdu sans histoire. N'y avait-il pas précisément quelque chose de plus important qu'elle pourrait faire en ce moment, avec ce qui se passait au Québec? Et qui d'autre que Justine aurait pu mieux s'en charger? Chère Justine, si compétente, et... toujours aussi attirante...

– Guysborough, marmonna-t-il, ce n'est pas la porte à côté. C'est presque au Cap Breton.

Kevin se leva et passa la tête dans le couloir. Justine était déjà au tournant et il lui lança :

– Hé! Justine! Le trajet est long jusqu'à Guysborough! Si tu veux de la compagnie, dis-le-moi; je ne détesterais pas faire ce petit voyage seul avec toi...

Dans la salle des moniteurs, Justine inséra la première cassette dans le magnétoscope bêta à haute vitesse. Elle vérifia la cote de localisation sur l'index au dos de la boîte, tourna le bouton de déroulement rapide, puis l'arrêta. Sur l'écran, l'accéléré se figea sur une sorte de gros dauphin dodu qui faisait surface en soufflant et en montrant son dos. Il était gris, et non pas de neige, comme on s'y serait attendu d'une baleine blanche. Par contre, l'animal avait une marque blanchâtre qui lui coupait la ligne du dos, près de la queue, comme la cicatrice d'une blessure causée par une hélice de hors-bord. Le reporter disait que c'était une jeune femelle, qu'elle était seule, isolée de ses congénères dans cette baie depuis quelque temps. Seule et isolée, retint Justine.

Quelqu'un l'avait baptisée Wilma. Justine tourna la molette de déroulement vers l'avant et la cassette se mit à siffler. Whiiii. Quel nom ridicule, pensa-t-elle. Pourquoi donner des noms aux bêtes sauvages? Et Wilma en plus! Elle retira la cassette et en inséra une deuxième. Un jeune chien posait les pattes avant sur le rebord d'un canot pour mieux renifler le dos de la baleine. Le jeune béluga le laissait faire. Déroulement rapide. Arrêt. Des images sous-marines apparurent. Un plongeur, les lèvres boursouflées de façon grotesque par son masque et son embout, prenait un coquillage que le béluga avait arraché du fond pour le lui apporter. L'animal, au contraire, avait une jolie bouche qu'il gardait figée en un perpétuel sourire. Autre cassette. La baleine nageait maintenant avec quelqu'un revêtu d'une combinaison de plongée sous-marine et qui tentait de s'asseoir sur son nez. «C'est qu'elle aime jouer», disait le reporter. «Les animaux de cirque aussi», pensa Justine.

Justine retira la cassette et vit son visage se refléter sur l'écran du moniteur redevenu noir. Ça, c'était une image de son histoire à elle. Où les autres images de sa vie étaient-elles préservées? Et que pourrait-elle en tirer si elle les visionnait? Et voilà Bjorn qui arrivait soudain. Whiiiiiii vers l'arrière. Arrêt sur le temps passé quand il la trompait. Whiiiiii vers l'avant. Deux ans s'étaient écoulés en un instant, et Justine le trompait à son tour. Et, cette fois, c'était lui qui avait mal. Comme le même geste faisait naître des sentiments différents, le bonheur et l'excitation, au lieu du malheur et de l'angoisse qui vous coulaient les pieds dans le béton, selon qu'on était celui qui trompait ou celui qui était trompé. Toutes les scènes étaient là, il suffisait de les choisir et de refaire l'histoire à son goût. Comme il en fallait, des années, pour apprendre à ne pas accepter sa vie dans l'ordre où elle se présentait! Il fallait changer d'angle et la remonter en entier. À quoi serviraient les souvenirs si on ne savait les ordonner en quelque chose de mieux? Ils seraient tous d'égale valeur et aussi vides de sens que les images d'une banque de données. Whiiiiii. Bjorn était en mer aujourd'hui. Justine était seule à terre. Whiiiiiiilma aussi était seule, seule au milieu de gens qui lui voulaient du bien.

La cassette suivante était celle du reportage de Véronique Morin. Elle avait inclus une entrevue avec un scientifique québécois, expert des bélugas. Il nous apprenait que les bélugas ne vivaient pas dans les eaux de la Nouvelle-Écosse, et que Wilma était arrivée plusieurs années auparavant, alors qu'elle était encore très jeune, et accompagnée de sa mère. Cette dernière serait morte ou disparue par la suite, et Wilma, ne sachant apparemment où aller ni comment rejoindre ses congénères, était demeurée seule dans la baie de Guysborough. Elle avait fait sa maison d'une grosse bouée de navigation verte, nageant dans son voisinage la plupart du temps, et y retournant de temps à autre au cours de ses rencontres avec des humains. Justine figea le moniteur sur l'image de la baleine qui plongeait sous sa maison d'acier flottante. Même les baleines avaient besoin de bouées. Plus loin, le scientifique parlait d'un frottis de peau prélevé sur le jeune animal pour tenter de savoir d'où il venait en comparant ses gènes à ceux d'individus de diverses populations de bélugas dispersées dans l'archipel arctique canadien. L'analyse avait démontré que Wilma et sa mère provenaient d'une petite population distincte qui était isolée dans le fleuve Saint-Laurent depuis des centaines d'années. Une baleine québécoise. Et distincte. «Comme moi», pensa Justine. Mais ce n'était que de la génétique, pas la vie, et ça n'avait pas plus de sens pour elle-même que pour la baleine.

Après avoir visionné toutes les cassettes, Justine rassembla ses notes, remercia Kevin au passage et se rendit à l'autre réseau national de télévision. Elle dut retraverser le centre-ville et descendre de nouveau sur le bord de mer, les bureaux de CTV donnant sur une rue en cul-de-sac se terminant sur le détroit juste en face de George's Island. La vue de cette île la ramena à ses sombres pensées. Bjorn avait dû croiser cette petite terre en sortant du port la veille pour prendre la mer, et elle souhaita qu'il ait eu du remords de lui avoir caché une partie de la vérité. Les images de CTV sur le béluga étaient semblables à celles de son compétiteur, bien que présentées dans un style plus accrocheur. Justine passa le reste de l'après-midi à les visionner et à noter d'autres éléments. En sortant, elle marcha jusqu'au café du vétuste hôtel Nova Scotian attenant à la gare ferroviaire au coin de la rue. Elle commanda un casse-croûte, qu'elle se mit à manger distraitement en étalant ses notes sur la table parmi les ustensiles et les miettes de pain.

Plus elle regardait ses gribouillis, plus Justine doutait. Pourquoi avait-elle proposé ce sujet? Elle ne s'intéressait pas vraiment à la nature, et elle ne connaissait pas grand-chose du milieu marin, encore moins des baleines. Et, en outre, c'était vraiment un reportage inutile, un fait divers qui ne menait à rien. Bien sûr, il y avait le petit côté touchant d'une baleine qui fréquentait l'homme. Mais ce n'était pas le genre de Justine Larsen, et c'était pour cela que Kevin avait blagué. Il ne l'avait pas dit directement, mais il trouvait que Justine perdait son temps, qu'elle gaspillait son talent. Et pourtant elle se sentait étrangement prise par cette histoire de béluga. De baleine exilée… Exilée. Elle aussi. Et soudain, alors qu'elle fixait le petit faisceau de lumière qui filtrait à travers son verre de vin, elle sut. C'était ça, l'angle; elle venait de le trouver. Mais plus le reportage prenait forme dans sa tête, plus elle se sentait troublée. Ce n'était pas l'histoire qui comptait, autant que celle qui la racontait. Le véritable sujet, au fond, c'était elle-même. Elle-même autrefois, à une époque où elle était engagée dans ce qu'elle faisait. Cette petite baleine ramenait Justine à une époque où elle n'était pas la même femme qu'aujourd'hui.

Il était tard en soirée quand Justine rentra à la maison. Elle n'ouvrit pas tout de suite, mais s'attarda dans l'allée à regarder les grands arbres. Ils étaient calmes dans le soir, mais elle les voyait encore s'agiter sous le fort vent de la veille, le vent sous lequel Bjorn était parti. C'était le même vent qui, quelques années auparavant, avait amené la baleine, ce petit animal inconnu qui

71

essayait maintenant de s'introduire dans sa propre vie. Quelque chose était arrivé, ou quelque chose allait se produire, que Justine n'arrivait pas à comprendre. Il devait y avoir un sens à tout cela.

Justine errait dans la maison pieds nus; elle avait gardé son foulard et son blouson. Dans l'escalier, elle s'arrêta devant la photo des trois amis. Pourquoi Bjorn aimait-il tant Robert? Si seulement il avait su, il y a longtemps que la photo aurait disparu. «Mais moi, se dit-elle, je sais, et je dois la voir tous les jours.» Bjorn n'avait jamais su que Justine avait été la maîtresse de Robert, alors qu'elle avait deviné avec qui son mari l'avait trompée. Les hommes pouvaient être si bavards, tant ils étaient fiers de leurs prises, incapables de ne pas gonfler leurs plumes, là où une femme savait se taire.

Et c'était cela qui était revenu avec le vent, avec la baleine. La solitude, cette époque de son passé où Justine avait été si malheureuse. Et, en même temps, elle sentit un courant de fond qui amenait des vagues de bonheur. Et soudain, comme une brique qui lui tombait en pleine poitrine, instantanément, elle sut qu'il y avait un lien entre tous ces morceaux épars. Elle réalisa qu'elle n'était pas montée tout de suite pour se mettre au lit parce que inconsciemment il fallait qu'elle trouve ce lien. Il y avait quelque chose qu'elle devait faire, et c'était pour cela qu'elle avait gardé son foulard et son blouson. Elle devait sortir. Non. Elle devait rester. Et appeler. Elle y était, maintenant; il fallait qu'elle appelle. Comme au temps où Bjorn était officier de marine et qu'il ne pensait qu'à sa carrière. Elle téléphonait toujours dès que son mari partait. Elle téléphonait au meilleur ami de Bjorn, Robert Laroche, pour se remonter le moral. En quittant la maison hier comme il le faisait autrefois, Bjorn avait fait renaître tous les personnages du passé, donné un sens à toutes ces images emmagasinées dans la mémoire. Il avait ramené Justine à ce temps où elle croyait que Robert ne resterait qu'un ami pour elle également, et où elle sortait pour le rejoindre lorsque Bjorn s'en allait. Mais Robert n'habitait plus Halifax maintenant, et elle ne pouvait aller le rejoindre au café. Il habitait au Québec, là même d'où Wilma était venue.

Justine saisit le téléphone en passant dans le hall et fouilla dans le tiroir de la petite table. Elle y trouva un petit carnet d'adresses et chercha un numéro pendant qu'elle se dirigeait vers l'entrée.

Elle sortit dans la petite allée sous les grands arbres, laissant le vent s'engouffrer par la porte ouverte. Elle composa un numéro de la ville de Québec et attendit fébrilement sous le ciel noir. La sonnerie était si longue... Justine comptait les coups anxieusement. Et soudain sa voix fut là, tout simplement. C'était lui, elle avait mal à la poitrine, à l'endroit où elle avait reçu la brique tout à l'heure. Elle avait peur de renouer des liens qui ne voulaient plus rien dire. Mais comme Wilma et sa bouée, Robert était tout ce que Justine avait trouvé pour se raccrocher.

Et elle ne trouva à dire, banalement, que ces deux mots, comme autrefois, et elle se sentit bête de ne pas trouver mieux. Mais elle savait qu'il saurait que c'était elle.

– C'est moi...

Dans l'œil du cyclone

Le mardi 22 juin, 12 h,
Ottawa, à la résidence de l'ambassadeur des États-Unis

Robert Laroche ne savait pas pourquoi l'ambassadeur l'avait convoqué. Ce dernier ne lui avait pas donné le moindre indice lorsqu'il l'avait appelé dimanche. «Viens donc déjeuner mardi.» Laroche se doutait bien qu'il y avait un lien avec ce qui se préparait à Québec. Son visage s'adoucit. Ce serait probablement une vétille. Robert esquissa un sourire. L'ambassadeur Jim Lugard aimait faire des mystères avec des secrets de polichinelle. Tout le monde savait que, sous son air débonnaire, Jim était un anxieux qui épluchait les nouvelles publiées dans le moindre quotidien et faisait vérifier les plus pertinentes avec minutie. Quand Lugard préparait une mission officielle, il en répétait à l'avance chacun des gestes et paroles. Même si c'était quelqu'un d'autre que lui qui devait représenter son gouvernement.

Dans le cas présent, l'ambassadeur oubliait que Laroche était le mieux placé de tout le corps diplomatique pour négocier à Québec. Contrairement à son supérieur, Laroche parlait français. Il le parlait même à la perfection. Dans son for intérieur, Robert Laroche se considérait comme un Québécois. Il n'en était pas loin dans les faits, puisque son arrière-arrière-grand-père, à l'instar des fils cadets des familles nombreuses du Québec rural, était parti tout jeune trouver du travail et un avenir dans l'État du New Hampshire. Il y épousa une Québécoise comme lui, mais leurs descendants ne résistèrent pas à l'assimilation, de sorte que, lorsque Robert vit le jour, près d'un siècle plus tard, ni l'un ni l'autre de ses parents ne parlait plus le français. Dès que le garçon fut assez grand pour comprendre d'où il venait, il se promit d'apprendre la langue. Ce fut la première étape de son long cheminement pour renouer avec le Québec.

La grande grille en acier trempé était à demi retirée sur son rail. Derrière la vitre du poste de garde, la gardienne armée fit un signe de tête à peine perceptible. Elle avait reconnu de loin la voiture que l'ambassade avait envoyée à l'aéroport. Le nom de l'invité figurait sur la liste de ceux qu'elle pouvait laisser pénétrer sans autre formalité. «Robert Laroche, consul des États-Unis à Québec.» La voiture monta l'allée qui traversait un boisé de feuillus bordé de pelouses, de fleurs et d'arbustes décoratifs. Le consul adorait ces petits voyages à Ottawa. Surtout parce qu'ils lui donnaient l'occasion, une fois les affaires officielles réglées, de passer quelques heures aux Archives nationales pour approfondir ses recherches sur l'histoire des relations entre les États-Unis et le Canada. Et puis il fallait être un ascète pour refuser un bon repas préparé par le chef québécois à la somptueuse résidence de l'ambassadeur, dans le chic quartier de Rockliffe.

La grande maison blanche parut au-delà d'une vaste pelouse rigoureusement verte. Le parvis à colonnes imitait le style colonial américain. Avant d'être achetée par le gouvernement des États-Unis, la propriété avait appartenu à un magnat de l'industrie au tournant du siècle. «Fortune dans l'abattage des pins de la vallée», confirma Laroche. Trois berlines sombres étaient garées à la file devant le grand escalier de la véranda. Laroche ne s'y attendait pas, et il s'informa auprès du chauffeur.

– Il y a combien d'autres convives, Michael?

– Je suis désolé, consul, mais je ne sais pas.

Laroche se mordit la lèvre. Essayer de tirer quelque chose du chauffeur personnel de l'ambassadeur était un faux pas autant qu'une démarche inutile.

Avant même que Laroche n'eût atteint le seuil, le majordome avait ouvert la porte. Il l'entraîna directement sur la gauche, au grand salon, dont les fenêtres donnaient sur la falaise surplombant la rivière des Outaouais. À travers les branches des grands arbres, par-dessus un muret en pierres, on voyait sur l'autre rive les petites maisons d'un quartier de la municipalité de Gatineau, au Québec. En apercevant Laroche, les autres invités s'étaient levés comme d'un commun accord, et ce dernier en eut un mauvais pressentiment. À part l'ambassadeur, ils étaient tous de Washington.

Laroche connaissait déjà Edwards, de la Maison-Blanche, et McIlroy, du Secrétariat d'État. Les autres, qu'il n'avait jamais rencontrés, avaient tous le même regard, à la fois assuré et fuyant. Le regard des professionnels de la capitale mondiale de l'intrigue. Un dernier invité, qui parlait au téléphone près du mur du fond, fit un signe de la main en haussant les sourcils à l'intention de Laroche. Le général Moreley était un habitué des cocktails officiels et un grand fêtard. Laroche le connaissait surtout pour ses frasques lors de la réception champêtre que l'ambassadeur donnait à sa résidence pour la fête nationale du 4 juillet. Sa présence à ce dîner acheva de déstabiliser Laroche. Moreley était de l'état-major de NORAD, l'accord sur la défense aérienne conjointe du continent.

Robert n'eut pas le loisir de répondre au salut du général. Jim Lugard lui saisit le bras.

— Eh bien, Robert, il ne nous reste plus qu'à passer à la salle à manger !

À table, Laroche se retrouva face à l'ambassadeur, et coincé entre Edwards et McIlroy. Il ne trouva rien d'agréable au déjeuner. Malgré le service impeccable, dans la vaisselle bleue et or frappée de l'aigle du Secrétariat d'État, et en dépit des mets irréprochables, Robert mangea du bout des lèvres. Il ne profita ni des tableaux accrochés aux murs, et dont la rotation régulière ne manquait jamais de le surprendre, ni de l'odeur des fleurs fraîchement coupées sur le buffet et sur les guéridons. À part l'ambassadeur, personne ne prononça le moindre mot. Il était évident qu'ils avaient discuté le coup avant son arrivée. Et dans la voiture sur le chemin du retour vers l'aéroport, Laroche entendait encore les derniers mots que lui avait adressés Lugard sur la véranda, le regard absent. «Je demeure un grand ami du Canada. Et nous trouvons tous la situation au Québec tellement regrettable.»

Ce fut à ce moment précis que s'installa dans le cœur de Laroche une douleur qui ne le quitta plus. Le consul savait qu'elle y resterait aussi longtemps qu'il n'aurait pas trouvé le moyen d'apaiser sa conscience sans avoir à trahir son pays.

* * *

Le mardi 22 juin, 21 h,
dans la vieille ville de Québec

On pouvait difficilement imaginer un site plus romantique que celui du consulat des États-Unis d'Amérique dans la vieille ville de Québec. Il se trouvait à l'extrémité d'un rang d'antiques maisons en pierres dans une rue étroite du quartier de la haute ville qui surplombe le fleuve Saint-Laurent. Le consulat n'était qu'à quelques pas du Château Frontenac, un imposant assemblage de tours fenêtrées, de tourelles et de pignons dressé sur le cap, et dont le profil unique en faisait l'un des hôtels de luxe les plus souvent photographiés au monde. Les calèches de touristes ne manquaient pas de passer sous l'arcade du Château avant de se diriger vers le petit édifice appartenant au gouvernement américain. Au passage, le cocher ralentissait pour attirer l'attention sur le drapeau le plus universellement connu de la planète et sur la plaque de bronze attestant la propriété du Secrétariat d'État. À peine enchaînait-il du même ton pour vanter les mérites du petit parc historique des Gouverneurs juste en face que déjà ses mots se perdaient dans les pas du cheval sur le pavé.

Le site du consulat était en outre éminemment stratégique, se trouvant à quelques minutes de marche des pouvoirs fédéral et provincial. En remontant la petite rue Sainte-Geneviève, puis en obliquant sur la droite, on débouchait sur la porte Saint-Louis, une des entrées de la vieille ville fortifiée. Là, sur la gauche, se trouvait la citadelle de Québec, occupée par une garnison des forces armées canadiennes, et dont un bastion servait de résidence officielle au gouverneur général du Canada, le représentant du souverain britannique. Devant, en poursuivant sa route sous l'arche de pierre de la porte des fortifications, on arrivait rapidement à l'Assemblée nationale, siège du gouvernement du Québec, démocratiquement élu par le peuple.

Dans le but de renforcer la sécurité, le gouvernement des États-Unis avait récemment acquis la maison adjacente du côté ouest. Celle-ci demeurait cependant inhabitée sans qu'il n'y paraisse. Étant en bout de rangée, le consulat n'avait pas de voisin à l'est, où une petite rue sans issue bordait un parterre adjoignant la terrasse Dufferin. Cette large promenade en bois occupait toute la bordure du cap sur plusieurs centaines de mètres. Aux beaux jours, une vieille coutume voulait que les Québécois viennent y déambuler par centaines pour admirer le Saint-Laurent du haut du promontoire rocheux qui le domine. Cette proximité au fleuve offrait au consulat une vue imprenable sur les deux rives du Saint-Laurent, la plus grande voie d'accès naturelle au cœur du continent nord-américain.

C'était le solstice d'été, et la soirée était exceptionnellement chaude. Dans la pénombre qui achevait de s'installer sur la terrasse, les mouvements des gens étaient contraints par une barricade temporaire. Dans cette enceinte, des ouvriers avaient travaillé depuis quelques jours pour installer une estrade, des gradins et des mâts. Au lever du jour, ils y accrocheraient de larges banderoles annonçant l'objet des cérémonies extraordinaires prévues pour le 24 juin, fête nationale des Québécois. Cette année, la célébration allait revêtir un caractère unique et sans précédent, et chaque soir, depuis une semaine, il n'y avait pas assez d'espace sur la terrasse devant le Château pour tous les promeneurs qui auraient voulu s'y attarder, ni pour la diversité des amuseurs publics qui s'efforçaient de les retenir le plus longtemps possible. Les badauds débordaient sur le talus délimitant la terrasse du côté du consulat et jusque dans le parc. Partout la foule se pressait, plus dense qu'à l'habitude, en raison de la fébrilité qui s'était emparée de la capitale à l'aube d'un des plus grands événements qu'elle eût jamais connus.

Dans sa résidence privée occupant le dernier étage du consulat, Robert Laroche leva les yeux de sa lecture et quitta son fauteuil pour se rendre à la fenêtre. Il était loin de partager l'esprit de fête empreint de solennité qui animait de façon presque tangible tous les passants. Le livre qu'il venait de feuilleter était un titre fraîchement sorti des presses et qui serait en librairie dans les jours suivants. Les commentaires imprimés au dos de la jaquette étaient dithyrambiques. «Depuis l'œuvre gigantesque de Bruce Catton, aucun ouvrage sur la guerre civile américaine n'a atteint un tel degré de réalisme et de passion.» Le passage suivant troublait Laroche davantage, et, pour l'avoir lu et relu, il aurait pu le réciter par cœur. Ce soir, il aurait aimé pouvoir le lancer à voix haute à tous ces gens dans la rue et assis dans le parc, leur crier chacun des mots qui ne faisaient qu'ajouter aux sinistres pressentiments qui le tenaillaient depuis le déjeuner à l'ambassade.

«L'auteur nous fait vivre de façon troublante les événements qui ont inexorablement mené à l'hécatombe qui dura quatre longues années. Son analyse en profondeur des actions de gens réputés raisonnables, des incompréhensions mutuelles, des déclarations imprudentes, et des erreurs de jugement impardonnables qui au cours des années 1860-1861 ont précédé le déclenchement d'hostilités et d'horreurs que nul n'aurait crues possible, est une leçon pour les générations à venir. Et au-delà des faits et des gestes, on sent à chaque page battre le côté sombre de l'âme humaine qui de tout temps a poussé des gens à leur perte au nom de principes et de lois qu'ils finissent par sceller avec leur propre sang autant qu'avec celui de leurs victimes.»

Robert Laroche avait les larmes aux yeux, et son désarroi était doublement légitime. Il était l'auteur de ce livre porté aux nues par des collègues qui en avaient lu le manuscrit. Mais, surtout, Robert réalisait que ce qu'il avait tenté d'exorciser tout au long de sa carrière d'historien se retournait maintenant contre lui-même.

Laroche avait fait connaissance avec l'histoire alors qu'il était collégien, pendant les grandes vacances d'été, et à la suite d'un événement fortuit qu'il ne devait jamais oublier. Un jour qu'il se promenait dans la campagne québécoise non loin de la résidence d'été que ses parents louaient au lac Memphrémagog, il avait trouvé dans un grand bosquet, au milieu d'une prairie laissée en jachère depuis bien des années, un petit cimetière familial. Le site semblait avoir été totalement oublié par les descendants de ceux qui y étaient enterrés, autant que par le propriétaire actuel des lieux. Les vieilles pierres tombales, inclinées ou renversées, étaient dispersées à l'ombre des grands arbres sous un fouillis de ronces, de racines et de branches mortes tombées au rythme du vent et des ans. Quelques pierres ne portaient aucune inscription ou n'en conservaient que des bribes indéchiffrables, mais la plupart n'étaient qu'à moitié érodées par le temps et les éléments. Une stèle qui était tombée face contre terre sur un lit de pervenches au cœur le plus sombre du bosquet pouvait se lire comme si elle avait été gravée la veille.

Les dates que Robert put déchiffrer s'échelonnaient de 1812 à 1837, et ceux qui avaient trouvé ici leur dernier repos portaient tous le même patronyme. Le jeune garçon se persuada qu'une malédiction ou une catastrophe inimaginable s'était abattue sur cette famille et que les survivants s'étaient enfuis pour disparaître sans laisser de traces. Laroche ne devait jamais oublier le dernier moment de ces heures fébriles, alors qu'il était assis en fin d'après-midi sur un rocher dans son temple au milieu des grands arbres. Il regardait les taches de soleil et d'ombre balayer doucement les sépultures dans le calme absolu de ce monde secret qu'il était le premier à contempler depuis une éternité. Il ressentit la même exaltation qui avait saisi un de ses héros, l'explorateur John Lloyd Stephens, lorsqu'il avait découvert les tout premiers vestiges mayas enfouis sous la jungle du Yucatán. Robert sut ce jour-là qu'il venait de trouver un sens à sa vie.

Il passa le reste de l'été à sillonner les fermes avoisinantes à la recherche d'autres vestiges qu'il qualifia d'archéologiques, visitant au passage les cimetières encore en usage, notant des noms, recherchant ses propres homonymes, et essayant de reconstituer des liens de parenté entre les occupants des divers sites. À l'automne, de retour aux États-Unis, Laroche poursuivit ses recherches autodidactes. Elles le menèrent tout naturellement à des études universitaires en histoire, et lui fournirent finalement le sujet de son doctorat. Il avait découvert qu'un parent éloigné du côté maternel avait participé à des rencontres entre les dirigeants de la Caroline-du-Sud et ceux du gouvernement fédéral à Washington, juste avant le déclenchement des hostilités de la guerre de Sécession. Dans des cahiers laissés par cet ancêtre, Robert apprit comment les envoyés de la Caroline étaient demeurés persuadés jusqu'à la fin qu'une entente était possible avec l'Union, alors même que la flotte fédérale, dans le plus grand secret, était déjà en route vers la baie de Charleston. Laroche écrivit son mémoire de thèse sur le sujet, et consacra sa carrière à l'étude de cette période de l'histoire de son pays, sujet qui devint une véritable passion.

Ce n'étaient pas les diverses péripéties ni l'ordre et le déroulement des batailles qui intéressaient l'historien Robert Laroche, mais l'aspect humain de la guerre civile. Il s'interrogea sur les motivations des combattants des deux camps, politiciens ou généraux, qui avaient pris part ou acquiescé à une même décision, celle d'envoyer des hommes au feu. Il essaya de comprendre ce qui poussait de simples soldats à quitter leur épouse et leurs enfants qu'ils aimaient tant cajoler, pour aller tuer d'autres pères de famille. Robert consulta des dossiers personnels, lut des lettres adressées aux êtres chers depuis les camps militaires, et se retrouva en présence de morts qui avaient encore quelque chose à dire. Il visita d'autres cimetières, non pas des vestiges paisibles oubliés sous les arbres, mais de fiers monuments glorieux étalés au soleil dans les champs de bataille de naguère. Ceux-là étaient abondamment pourvus de tombes, et il y trouva à l'occasion les noms de familles dont il avait reconstitué les lignées alors qu'il n'était encore qu'un adolescent dans la campagne de ses vacances.

Une rumeur plus forte s'éleva de la rue et fit sortir le consul de sa rêverie. Un petit groupe de jeunes passait au milieu de la chaussée en arborant le drapeau du Québec, croix blanche sur fond bleu portant quatre fleurs de lys. À entendre leurs chants et leurs clameurs dans cette langue de France, et leurs pas frapper sur les pavés et résonner contre les vieux murs en pierres, Laroche vit flotter dans la pénombre, par-delà les siècles, l'ancien drapeau national français qui fut décapité par la tourmente de la Révolution en même temps que la royauté. Quelle ironie que Robert Laroche soit ici en ce moment où il semblait que l'histoire allait de nouveau se répéter, alors que cette ville paisible qu'il aimait tant se trouvait à son tour sur le chemin du mauvais sort! Le but de Laroche en se consacrant à l'étude de l'histoire, puis aux affaires étrangères, avait été d'aider à enrayer cette machine atavique qui engendrait des conflits sanglants. Et voilà qu'il allait être plongé dans une autre de ses manifestations. Il aurait voulu crier à ces gens en bas dans la rue qu'il ne restait que quelques heures avant qu'une chose monstrueuse ne vienne troubler leurs célébrations et faire chavirer leurs espoirs. Mais il ne pouvait rien faire. Il n'osait même pas ouvrir la fenêtre, tant il avait les mains liées.

Robert se mit à errer à travers les pièces sous les toits. Il les avait décorées avec des meubles et des objets lui appartenant en propre et dont il ne se séparait jamais. Des meubles antiques de style américain hâtif dont il avait hérité de sa mère, et qui témoignaient de la classe sociale et du bon goût de la famille de profession libérale dont il était issu. Des bibliothèques remplies de livres sur la Nouvelle-Angleterre et sur les francophones d'Amérique, ceux qui vivaient encore dans leurs fiefs de l'est du Canada, et les autres dispersés sur leurs terres d'exil volontaire ou forcé. Robert avait aussi apporté l'essentiel de sa collection sur la guerre de Sécession. Sur les tables et les murs, on remarquait un sabre d'officier et un fusil militaire du XIXᵉ siècle, ainsi que, dans un coin, les drapeaux entrecroisés de l'Union et des Confédérés. Ces artefacts authentiques contrastaient avec le reste des éléments décoratifs. Des petites figurines d'animaux en porcelaine très colorés, des arrangements de fleurs séchées, des gravures pastorales et des tableaux champêtres. Laroche s'était entouré de symboles de guerre et de symboles de paix, qu'il avait entremêlés avec soin, les uns à titre de mémentos, les autres pour exorciser les premiers. C'était dans cette atmosphère dense qu'il préférait passer ses temps libres, comme en cette soirée du 22 juin.

À cet instant précis, il sursauta en entendant la sonnerie du téléphone. Robert n'avait pas de famille, ni vraiment d'amis intimes qui pouvaient l'appeler à cette heure. Ce ne pouvait être qu'une urgence. Jim Lugard. Il prit le combiné, n'y trouva d'abord qu'un long silence, puis deux simples mots prononcés par une voix qu'il reconnut immédiatement, bien que des années se fussent écoulées depuis qu'il l'eut entendue pour la dernière fois.

– C'est moi.

Robert dut s'asseoir pour apaiser l'anxiété qui s'était aussitôt emparée de lui. Cette voix le ramenait en arrière, à ses années à Halifax comme professeur d'histoire américaine, dans cette ville farouchement anglophone où il avait rencontré l'amour de sa vie. Robert attendit quelques secondes avant de répondre, s'efforçant de ne rien laisser paraître de son désarroi, puis prononça le plus fermement possible une de ces formules banales qu'on utilise pour masquer son âme quand elle est naturellement plus forte que sa raison.

– Justine… Comment vas-tu?

Il s'étonna lui-même du ton de sa voix, pas entièrement plate mais quelque peu joyeuse, quoique dépourvue de tout sentiment apparent. On aurait dit qu'il n'était pas vraiment surpris, comme s'il parlait à Justine tous les jours.

Elle se mit à lui parler, et Robert retrouva la voix grave qu'il aimait tant, et il en était à ce point troublé qu'il ne saisit pas immédiatement ce qu'elle disait. Il ne retenait aucun des mots qu'elle prononçait, ne goûtant que le son de sa voix, essayant de se calmer pour oublier les sombres pensées qui l'agitaient l'instant d'avant et l'excitation nouvelle qui le gagnait.

Peu à peu il y parvint, et réalisa que Justine ne demandait pas de ses nouvelles, ne parlait pas d'eux, ne parlait pas d'autrefois, mais uniquement d'une de ses préoccupations du moment, selon son habitude. Elle racontait ce qui s'était passé la veille. En l'écoutant, Robert entrait dans le vieux moule, celui du monde de Justine, qui reprenait le fil comme si de rien n'était, comme s'ils n'avaient pas rompu et que le temps ne s'était pas écoulé. Comme toujours, elle était centrée sur sa vie à elle, sa vie présente, élaguée d'un passé dont elle n'avait gardé que les images dont elle avait besoin pour vivre.

Quand Robert commença à saisir ce dont il était question, son angoisse revint. Plus Justine parlait, plus il était désemparé. Justine était persuadée que Bjorn était parti en mer sur une frégate de guerre. Robert était au courant pour la frégate, mais il n'était pas autorisé à en parler. Mais, du même coup, Justine lui apprenait un élément qu'il ignorait totalement : Bjorn était parti avec eux ! Robert était atterré et brûlait de s'informer à son tour, quoiqu'il ne pût prendre le risque de se trahir. Il devait louvoyer pour rassurer Justine. Quand elle eut terminé son histoire et se tut, il était prêt.

– Mais pourquoi te torturer, Justine ? Après tout, il n'est pas exclu que la frégate soit effectivement partie pour la mission dont Bjorn t'a parlé.

Il s'enhardit, réalisant à quel point sa seconde profession de diplomate lui avait appris à mentir sans honte.

– Tu es trop méfiante. Si l'*Hudson* ne pouvait quitter le port pour une raison quelconque, un bris de moteur, par exemple, et que les équipements en perdition dont Bjorn a parlé ont véritablement autant de valeur, il est normal qu'ils aient fait appel à la marine canadienne. Leurs unités participent souvent à des opérations de sauvetage, et elles sont presque toujours prêtes à partir en mer à quelques heures d'avis… Alors, tout bonnement, la frégate est allée récupérer ces machins et elle reviendra sous peu. Tu cherches un mystère où il n'y en a pas ; tu t'en fais pour rien, Justine !

Justine ne répondit pas, forçant Robert à fouiller pour trouver autre chose. Il s'efforça de garder son calme, d'aligner les mots de façon normale, très conscient que Justine l'épiait pour trouver la faille, un indice, une toute petite preuve qu'elle avait raison.

– Et de plus, si, comme tu le dis, John Harley est le capitaine de la frégate sur laquelle ton mari est parti, c'est normal que Bjorn ait fait appel à la marine. John est un bon ami de Bjorn depuis longtemps. Il ne pouvait pas lui refuser ce service !

– Robert, tu ne comprends pas. Ce n'est pas Bjorn qui a fait appel à John. C'est exactement l'inverse. Ce sont eux qui ont besoin de mon mari, pas lui qui a besoin d'eux. C'est précisément le nœud du problème. Ils sont venus le chercher pour une mission bien à eux, Robert. Pas pour dépanner Bjorn, pas pour la raison qu'il m'a donnée. Est-ce que tu comprends ? On me cache quelque chose, on nous cache quelque chose…

En disant « nous », sans y penser, elle embarquait Robert, le tirant à elle, et Laroche était désemparé. Il hésita. Il savait que, s'il persistait à tout nier, il perdrait. Même s'il demeurait prudent et ne laissait rien échapper de compromettant, Justine allait en conclure qu'il savait quelque chose, du simple fait qu'il s'efforçait de la dissuader. Elle croirait qu'il tentait de couvrir Bjorn, d'étouffer l'affaire, et elle fouillerait encore davantage. Et elle trouverait, comme un animal qui a flairé une truffe à deux mètres sous terre.

Justine reprit, avec toute la fougue dont elle était capable :

– Et qu'est-ce que c'est que ces manœuvres avec la marine des États-Unis au large des Bermudes ?

Robert était évidemment au courant de ces manœuvres, bien qu'elles fussent étrangères à ses responsabilités, mais il n'avait cette fois aucune raison d'en nier l'existence.

– Je sais qu'il y a en ce moment des manœuvres dans l'Atlantique. De tels exercices ont lieu régulièrement et réunissent des unités de la marine de nos deux pays alliés. Mais, Justine, je ne suis encore que consul, un poste qui, dans les faits, équivaut à celui d'attaché commercial dans la ville de Québec. Je ne suis pas dans le secret des militaires…

– J'aimerais que tu te renseignes, si possible. Est-ce que tu peux le faire ?

Justine avait pris un ton suppliant, presque théâtral, mais Robert la connaissait suffisamment pour savoir qu'elle ne jouait pas. Justine enchaîna :

– Mais qu'est-ce que tout cela peut bien vouloir dire ? Je sais ce que tu penses, Robert, mais, je t'assure, je les connais ! Oh ! comment ! Mieux que Bjorn, en tout cas. Il ne se méfie jamais, lui. Toujours prêt à aider. Mais ils vont se servir de lui, et, quand ils n'en auront plus besoin, ils vont le larguer. Ils sont comme ça.

Robert se taisait. S'il avait répondu quoi que ce soit, plutôt que d'apaiser Justine, il n'aurait réussi qu'à accroître sa méfiance et peut-être même à l'apeurer davantage. Il fallait ignorer, passer à autre chose pour désamorcer la situation, trouver une diversion. Il s'en voulait maintenant. Il aurait dû se taire dès le début, ne pas se montrer intéressé le moindrement par l'affaire. Ne se montrer intéressé que par elle, ce qui, en d'autres circonstances, n'aurait été que la vérité.

– Justine, je suis certain que Bjorn ne court aucun danger et qu'il y a une explication toute simple. Écoute, si ça peut te rassurer, je vais me renseigner demain. On ne peut pas faire grand-chose ce soir, il est tard, et…

Consultant sa montre, il ajouta :

– Oh ! Mais vraiment très tard, tu sais.

– Je suis désolée, Robert, mais…

– Mais non voyons, tu n'as pas à t'excuser. Je suis si content que tu aies pensé à m'appeler ce soir. Après toutes ces années. Je suis vraiment heureux d'entendre ta voix, tu sais. C'était quand, la dernière fois ?

Mais Justine se taisait. Elle ne mordait pas.

– Justine, je t'en prie, tu m'en veux toujours ?

– Robert, ce n'est pas ça. Je m'inquiète vraiment, voilà tout. Je suis seule ici, et je ne sais pas ce qui m'a pris. J'ai cru qu'il fallait que je t'appelle, comme si tu y étais pour quelque chose. C'était plus fort que moi. Excuse-moi.

Justine hésita. Elle aussi avait aimé entendre sa voix. Elle non plus ne savait plus combien de temps s'était écoulé. Des mois, des années. Et elle se rendait compte que ça n'avait pas d'importance, et qu'elle pourrait revoir Robert sans risque maintenant.

– Tu viens encore de temps à autre à Halifax ?

– Pas vraiment, non, et surtout pas ces temps-ci, avec…

Laroche s'interrompit, réalisant qu'il allait s'engager sur un terrain miné. Il enchaîna :

– Avec les cérémonies qui auront lieu ici, je ne peux m'absenter pour quelque temps.

– Oui, bien sûr. Écoute, je pars en reportage demain, mais après, je pourrais peut-être aller faire un saut à Québec, quand j'aurai terminé…

– Eh bien on se rappelle ?

Robert s'en voulut de cette petite formule banale, alors qu'au fond de lui il se sentait perdre pied à la seule perspective de la revoir. Il était chaviré, il voulait lui dire qu'elle lui manquait, qu'il l'aimait toujours, mais sa gorge s'était resserrée, les mots ne passaient pas.

– Oui, c'est ça, on se rappelle. Au revoir, donc, Robert.

– Au revoir, Justine.

C'était fini ; elle avait raccroché, il avait coupé la ligne. Le temps avait repris son cours, la fenêtre s'était refermée. Refermée sur un vide. Leur relation avait été un amour impossible. Robert avait fait la connaissance de Justine Côté au moment où il s'était joint à un groupe de Québécois et d'Acadiens qui partageaient la langue française ainsi qu'un goût pour des plats introuvables dans les restaurants de Halifax. Leur relation avait eu des hauts et des bas. Justine ne s'ouvrait jamais vraiment, ne se confiait pas, agissait comme si elle n'avait besoin de personne. Un jour, Robert invita un ami de longue date, Bjorn Larsen, à un dîner avec le groupe. Justine quitta Robert sur-le-champ, et épousa Bjorn dans le temps de le dire. Sur le coup, Robert avait fait à Justine toutes sortes de reproches, la plupart puérils. Il était tellement désemparé qu'il crut même que Justine préférait Bjorn parce qu'il était d'origine européenne alors que Robert était américain.

Il n'avait jamais oublié Justine, et, quelque part au fond de lui-même, il était certain qu'un jour ils se retrouveraient. Ce soir, il avait constaté une autre chose chez elle qui l'avait séduit. Justine avait toujours eu du flair. Après toutes ces années, elle l'avait appelé précisément en ces temps troublés, comme si elle avait pressenti ce qui se préparait. Elle avait toujours su frapper au bon endroit, comme un sourcier qui sait où l'eau se trouve avant d'agiter sa baguette pour indiquer au fermier ébahi où il faut creuser. La vérité était toute simple, et incontournable. Justine cherchait à savoir ce que Bjorn faisait en mer, et elle avait effectivement appelé la seule personne qui avait la moindre chance de le lui dire.

Parce que Robert Laroche savait parfaitement où la frégate allait et quelle était sa mission. C'était une des nouvelles que l'ambassadeur lui avait apprises le midi. Jim l'avait d'abord briefé sur la façon dont Ottawa avait prévenu Washington dans la journée de dimanche. Un de ces types au déjeuner, et dont Laroche avait oublié le nom, s'était cru obligé de préciser que le gouvernement américain était déjà au courant, puisque la C.I.A. épiait tout ce qui se passait chez son allié, et plus spécialement au Québec. Depuis longtemps. En fait, depuis que les terroristes du Front de Libération du Québec avaient enlevé un diplomate britannique et assassiné un ministre en 1970. À cause de cet incident, la C.I.A. ne faisait plus confiance à ce peuple canadien-français autrefois si paisible, tolérant et résigné, mais qui était soudain devenu hargneux, cruel, imprévisible. Laroche avait failli rétorquer, mais il avait cru préférable de se taire. Selon lui, la C.I.A. aurait mieux fait de surveiller les Américains, lesquels, en cent ans, n'avaient pas assassiné un ministre, mais quatre de leurs présidents.

Au déjeuner chez l'ambassadeur, McIlroy avait expliqué que la prise du pouvoir par le Parti québécois en 1976 n'avait pas arrangé les choses. Le parti faisait peur, autant par sa tendance socialisante que par son principal objectif, qui consistait à créer sur le continent un nouvel État. «Un État, McIlroy avait fait remarquer, que nous nous devons de considérer comme potentiellement hostile.» Le référendum de 1980 sur la question, bien que constituant un échec pour le oui, avait révélé un appui énorme à la séparation. «Renversant, avait ajouté Edwards, si on considère la nature extraordinaire de l'enjeu.» Le résultat du référendum de 1995 avait été encore plus troublant pour les Américains.

Robert tournait en rond dans son bureau. Ce que Justine ne savait pas, c'était que ce qui se déroulait faisait partie d'une opération bien rodée. Les manœuvres aux Bermudes n'avaient rien à voir. Si ce n'était pour servir d'écran de fumée. Robert se sentit doublement fautif. Il n'avait pu ni prévenir son ami Bjorn, ni faire cette toute petite chose, dire la vérité à la femme qu'il aimait. Il aurait dû garder Justine en ligne plus longtemps et trouver une façon de la mettre sur la piste sans se compromettre. Lâchement, il s'était tu, tout comme il n'avait rien pu dire à ces jeunes qui passaient tout à l'heure dans la rue.

Robert se rongeait les sangs. Il cherchait la solution qui le débarrasserait de ce point sur le cœur. N'importe quoi, ne serait-ce que pour aider Bjorn. Après le mariage de celui-ci avec Justine, lui et Robert étaient demeurés amis, mais, à la première occasion, Robert avait quitté Halifax pour Québec. Il n'avait plus revu Justine pendant un certain temps. Jusqu'au jour où ce fut elle qui l'appela. Comme ce soir. Mais pour une autre raison. À cette époque, Justine était malheureuse, elle se sentait trahie et abandonnée. Elle fit de Robert son confident, et il arriva ce qui devait arriver. Justine vint passer quelque temps à Québec, et ils redevinrent amants. Cette fois, ce fut Robert qui rompit, parce qu'il ne pouvait plus regarder son ami Bjorn en face.

Et soudain la solution lui apparut. Quand Justine avait été malheureuse, c'était à cause de Bjorn. Il avait une aventure avec Évelyne Leroy, qui faisait partie de leur groupe d'amis de Halifax. Maintenant, Évelyne habitait à Québec, et Robert la voyait de temps à autre, presque toujours dans des rencontres officielles. Elle était au gouvernement du Québec, et négociait avec Ottawa. Robert consulta la pendule sur la cheminée. À cette heure, Évelyne devait être chez elle. Et il avait un moyen de l'avertir.

Robert se rendit au guéridon pour reprendre son livre, et s'installa à son bureau. Rapidement, il se mit à le feuilleter. De temps à autre, il s'arrêtait pour souligner un passage et placer un autocollant dans le haut de la page. Après plusieurs minutes de ce travail, une pensée lui traversa l'esprit. «Et si Évelyne n'était pas à la maison?» Il posa son stylo, fouilla dans un fichier d'adresses à cartes rotatives, et composa le numéro de la résidence d'Évelyne. La sonnerie fit place à un message enregistré. Elle n'y était pas. Ou elle ne répondait pas.

Désemparé, Robert écouta le message jusqu'à la fin. Son visage s'éclaira. Évelyne était à Ottawa, mais elle avait laissé ses coordonnées. Robert écrivit l'adresse et le numéro de téléphone sur le bloc d'autocollants. Il coupa la ligne et appela un taxi.

L'instant d'après, Laroche était dans l'escalier menant au rez-de-chaussée.

Il était assis dans l'entrée, de nouveau plongé dans son livre, le stylo à la main, lorsque la voiture arriva. Il se leva d'un bond et sortit dans la rue. L'air était chaud et humide. Une nuit à ne pas trouver le sommeil. Robert lança au chauffeur :

– À la gare d'autobus, en vitesse ! Il faut qu'on y soit avant vingt-deux heures !

Opération Phips

Bjorn Larsen n'avait pas fermé l'œil depuis la veille. La tête voulait lui éclater. Il regarda le sandwich qu'il venait de prendre à la cantine des officiers. Après les avoir tous essayés, il en était revenu à celui fourré de pulpe beige à saveur de thon. Il le balança à la mer et mordit dans une tablette de chocolat, la tête appuyée contre la paroi.

Larsen avait fait la lumière sur la moitié du mystère. Il en avait déduit que, s'il était en ce moment assis bien confortablement dans son bureau de la rue Jubilee au lieu d'avoir les fesses sur l'acier froid et humide, ses ordinateurs lui annonceraient qu'il n'y avait plus une seule sonde qui fût active. Pas seulement la première série, comme il l'avait noté avec Lonsdale vingt-quatre heures plus tôt. Toutes et chacune des sondes sur lesquelles Bjorn avait installé des appareils de mesure. Il souffla sur son café pour le refroidir. Ce n'était pas du tout parce que les appareils étaient en panne ou les sondes en perdition dans la tempête. Mais bien parce qu'elles avaient été volontairement réduites au silence. L'amirauté avait eu besoin de tous les canaux satellite, et Larsen s'était fait éjecter de ceux qu'il utilisait pour communiquer avec ses propres appareils. En moins d'une journée, la marine de guerre avait trouvé quelque chose de plus urgent à faire avec sa quincaillerie que de suivre les déplacements du plancton avec le professeur.

Bjorn avala une gorgée de café. Celui-ci était encore assez chaud pour ne pas décevoir. Le cuistot devait le préparer par infusion, et Bjorn ne s'en gavait que pour combattre le froid.

Il n'arrivait pas à se résoudre à rentrer tant qu'il ne ferait pas nuit. Quand il ne déambulait pas sur un des ponts, il restait engoncé dans un recoin à l'abri du vent sur le pont principal pour rabâcher les maigres données qu'il possédait. Pour la centième fois, il reprit son raisonnement depuis le début, espérant trouver cette fois-ci un nouvel indice. Hier soir à Halifax, en s'apercevant que les sondes ne répondaient plus, il se serait posé des questions. Il aurait fouiné partout, et aurait risqué de découvrir que quelque chose d'extraordinaire était en train de se passer. L'amirauté se devait donc de le réduire au silence d'une façon ou d'une autre. C'était pour cela qu'on avait imaginé cette petite mise en scène avec Lonsdale et la première série de sondes. Jusque-là, tout était clair, mais le reste lui échappait encore. Pourquoi l'avait-on embarqué plutôt que de l'enfermer? Bjorn avait beau tourner et retourner les morceaux dans tous les sens, il revenait toujours à la même conclusion. La réponse devait se trouver dans le cerveau tordu de John Harley.

Larsen s'étira le cou. Quelque chose venait d'accrocher son regard. Il fixa l'horizon quelques secondes, puis se recala la tête dans les épaules. Il n'y avait rien. Rien qu'une poche plus sombre dans le brouillard. À midi, alors que la frégate passait dans le crachin à des kilomètres au large, Bjorn avait affronté John dans sa cabine. Harley avait avoué, à propos des sondes: «Nous avons besoin des canaux dans le cadre d'un exercice naval.» Il n'avait rien craché de plus. «Secret militaire. Je te le dirai dès que je le pourrai.» Et John s'était aussitôt enfermé dans la timonerie. Quand Bjorn avait voulu l'y rejoindre, il avait réalisé que cette partie du navire lui était désormais interdite.

Dans l'après-midi, la mer s'était adoucie, et le crachin avait fait place au brouillard. Bjorn n'avait pas pu apercevoir la moindre petite parcelle de terre du reste de la journée. Sa boussole, affolée par la masse d'acier du navire, n'était pas d'une grande utilité, et Bjorn avait perdu la trajectoire exacte du navire. Tout ce qu'il savait, c'était qu'on avait roulé à un train d'enfer pendant plus de huit heures. Il n'y avait pas mille possibilités, et Larsen avait le littoral atlantique assez bien en tête pour situer la frégate à une centaine de kilomètres près. D'après l'orientation des vagues, la frégate avait viré vers le nord-ouest et était entrée dans le golfe du Saint-Laurent.

L'incertitude, le froid, la solitude, Bjorn Larsen pouvait s'en accommoder. Un Larsen n'était jamais perdu en mer. Il cherchait un autre navire ou une terre. Et finissait toujours par trouver. Ce qui effrayait Bjorn, c'était l'attitude de John. Il l'avait déjà vu ainsi, fuyant, froid, calculateur. Et il n'aimait pas se rappeler les circonstances dans lesquelles cela s'était produit. À cet instant, Larsen sentit une présence à ses côtés. Levant la tête, il vit un marin en tenue légère qui sautillait sur le pont. Jeune, à peine un homme.

– Monsieur! Le capitaine vous demande!

Le garçon frissonnait. Il était évident qu'il avait dû fouiller tous les ponts avant de trouver Larsen. Le marin ajouta, en s'éloignant :

– Il vous attend au mess des officiers.

Bjorn entra dans un carré déjà bondé et qui exsudait l'odeur humaine. Tous les officiers du bord semblaient avoir été convoqués. Larsen s'installa dans un espace libre devant le bar, et jeta un regard circulaire. Debout comme lui, assis à la table ou enfoncés dans les fauteuils en similicuir, personne ne disait mot. La plupart avaient été tirés de leur période de repos et avaient revêtu en vitesse une tenue convenable. Leurs regards et leurs gestes retenus trahissaient la perplexité qui les troublait d'avoir été appelés ainsi au beau milieu de la dernière garde du soir. Il était évident qu'ils ne savaient rien eux non plus. Bjorn remarqua que le lieutenant Lonsdale n'était pas dans la pièce.

L'instant d'après, le capitaine de la frégate *Ville-de-Québec* entra et referma la porte derrière lui. Selon son habitude, il alla droit au but.

– Messieurs, mesdames, bonsoir.

Harley leva bien haut la main gauche et brandit deux dossiers portant les codes réservés aux documents secrets.

– J'ai ici deux ordres de mission. Le premier, que j'ai reçu par code il y a une heure, est très bref. Il confirme simplement l'autorisation d'exécuter les instructions détaillées qui sont contenues dans ce second dossier.

Il exposa les grands caractères noirs «ULTRASECRET» tamponnés sur la couverture.

– Je connais moi-même ces instructions depuis quelque temps, pour les avoir étudiées à fond. Avant aujourd'hui, je n'avais pas l'autorisation de les dévoiler. Je vais maintenant vous en faire part, mais sachez que, tout comme moi, vous êtes tenus au secret le plus absolu à compter de cet instant. Jusqu'à nouvel ordre, les informations que vous détiendrez ne doivent pas quitter ce navire. Pour le moment, vous serez même discrets auprès de l'équipage. Nous l'informerons en temps et lieu.

»Notre mission est une phase cruciale d'une opération qui a été longuement considérée et préparée dans ses moindres détails. Très peu de personnes en connaissent l'existence et, bien évidemment, encore moins le déroulement de ses diverses phases. Ces personnes sont les membres de l'état-major, les chefs d'unités qui en sont les exécutants principaux, dont moi-même, et les rares personnes encore vivantes qui ont participé de très près à son élaboration à divers moments…

Harley s'interrompit, le temps de braquer son regard sur Larsen.

– Ce qui, pour certains, s'est passé il y a de nombreuses années.

La lumière commença à se faire dans le cerveau de Bjorn. C'était le froid sur le pont qui avait dû l'engourdir, et il se dit qu'il aurait mieux fait de rester au chaud. Harley poursuivait.

– Nous sommes partis tard dans la soirée d'hier dans le but précis d'assurer le plus longtemps possible le secret le plus complet de cette opération.

Il esquissa un sourire.

– Je crois que nous avons réussi. Le mauvais temps a joué pour nous, et nous n'avons rencontré personne sur notre route, sinon quatre navires distants qui auraient pu nous capter au radar. Par mesure de prudence, nous avions partiellement brouillé notre signature.

Le capitaine fit un geste en direction de la timonerie.

– À deux navires qui se sont informés, le lieutenant Lonsdale a donné notre signalement comme étant celui d'un caboteur, en utilisant l'un de ces noms de navires fictifs que la marine du Canada garde en réserve pour des cas comme celui-ci. Par conséquent, je suis confiant que personne de l'extérieur ne sait où nous sommes en ce moment, ni où nous allons, ni pourquoi nous le faisons.

Harley fit une pause, puis reprit, sur le même ton :

– Personne d'autre que ceux qui nous ont donné nos ordres de route, ainsi que votre confrère Lonsdale, lequel a dirigé avec moi la navigation et les opérations de brouillage, et qui se trouve en ce moment aux commandes.

Le capitaine regarda de nouveau Larsen ostensiblement.

– Il y a quelques instants, nous avons passé la latitude 48 degrés 5 minutes Nord, à la longitude 60 degrés 28 minutes Ouest. Cela veut dire que notre navire fait route en ce moment dans le golfe du Saint-Laurent, à peu près à mi-chemin entre les Îles de la Madeleine, qui font partie du territoire du Québec, et la péninsule de Port-au-Port, à Terre-Neuve. Au cours des heures qui viennent, nous nous enfoncerons de plus en plus profondément dans le golfe, d'abord en direction nord-ouest, puis en direction sud-ouest. Cette action se situe dans le cadre de l'opération la plus délicate qui soit, et dont le succès sera absolument déterminant pour l'avenir de notre pays. Messieurs, nous sommes en campagne. Et nous y sommes dans le cadre d'un vaste plan dont le nom de code est «opération Phips».

Le visage de Larsen était blanc. Il n'avait nul besoin d'écouter la suite. Il n'avait qu'à s'enfoncer dans un coin perdu de sa mémoire. L'opération Phips! Des morceaux de sa vie jusque-là fondus dans le bouillon du temps réapparaissaient, tels de petits corps insolubles qui remontaient à la surface en se bousculant. Larsen voyait des images de ses jeunes années comme officier, de séjours prolongés dans les centres de recherche de la marine des États-Unis. Norfolk, en Virginie. Groton, au Connecticut. Washington, dans les quartiers généraux du ministère de la Défense et de la C.I.A. «Oh! mon Dieu, cherchait-il maintenant à se souvenir, à combien d'années tout cela remonte-t-il? Oh! que Justine a eu raison de se méfier d'eux!»

Mais si l'opération Phips n'était donc pas tout bonnement morte, que pouvait-elle donc être devenue sinon une chose encore plus monstrueuse? Une chose impensable et, il s'en rendait compte cruellement, la raison même de cette mission dans laquelle lui-même, Bjorn Larsen, venait de s'embarquer. De son propre gré.

Bjorn Larsen n'était pas seulement au courant de l'existence de l'opération Phips. Il n'avait pas non plus été un simple participant à l'élaboration de ce plan. Il en avait été en quelque sorte le premier instigateur. Dans les années 60, peu après la crise des missiles de Cuba, et dans le but de contrer les sous-marins russes qui ratissaient les océans du globe, la marine des États-Unis se dota d'un réseau de détecteurs pour suivre leurs déplacements. Ils tapissèrent non seulement leur propre littoral, mais en placèrent dans l'Atlantique Nord et dans presque toutes les mers du globe. Le projet s'appelait «Grandes Oreilles» et il était régi au central SOSUS, à Norfolk, en Virginie. L'officier de marine et océanographe Bjorn Larsen proposa de protéger également l'entrée du Canada en plaçant des balises codées dans tout le golfe, l'estuaire et le fleuve Saint-Laurent, cette grande voie naturelle qui menait jusqu'aux Grands Lacs sur plus de trois mille kilomètres. Il en parla à son ami John Harley, et, ensemble, ils convainquirent les services de recherche et de renseignements de la marine canadienne de se joindre au programme américain.

Bjorn et John travaillèrent de plus en plus souvent aux États-Unis, pour coordonner la réalisation du réseau canadien. Puis, au cours des années 1980, la stratégie globale du Canada et des États-Unis se modifia brusquement. L'avènement de Gorbatchev à la tête de l'U.R.S.S. avait amolli le colosse soviétique, lequel se dirigeait vers la dissolution, dans les esprits bien avant que dans les faits. La possibilité d'une incursion russe dans le golfe du Saint-Laurent devint moins réelle. Le plan de défense devint désuet, et Larsen et Harley se mirent à examiner diverses options. Celle que favorisait Larsen était la conversion du réseau à des fins non militaires. Éventuellement, l'amirauté convoqua un atelier confidentiel sur le sujet.

La première séance consista en un cours accéléré sur l'histoire récente du Québec. Un officier instructeur décrivit la naissance du mouvement séparatiste, les attentats du F.L.Q., la montée et l'élection du Parti québécois. Comment les services de renseignements et de sécurité du Canada envisageaient la question du Québec sous tous les angles possibles, y compris en termes d'insurrection organisée et de contre-mesures adéquates. L'officier termina sa présentation sur une question insidieuse : «Comment devrait-on réagir en cas de séparation unilatérale et hostile du Québec?» Les forces armées du Canada et des États-Unis faisaient pas mal de choses en commun, et des collègues américains de Larsen étaient à l'atelier. À la pause de midi, ils expliquèrent comment l'allié naturel au sud de la frontière du Canada voyait la chose exactement du même œil. Si les États-Unis, au temps de Kennedy, n'avaient pas voulu d'une puissance ouvertement hostile sur une île des Caraïbes, ils voulaient encore moins, deux décennies plus tard, d'un territoire révolutionnaire qui avait une frontière commune avec quatre États américains.

La dernière séance prit Bjorn totalement par surprise. Le présentateur était John Harley. Selon lui, la question stratégique d'importance était maintenant la possibilité d'une prise de contrôle non pas de l'extérieur, mais de l'intérieur! Le Québec occupait une position éminemment stratégique. Il bordait les deux rives du Saint-Laurent sur presque toute sa longueur, y compris un segment de la Voie maritime du Saint-Laurent, construite à grands frais par les deux pays. Pour le Canada, c'était une entrée privilégiée sur l'Ontario, sa province la plus riche. John montra comment, pour les États-Unis, cette voie navigable était, autant que le fleuve Mississippi, l'une des artères vitales du Midwest américain. En bref, les Grands Lacs, en plus d'être la plus grande réserve d'eau douce de la planète, constituaient le cœur industriel et agricole du continent et une des régions les plus prospères du monde. Collectivement, les huit États américains qui bordaient ces lacs représentaient la troisième puissance économique mondiale, après les États-Unis et le Japon. Si on y ajoutait l'Ontario, la région était d'une richesse et d'une vitalité inouïe.

À grand renfort de projections, Harley expliqua que l'Ontario n'avait comme frontière avec la mer qu'une immense plaine marécageuse et glaciale donnant sur la baie d'Hudson. Hormis l'État de New York, aucun des États américains des Grands Lacs ne touchait à l'océan. Il était normal qu'on s'interrogeât sur le devenir de cette immense région quasi enclavée, à cheval sur la frontière entre le Canada et les États-Unis. Et John lança à la volée la grande question qui sous-tendait son projet : «Qu'arriverait-il si la voie d'accès naturelle tombait entre les mains d'un troisième joueur, le Québec?» Il fallait un plan pour assurer que le contrôle du Saint-Laurent ne puisse jamais échapper ni à Ottawa ni à Washington. Ce plan, qui récupérait le réseau de sondes sous-marines et les idées originales de Bjorn, allait beaucoup plus loin. John Harley l'avait baptisé «opération Phips».

Dès l'abord, Bjorn Larsen n'aima pas le plan. Le nom même le rebuta. Sir William Phips était cet amiral anglais parti de Boston au printemps 1690. Il avait remonté le Saint-Laurent et jeté l'ancre devant Québec en octobre de la même année avec ses trente-quatre navires, dans le but de prendre de force la colonie française d'Amérique. Le nom avait une connotation éminemment agressive, et le plan supposait qu'un Québec indépendant serait par définition hostile et menacerait l'accès libre et paisible à la voie navigable. Et, au-delà de toute considération stratégique, l'opération avait un côté tout simplement révoltant. Elle consistait à allier deux pays, dont l'un était la première puissance mondiale, contre un tout petit État. Un État dont l'existence n'était encore que virtuelle, et qui n'avait jamais manifesté la moindre velléité de s'armer pour se défendre, et encore moins pour attaquer qui que ce soit.

En outre, Larsen trouvait le plan dangereux pour le Canada. Il constituait une menace sérieuse à son indépendance, en liant son existence et sa destinée à celle de son trop puissant voisin. Larsen avait appris à se méfier des motivations profondes des États-Unis, dont le passé impérialiste était éloquent. Quelque part au fond de lui, une voix disait à Bjorn Larsen que l'Oncle Sam pourrait être tenté, dans le cadre de l'opération Phips, de régler une fois pour toutes la question du contrôle de la voie d'entrée stratégique vers les Grands Lacs. Il lui suffirait de se tailler un morceau du Québec pour prolonger la frontière que l'État de New York avait déjà sur le haut cours du fleuve. Larsen se souvenait de ses leçons d'histoire. Il n'y avait pas que William Phips qui avait voulu s'emparer du Saint-Laurent. Depuis le xviiᵉ siècle, les frères Kirke, l'amiral Walker, le général Arnold et plusieurs des généraux de la guerre d'invasion du Canada de 1812 avaient tenté l'aventure. Lors de cette dernière guerre entre voisins, le cynisme des Américains s'était manifesté de façon particulièrement révélatrice lorsque le président Thomas Jefferson, débordant de confiance, avait prédit un succès assuré. Dans ses propres mots, il considérait cette guerre comme «une simple marche».

Dans les semaines qui suivirent, Larsen et Harley prirent des directions diamétralement opposées. Pendant que John peaufinait son stratagème, Bjorn mit sur papier à l'intention de ses supérieurs l'ensemble de ses réflexions et de ses craintes. Les deux amis se brouillèrent, et leurs démarches contradictoires auprès de l'état-major prirent l'allure d'une épopée. À la fin, Larsen eut gain de cause, John se rallia, et les deux amis n'en reparlèrent plus. Officiellement, dans le milieu des renseignements, on considéra que l'atelier n'avait été qu'un exercice académique et que l'opération Phips n'avait jamais existé, même en théorie.

Mais voilà qu'aujourd'hui, alors qu'il était assis dans cette cabine austère, entouré de militaires aux allures d'automates dans le ventre d'une frégate de guerre, Larsen se rendait compte avec stupeur que la chimère n'était pas morte mais bien vivante, et qu'elle était inexorablement en marche vers sa proie. Le Québec était à sa portée, à quelque vingt-quatre heures de route, dans l'ignorance la plus totale, et absolument sans défense. Au fur et à mesure que se ravivait chacun des divers éléments du plan dont le souvenir lui faisait battre les tempes, Larsen réalisait l'ampleur du désastre qui se préparait. Il savait que son étendue dépassait largement les explications que le capitaine Harley voulait bien en donner en ce moment. John ne parlait que de la partie du plan dévolue à la marine, mais Bjorn savait bien que l'engin de guerre dans lequel il s'était enfermé de lui-même n'était pas le seul à avoir été mis en branle par le déclenchement de l'opération Phips.

Larsen reprit ses esprits au moment où le commodore Harley terminait son survol, expliquant le rôle dévolu à la frégate.

– Notre premier objectif pour après-demain est la ville de Québec. Notre mission consistera à porter assistance, si nécessaire, à la garnison de l'armée canadienne dans la citadelle. Nous devons garder cette mission secrète aussi longtemps que possible. Heureusement, le front froid et le temps pluvieux et brumeux que nous connaissons tiendront encore plusieurs heures. Ils contribueront à nous camoufler. Nous filerons pendant le reste de la nuit avec un bon vent dans le dos, sur une course qui nous fera éviter les côtes les plus habitées et les couloirs de navigation. D'autres dispositions ont été prises pour que notre présence ne soit pas révélée dans la journée et au cours de la dernière étape de ce voyage. Messieurs, mesdames, avec un peu de chance, nous serons en face de la Vieille Capitale au lever du jour suivant, soit dans environ trente heures…

» Je vous rappelle que, pour des fins opérationnelles, vous devez assumer que nous sommes à partir de maintenant en état de guerre. Et, très bientôt, en territoire hostile. Cela veut dire, entre autres, le respect d'un silence total. Il ne doit y avoir aucune communication extérieure non autorisée par moi-même, par quelque mode que ce soit, et pour quelque raison que ce soit.

Harley s'interrompit et se fit apporter un verre d'eau. Il avait parlé d'un seul trait, démontrant une mémoire remarquable. Il but une gorgée, esquissa un sourire et ajouta :

– Et, bien sûr, dès minuit ce soir, les quarts seront en période de rotation 1 en 2. Veuillez prendre vos dispositions en conséquence. Messieurs, mesdames !

Le capitaine avait terminé. Il fit un salut à peine esquissé aux officiers et se dirigea droit vers Bjorn Larsen. Celui-ci était resté debout, autant parce qu'il était abasourdi par les propos qu'il venait d'entendre que parce qu'il n'arrivait pas à croire qu'il avait déjà lui-même fait partie de cette confrérie. Autour de lui, tous s'étaient raidis prestement pour rendre le salut à leur officier supérieur. Harley, sans s'arrêter, invita Larsen à le rejoindre dans sa cabine, puis il se retourna sans sourciller pour sortir de la pièce au milieu de ses troupes.

Ce fut un tout autre homme que Larsen retrouva dans la cabine. John s'était changé et portait un ancien uniforme de la marine qui n'avait plus cours depuis la réforme des forces armées en 1968. Harley l'avait gardé en souvenir, le faisant recouper à l'occasion par son tailleur pour accommoder son embonpoint croissant, et il le portait dans ces moments intimes où il savourait vraiment son métier. Harley avait retiré sa veste et s'était calé dans un fauteuil, un verre de scotch à la main. Sur la table devant lui, il avait posé une bouteille de Johnnie Walker Blue Label, extravagance de plus qui soulignait encore le caractère unique de l'occasion. L'intensité de l'éclairage dans la cabine était réduit, et le capitaine était au repos le plus total. C'était là un trait de son caractère, un élément de la force de cette homme, que cette capacité qu'il avait de pouvoir se relaxer et même dormir quelques minutes au beau milieu d'une situation tendue, tout en demeurant maître absolu de la situation.

Le commodore John Harley était un des rares capitaines de navire de guerre canadien encore vivants à être allé au feu.

Il adorait la marine pour son caractère de puissance et d'indépendance; il était clair pour lui que, parmi tout l'attirail complexe d'une force armée moderne, les navires de guerre offraient le plus grand nombre d'options de combat. Un navire en mer était comme un vaisseau lancé dans l'espace et coupé de sa base; autonome, indépendant, et capable d'action à tous les niveaux. Le dernier fait d'arme de John Harley remontait à la guerre du Golfe, en février 1991, alors qu'il avait commandé une des frégates canadiennes qui s'y étaient rendues assez tardivement. À cette occasion, son unité n'avait été qu'un des rouages d'une immense organisation alliée, et elle n'avait jamais engagé le combat. Aujourd'hui, et pour la première fois de sa carrière, Harley avait le commandement suprême d'une opération. Et il était tout à fait conscient qu'en situation de guerre celui qui commandait sur un champ d'opération était le maître absolu.

Bjorn posa sa veste fourrée sur un divan avant de prendre place dans le fauteuil en face de celui du capitaine.

– Comment ta femme a-t-elle pris ton départ précipité?

John parlait comme s'il s'était agi d'un rendez-vous raté au restaurant. Bjorn haussa les épaules.

– Et la tienne?

– Oh! tu sais, Élisabeth ne se mêle pas de mes affaires. Elle me croit aux Bermudes, en manœuvres. Cela lui suffit!

John avala une gorgée et sa bouche resta figée en un sourire de béatitude.

Larsen souriait également, mais pas pour les mêmes raisons. Il reconnaissait bien son ami. John ne changerait jamais. Sa tactique guerrière initiale avait toujours consisté à donner, mine de rien, un peu d'information à l'ennemi pour le mettre en confiance afin de mieux le dérouter. Bjorn se rendait compte maintenant à quel point John menait sa vie privée de la même façon. Dans ses relations avec sa femme, et avec ses amis. Il avait usé du même stratagème avec Bjorn, faisant jouer leur amitié afin de l'attirer sur ce navire. Dans ce guêpier.

Bjorn souriait parce qu'il détenait une carte. Il était certain que Justine aurait des doutes et qu'elle réaliserait assez vite que l'*Hudson* était resté dans le port. C'était parfait qu'Élisabeth ait une autre version de l'histoire. Il n'y avait rien comme un mensonge à propos d'un autre mensonge pour éveiller les soupçons. Justine ne croirait ni l'un ni l'autre.

– John! lança-t-il plutôt amicalement, si tu t'imagines avoir désarmé Justine, tu te trompes. Je la connais.

Aux yeux de Bjorn, il n'y avait pas de femme plus perspicace et plus tenace.

– Elle n'est pas journaliste pour rien. Elle va aller à la pêche, puis elle va s'énerver, mais elle va continuer à suivre son instinct et sonder à gauche et à droite, comme un douanier. Elle va retourner toute la ville de Halifax s'il le faut, et, à la fin, je peux te l'assurer, elle va faire mouche.

– Peut-être bien, mon vieux, mais elle y mettra du temps. Et le temps ne joue pas en sa faveur. Ce que nous avons à faire sera terminé dans quelques jours, avant même qu'elle n'ait trouvé le moindre indice. Et, à ce moment-là, il n'y aura plus de secret. Plus de secret pour personne dans toute la ville de Halifax, comme tu dis, ni même dans tout le pays, tant qu'à y être. La planète entière le saura. Si Justine était encore aux affaires publiques, CNN l'enverrait aux premières loges. Ce que nous allons faire sera unique. Ce sera une petite campagne civilisée. Une opération médicale. Courte, propre, sans effusion de sang. Oui, vraiment, quelque chose d'unique. Comme cette bouteille!

Il poussa le Johnnie Walker vers Bjorn.

– Mon vieux, verse-toi un verre; il y a des glaçons derrière, mais, si tu veux mon avis, n'en mets pas et ne mélange pas, surtout. Ce scotch est absolument divin.

– Merci, non, merci. Vois-tu, depuis que je suis arrivé sur ce navire, je ne cesse de me poser des questions. Celle qui me chicote maintenant, c'est de savoir pourquoi tu m'as fait venir. Je suis venu avant tout par amitié, John; je t'ai fait confiance. Mais là, en ce moment, je n'apprécie pas du tout, tu sais, mais pas du tout.

Il fulminait, et se leva d'un coup.

– Tu connais mes sentiments sur la situation au Québec; tu sais que Justine est québécoise. Bon sang! John, je n'ai rien à faire ici. Je suis un civil maintenant, John. Un civil! Je ne suis plus un militaire. Pourquoi m'as-tu embarqué dans cette affaire?

– J'ai fait appel à toi parce que tu as passé ta vie à explorer le golfe et l'estuaire du Saint-Laurent. Tu en connais le moindre recoin et tu peux prédire le plus petit mouvement de ses eaux. Quand je mène une affaire, je m'entoure des meilleurs spécialistes.

– John, ma présence n'est pas essentielle. Tu sais très bien que, pour remonter le Saint-Laurent, tout navire doit prendre un pilote aux Escoumins, à l'entrée de l'estuaire. En tant que navire de guerre canadien, tu n'y es même pas obligé, mais si tu ne te sens pas capable de te rendre à bon port, ce dont je doute absolument, tu pourras très bien prendre un pilote.

– Dans les circonstances, crois-tu que je puisse vraiment faire confiance à un pilote canadien-français? C'est là une autre des données de l'opération Phips, Bjorn. C'est bourré de séparatistes là-bas. Ce serait très facile pour un pilote hostile de nous jeter sur un récif.

Bjorn était abasourdi. Était-ce vraiment John Harley que cet homme qui s'exprimait comme un orangiste des années 70? Il leva les bras et les rabaissa.

– John, je rêve ou quoi? Tu divagues. Je faisais de l'ironie, voyons. Écoute, tu es toi-même marin, tu as à ton bord d'excellents navigateurs et une instrumentation sophistiquée qui te permet de reconnaître le fond avec une précision inégalée, de communiquer avec tous les satellites qui gravitent là-haut.

Il avait les bras au ciel.

– Ils peuvent même te dire s'il y a ou non en ce moment de la vague dans le golfe du Mexique, à des milliers de kilomètres d'ici. John! tu n'as pas plus besoin d'un pilote que de moi pour te montrer par où passer pour te rendre à Québec. C'est ridicule!

John Harley souriait, son verre à la main.

– Tu oublies que l'opération Phips est ton bébé, Bjorn. C'est toi qui l'as conçue. Qui d'autre que toi est mieux placé pour me conseiller sur son déroulement? Pendant toutes ces années de travail à réorienter et à parfaire le plan, je sentais ta présence, ton inspiration me guidait. Quand on m'a approché pour le mettre en action, j'ai évidemment pensé à toi, Bjorn. Souviens-toi que tu y as mis toute ton âme. N'es-tu pas intéressé à le voir se réaliser?

Harley cala une gorgée.

– C'est la conclusion logique de toutes ces années de travail. Et tu sais quoi?

Il en cala une autre.

– Voilà enfin une occasion de mettre en pratique l'un de ces interminables exercices que nous faisons dans notre métier de militaires, au lieu de passer notre vie en temps de paix à repeindre des navires qui vieillissent.

– Mais j'ai abandonné ce projet il y a très longtemps, John. Même avant de quitter la marine, je m'en étais retiré. Et tu sais parfaitement pourquoi. Je n'approuvais pas l'orientation que tu voulais lui donner. Et maintenant, dans cette opération telle que tu l'as décrite tout à l'heure, je ne vois que la confirmation de mes pires craintes. C'était peut-être mon bébé, mais je l'ai renié, j'ai tout fait pour le noyer. C'est vous qui l'avez sauvé, élevé, et, entre vos mains, il a grandi n'importe comment. Je n'en suis aucunement responsable. Vous allez détruire ce pays, clama-t-il en frappant sur la table, et en donner une partie aux Américains en récompense de leur aide.

Bjorn se mit à marcher fébrilement de long en large, plongeant les mains dans ses poches et les en ressortant, comme s'il espérait y trouver quelque chose avec laquelle convaincre l'homme de pierre qui, devant lui, buvait calmement son verre de scotch. Harley avala une autre gorgée et se remit à parler.

– Pour cela, tu peux être tranquille. Tu as quitté le projet, mais moi j'y suis resté. J'ai étudié à fond le document que tu avais préparé, ton testament, comme tu disais. Et j'ai insisté pour qu'on retienne tes recommandations les plus judicieuses. Bien évidemment, on a averti Washington par voie diplomatique qu'on se mettait en route, politesse oblige entre alliés. Mais le rôle des Américains s'arrête là. La marine des États-Unis ni aucune des instances du gouvernement américain ne sont impliquées dans l'opération Phips sous sa forme actuelle et telle que nous l'appliquons aujourd'hui. C'est une affaire strictement canadienne. Ça va se passer entre le Québec et nous. Entre amis.

– J'en suis heureux !

Bjorn ironisait, histoire de reprendre de l'assurance. Son regard tomba sur les sabres de samouraï allongés sur leur support ; l'arme du suicide.

– Ça ne règle en rien les répercussions de l'opération sur le Québec et, j'en suis autant convaincu aujourd'hui que je l'étais à l'époque, sur le Canada tout entier.

Larsen se retourna vers le capitaine.

– Bon sang! John, à l'origine, c'était un plan pour protéger le Saint-Laurent et l'accès aux Grands Lacs par la Voie maritime en cas de conflit ou d'invasion. Vous avez ensuite voulu l'étendre à des cas d'insurrection ou de présence d'un gouvernement québécois hostile au Canada ou aux États-Unis. C'est pour cela que je suis parti.

Il se remit à arpenter la pièce, puis revint vers Harley en tendant les mains devant lui.

– Admettons même que je sois d'accord aujourd'hui sur ce dernier point, uniquement pour les fins de cette discussion. Eh bien, je m'opposerais quand même, et j'aurais deux bonnes raisons.

Larsen pointa les doigts, les repliant l'un après l'autre.

– Primo, il n'y a pas actuellement d'insurrection, et secundo, le gouvernement en place au Québec n'a jamais, mais au grand jamais, manifesté d'intentions hostiles!

– Bjorn Larsen, tu as été militaire. Tu sais que notre raison d'être est le maintien de l'ordre et de la paix, autant que la défense de notre pays. Et, Dieu m'est témoin, avec les maigres ressources que nos gouvernements nous ont données, nous avons à peine de quoi faire notre devoir.

Harley bifurquait sur un de ses sujets favoris, la démilitarisation du Canada, ce qui ne servit qu'à irriter Larsen davantage. Ce dernier se remit à marcher pendant que Harley poursuivait, comme pour lui-même.

– Quand je songe qu'à la fin de la Seconde Guerre mondiale le Canada avait la troisième plus grande flotte de guerre du monde! Mais tant pis, je me débrouillerai. D'autant plus qu'il ne s'agit pas cette fois-ci d'aller montrer son nez à Chypre ou en Bosnie. Il s'agit de nos terres, de nos propres côtes, de notre mer intérieure à nous, Canadiens, une mer qui, par notre plus grand fleuve, mène au cœur même du pays. C'est précisément cela qui est en cause…

Harley s'interrompit, le verre levé, et fixa le plafond un long moment.

– Dieu merci, il ne se passe jamais rien au Canada. Mais voilà, cette fois-ci, notre pays a besoin de nous.

Il regarda son ami bien en face et ajouta :

– Bjorn, pour une fois, on nous demande de faire ce pourquoi nous sommes payés.

– Si je comprends bien, vous cherchiez une raison d'intervenir, et vous avez sorti l'opération Phips des boules à mites.

– Tu peux le voir ainsi si tu veux. La vérité, mon cher Bjorn, c'est que les choses ont changé depuis le temps où nous étions jeunes officiers sur un destroyer. Réveille-toi, mon vieux. Nous ne sommes plus au lendemain de la guerre, quand le Canada pouvait se déployer n'importe où sur le globe pour frapper vite et dur. Nous ne sommes plus non plus en guerre froide contre les Russes, eux qui venaient nous reluquer dans nos ports, et qui auraient fait remonter leurs sous-marins jusqu'à Ottawa en empruntant l'Outaouais s'il n'y avait pas eu quelques rapides et des barrages hydroélectriques pour les arrêter en cours de route. Le rôle des forces armées a changé complètement, Bjorn, pendant que toi tu devenais un scientifique à plein temps. Et ça ne s'est pas fait au hasard, comme beaucoup le pensent. Ce fut planifié. On est devenu ce qui avait été prévu.

Harley se leva pour aller chercher un volumineux cahier dans la bibliothèque derrière lui et le brandit :

– Le Livre blanc sur la défense.

Il se mit à le feuilleter, cherchant des passages ici et là, qu'il lisait en les désignant du doigt.

– Dès 1994, notre rôle a été décrit en toutes lettres, et je cite : «Agir avec flexibilité quand des événements pouvant affecter la sécurité se produiront au pays.» Et ici : «Assurer en cas de crise le contrôle de la navigation commerciale.» Et encore là : «La loi canadienne doit être respectée et appliquée dans les zones relevant de sa juridiction.» Et enfin : «À l'heure où l'existence du pays fait l'objet de débats, le rôle unificateur du ministère des Forces armées ne peut donc que contribuer à l'édification d'un pays encore plus fort.»

Harley referma le bouquin en faisant claquer les pages.

– Ce n'est pas moi ni même le chef d'état-major qui parle, c'est le ministre de la Défense du temps, ce sont les politiciens, Bjorn. Pas les militaires que tu hais tant! Des élus du peuple, Bjorn! Et ce sont encore eux qui, dans le cas présent, nous ont donné le feu vert. Le Canada n'a pas abandonné sa souveraineté sur quelque partie que ce soit de son territoire, et il entend veiller à ce qu'elle soit respectée. La voilà, la véritable légitimation de notre action. C'est cela que nous allons faire, Bjorn; pas la guerre comme il y a cinquante ans. Je ne vais pas tirer à boulets rouges sur la ville de Québec, mon vieux. Il est question d'unité nationale, et notre mission en est une de pacification, de bonne entente.

Le capitaine fit une pause pour bien marquer les mots de la petite formule qu'il avait trouvée pour l'occasion.

– Dans moins de deux jours, la *Ville-de-Québec* parlera à la ville de Québec!

– Oui, en effet, c'est très beau et très magnanime, John. Et je comprends maintenant plusieurs choses. Par exemple, ton affectation sur ce navire ainsi que celle de Lonsdale. On a choisi un navire portant un nom bien québécois, pour que ce soit politiquement correct, mais on a changé une partie de son équipage. Trop de francophones, c'est difficile à maîtriser, n'est-ce pas, John? Comme ça, on a un équipage pancanadien qui s'en va dire aux séparatistes, comme tu les appelles : «On vous aime toujours, mais avec plus de fermeté.» C'est très beau, c'est très correct.

– Oui, c'est vrai, Bjorn. C'est très correct. Mon équipage est formé d'hommes et de femmes qui viennent de toutes les régions du pays, et ils seront fiers de ce qu'ils auront accompli. Tu as vu tantôt au mess? As-tu entendu des objections? Hein? Pas un seul n'a dit un mot, Bjorn, pas un seul.

Larsen, qui n'avait pas cessé de marcher de long en large, s'arrêta net et allongea le doigt vers Harley.

– Eh bien, tu en as maintenant au moins un, John. Moi, Bjorn Larsen, je me désiste. Je ne veux rien avoir à faire avec cette opération.

– Bjorn Larsen! Toujours aussi direct, toujours aussi pur! L'homme des solutions droites et simples! Tu oublies une chose, mon ami : tu es toujours officier de réserve et, dans un cas comme celui-ci, on aurait pu te rappeler et tu n'aurais pas eu le choix. Service commandé! Ce que tu as oublié, c'est qu'on aurait fort bien pu te forcer à venir.

Harley se carra encore plus dans son fauteuil, un sourire en coin.

– C'est ce qui avait été décidé, d'ailleurs. Et ce que tu ne sembles pas apprécier, c'est qu'au nom de notre passé et de notre amitié je les ai fait changer d'idée. Je les ai convaincus qu'il valait mieux essayer d'abord la manière douce, qu'il valait mieux te demander poliment de venir…

– Sous un faux prétexte, néanmoins…

– Ce n'est même pas pertinent, ça, mon vieux.

Bjorn s'était levé pour sortir au plus vite de cette pièce qui lui semblait maintenant une prison d'acier. Il s'arrêta à la porte, la main sur la poignée, frappé par quelque chose qui lui avait complètement échappé jusqu'ici mais qu'il voyait clairement maintenant. Il se retourna.

– Dis-moi, John, de tous les gens qui ont travaillé à monter l'opération Phips, plusieurs sont certainement morts maintenant. Parmi ceux qui restent, suis-je le seul qui ait quitté les forces armées?

– En effet, il n'y a que toi.

Larsen hocha la tête en examinant son ami, qui demeurait imperturbablement assis. Quand ils étaient tous deux étudiants officiers à Cornwallis, sur la baie de Fundy, Harley était dur, incisif, impitoyable au sport et dans les jeux de guerre, mais correct, juste et socialement parfait en toute autre occasion. De ces deux personnages contradictoires, c'était le second que Harley jouait lorsque Bjorn était entré dans la cabine ce soir; le mari parfait d'Élisabeth, que Bjorn et Justine avaient fréquenté pendant toutes ces années à Halifax. Mais, au cours de l'entretien, Harley était devenu le guerrier en action sur son propre théâtre d'opération, et ses traits de prédateur refaisaient surface comme des morceaux de pack sur l'océan Arctique, qui s'enfoncent au passage de la coque mais remontent aussitôt que le navire est passé. Bjorn s'approcha de John.

– Et si j'avais refusé? Si je n'avais pas volontairement suivi Lonsdale hier soir?

Harley ne répondit pas. Bjorn s'avança vers le fauteuil de John jusqu'à presque toucher ses genoux. Il venait de se remémorer tous les événements de cette soirée récente. C'était la veille, mais cela lui semblait déjà une semaine, quand on était venu le chercher. Le grand vent qui avait amené une automobile non identifiée. Il y avait quatre militaires dans la voiture, et il se rappelait très bien que l'un d'eux avait un walkie-talkie. C'était ce jeune marin timide qui était resté planté dans l'entrée à contempler Justine comme s'il n'avait jamais vu de femme de sa vie. Oh! combien elle lui manquait soudainement! Et puis, surtout, il y avait cette deuxième voiture qui était entrée avec eux dans la base. Pourquoi avait-on envoyé tant d'hommes et deux voitures simplement pour l'inviter à faire une balade en mer? Si ce n'était pour lui faire une offre qu'il ne pouvait refuser...

– Et Justine? demanda Bjorn.

Mais il connaissait déjà la réponse que John Harley allait lui donner.

Le commandant en chef de l'opération Phips se leva et, braquant les yeux sur ceux de Bjorn Larsen, répondit comme si de rien n'était :

– Ce n'était pas mon premier choix, étant donné qu'elle est journaliste et que son absence aurait pu éveiller les soupçons...

– Dis toujours?

Harley vida son verre avant de répondre.

– On l'aurait emmenée et mise aux arrêts!

Il posa son verre sur la petite table avant d'ajouter :

– Elle aussi...

Incognito

Le mercredi 23 juin, 3 h 45,
dans le golfe du Saint-Laurent, au large de l'île d'Anticosti

La *Marie-Galante* oscillait dans la brume comme un pendule au bout d'un long fil accroché à la voûte des cieux. Debout en équilibre dans le cadre de la porte de la timonerie, le capitaine Euclide Ghiasson regardait avec anxiété ses hommes s'affairer sur le pont. Le travail progressait normalement, mais les vieux treuils étaient lents et les poulies grinçaient en roulant les funes qui ramenaient péniblement le chalut des profondeurs glacées. Bien qu'on halât depuis longtemps, les deux câbles couvraient à peine le fond des tambours. Le capitaine sut que le chalut était lourd et que cette prise serait la meilleure. Et la dernière avant de rentrer au port. Mais il fallait faire vite. Déjà la nuit s'effilochait à la surface de l'eau.

Ghiasson se tourna vers son fils, qui tenait la roue.

– Tu tiens bien la *Marie* sur tribord, Jean, sinon le chalut va nous entraîner en travers de la vague.

Euclide savait par expérience que le petit chalutier avec son immense filet qui s'étirait loin au-dessous était comme un bagnard tirant son boulet. Si le cul bien rempli du chalut rencontrait sur son chemin un courant sous-marin contraire, il pourrait attirer le navire à lui. Jean regarda la mer près du flanc du bateau, mais il n'observa aucun des petits remous qui auraient témoigné d'une dérive. Partout, il n'y avait que le golfe immense dont la surface ondulait en silence comme un grand rideau de soie sous une brise égale et légère. Il n'y avait pas le moindre vent ni souffle de vie autre que ces longues vagues qui passaient une à une, et sur lesquelles la nef montait et descendait comme une mouche posée sur la poitrine d'un géant endormi.

Ghiasson père ne cessait de fouiller la grisaille dans l'est. C'est de là que la houle arrivait, après avoir pénétré par la porte grande ouverte du détroit de Cabot, poussée par une tempête sur l'Atlantique. C'est de là aussi que le jour viendrait sous peu, et le capitaine était impatient de savoir le temps qu'il ferait. La purée de pois qui perdurait depuis deux jours lui seyait parfaitement, mais il craignait que le jour ne se levât éclatant de soleil bien avant que son chalut ne fut rangé sous l'avant-pont et que la prise n'eût été engouffrée en entier dans les cales, bien à l'abri des curieux.

– Tu t'inquiètes pour rien, lança Jean. La brume va coller tant que le vent ne prendra pas.

Ghiasson sourit en soufflant du nez comme un phoque. Son fils avait probablement raison, et prouvait ainsi qu'il n'avait rien oublié, même s'il avait délaissé la mer depuis longtemps pour aller faire des études à Montréal. «Et pourtant, pensait Euclide en regardant Jean, il y a des jours où le temps se lève de façon tout à fait inattendue.» Il se souvenait d'un autre séjour en mer dans des conditions semblables, à ce moment précis où la planète dans sa course à travers l'espace s'apprête à basculer vers le soleil, et il en fit part à son fils :

– J'ai été pris déjà avec ton grand-père pendant des jours et des nuits par un temps pareil. Et sans radar ni radio, bien sûr, comme tu imagines avec lui. Je commençais à être inquiet de ne jamais pouvoir revenir, mais le père restait aussi figé que la mer. Il n'avait pas dit deux mots depuis qu'on était partis. Puis, un beau matin, dans un calme plat, il a annoncé que ça se dégagerait. Et ça s'est dégagé comme il l'avait prédit, en un instant. Puis, il m'a expliqué qu'après tant de bruine et de pluie la Terre en avait eu assez d'être détrempée. Alors, en un seul battement juste au point du jour, elle avait décidé de se remettre à l'endroit, avec l'air bien en haut et l'eau bien en bas.

– Eh bien, disons que, ce matin, elle n'est pas encore assez mouillée…

Mais Jean s'arrêta net. La clarté soudain venait de paraître, et il lui sembla comme à son père que leur aïeul avait vu juste. Le jour ne se leva pas lentement de lui-même comme à l'ordinaire, mais il arriva tout d'un coup, comme porté sur le dos d'une vague plus haute que les autres. Au moment où elle passa sous le bateau, la lumière monta en un grand mouvement d'air chargé d'eau, et le ciel quitta la mer avec laquelle il avait dansé toute la nuit.

La côte d'Anticosti apparut dans l'éclaircie, derrière la frange des vagues qui se brisaient sur les récifs. L'île, plus vaste que la plus petite des provinces du Canada, s'allongeait comme une baleine bleue vers le fleuve Saint-Laurent comme pour en interdire l'entrée. Encore aujourd'hui, Anticosti demeurait une terre presque inhabitée, sauvage de ses forêts et de ses rivières, et dont la carapace de murailles calcaires subissait depuis des millénaires l'assaut des rouleaux innombrables du golfe. Les flots qui frappaient les hauts murs repartaient aussitôt, ajoutant leur gros dos à ceux des vagues qui se pressaient à leur tour dans le petit matin pour déferler sur la rive. Le ressac s'éloignait ainsi par bonds vers le large jusqu'à ce qu'il ait perdu toute sa vigueur et s'évanouisse dans le brouillard. C'était là, quelque part dans le sud-ouest du Cap-des-Caps, que la *Marie-Galante* capeyait sous la brume, s'élevant et retombant au rythme de la houle.

Euclide Ghiasson avait remis à flot ce petit chalutier de bois comme on n'en voyait plus que dans les musées d'attractions régionales. Construit aux chantiers Davie à Gaspé pour le grand-père Ghiasson à la fin des années 50, il avait à peine vingt mètres de longueur, et sa coque était maintenant toute encroûtée des nombreuses couches de peinture, rouges, vertes et bleues, qui avaient vieilli sur sa carcasse. À la poupe, une cabine à peine fenêtrée qu'on atteignait à l'aide d'une petite échelle et qui donnait derrière sur une cambuse enfumée et à demi coincée dans l'entrepont; à l'avant, un seul mât de bois. Et entre les deux, sur le pont central, deux potences rongées par la rouille faisaient pendant aux treuils au bord opposé. Ce vétuste gréement servait à la pêche par le côté selon une ancienne méthode, qui consistait à mouiller et à ramener le chalut directement par-dessus le plat-bord, plutôt qu'à la poupe comme les chalutiers plus récents.

Le but avoué d'Euclide était d'emmener des gens pour des parties de pêche sportive, et au village on avait dit qu'il se mettait maintenant au tourisme, après avoir été pêcheur et fonctionnaire. Euclide avait effectivement travaillé au ministère fédéral des

Pêches et des Océans, mais il était loin d'y avoir été un rond-de-cuir. Son travail consistait à diriger les opérations de pêche sur des navires de recherche scientifique dont la mission était de compter les poissons rendus rarissimes par la surpêche sur toute la côte atlantique. Euclide avait passé ces dernières années à Halifax, attaché au navire *Hudson*, sur lequel il dirigeait la mise à l'eau des instruments de mesures océanographiques. Et puis soudain, l'hiver d'avant, il en avait eu assez des déboires de l'administration fédérale et il était rentré chez lui en Acadie pour de bon. Mais pas pour le tourisme. Dès que son radoub avait été terminé, il y avait exactement trois jours ce matin même, il était parti en mer secrètement avec son rafiot. Quittant Tracadie, petit port du nord-est du Nouveau-Brunswick, il avait couvert plus de cent milles marins jusque dans les parages d'Anticosti. Personne n'avait soupçonné qu'il s'aventurerait sur les bancs du large avec un pareil rafiot. Pour pêcher, comme autrefois.

– À partir de demain, Euclide, tu ne pourras plus venir tâter les fonds par ici!

Pointant le menton vers l'île d'Anticosti, Jean avait le sourire fendu jusqu'aux oreilles, fier de sa boutade. C'était ici, à l'anticoste, que les Ghiasson, comme des générations d'Acadiens et de Gaspésiens, avaient pendant longtemps pêché la morue et gaffé du homard en contrebande, se prévalant d'un droit plus ancien que la loi. Euclide y était monté maintes fois comme aide-pêcheur avec son père, puis encore autant comme capitaine de son propre bateau. Mais il y avait belle lurette que la pêche était interdite dans ces parages comme dans presque tout le golfe du Saint-Laurent. Et on attendait toujours que les bancs de morue surexploités et les fonds ravagés par les grands chalutiers se refassent… Pourtant, Ghiasson, qui connaissait ces fonds comme sa poche, avait toujours maintenu que la morue y était encore abondante.

Il ne s'était pas trompé. Après avoir toué et relevé son chalut toute la nuit et le jour précédent, la *Marie-Galante* avait les cales presque pleines, et le dernier trait qu'on ramenait à l'instant les remplirait tout à fait. La coque repartirait au ras de l'eau, son franc-bord réduit presque à zéro, lourde et vulnérable, des poissons visqueux grouillant dans les compartiments de pont et débordant de la grande écoutille dont le panneau était en ce moment appuyé contre le mât. Sur le chemin du retour, l'équipage serait affairé à étêter et à évider des morues jusqu'à ce que leurs doigts gourds ne puissent même plus sentir une coupure de couteau. Il faudrait alors jeter par-dessus bord des poissons ronds et laver et brosser le pont pour ne pas alerter les garde-pêche en approchant du port.

Euclide dévisagea son fils, sachant trop bien à quoi Jean faisait allusion. La lumière délicate et légèrement colorée comme un verre de Venise donnait à l'intérieur de la cabine une atmosphère de sacristie. Jean, qui avait enlevé sa combinaison étanche, portait un col roulé, et, avec sa courte barbe et ses cheveux bien taillés, il avait l'allure d'un officiant. Et son sourire était magnifique. Jean était heureux parce que Anticosti était en territoire québécois, et que demain l'île et ses battures, ainsi que les fonds marins jusqu'au milieu du golfe, feraient officiellement partie d'un autre pays que le Canada. Tout ce petit royaume ferait partie du Québec nouvellement né. Comme beaucoup d'Acadiens, Jean avait adopté le Québec, et Euclide ne l'approuvait pas. Normalement, le père préférait ne pas aborder ce sujet avec son fils, mais, ce matin, il ne put s'empêcher de lancer :

— Eh bien, tu y viendras, toi, mon Jean, puisque tu habites à «Mantréal»...

Il avait toujours prononcé le nom de la ville ainsi, avec son accent acadien.

— Tu n'auras qu'à prendre la nationalité, c'est à peu près tout ce qui te manque !

— Je blaguais, voyons, papa !

Jean trouva son père loquace, et il s'enhardit.

— Tu sais bien que ça ne changera rien. Il n'y aura pas plus ni moins de «poissans», comme tu dis, dans un Québec séparé. Qu'est-ce que tu veux que ça change ? En tout cas, ça n'empêchera pas les Acadiens, autant que les Gaspésiens d'ailleurs, de continuer à fuir leur trou pour se bâtir un avenir à leur mesure. Tu oublies qu'on est plus nombreux à Montréal qu'en Acadie. Il faut se faire à l'idée : si on veut rester français, il faut se tenir.

— Mais on était tous ensemble, justement. Pourquoi diable vouloir se séparer ?

Et il osa ajouter :

– As-tu voté oui, toi ?

Jean regarda son père. C'était la première fois que le vieux abordait le sujet aussi directement. Il se félicita de s'être embarqué pour cette pêche. Il vit enfin l'occasion de parler à son père, de saisir cet ours, cette grosse prise qui lui avait toujours glissé entre les doigts.

– Oui, papa, j'ai voté oui, comme un bon citoyen québécois. Et je n'étais pas le seul. On était en majorité.

– Tu appelles ça une majorité, toi, cinquante-deux pour cent ? Pour moi, ça veut surtout dire que la moitié des gens n'en voulaient pas, de l'indépendance, et préféraient que la province de Québec demeure au Canada.

– Papa, le référendum d'octobre 1995 avait donné précisément les mêmes résultats, mais dans l'autre sens. À l'époque, ceux qui voulaient l'indépendance s'étaient pliés au vœu de la majorité. Eh bien, maintenant, c'est exactement l'inverse. Par conséquent, ceux qui étaient contre doivent céder à leur tour. Il faut arrêter de toujours tout remettre en question. Ce référendum-ci a été le bon. À partir de ce moment, il faut se mettre au travail et bâtir notre propre pays.

– Oh ! Ce n'est pas fini, cette histoire-là ! Ce n'est pas fini !

– Mais qu'est-ce que tu veux dire, ce n'est pas fini ? Le jour J, l'heure H, c'est demain à midi, papa. Il faudra bien que tu l'acceptes. Le 24 juin, à midi. C'est définitif. Et tout est réglé. Tout. Depuis le référendum de l'automne dernier, le Québec a négocié avec le Canada sur la passation de tous les pouvoirs, sur le partage de la dette, sur la quote-part du Québec dans les avoirs fédéraux qui sont dans les autres provinces, sur...

– Tu sais ce que j'en pense, de cette part-là. Tu ne me feras pas croire que le Québec a droit à une partie du bureau de poste de Tracadie. On va pas encore s'o'stiner là-dessus à matin !

Malgré sa résolution, Euclide s'était laissé embarquer dans cette conversation, et il le regrettait. Il s'emporta.

– Occupe-toi de la *Marie*, veux-tu ? Ramène-la, bon Dieu ! Tu vois pas qu'elle dérive ?

Euclide adorait son fils, mais il l'avait perdu depuis longtemps. Jean vivait maintenant au Québec, et en avait adopté la culture, alors que lui, Euclide, avait passé toute sa vie dans les Provinces maritimes. Évidemment, ils voyaient les choses différemment. Dans le Canada d'Euclide, être francophone voulait dire être conscient de sa place dans la société, de ses limites. Et puis, très jeune, à pêcher avec son père sans échanger un seul mot pendant des jours, Euclide avait appris une autre vérité. Il savait très bien quelle était sa véritable patrie. C'était l'île et ses récifs, les bancs du golfe, les baies encloses derrière leurs barachois et les eaux du large sans bornes. Ce monde n'avait pas de frontières ; il n'était ni néo-brunswickois, ni québécois, ni même canadien. Ce n'était que la mer en continuité avec elle-même au-delà du golfe, par delà les détroits, et jusqu'aux confins de la Terre. Un monde tout rond, sans limites, qui nous ramène à soi-même, quoi qu'on fasse.

Jean n'abandonna pas, et revint par un autre chemin.

– Après tout, tu as peut-être raison. Ce n'est pas vraiment une question de chiffres, et en définitive ce n'est pas l'argent qui va faire la différence, mais le respect mutuel, le respect de la démocratie. Et aussi la nature humaine, qui préfère la paix et l'amitié. J'y crois, moi, à cette affection que les Anglais sont venus nous démontrer par milliers à la veille des deux derniers référendums. La plupart des indépendantistes y ont vu une provocation. Moi, j'ai trouvé ça beau, excitant, et j'ai pris le parti d'y croire. On a vécu ensemble, il y a nécessairement une sympathie mutuelle des deux côtés de notre nouvelle frontière, et elle va resurgir.

Il se tut quelques instants, puis ajouta, en fixant l'horizon :

– On ne peut pas en vouloir éternellement à quelqu'un parce qu'il est parti de la maison…

Ghiasson ne mordit pas. Il ne pouvait que souhaiter que rien ne serait changé après que le Québec se serait finalement séparé. Mais il n'y croyait pas. Il connaissait les Anglais, comme son fils les appelait. Ils ne se laisseraient pas faire. Il vérifia sa montre et évalua la progression de la manœuvre sur le pont avant. Si tout allait bien, ils seraient rentrés au port avant le jour suivant, avant cette heure fatidique. Évidemment qu'il s'inquiétait ! Jean avait beau le trouver toqué parce qu'il craignait le pire pour les Acadiens, il n'y pouvait rien : c'était comme un vieux réflexe. Au temps où les Anglais et les Français se disputaient la colonie, plus de deux cents ans auparavant, la mer, les rivages inhospitaliers et les marécages avaient été le refuge de son peuple. À cette époque, on pouvait encore fuir et trouver quelque terre de rien, un chapelet de rochers à nu, couvert de glaces en hiver et de moustiques en été, et dont personne ne voulait. Ce n'était plus possible aujourd'hui, et c'était pour cela qu'Euclide redoutait que les deux peuples ne s'affrontent de nouveau.

– Les portes arrivent ! annonça Jean.

Contre le bordé, un grand carré de bois bardé et cerclé d'acier, tout dégoulinant d'eau et de mottes de vase, heurta le doublage appliqué sur la coque pour la protéger des chocs. Deux hommes l'agrippèrent pour l'éloigner dans sa montée et le diriger vers la potence, au pied de laquelle on le poserait sur le pont. Ce panneau et son semblable de l'autre côté étaient attachés aux câbles loin en avant du filet, et, quand le navire pêchait, tels les bras ouverts d'un plongeur, ils forçaient le chalut à ouvrir la gueule pour mieux happer les proies. Le second panneau pendu au bout de sa fune arriva à son tour juste sous la surface. Un homme se pencha par-dessus bord avec une gaffe pour saisir le câble rapporteur et l'enrouler à la poupée mobile, qui se mit à le hisser. On détacha ensuite les pattes-d'oie reliant le panneau au filin principal, et les treuils se remirent à gémir. Il y avait encore à l'eau une longue section de bras qui se séparait ensuite en deux entremises attachées directement au filet. Ce dernier était encore très loin dans l'eau sombre, la gueule maintenant refermée, et le poisson pris dans le fond de sa gorge. En attendant qu'il arrive, les hommes s'appuyèrent n'importe où pour allumer en blaguant, regardant distraitement les câbles se lover de nouveau autour des tambours.

Entre-temps, l'île et l'horizon entier s'étaient couverts de brume encore une fois, laissant l'embarcation seule dans un grand cercle dégagé comme en une oasis. Ghiasson se sentit soulagé. La *Marie-Galante* ne risquait plus d'être vue ni même détectée par un radar, quoique, de toute façon, elle n'offrait qu'une mince cible, étant basse sur l'eau et faite d'un matériau peu réfléchissant. En outre, Euclide avait eu la précaution de retirer le réflecteur métallique réglementaire du haut du petit mât de la cabine. Dans quelques minutes, le trait serait rentré, et on repartirait inconnu de tous, si ce n'était pour les nuées de goélands en ce moment posés sur l'eau, mais dont les piaillements avaient survolé le bateau toute la nuit pour ne pas perdre de vue leur garde-manger.

Le chalut brisa la surface au moment où le soleil passait l'horizon, et le petit bateau contre l'écran rouge du ciel et de la mer confondus devint une silhouette noire habitée par les taches brillantes des hommes dans leurs grands cirés jaunes. Jean vit la tuque délavée et le visage de son père perché en haut de l'échelle prendre la couleur de la chair du saumon. Il le trouva beau et serein sous cet éclairage, et ressentit de nouveau une affection véritable pour cet étranger qui le fascinait, ne parlant que de la mer comme si la connaître suffisait à porter toute une vie. Et voilà qu'Euclide attirait maintenant son attention vers l'est, où, au ras de l'eau, la nuée semblait plus mince, là où le brouillard réfractait en fibres orangées les rayons du soleil qui arrivaient presque à percer. Juste au-dessus, et dans tout le Sud-Est, un rideau noir persistait, signe d'un grain imminent à la bordure d'un front froid.

— Autrefois, Jean, plus haut sur la côte, avec le père, nous avons eu de la grêle dans une barre comme celle-là. Le vent s'était levé d'un coup, enragé, et des millions de billes de glace blanche et opaque étaient entrées dans l'eau gris fer en hissant, rebondissant aussitôt comme sur le parvis de l'église, et retombant ensuite pour flotter encore quelques instants avant de fondre... Tu vois...

Euclide s'arrêta brusquement, le regard rivé sur le pont, et leva la main en l'agitant.

— Ah! mais vire-la, Jean, vire-la. Non, arrête! Arrête! Attends! Tiens-toi prêt à engager l'hélice, je descends!

Le capitaine sauta presque d'un seul bond en bas de l'échelle et reçut du même coup les gaz d'échappement du moteur principal qui crachotait en actionnant les treuils, ainsi que le fumet du petit déjeuner tout chaud que le cuistot achevait de préparer derrière.

Le filet avait la gueule pendue au-dessus du pont, porté bien haut par le mât de charge, et il était si plein sur toute sa longueur que des petites morues et des sébastes roses à demi asphyxiés, leurs grands yeux de plastique exorbités et le corps comprimé par les rets, se faufilaient entre les mailles pour aller s'écraser sur le pont. En dépit de la traction continue des treuils, le chalut avait arrêté sa progression, et, sous la tension, le navire s'inclinait fortement sur tribord. Il s'était produit ce que Ghiasson redoutait. Le cul du chalut, encore sous l'emprise du courant sous-marin, tirait l'embarcation en travers de la vague aussi sûrement que l'aurait fait un remorqueur. La *Marie-Galante* se mit à gîter de plus en plus fort dans la houle, embarquant des paquets de mer à chaque plongée dans le creux de la vague.

Le capitaine arriva sur le pont en patinant sur l'eau qui giclait et sur les écailles poisseuses dont les captures précédentes avaient tapissé le pont. Il constata que la longue poche enfermant la prise était déjà passée sous la coque, dont elle raclait les aspérités de son cordage. La membrure du bateau se mit à craquer dans ce mouvement de va-et-vient sur l'onde. Euclide ordonna aux hommes de relâcher la tension des treuils et de remettre le filet à l'eau, le temps de faire reculer et tourner le navire. Il se retourna vers Jean là-haut pour lui indiquer la manœuvre.

À ce moment, dans le calme relatif des treuils tournant au ralenti, le père entendit un grondement sourd qui lui sembla provenir de la bande de nuages noirs au sud-est. Ghiasson crut d'abord à un roulement de tonnerre, mais le son perdura. Ne pouvant rien distinguer dans la nuée aussi impénétrable qu'un mur, il crut qu'on avait dérivé vers les brisants ceinturant l'île. Il fit signe à Jean dans la timonerie de consulter les instruments. Celui-ci alluma aussitôt l'échosondeur et activa le radar, qui était resté à l'état de veille. Des trains d'ondes sonores, comme celles poussées par une chauve-souris en chasse, s'élancèrent dans toutes les directions à la fois. Mais les échos qui revinrent ne portaient rien d'anormal. La sonde rapporta simplement que la coque était par près de trois cents mètres de fond. De son côté, l'écran du radar ne présenta qu'une grossière neige verte sur 360 degrés d'horizon, signature anonyme des bancs de brume épaisse et de la pluie qui cernaient la *Marie-Galante* de toutes parts. Jean fit signe à son père en bas que le navire était toujours bien au large d'Anticosti. Il éteignit les deux instruments et passa la tête par la fenêtre du côté bâbord.

L'intensité du bruit insolite avait augmenté, mais il eut beau scruter la nuée, il ne vit rien. Passant à la fenêtre de l'autre côté, il eut maintenant l'impression que le son venait plutôt de là-bas. En réalité, le grondement entourait la *Marie-Galante* de tous côtés et il augmentait sans cesse. Il s'y mêlait maintenant des claquements secs et puissants, comme les froissements de grandes masses d'eau qui jaillissaient et s'effondraient, semblables au bruit d'une chute dont les volutes inégales s'écraseraient sur des rochers polis en contrebas. Cette impression fut bientôt couverte par le grondement qui montait encore, et le capitaine s'affola à scruter l'infini du brouillard, qui ne révélait absolument rien. Ghiasson se persuada qu'un énorme avion de ligne en perdition allait s'écraser sur son navire. Tout l'équipage était maintenant figé sur le pont sous le filet qui gîtait en résonance avec le navire, amplifiant du même coup le roulis. Le cuistot sortit de sa cambuse et se posta à l'autre bout de la timonerie, la louche à la main, fixant le lointain vers le sud-est, d'où tous étaient maintenant certains que le vacarme venait. Et toujours le volume montait.

Le capitaine comprit le premier. Il se précipita vers la timonerie en pointant le doigt vers tribord et en criant à son fils, qui ne réagit pas, comme s'il n'avait pas entendu. Personne n'entendit d'ailleurs, car déjà le tonnerre était sur eux. Et, pour la première fois de sa vie, Euclide Ghiasson eut peur en mer. Peur de quelque chose qu'il ne connaissait pas et qui fondait sans coup faillir sur son bateau pour l'envoyer par le fond avec tous ses hommes. Il bondit dans l'habitacle et, d'instinct, en trois gestes instantanés, il alluma le radar et le sondeur, et poussa les gaz à fond. La *Marie-Galante*, son chalut gonflé démesurément et traînant encore dans l'eau, commença à virer lourdement en s'inclinant comme une toupie arrivée au bout de son rouleau. Mais il était trop tard. Au même instant, le capitaine vit surgir du banc de brume sur son flanc tribord, si près qu'il crut qu'elle sortait de l'eau à la verticale juste à côté, comme un soc de charrue qui jaillit en heurtant un roc sous-jacent, une coque étincelante, fine, élancée, couleur d'iceberg et de brume. La chose filait en sautant sur la houle, faisant voler des trombes d'eau, comme si elle avalait chacune des longues vagues pour la recracher ensuite de part et d'autre des commissures de sa bouche. La proue monstrueuse s'avança encore et parut un instant grandir jusqu'aux cieux en se doublant d'un pont et d'une mâture. Mais déjà elle était si près qu'on ne voyait plus qu'un gigantesque éperon d'acier, un couperet vengeur et si proche qu'à la vague suivante il serait sur la *Marie-Galante* pour la fendre net en deux.

* * *

Dans les profondeurs du sarcophage d'acier de la *Ville-de-Québec*, le son strident d'un avertisseur électronique fit sursauter le lieutenant Lonsdale. Sur l'écran de son moniteur, un clignotant venait d'apparaître au centre des cercles concentriques qui délimitaient l'espace marin autour de son vaisseau. Dans les cases disposées en bordure de l'écran, des instructions s'allumaient et s'éteignaient à lui en brûler les yeux. Il y avait quelque chose de gros droit devant, quelque chose qui était sorti de nulle part, en plein sur le nez de la frégate !

Mais l'officier était prêt et réagit instantanément. Un ordre sec s'étouffa à demi dans sa gorge au moment exact où les doigts de sa main droite entrèrent une commande sur les touches et que la main gauche actionnait le levier de commande au-dessus du clavier. Lonsdale était fébrile. Bon Dieu ! Il fallait que la frégate réponde immédiatement, sinon l'accident serait inévitable. Une collision de plein front avec une cible à peine entrevue et non identifiée, un harponnage mortel par trois cents mètres de profondeur dans des eaux glaciales. Le lieutenant fixait l'écran des yeux sans cligner, attendant une confirmation de la nouvelle course de la frégate. La réponse ne venait toujours pas, ses yeux fatigués et rougis lui faisaient mal, et seule apparaissait sur l'écran l'heure exacte où il avait transmis sa commande.

Il était 4 h 27 min 10 s.

Plus de quatre heures plus tôt, à minuit pile, le lieutenant Lonsdale avait pris le commandement. À ce moment, conformément au décret du capitaine, le vaisseau avait été mis en état d'alerte dans le mode «attaque imminente». Cela voulait dire, entre autres, que le quart de Lonsdale, au lieu de se terminer à quatre heures, durerait jusqu'à sept heures. Depuis minuit également, le poste de commandement n'était plus sur la passerelle, mais avait été déplacé au cœur du navire, dans la salle des opérations. Cette pièce située dans la partie avant, sur le pont 2, juste en dessous de la salle des communications, était le centre névralgique d'où on pouvait à la fois contrôler toutes les fonctions de la frégate et donner des ordres à chacun des membres de l'équipage. Et celui qui commandait à partir de cette caverne ne voyait la mer que par l'entremise d'une forêt d'antennes, de radars et de senseurs distribués à l'extérieur, pointant dans l'eau ou dans l'air, sur tout le pourtour de la coque et dans les hauteurs de la superstructure. Ce capitaine voyageait sans contact direct avec la mer et le ciel, comme les premiers astronautes dans leurs sondes, isolés du vide interstellaire.

Un peu après le milieu du quart, à quatre heures moins deux minutes précisément, le commodore Harley avait fait irruption dans la salle. Il avait alors ordonné qu'on augmente d'un dernier cran l'état d'alerte de la frégate. Alerte extrême! Tous aux postes de combat! En quelques minutes, l'autre moitié de l'équipage était sortie pêle-mêle des cabines où elle dormait. Des hommes hébétés ou surexcités avaient fait irruption dans tous les recoins du navire, se rendant instinctivement au poste qui leur avait été préalablement assigné en pareille circonstance. Toutes les fonctions du navire, depuis les systèmes de pompage d'urgence et de contrôle des avaries et des incendies jusqu'aux canons de pont et aux mitrailleuses de poupe, avaient été garnis d'hommes et de femmes prêts à répondre à toute éventualité.

Il ne s'était pourtant rien passé qui justifiât un tel état d'alerte. Après la tempête sur l'océan, le golfe avait paru calme et on avait navigué par temps clair sur une longue houle en pleine nuit. Quand Lonsdale avait pris son poste à minuit, l'officier qu'il avait relevé n'avait rien eu à lui signaler. Puis, en approchant d'Anticosti, le navire avait rencontré des poches d'un brouillard épais, conséquence de la rencontre de l'air chaud du sud-est avec les eaux glaciales du nord du golfe. Mais ces conditions météorologiques, qui auraient préoccupé plus d'un petit bateau, n'avaient aucun impact sur l'allure d'un navire aussi sophistiqué que la *Ville-de-Québec* et n'avaient rien à voir avec la mise en état d'alerte.

En réalité, Harley avait tout simplement décidé de se faire la main sur son nouvel équipage hybride en lequel il n'avait pas entièrement confiance. Cet assemblage, qui incluait encore trop de Québécois à son goût, n'était pas son idée à lui. Il aurait préféré diriger cette opération sur sa *Toronto*, avec son propre équipage bien rodé. Mais ce choix avait été une décision politique pour des questions d'image, et sur laquelle Harley n'avait eu aucun pouvoir. C'est pourquoi, avant d'arriver au cœur de l'action, il voulait observer comment ses gens se comportaient en situation de crise et mettre chacun au pas si nécessaire. Il avait donc décidé de simuler une attaque en pleine nuit.

Le capitaine avait commencé par relever Lonsdale du poste principal de commande, la première console de gauche dans la rangée centrale.

– Garson, prenez la console sur ma droite, voulez-vous ?

– Bien, monsieur. Rien à signaler. Météo variable, avec des bancs de brume, parfois du crachin. Pas de vent, mais toujours la longue houle.

Lonsdale appuyait sur des touches tout en parlant.

– Tous les systèmes sont opérationnels. Aucune cible rapportée. Tout le monde est à son poste.

Son rapport terminé, le lieutenant prit place à côté du commodore Harley. Il lui fallut quelques minutes pour passer à travers la routine de vérification de la console et s'assurer qu'il pouvait prendre le contrôle de tous les systèmes au besoin. Dès qu'il eut terminé, un voyant s'alluma sur la console du capitaine.

– Vous êtes prêt, Garson ? Eh bien, allons-y !

Puis, en même temps qu'il entrait la commande, Harley annonça tout haut :

– Machines en avant, toutes !

– Machines en avant, toutes, Garson s'entendit-il répéter comme un automate.

Il était 4 h 8 min 17 s. L'ordre avait déjà été relayé automatiquement à la salle de contrôle des machines sur le pont 3 juste en dessous, et le système de propulsion principal se mit en marche. Bientôt, il n'y eut pas un mètre cube du navire qui ne ressentit le vrombissement des deux turbines à gaz identiques à celles d'un gros transporteur aérien DC-10. Développant sur l'arbre de chacune des deux hélices une puissance de 23 000 chevaux, elles lancèrent la frégate par bonds vers l'avant, comme si les vagues avaient été autant de tremplins pour lui faire quitter la Terre.

De son poste, Harley observait la scène avec ravissement. Il prenait un plaisir particulier à observer Lonsdale. Le capitaine avait une entière confiance dans la loyauté et les capacités de ce jeune officier qu'il avait connu sur la *Toronto*. Lonsdale y avait d'abord été ingénieur de systèmes, c'est-à-dire un expert en électronique et en informatique qui connaissait les entrailles et les subtilités de tout le système de contrôle de la navigation et de l'armement, et qui en assurait l'entretien et le bon fonctionnement. Harley avait vite reconnu chez cet homme des qualités de leader indiscutables, et il en avait fait son officier en second. Il avait en outre une raison beaucoup plus pratique de confier le commandement à Lonsdale en situation d'urgence.

Au moment de sa conception, dans les années 80, l'appareillage électronique des frégates canadiennes constituait le soi-disant summum de la technologie – et du prix de revient, soit 2,25 milliards de dollars. Conformément aux devis de son concepteur, la firme Paramax de Montréal, une filiale de la multinationale américaine Unysis, les consoles étaient reliées à pas moins de trente-trois ordinateurs dispersés sur tout le navire, et dont chacun pouvait, en cas de panne, prendre la relève de plusieurs unités. L'opérateur pouvait tout diriger à partir d'une seule console, en faisant appel à des logiciels ultrarapides d'analyse des données, de contrôle et de prise de décisions. Honteusement, après la livraison de la première frégate, en juin 1992, il avait fallu deux ans d'essais pour mettre au point toutes les composantes mécaniques et électroniques du système de contrôle. Et Lonsdale avait été l'un des artisans majeurs de ce gigantesque exercice de débogage qui avait donné des sueurs froides à tout le haut commandement maritime.

Le capitaine passa en revue l'équipe des opérateurs disposés sur le pourtour de la petite pièce. Ils étaient dix en tout, ceinture de sécurité bouclée, concentrés sur leurs appareils, écouteurs contre les tempes, micro aux lèvres. Contre la cloison de gauche, les responsables du contrôle du tir et de l'écoute radio recevaient la moindre émission électromagnétique. Leurs appareils étaient si sensibles qu'ils auraient pu capter la simple mise en fonction d'un walkie-talkie sur un radeau pneumatique dérivant dans le golfe à des kilomètres de la frégate. Au fond à droite, contre la coque côté tribord, les acousticiens étaient à l'affût de tout signal qui aurait été émis par un ennemi se trouvant sous l'eau plutôt que dans les airs. Enfin, contre la cloison avant, les opérateurs radar écoutaient à des dizaines de kilomètres à la ronde tout signal provenant du radar d'un navire cherchant son chemin ou, encore plus critique, une cible. Chacun de ces officiers était conscient d'être les yeux et les oreilles du capitaine, et que ce dernier épiait leur moindre réaction.

Harley savait très bien que, à mesure que la vitesse de la frégate augmentait, les opérateurs perdaient leurs moyens. La friction de la coque, le choc des vagues et le mouvement des hélices produisaient tellement de bruit dans l'eau que le travail d'interprétation devenait impossible. En outre, les conditions météorologiques ne favorisaient personne. Le brouillard épais coupait de façon intermittente les liens par satellite qui donnaient la position exacte du navire, et les bancs de pluie, dont l'un tourna à la grêle, rendirent les radars de navigation moins performants, sinon carrément inutiles. Seuls restaient les systèmes de détection d'émissions radar provenant d'autres embarcations, et dont les opérateurs, dans la rangée située contre la cloison avant, tournaient carrément le dos au capitaine Harley.

Quand la vitesse maximale fut atteinte, Lonsdale répéta à voix haute les informations qu'il avait à l'écran sous les yeux. «Vitesse : 36 nœuds. Consommation : 190 litres de carburant à la minute. Météo : brume épaisse, front froid avec bourrasques, pluie serrée ou grêle. Aucune cible en vue.»

– C'est parfait, Garson, ajouta le capitaine. Parfait. On la tient comme ça encore dix minutes. Et dans des conditions exécrables ! C'est parfait. Tout à fait parfait.

John Harley prenait littéralement son pied. Il n'y avait rien qui le satisfaisait autant que de tenir un navire et son équipage dans sa main. Il sentait la tension qui s'était emparée des opérateurs, à mesure qu'ils perdaient leur calme et leur concentration. Sur la droite, un acousticien claqua le premier. Il retira ses écouteurs et se mit à reprogrammer son ordinateur.

Il n'eut pas le temps de terminer. De la rangée avant, une exclamation jaillit.

– J'ai un bip, monsieur. Deux. Trois…

Il se tut un instant, puis ajouta :

– Non, plus rien.

– Position ! lança Lonsdale.

– Droit devant, monsieur.

– Identification !

– Un instant, monsieur.

L'opérateur scannait la banque de données informatisée répertoriant tous les types de signaux connus. Lonsdale se brancha sur la même source. En quelques secondes, la réponse s'inscrivit sur son écran, au moment où ses écouteurs lui transmettaient la réponse de l'officier assis de dos devant lui.

– Furuno, monsieur, un petit radar Furuno de modèle courant, comme sur les bateaux de pêche.

– Mais il y en a un aussi sur la *Ville-de-Québec*, rétorqua aussitôt Harley dans son micro. Êtes-vous bien certain que ce n'est pas notre propre signal que vous avez capté, réfléchi par un rideau de pluie… ou de grêle?

– Je vérifie, monsieur… Négatif!

– Ce n'est pas le nôtre? lança le capitaine.

– Non; je veux dire que je ne reçois plus rien.

Lonsdale s'était rivé à l'écran. Il avait des doutes. Il interrogea le système informatisé de prise de décisions. Celui que les initiés appelaient en blaguant le seul cerveau de la marine. Lonsdale reçut trois réponses et se mit à les lire en vitesse. UN : il y avait un petit navire devant, mais qui émettait de façon intermittente. DEUX : même chose, mais l'émission était continue, seulement interrompue par les conditions météorologiques. TROIS : signal identique au radar de la frégate, pas de cible devant, erreur d'interprétation. Il appuya sur une touche. L'ordinateur classa les trois réponses dans l'ordre de probabilité et de risque décroissants. D'abord UN, puis, à égalité, TROIS et DEUX. Pour Lonsdale, il n'y avait qu'une réponse à retenir, celle qu'exigeait la sécurité. La réponse UN : il y avait une cible droit devant!

Au même instant, l'opérateur radar hurla dans son micro :

– Je l'ai, droit devant…

Mais la fin de sa phrase fut couverte par un cri venant d'un acousticien à droite :

– Sondeuse! sondeuse!

Un signal sonore strident surgit des quatre écrans dans la rangée des consoles de commande. Lonsdale réagit instantanément. Il envoya l'ordre de virer à droite, puis resta figé devant son écran pendant une demi-seconde qui lui parut interminable.

Il était 4 h 27 min 10 s.

Lonsdale se tourna vers Harley. Le capitaine souriait. Il avait les bras tendus devant la poitrine. Ses mains se cramponnaient aux poignées vissées dans le boîtier de son écran et qui servaient normalement à soulever le couvercle de l'unité pour effectuer des réparations à l'intérieur. Lonsdale n'en revenait pas. Harley était déjà prêt pour l'embardée ! Stupéfait par la vitesse de réaction de son supérieur, le lieutenant jeta un coup d'œil sur le moniteur du capitaine. Il y était inscrit 4 h 27 min 9 s. Le capitaine avait réagi le premier et son ordre avait été transmis en priorité !

Comme un vulgaire canot automobile tournant sa bouée dans une régate, la frégate obéit. Elle vira sec sur sa droite, en s'inclinant à un angle qui semblait impossible pour un si gros navire. L'étrave passa à quelques centimètres du gaillard d'avant de la *Marie-Galante*, qui tentait de virer elle aussi sur sa propre droite en traînant péniblement son chalut à demi pendu dans les airs. Sous l'appel d'eau, le chalutier plongea, puis se redressa et gîta dans l'autre direction, avant de revenir comme un punching-ball au bout de sa chaîne. Et c'est au moment où il atteignit le point le plus bas de son mouvement de retour, le pont tribord au ras de l'eau, que le bateau de pêche reçut son coup de grâce.

Le mur d'acier passa sans toucher la coque de bois, mais un mur d'eau et de mousse, qui roulait à une vitesse folle derrière la frégate, s'abattit sur la *Marie-Galante*. Le paquet de mer lava, délogea et emporta tout ce qui n'était pas retenu, l'eau s'engouffra dans toutes les cales par l'écoutille ouverte, ramenant des poissons déjà pris dans des blocs de glace et qui furent projetés contre le garde-fou bâbord, rabattus ensuite contre le mur de la cabine, avant de monter avec la gerbe d'eau qui jaillit jusqu'en haut du mât. Quand le rouleau fut passé, il n'y eut plus qu'une nappe d'écume bouillonnante au milieu de laquelle le petit bateau, enfin revenu à l'horizontale, s'enfonçait rapidement. Et, dans la minute qui suivit, la *Marie-Galante* disparut à jamais.

Dans la salle des opérations de la *Ville-de-Québec*, le capitaine Harley se tenait droit comme un cierge.

– Que croyez-vous que c'était, Garson ?

Il avait dit cela sur un ton franchement désinvolte, comme s'il venait de frapper un bourdon avec le pare-chocs de sa voiture au cours d'une promenade à la campagne.

– Un bateau de pêche, monsieur.

Lonsdale s'efforçait de paraître aussi calme que possible.

– Un petit bateau. Une cible très peu réfléchissante. Un chalutier de bois peut-être.

– C'est possible, en effet.

Ce disant, Harley constata que les dix minutes de l'exercice étaient écoulées et fit réduire l'allure.

– Ils l'ont échappé belle !

– Je ne crois pas, monsieur...

Lonsdale savait qu'il devait jouer serré, et il ajouta, le plus calmement qu'il put :

– Et nous devrions aller voir pour nous en assurer.

– La pêche n'est-elle pas fermée dans ce secteur ?

– Effectivement, monsieur.

Lonsdale attendit un instant, respectueusement, puis reprit :

– Dans le cas présent, je crois que nous sommes passés vraiment très près. S'il s'agissait d'un petit bateau, nous l'avons assurément malmené, et même probablement renversé, étant donné que la *Ville-de-Québec* projette beaucoup d'eau dans un virage aussi brusque.

– Dans ce cas, s'ils sont à l'eau, ces illégaux...

Harley se tourna vers son interlocuteur pour répéter les dernières syllabes en les martelant :

– Parce que c'est bien ce qu'ils sont, des illégaux. Et ils seront morts de froid avant que nous n'ayons le temps de les retrouver. Lonsdale, veuillez reprogrammer pour notre point de rendez-vous.

Lonsdale soutint le regard du capitaine.

– Avec votre permission, monsieur, fit-il.

Le lieutenant venait de trouver la façon dont il pouvait s'aventurer sans risquer de lever une tempête, et il s'enhardit.

– Je me permets d'observer qu'à une allure normale nous serons au rendez-vous dans environ cinq heures. Et, selon notre plan de mission, nous aurons encore quatre heures d'attente là-bas avec les autres unités. Nous pouvons donc amplement nous permettre un écart. Si ces pêcheurs sont à l'eau tout près du point de contact et qu'ils portent des combinaisons de survie, nous avons une bonne chance de les sauver...

Harley fixa la cloison devant lui, pleinement conscient que tous les opérateurs de la salle avaient en ce moment des yeux et des oreilles bien en chair orientés vers lui. C'était la première fois qu'il commandait vraiment à ces hommes, et il aurait encore besoin d'eux. Il se décida.

– Allons-y, monsieur Lonsdale. Je vous donne trente minutes pour les retrouver. Et relevez-moi, je vous prie. Je monte là-haut.

Sur place, les matelots trouvèrent quatre hommes surnageant, protégés par la combinaison de survie qu'ils portaient sous leur ciré. L'un d'eux tenait contre lui le corps d'un matelot en vêtements de tous les jours qui souffrait d'hypothermie et qui mourut dans l'après-midi. Un sixième homme flottait, inconscient; il avait une large coupure à l'arcade sourcilière. C'était Euclide Ghiasson. Les naufragés annoncèrent qu'il en manquait encore un, le fils Ghiasson, celui qui tenait la roue dans la timonerie lorsque l'accident s'était produit. On poursuivit les recherches, mais, à six heures du matin, Jean n'avait toujours pas reparu, et le brouillard revint. La *Ville-de-Québec* reprit sa course au nord-ouest sur trois cents degrés, en route vers son point de rendez-vous avec les autres unités de la marine de guerre.

La brume colla longtemps sur l'eau, et la lumière du soleil ne toucha que le haut des murailles de l'île d'Anticosti. Du haut de ces perchoirs, des goélands attendaient que le temps se lève pour ratisser la grève, un austère pavage inégal fait de pierres farcies de fossiles ordoviciens, et que la vague de flux en reflux avait délogés des falaises laminées pour les rouler inlassablement. Chaque pièce qui tombait des hauts murs faisait place à une autre identique qui se trouvait ainsi exposée à son tour en surplomb, laissant croire à celui qui ne faisait que passer que rien ne changeait jamais sur cette terre où la falaise comme la mer semblait immuable.

Dans quelques heures, les oiseaux charognards seraient attirés par une forme humaine qui dérivait doucement vers la rive. Leurs becs n'y trouveraient qu'un vêtement orange et vide, une combinaison de survie qui avait été posée sur la table des cartes dans la timonerie de la *Marie-Galante*. Directement au large de cette épave, par trois cents mètres sur un fond de vase, et dans l'obscurité la plus totale, un long filet s'étirait, encore gorgé de poissons qui achevaient de s'étouffer dans leur propre élément. Juste à côté, un petit chalutier reposait, incliné sur sa quille. Les milliards de particules de limon soulevées par sa chute retombaient en tourbillonnant sur le pont et la cabine comme des flocons de neige. Les portes de la timonerie étaient grandes ouvertes, et l'eau trouble avait pénétré derrière, jusqu'au fond du logis. Là, dans une petite armoire qu'il avait refermée sur lui dans un futile espoir de sauver sa peau, Jean Ghiasson était accroupi, les mains sur le visage, déjà froid et flasque comme un poulet à l'étalage du boucher. Il fut la première victime de ce nouveau ressac d'une longue série de luttes et de guerres qui opposaient depuis des siècles le lys à la rose.

DEUXIÈME PARTIE

ÉTALE

Marion ne répond pas

Le mercredi 23 juin, 8 h 50,
Ottawa

Le train de Montréal était à l'heure, mais Évelyne Leroy se précipita tout de même sur le quai et traversa le grand hall au pas de course. Ce matin, elle était obsédée par la pensée qu'il ne lui restait qu'une toute petite journée pour arracher le morceau. La sortie de la gare donnait sur une bretelle de l'autoroute menant au centre-ville. Loin là-bas, les tours à bureaux fondaient déjà dans la chaleur humide de l'été outaouais. Évelyne se hâta vers la borne des taxis de la Blue Line, dont les chauffeurs avançaient nonchalamment en bon ordre pour cueillir un à un leurs clients, captifs dans cet endroit perdu. Évelyne ne faisait jamais sagement la queue avec les autres passagers. Elle compta ceux qui étaient avant elle et, la tête dans les épaules, se dirigea vers la voiture qui correspondait à son propre rang. Quinze minutes plus tard, elle se fit déposer devant un fast-food par un chauffeur très correct, mais dont l'anglais était incompréhensible.

Quand la commission siégeait dans la capitale du Canada plutôt qu'à Montréal, la coprésidente Leroy arrivait toujours à la même heure. Elle aurait voulu que les séances débutent à 9 h 30. Rien à faire. On ne commençait jamais avant 10 h soi-disant pour accommoder les représentants du Québec. Et Évelyne attendait au rez-de-chaussée avant de monter reprendre les négociations au point où elles avaient achoppé à la session précédente. Après des mois de frustrations, la commissaire Leroy était au bout de son rouleau. Préparer le référendum, le gagner, puis entamer les négociations avec le Canada l'avaient usée à la corde. Et, ce matin, assise dans la vitrine chez *Druxy's* devant un café lavasse, elle en venait presque à envier les fonctionnaires peinards qui descendaient du bus à l'angle de Laurier et O'Connor. Un grand type entra dans le débit, puis ressortit presque aussitôt comme s'il avait peur de passer sous le bureau. Il disparut au coin de la rue avec son petit sac en papier à l'effigie de la maison, un charcutier à moustache et chapeau melon qui souriait devant ses chapelets de saucisses. Un petit sac blanc avec un café bouillant dans un gobelet de carton et un beignet au mastic dans un carré de papier ciré.

Évelyne connaissait bien Ottawa, où elle avait vécu après son long séjour à Halifax. Comme correspondante pour Radio-Canada sur la colline parlementaire, elle étudia et critiqua si bien les politiciens qu'elle se persuada de pouvoir mieux faire qu'eux. Leroy était farouchement nationaliste, et c'est à l'Assemblée nationale du Québec qu'elle choisit de se présenter. Élue député à trois reprises, elle passa du pouvoir à l'opposition, revint au pouvoir, et fut éventuellement nommée ministre. Évelyne avait été un des artisans du référendum victorieux de l'automne précédent, et personne ne s'étonna lorsque le Premier ministre lui confia la coprésidence de la commission chargée de rédiger les conditions de l'entente qui devait effectivement séparer le Québec du Canada.

Depuis des mois, Leroy luttait contre la montre. Au lendemain du référendum, l'Assemblée nationale québécoise avait décrété que le nouvel État indépendant du Québec naîtrait officiellement le 24 juin suivant, jour de la fête nationale. Entre-temps, il fallait nécessairement s'entendre avec le Canada sur la passation des pouvoirs et sur le partage de la dette et des actifs du gouvernement fédéral sur le territoire du Québec. À cet effet, on avait nommé une commission formée de quatre membres de chaque côté. Ainsi, les parties étaient égales, quoique tout vote sur un sujet litigieux menât automatiquement à une impasse. Il fallait constamment rechercher le consensus, et les travaux avançaient à pas de tortue. Ce matin, dans le train, Évelyne avait vu ses plus sombres prédictions se réaliser en examinant la dernière version du principal document inscrit à l'ordre du jour : «La citadelle de Québec, changement de juridiction.» On était encore loin d'une entente. À 24 heures de l'échéance.

Dès le début des négociations, le Canada avait exigé que la commission s'entende sur une procédure uniforme applicable à tous les dossiers. Leroy avait cédé, quoiqu'elle sût que cette approche, louable en principe, était de nature à repousser tout règlement individuel de façon indéterminée dans le temps. Les mois passèrent, et il devint évident qu'au jour de l'indépendance aucun des territoires fédéraux ne pourrait être remis officiellement au Québec. Évelyne proposa qu'on délaisse tous les dossiers pour n'étudier à fond qu'un seul cas concret, et qui servirait ensuite d'exemple pour les autres. La commission avait acquiescé, et le Québec avait présenté le dossier de la citadelle, située dans la capitale du Québec. «S'il y a une seule possession fédérale qui doive changer de mains, argua la coprésidente Leroy, c'est bien celle-ci!»

Évelyne Leroy avait choisi un symbole de choix pour les deux parties. La construction de cette forteresse, approuvée en 1818 par le duc de Wellington, le vainqueur de Napoléon Bonaparte, avait mis douze ans. Elle devint la plus importante des fortifications du Régime anglais en Amérique du Nord, et fut occupée sans interruption, d'abord par les troupes britanniques, puis par l'armée canadienne, représentée actuellement par le 2e bataillon du Royal 22e régiment. Pendant des siècles, celui qui tenait cette forteresse au point le plus élevé de l'enceinte fortifiée protégeant la vieille ville de Québec contrôlait aussi le fleuve Saint-Laurent à ses pieds. Il y avait plus. Un vaste champ de bataille adjacent à la citadelle était gravé à jamais dans le subconscient des Canadiens comme dans celui des Québécois : les plaines d'Abraham, où Montcalm en 1760 avait perdu la Nouvelle-France sous le feu des soldats de Sa Majesté britannique, commandés par le général Wolfe.

Au bus suivant, la rogne s'empara d'Évelyne. Et, pour la première fois, elle sut sans l'ombre d'un doute qu'elle perdait son temps à négocier avec ses vis-à-vis. Pour le Canada, la commission semblait purement symbolique. Cette ville entière était d'ailleurs un symbole, un lieu choisi au hasard au siècle précédent, affirmait-on, par la reine Victoria pour devenir la nouvelle capitale d'une nation hybride. Une ville où les apparences comptaient plus que la réalité. Il n'y avait qu'ici qu'un sous-ministre trouvait utile d'affirmer, et sans sourciller, qu'il utilisait les transports en commun. Et qu'en hiver il allait le midi faire un peu d'exercice en patins sur le canal Rideau. C'était faux, mais il fallait le dire. C'était bien, c'était parfait et, surtout, c'était raisonnable. Comme tout à Ottawa.

L'ascenseur mena Évelyne d'un seul bond au dernier étage. Elle pénétra dans la salle de réunion impeccable et prit place à la grande table ovale encore toute neuve dans son fini acajou. Les sept autres commissaires étaient déjà à leur siège, examinant la dernière version du document qui avait tant irrité Évelyne. Les précisions qu'elle avait demandées sur le rôle du Canada aux cérémonies du lendemain n'avaient pas été apportées. Cette section demeurait on ne peut plus vague et se limitait à soulever des interrogations nouvelles, encore et toujours. Il fallait se rendre à l'évidence : les commissaires canadiens n'avaient pris aucun engagement précis au nom de leur gouvernement, et Leroy se retrouvait devant presque rien. Elle bouillait, mais savait que la dernière chose à faire devant ses collègues du Canada anglais était de s'énerver. Ces gens ne donnaient leur respect qu'à ceux qui se comportaient comme eux : avec un doute raisonnable et beaucoup de flegme devant un gâchis évident.

La réunion s'embourba, comme toujours, dans des questions de procédure et de formulation de chacun des passages du texte. Les heures passèrent, et la conviction que Leroy avait acquise au matin se raffermit. On était déjà au milieu de l'après-midi quand elle se leva pour aller à la fenêtre. De grosses gouttes d'une pluie clairsemée, vestiges d'un des premiers violents orages de l'été, venaient s'écraser bruyamment contre les vitres. Dans la rue en bas, des fonctionnaires étaient déjà de retour à l'abri en plexiglas, attendant en silence que leur bus revienne les prendre. Dans quelques heures, Ottawa tomberait complètement endormie jusqu'au lendemain matin.

Vers le nord, Évelyne voyait clairement l'imposant édifice victorien du Parlement canadien. Il surplombait une tranchée naturelle au fond de laquelle coulait l'Outaouais. Le lendemain à midi, cette rivière deviendrait la plus longue frontière entre les deux pays. «Indéfendable en cas de conflit», songea Évelyne. Le profil de la ville québécoise de Hull, de l'autre côté, se prolongeait dans celui d'Ottawa. À partir de ce point vers le nord-ouest, la population québécoise était à majorité anglophone, et la plupart des municipalités de la région avaient depuis longtemps demandé à être détachées du Québec si jamais la province venait à se séparer. Un nom avait été consacré pour cet exercice : la partition. Quel cauchemar c'eût été pour le gouvernement dont Leroy faisait partie si le Canada ne s'était pas toujours refusé à donner suite à ces demandes !

Évelyne n'arrivait pas à se défaire du pressentiment que, malgré les assurances qu'elle recevait depuis des mois, jamais le Canada ne laisserait de son gré le Québec partir. Ce n'était pas une question d'économie, ni de culture, ni de logique ; c'était une question de bon sens, une question de droit naturel. Une question tribale. Tout comme l'était l'indépendance pour une majorité de Québécois. Et Évelyne connaissait un trait fondamental des Canadiens, un trait qui lui faisait peur quand elle se laissait aller au découragement. Ces gens étaient paisibles et polis, mais, quand on les touchait dans leurs fibres sensibles, ils réagissaient et se défendaient avec la ténacité d'un bull-terrier.

La réceptionniste tira Évelyne de sa rêverie.

– Il y a un colis urgent pour vous au terminus des cars Voyageur. Voulez-vous que je l'envoie chercher ?

Évelyne regarda l'heure à la grande horloge de la tour du Parlement, et sa décision fut prise en un instant. Il n'y avait qu'une façon de trancher un débat sans issue. Le temps de négocier était écoulé, et il fallait mettre le Canada devant un fait accompli. Délibérément, elle répondit, d'une voix forte :

– Merci, Jeanne, mais puisque je pars à l'instant, je passerai prendre moi-même le colis sur le chemin de la gare.

Les autres commissaires se turent sur-le-champ, et on n'entendit plus que le martèlement de la pluie sur les vitres. Évelyne se tourna délibérément vers ses collègues, qui maintenant la dévisageaient tous, et s'adressa au coprésident canadien :

– Si je comprends bien, monsieur Taylor, votre gouvernement ne vous a donné aucune instruction précise sur le retrait du Royal 22e régiment de la citadelle, demain à midi. Est-ce à dire que vos troupes ont besoin d'un délai supplémentaire pour se retirer ?

– Madame Leroy, je comprends votre impatience, mais ne vous méprenez pas. Notre objectif est de conclure en tous points une entente qui nous soit mutuellement acceptable. Cependant, vous devez comprendre que les citoyens des autres provinces du Canada ne voient pas du tout d'un bon œil les cérémonies prévues pour demain. Je me permets d'ailleurs de vous rappeler un fait que vous connaissez aussi bien que moi : près de la moitié des citoyens québécois ne partagent pas votre fébrilité à retirer le Québec de la confédération. La prudence politique la plus élémentaire dicte, à vous autant qu'à nous-mêmes, d'être le plus discrets possible.

» Malgré cela, ne doutez pas que cette commission et ses travaux bénéficient du soutien du bureau du Premier ministre du Canada et de son conseil des ministres. Je dois néanmoins vous rappeler que toutes les décisions prises ici devront être ratifiées en définitive par le Parlement canadien. Personnellement, je ne vois pas d'obstacle majeur, mais je ne peux évidemment présumer d'un vote à la Chambre des communes.

– Mais dans les faits, monsieur Taylor, fit Évelyne en essayant de trouver un ton qui fût empreint à la fois de calme et de fermeté, et à votre avis, que se passera-t-il demain dans la citadelle de Québec ? C'est de cela que nous devons convenir aujourd'hui, et non pas de questions relevant des principes de la démocratie et de la souveraineté des peuples…

– Selon nous, la cérémonie doit revêtir le caractère le plus simple possible. Il s'agit d'un événement qui a de l'importance avant tout pour les Québécois, et seulement pour les nationalistes, de même que pour votre gouvernement, qui les représente. Nous croyons comprendre que les manifestations populaires auront lieu non pas dans la citadelle même, mais sur les plaines d'Abraham, lesquelles, permettez-moi de le signaler, sont également un territoire fédéral.

Taylor tourna la tête vers ses collègues canadiens et poursuivit :

– J'en déduis qu'il ne faut donner qu'un rôle secondaire au retrait éventuel de toute force fédérale actuellement sur le territoire du Québec, où qu'elle se trouve, incluant les quelques éléments qui sont en garnison dans la citadelle de Québec.

Il s'efforça de prendre le ton le plus officiel qu'il pût pour annoncer la suite, en s'adressant directement à Leroy, qui était restée debout devant la fenêtre.

– Quant à votre requête au sujet du gouverneur général du Canada, nous la trouvons regrettable. Son Excellence ne séjourne pas dans la citadelle en ce moment, et notre gouvernement juge que de l'y faire venir demain, comme vous le demandez, simplement pour l'en faire sortir officiellement à midi, relève de l'ostentation. J'avancerais même le mot «humiliation».

Évelyne se rendit derrière son fauteuil et saisit le dossier à deux mains.

– Vous savez que ce mot n'a aucune emprise sur moi. Je suis une pragmatique, monsieur Taylor, et mon gouvernement l'est tout autant. Nous oublierons ce dernier détail des cérémonies, puisque c'est là le souhait de votre gouvernement.

Elle attendit une seconde avant de conclure :

– Dois-je en déduire que, bien que nous ne puissions compter sur la participation active du Canada à cette fête, vous ne vous y opposerez pas?

– Je n'ai reçu aucune indication contraire.

– Dans ce cas, je propose de lever la séance immédiatement, avec votre accord, bien sûr, puisque, selon la coutume, c'est vous qui présidez aux réunions qui ont lieu dans votre pays.

Taylor fit un tour d'assemblée.

– Messieurs et mesdames les commissaires, aucune objection? Dans ce cas, je déclare cette séance levée.

L'intérieur du taxi sentait le mélange de poussière et de désodorisant bon marché incrusté à jamais dans les replis du velours synthétique des banquettes. «Au terminus Voyageur», lança Évelyne en français, puis, cédant au sourire spontané du chauffeur enturbanné qui attendait pour embrayer de savoir où il devait aller, elle répéta la destination en anglais. La gare des bus était tout près, et la voiture descendit la rue Bank, entre les enfilades d'établissements sans caractère, typiques des artères commerciales des petites villes nord-américaines. Bien que la capitale du Canada se targuât d'être bilingue et de refléter les deux peuples fondateurs du pays, à peine y avait-il un nom de commerce, un mot parfois, qui soit français. Évelyne appuya sa tête contre le dossier. Quand elle vivait à Ottawa, elle avait constamment dénoncé ce fait. Malgré la présence de quelques petites communautés francophones dispersées dans le pays, une seule culture subsistait encore au Canada hors Québec. Il fallait être sourd et aveugle, ou avoir un intérêt quelconque à préserver un mythe, pour prétendre autrement.

La voiture tourna à droite sur Catherine Street et s'arrêta devant le dépôt des autobus. Le chauffeur s'offrit pour aller récupérer le paquet, et Évelyne lui donna une de ses pièces d'identité. L'homme revint avec une grande enveloppe en matière plastique. Elle avait été expédiée de Québec la veille. Le tampon de l'horloge dateuse indiquait 21 h 57. Évelyne sursauta et consulta nerveusement sa montre : le train de 17 h 30 partait dans quinze minutes. Elle pria le chauffeur de se hâter, en lui indiquant d'un geste la voie élevée de l'autoroute Queensway juste à côté. Dans sa panique, elle se souvint qu'elle n'avait pas encore fait rapport à Québec et se décida à le faire sur-le-champ. «Je peux parler en français sans risque», lança-t-elle pour elle-même en regardant le chauffeur. Sortant son cellulaire de son sac, elle composa le numéro privé du Premier ministre du Québec. L'appel n'était pas protégé contre une écoute clandestine, mais Évelyne passa outre. «Au point où nous en sommes…», soupira-t-elle. La sonnerie retentit plusieurs fois. «Il vérifie mon numéro avant de répondre», se dit Évelyne.

– Oui, bonjour, Évelyne. Qu'y a-t-il ?

Le Premier ministre parut inquiet. Évelyne se mit à parler, trop vite.

– Paul, je sors de la réunion de la commission. Ça ne va pas du tout. Mais pas du tout.

Pendant qu'elle racontait le fil de la journée, Provancher écoutait sans interrompre. Depuis quelques semaines, il avait remarqué que sa collègue était au bord de l'épuisement, et qu'il était préférable de ne pas la brusquer. À la fin, il se risqua.

– Évelyne, tu t'en fais trop. Ces choses-là avancent lentement.

Sans s'en rendre compte, Provancher avait pris ce ton officiel, un tantinet paternaliste, qui irritait Évelyne au plus haut point.

– C'est un dossier énorme. Personne ne s'attendait à ce que tout soit terminé pour le jour de l'indépendance. On s'y remettra la semaine prochaine, et on finira par y arriver.

Provancher eut l'effet contraire de celui qu'il escomptait. Évelyne s'énerva encore plus.

– Ce n'est pas le rythme des négociations qui me décourage, Paul, mais l'état d'esprit qui règne de l'autre côté de la table.

Leroy était hérissée et mordait dans les mots.

– Aujourd'hui, j'ai eu la conviction qu'ils ne voulaient pas bouger. En fait, si tu veux l'entendre, je crois qu'ils ne bougeront jamais.

– Tu en as toujours douté, Évelyne, et pourtant vous avez fait des progrès énormes.

Évelyne n'aimait pas beaucoup Paul, et il avait le don de la rendre furieuse. Elle l'avait suivi seulement parce qu'elle croyait qu'il était le seul à pouvoir mener le Québec à l'indépendance. Provancher était un grand vaniteux. Incapable de prendre une décision, il cachait son insécurité derrière le paravent de la condescendance, affectant toujours de savoir des choses que son interlocuteur ne savait pas. Évelyne s'emporta :

– Nous nous sommes entendus sur des formules vagues, sur des clauses globales. Je suis d'accord. Mais tout ça n'est que de la théorie, Paul ! Il n'y a aucun échéancier, et surtout on nous rappelle sans arrêt, très poliment, que toutes nos décisions devront être paraphées par le cabinet fédéral.

– Mais c'est normal, Évelyne ! Absolument normal ! De notre côté aussi, on va devoir parapher. Ce ne sont que des formalités. Ce qui compte, ce sont les actes posés.

Évelyne était décontenancée. Provancher disait vrai, bien sûr. Et c'était précisément ce qu'elle venait de faire avec Taylor : mettre le Canada devant un fait accompli. Elle essaya de se calmer un peu.

– Je n'en suis pas si certaine, Paul. Ils reviennent toujours avec cette satanée rengaine. Depuis quelque temps, je sens un durcissement. Et aujourd'hui c'était encore plus évident. Ils étaient toujours aussi polis, mais encore plus évasifs.

Elle attendit une réponse, mais rien ne vint.

– Écoute, par exemple, pour la citadelle, demain. Eh bien, ils n'ont rien prévu. Rien. Ils nous laissent carte blanche.

– Mais c'est tant mieux !

– Pas du tout ! Au contraire ! S'ils ne s'impliquent pas, cela veut dire, s'emporta-t-elle en appuyant chaque mot, d'un ton volontairement pompeux, monsieur le Premier ministre, qu'ils s'en lavent les mains.

Elle retint son souffle, mais il n'y avait à l'autre bout qu'un silence lourd, qu'elle dut encore une fois briser.

– Et s'ils ne bougeaient pas? Et si leurs troupes ne sortaient pas à midi comme prévu pour nous remettre les clés de la citadelle? Elles ont peut-être plutôt reçu l'ordre de se cramponner?

– Écoute, Évelyne, en avançant des hypothèses et en y croyant, on peut démontrer n'importe quoi.

Cette fois, ce fut Évelyne qui ne répondit pas, et Paul reprit :

– Je t'assure que ce n'est pas le même son de cloche que je reçois d'Ottawa par d'autres sources. Je te remercie d'avoir appelé, mais je pense vraiment que tu es trop alarmiste.

Il enchaîna tout de suite, pour bien montrer qu'il considérait la conversation comme terminée :

– Tu parles dans ton cellulaire, en ce moment? Dans ce cas, je préfère que nous ne parlions pas trop longtemps. Tu seras ici demain?

– Oui, évidemment. Paul, je ne sais pourquoi, mais j'ai un mauvais pressentiment, et…

Elle s'interrompit, gênée du sentiment qu'elle ressentait, et souhaitant que son interlocuteur le comprenne et la rassure sans qu'elle ait à l'exprimer. Mais le silence perdurait, et elle crut qu'il avait raccroché. À tout hasard, elle ajouta, faiblement :

– Paul, je suis inquiète.

Paul Provancher, Premier ministre du tout premier gouvernement d'un Québec indépendant, était toujours en ligne. Avant de couper la communication, il chercha quelques mots rassurants pour Évelyne Leroy, sa négociatrice en chef.

– Tout ira bien, je t'assure, et dans les meilleurs intérêts du Québec, Évelyne. Allez, à demain!

Le taxi arrivait à la gare. Évelyne coupa la communication, régla, ramassa son fourbi et traversa la salle et le quai au pas de course. Elle fut la dernière passagère à s'installer à son siège réservé en première classe, au bord de la fenêtre. Le siège d'à côté était libre; la commissaire Leroy payait toujours deux places. Quand le train eut quitté la gare, Évelyne prit dans sa serviette le colis reçu par autobus. Comme identification sur le bordereau d'envoi, il n'y avait que son nom à elle, et le numéro de téléphone des bureaux de la commission à Ottawa. Pas de nom d'expéditeur, mais celui-ci avait écrit «URGENT» en gros caractères. Le colis renfermait un livre, en langue anglaise, qui s'intitulait simplement *Folly*. Au dessin de la couverture, Évelyne comprit qu'il s'agissait d'une étude sur la guerre de Sécession. Étonnée, elle lut au verso de la pochette la citation d'un expert qui faisait une critique élogieuse de l'ouvrage. Elle ne comprenait pas pourquoi on lui faisait parvenir ce volume. Et pourtant elle sentait confusément qu'il y avait un rapport avec les doutes qui l'assaillaient depuis le matin. C'est à ce moment seulement qu'elle remarqua le nom de l'auteur. «Robert!» fit-elle, pour elle-même. Robert Laroche, qui lui rappelait Halifax, et la mer, si loin.

Fébrile, Évelyne ouvrit le livre et vit tout de suite que des petits bouts de papier avaient été insérés entre les pages. Sur chacune, Robert avait souligné ou encadré des passages. Elle en lut un, puis un autre. Il y avait un lien entre les deux, qui semblaient faire référence aux mêmes événements. Puis elle remarqua que chacun des passages était numéroté dans la marge, et que le même numéro se retrouvait sur le petit signet. De plus en plus intriguée, elle repéra le numéro un. Puis le deux. Mis bout à bout, ils formaient le début d'un texte cohérent. Elle releva la tête et fixa le tissu gris-vert du siège devant elle. Par ce livre, Robert Laroche lui envoyait un message précis. Il avait sélectionné ces passages très soigneusement. Pour elle, Évelyne Leroy. Elle se mit à les lire dans l'ordre, d'un seul trait.

«Le 18 décembre 1860, les délégués à la convention de l'État de la Caroline-du-Sud votèrent unanimement pour la dissolution de l'union entre leur État et le gouvernement de Washington.» «En vertu de cette déclaration, la Caroline-du-Sud faisait ainsi acte de sécession avec les États-Unis d'Amérique et devenait un pays indépendant.» «Quatre jours plus tard, les membres de l'assemblée se réunirent à nouveau pour examiner une série de questions délicates. Par exemple, quel était le statut de toute la législation fédérale votée précédemment? Avait-elle encore force de loi dans le nouvel État?» «Il y avait en outre un certain nombre de questions plus matérielles concernant la propriété des établissements fédéraux assurant les services de la poste, des cours de justice et autres, ainsi que des terrains où ils étaient érigés. Parmi ces derniers, il y avait plusieurs installations militaires occupées par les troupes fédérales. Stratégiquement, la plus importante était le fort Sumter, une forteresse occupant une position éminemment stratégique, une petite île dans la baie devant Charleston, qui allait devenir la capitale même d'un nouveau pays.»

Évelyne vit sa lecture interrompue par le steward, qui la salua au moment où il immobilisait sa desserte dans l'allée. Leroy faisait souvent ce trajet et connaissait bien ce type, mais, pour la première fois, elle ressentit de la gêne à constater qu'il était noir. Elle commanda un *Bloody Caesar* et se replongea dans les extraits choisis de ce livre qui parlait d'une ancienne colonie devenue petit pays naissant en terre d'Amérique.

«On décida de nommer trois commissaires qui se rendraient à Washington pour négocier la remise des forts, des arsenaux, des phares et autres morceaux de terre ferme et constructions de bois, de briques ou de pierres que le gouvernement des États-Unis possédait en Caroline-du-Sud.» «La délégation rencontra le président Buchanan et obtint un document signé que les commissaires interprétèrent comme un engagement mutuel et formel entre les deux parties.» «Par ce document, la Caroline-du-Sud s'engageait à ne pas attaquer le fort Sumter ni à lui couper les vivres, tandis que l'Union promettait de ne pas renforcer sa garnison, aussi longtemps qu'une entente à l'amiable n'aurait pas été signée.»

Sur la page faisant face à ce dernier passage, une illustration hors texte montrait un homme âgé aux longs favoris blancs portant un manteau noir à rabat de velours et un haut-de-forme. Descendant d'un tilbury, il avait le pied posé sur la première des quelques marches menant à un édifice gardé par des soldats. Évelyne supposa que c'était un des commissaires en redingote de 1860, allant palabrer avec le président. Au moins pouvait-il le faire directement plutôt qu'à travers un fouillis de bureaucrates et d'intermédiaires comme c'était le cas pour elle maintenant. Elle passa au numéro suivant.

«Mais dans les semaines qui suivirent, il apparut évident que le cabinet Buchanan était devenu aussi nerveux et aussi intransigeant que les sécessionnistes.» «Il se trouva de moins en moins de ministres de l'Union pour approuver ce que le président avait conclu avec les commissaires.» «Le métier sur lequel une entente négociée pouvait encore être tissée devenait chaque jour de plus en plus étroit.» «Jusqu'à ce jour, la mésentente profonde qui avait conduit la Caroline-du-Sud à la sécession avait été ouvertement attribuée à l'esclavagisme, quoiqu'elle relevât autant de considérations liées à l'économie, à l'éthique, ou à une différence culturelle réelle.» «Mais voilà que toutes ces questions éminemment philosophiques faisaient place à une autre. À une question beaucoup plus simple et que tous pouvaient comprendre : à qui appartenait le fort Sumter, sur son îlot dans la baie en face de Charleston?» «Ainsi formulé, le différend ne relevait plus de grands concepts quasi indéfinissables tels que la nation, la culture, le droit à l'autodétermination, ou la société distincte. Il se ramenait à quelque chose de concret et d'accessible à tous, à savoir la propriété d'un nombre exact de mètres carrés délimités par des murs de pierre et que des soldats de l'Union gardaient.» «Posée ainsi, la question était déterminante. Tout simplement parce qu'elle faisait appel au type d'émotions primaires qui, à toutes les époques et sur tous les continents, ont irrémédiablement mené les hommes à la guerre.»

Leroy eut soudain grand besoin d'un autre drink. La réalité cachée derrière le décor et qu'elle avait pressentie devant son café chez Druxy's le matin se révélait au grand jour. Par la fenêtre du wagon, l'histoire de toute une année, d'une décennie, se mit à défiler en accéléré, tissée sur la trame des fils électriques reliant les poteaux plantés le long de la voie. Des slogans frappés et scandés par les deux côtés, celui pour le oui et celui pour le non, des déclarations d'avant et d'après le référendum, des événements, des faits et des gestes surgissaient sans cesse au rythme du train avançant dans la campagne, chacun s'inscrivant un fugitif instant contre le fond vert du paysage. Évelyne pouvait maintenant déchiffrer certains de ces messages qui étaient jusque-là demeurés obscurs comme autant d'hiéroglyphes dans leurs cartouches. Beaucoup se révélaient avoir été des tromperies enrobées de vérités. Parmi eux, une unique phrase revenait régulièrement à la cadence du cliquetis des roues sur la voie ferrée. Une parole qui, à l'époque, avait semblé, à elle-même comme à tant d'autres, si risible qu'Évelyne ne l'avait jamais oubliée. Cette phrase, qui prenait maintenant une tout autre signification, était une déclaration de l'ancien vice-Premier ministre du Canada, et qui datait déjà de quelques années. Cette dame avait dit un jour : «Est-ce que le Québec s'engage à ne pas utiliser la force?»

Cette question, il fallait la retourner au sphinx qui l'avait posée. De cette façon, ce point apparemment aberrant venait se placer avec tous les autres pour tracer des lignes convergentes comme les rayons d'une toile d'araignée. C'était là, précisément au centre de la toile, que se trouvait la vérité. En ce point commun de l'inter-section de mensonges qui semblaient avoir été prononcés de façon indépendante les uns des autres. Et dont chacun dans son appa-rence anodine pourrait être utilisé par la suite pour justifier des actes répréhensibles. Pendant tout ce temps, tapie au centre de sa toile, en ce foyer où tout se recoupait, l'araignée silencieuse attendait là, immobile, le moment de frapper sa proie.

Évelyne sut alors, à cet instant, sans l'ombre d'un doute, qu'elle avait échoué dans sa tâche auprès d'Ottawa. Et, même si son bon sens se refusait d'y croire, elle fut emportée par une obsession qui avait grandi en elle à son insu. La séparation du Québec ne se ferait pas de façon pacifique. Le lendemain à midi, le Canada ne se retirerait pas de la citadelle de Québec. Évelyne Leroy n'osait pas en envisager les conséquences.

Quand elle reprit ses esprits, son premier réflexe fut de se lever pour se rendre au fond du wagon, dans le secret des toilettes, et d'appeler le Premier ministre. Mais elle s'arrêta dans l'allée, le livre dans une main, le téléphone dans l'autre. Qu'allait-elle dire à Paul? Qu'elle venait de lire un ouvrage sur la guerre de Sécession? Depuis une centaine d'années, des milliers d'ouvrages avaient été écrits sur ce sujet, et celui qu'elle venait de lire ne prétendait pas apporter d'informations nouvelles. Évelyne savait qu'elle ne convaincrait pas le Premier ministre avec cette his-toire d'un livre envoyé par le consul américain, qui était pour Provancher presque un inconnu. Même en lui lisant à voix haute ces passages qui, telles des paraboles, semblaient s'appliquer à la situation présente. Sa propre conviction, Évelyne la tirait avant tout de son travail quotidien à la commission. Ce qu'elle venait de lire n'avait été qu'un catalyseur. Les deux ingrédients étaient essentiels : hors contexte, le livre n'avait aucun pouvoir. Évelyne devait trouver autre chose, une information corroborante, quelque autre indice provenant d'une seconde source. Et dans ce cas, conclut-elle, c'était Marion qu'il fallait appeler en premier.

Elle n'avait jamais vraiment cru à ce projet de Marion, à l'utilité de ce personnage mystérieux, un nom de code pour quelqu'un qu'elle ne connaissait pas. Elle ne savait même pas si Marion était un homme ou une femme. Évelyne ne lui avait jamais parlé directement. Pour elle comme pour les autres qui le contactaient de temps à autre, Marion était un magnétophone. Rien d'autre qu'une machine qui colligeait les messages des agents secrets qui depuis des années avaient été placés par le Québec ou recrutés parmi les gens déjà en place dans la plupart des agences et des ministères fédéraux. À l'époque, le conseil restreint des ministres avait approuvé ce stratagème pour obtenir des informations sur les visées du Canada en prévision de la séparation du Québec. Le projet avait survécu aux divers gouvernements, même si Évelyne, comme plusieurs de ses collègues du cabinet, s'était opposée à ce projet, qui lui paraissait impraticable, ou à tout le moins risqué. Il lui semblait plus approprié à l'époque de la guerre froide qu'à la situation de deux pays qui avaient tout à gagner d'une entente à l'amiable. Et tout à perdre d'une attitude de méfiance et d'affrontement.

«Voilà le moment de te rendre utile, Marion, murmura Évelyne.» Si vraiment quelque chose se préparait, un agent, quelque part, aura été témoin d'une action, aura vu ou entendu une directive, et les aura transmises à Marion au cours des dernières heures. Évelyne ne s'était jamais intéressée aux histoires d'espionnage; elle imagina des ordres transmis en code, des avions qui décollaient, des troupes se mettant en marche, et des espions cachés dans des fossés, avec des cellulaires et des micro-ordinateurs branchés sur des modems, qui transmettaient des informations à Marion. «Des troupes, c'est tangible, ça se voit! Et dans ce cas, Marion aura certainement été contacté.» Sinon, la présomption d'Évelyne inciterait Marion à s'informer auprès des agents, et lui permettrait d'apporter quelque fait à Paul pour le convaincre. Évelyne se rendit au fond du wagon. «Il doit bien y avoir une personne véritable derrière le magnétophone, se dit-elle, et, cette fois, il faudra bien qu'elle me parle.»

Évelyne verrouilla la porte des cabinets et composa le numéro de Marion. Elle s'était toujours sentie un peu stupide de jouer ce jeu, auquel elle s'était prêtée à l'occasion, histoire de s'essayer à transmettre une observation inhabituelle. Quand l'appareil se décrocha à l'autre bout, elle entendit un signal électronique modulé, comme celui qu'envoie un télécopieur en attente d'une transmission. Évelyne avait quatre secondes pour entrer son code numérique personnel, sous peine de se voir déboutée. Après avoir entré le dernier chiffre, elle entendit la même tonalité que si elle avait effectivement perdu la communication. Elle entra son code personnel de nouveau pour avoir accès au magnétophone de Marion. Normalement, puisqu'elle utilisait un cellulaire et que d'autres pouvaient écouter en catimini, elle aurait dû raccrocher immédiatement. Ainsi, Marion saurait qu'elle avait un message urgent à transmettre et qu'elle le ferait dès que possible à partir d'une ligne protégée. Mais, ce soir, Évelyne passa outre à la directive et enregistra immédiatement :

– Je dois parler à Marion, c'est urgent !

Elle attendit une longue minute, espérant une réponse, mais il n'y en eut pas. Comme si à l'autre bout de la ligne il n'y avait vraiment rien eu d'autre qu'un magnétophone.

– À mon code, vous savez qui je suis, souffla-t-elle. Je rappellerai dans cinq minutes. Il faudra que vous répondiez. Je dois parler à Marion, c'est très urgent.

Évelyne coupa la communication et sortit dans le couloir au moment où le train entrait à Alexandria. Cette halte à mi-chemin de Montréal, ce tout petit village sans aucun attrait particulier, exerçait une fascination sur Évelyne dans le cours de ses voyages incessants à Ottawa. Peut-être était-ce que cet endroit se trouvait aux antipodes de sa vie présente. Un havre où terminer enfin son voyage et ce travail qui la minait. À gauche du passage à niveau de la rue principale, un grand terrain vague était flanqué d'une modeste affiche proclamant «Parc industriel». L'espace était restreint, mais entièrement disponible. L'enseigne, qui gîtait un peu, était tournée non pas vers la rue, mais vers la voie ferrée, là où un jour passerait peut-être un fonctionnaire à l'affût de clients pour un quelconque programme d'aide gouvernementale. Pour l'instant, l'avenir était cerné de champs de maïs et de pâturages, petit royaume de verdure dont Alexandria était la capitale incontestée.

Une grosse maison en briques rougeâtres et au toit en pignon s'élevait à deux pas de la voie ferrée. Ce devait être, au début du siècle une demeure cossue, mais aujourd'hui la façade affichait : *The Atlantic Hotel*, en lettres néogothiques vert irlandais. Une calligraphie insolite, qui suggérait plutôt un poussiéreux journal de campagne. Évelyne imagina qu'elle descendait dans cette auberge au milieu des terres pour rêver des effluves iodées de l'eau salée et de la vie au bord de l'océan où elle avait été heureuse autrefois. Après le dîner, elle irait derrière l'hôtel jusque dans les champs sous la douce lumière de l'été. Marcher au milieu des seuls êtres qui lorgnaient l'herbe verte du parc industriel, une petite harde de vaches laitières au regard doux et insouciant. Ce n'était pas l'endroit où on s'arrêtait pour ruminer qui avait de l'importance, mais bien les rêves qu'on y faisait tranquillement. Comme celui d'être ailleurs. Avec quelqu'un, au bord de la mer. À Halifax.

Monter avec lui à leur chambre de l'*Atlantic* en fin de journée, insouciants comme ils l'étaient au début quand ils étaient seuls tous les deux, loin de tout, heureux comme à 16 ans d'un amour né avec l'été et dont on ne sait pas encore qu'on l'aura perdu à l'automne. Un amour sans liens, qu'ils faisaient simplement, en de longs mouvements légers comme des ailes. Et soudain Évelyne fut prise de cet homme, comme s'il venait de la frôler en passant dans l'allée du wagon où elle se tenait immobile, son téléphone à la main, en route vers la tempête. Elle sentit la chaleur de son cou contre sa bouche, le goût de sa peau sous les cheveux juste derrière l'oreille. L'odeur de Bjorn, qui avait été son amour, son amant, chez elle au bord de l'Atlantique, et qu'elle n'avait jamais revu.

Quand ils s'étaient rencontrés, elle avait cru qu'il était celui qu'elle avait attendu si longtemps sans le savoir. Mais cet amour, qui devait être le dernier, était passé et reparti. Comme les autres. Évelyne avait compris ce jour-là ce que les hommes étaient vraiment. Des écureuils ramassant des amours qu'ils plaçaient dans des cachettes pour les reprendre au besoin à la mauvaise saison. Les uns, tout comme ces petits rongeurs, oubliaient vite où ils avaient rangé leurs conquêtes. D'autres se souvenaient de vous de temps à autre quand ils étaient malheureux. Ceux-là vous faisaient encore plus de mal. Évelyne revoyait Bjorn frappant à sa porte après des semaines d'absence, exhibant son petit titre de propriété, ce droit d'entrée naïvement dissimulé sous le manteau de la compassion, et au nom duquel il venait la reprendre. Puis, quand il s'était emparé d'elle de nouveau, qu'elle était toute à lui, envahie, il produisait un autre titre. Son droit de sortie. Oh! combien un homme savait faire ce geste sans faillir, comme un prestidigitateur sort de sa manche une carte maîtresse! Et devant l'amoureuse déchirée de se voir abandonner sans en comprendre la raison, comme il savait afficher sa droiture et sa vertu en lui rappelant que cette carte, pourtant, elle la connaissait! Cette carte qu'il avait retournée au tout début du jeu, peu après leur rencontre! La carte qui disait «je ne suis pas certain de vous aimer», ou «chacun garde sa liberté», ou encore qui disait «je ne veux pas m'attacher». Une toute petite carte oubliée, mais qui assénait un coup imparable à l'imprudente qui avait depuis longtemps étalé toutes les siennes. C'était ainsi que les hommes jouaient à la vie avec celle des autres.

Évelyne resta immobile dans l'allée un long moment, puis pénétra de nouveau dans les cabinets pour appeler Marion. Il n'y avait toujours pas de réponse. Elle reprit le livre qu'elle venait de déposer sur le bord du petit évier en inox et fit glisser la porte des cabinets. Dans son mouvement, elle échappa presque le volume, et une petite feuille de papier qui avait été insérée sous le rabat glissa sur la moquette. Robert y avait inscrit un numéro de téléphone et un nom. Celui de quelqu'un qu'Évelyne connaissait bien. «Justine Larsen (Côté)». La boucle se referma. Évelyne, Bjorn, Justine. Et Robert.

Évelyne essaya de joindre le Premier ministre de nouveau, mais sans succès. Et ce n'est qu'à ce moment qu'elle trouva étrange que Robert ne l'ait pas appelée directement. Il connaissait son numéro, pourtant. Était-ce simplement que Robert ne voulait pas s'exposer et qu'il se méfiait de l'écoute clandestine du cellulaire? Ou y avait-il autre chose qu'elle ne savait pas? Elle n'obtint pas de réponse chez Provancher. Si Robert ne pouvait parler, il devait lui avoir donné tous les éléments. Tout ce qu'elle devait savoir. Comme cette petite note avec le numéro de Justine. Évelyne eut un moment d'hésitation, puis composa ce numéro dont le code régional était en Nouvelle-Écosse. Elle ne savait pas pourquoi elle devait appeler Justine, qu'elle n'avait ni revue ni entendue depuis son départ de Halifax. Mais, comme une automate, elle suivait le programme établi par Robert Laroche. La sonnerie retentit plusieurs fois.

– Justine?

– Oui, c'est moi.

– Justine, fit Évelyne en sentant sa gorge se nouer, c'est Évelyne... Évelyne Leroy.

– Ah?... Oui... Bonsoir, Évelyne.

Justine parut à peine surprise, comme si elle attendait l'inattendu.

Évelyne trébucha. Les mots ne passaient plus, comme s'ils ne trouvaient pas le bon rythme. Sa rupture avec Justine datait de plusieurs années, et Évelyne aurait cru que, dans les circonstances, ce premier contact serait facile. Un simple appel d'affaires. Mais voilà, elle avait hésité un instant, simplement parce qu'elle n'avait pas la moindre idée de ce que Robert attendait d'elle exactement, ni de ce qu'elle devait dire à Justine. Ce moment d'hésitation avait suffi pour que le passé s'insinue et vienne l'embourber. Elle entendait Justine haleter légèrement d'avoir couru pour prendre l'appel. Mais c'était le même souffle que celui de l'émotion, et Évelyne sut immédiatement que son amitié pour Justine n'était pas morte. Elle l'avait simplement occultée. Après avoir aimé Bjorn, Évelyne n'avait plus été capable de faire face à son amie.

– Évelyne? s'inquiéta Justine à l'autre bout.

– Pardonne-moi, je suis plutôt troublée de te parler après si longtemps.

La voix lui revint doucement.

– Écoute, Justine, c'est étrange, mais j'ai reçu un message. Un message de Robert Laroche, et...

– Robert? la coupa Justine. Il lui est arrivé quelque chose?

– Rien, non, enfin, je ne sais pas. Je ne crois pas, non, rien. C'est lui qui me demande de t'appeler. Enfin, pas directement, mais il m'a fait parvenir une note.

– Une note? Qu'est-ce que c'est que cette histoire?

Justine angoissait, redoutant le pire.

– Est-ce à propos de...

Elle crut que quelque chose était arrivé à Bjorn, mais elle était incapable de prononcer son nom devant Évelyne.

– Non, rassure-toi, ce n'est pas cela.

Évelyne n'avait aussi que Bjorn à l'esprit et, malgré son ressentiment, mourait d'envie d'avoir de ses nouvelles. Il était là, elles en étaient si proches. Elle aurait pu dire son nom, seulement son nom, pour s'apaiser, se faire pardonner, mais elle savait qu'elle n'oserait jamais.

– En fait, il n'y a rien sur la note, seulement ton nom et ton numéro. Il est évident que Robert voulait que je t'appelle, mais je t'avoue que je ne sais pas tout à fait par quel bout commencer… Attends une seconde, je t'en prie.

Évelyne prit quelques instants pour organiser sa pensée.

– Bon, Justine, dis-moi, tu es au courant de mes fonctions depuis quelques mois?

– Oui, enfin, oui, en gros, les négociations, le Canada, le Québec… C'est bien ça, n'est-ce pas?

– Exact. Ce serait trop long de tout raconter, mais je crois que nous sommes au bout du rouleau. Et je sais désormais ce qui se passe. Grâce à Robert. Cet après-midi, il m'a fait parvenir des informations. Un livre qu'il avait annoté. J'ai compris qu'il voulait me prévenir. Mais aussi, il est évident qu'il n'était pas libre de le faire ouvertement. Il ne veut pas s'exposer, mais il a confiance en moi. Et, de toute évidence, il veut que tu saches pour que tu agisses toi aussi. Il a donc confiance en toi aussi.

– Évelyne, il faut que je te dise, j'ai parlé à Robert hier.

– Robert t'a appelée? Alors, tu sais toi aussi?

– Non. C'est moi qui l'ai appelé. Et je ne sais rien. J'étais inquiète au sujet de…

Justine buta de nouveau.

– J'étais certaine qu'il se passait quelque chose de grave et que Robert aurait pu m'éclairer. Il savait, je crois, mais je n'ai rien pu en tirer!

– J'en suis certaine moi aussi maintenant, Justine, et je vais essayer de te dire ce que je comprends de la situation.

Évelyne parla longuement, de ses déboires à la commission, de la conviction qu'elle avait acquise au cours de la journée, et que la lecture du livre envoyé par Robert n'avait fait que confirmer.

Justine écouta tout sans interrompre. Quand Évelyne eut terminé, elle lui apprit à son tour ce qu'elle savait, et qui prenait maintenant tout son sens. Elle parla de la frégate, du commandant Harley, de tout sauf de Bjorn. À la fin, elle ajouta :

– Évelyne, je te remercie de m'avoir appelée. Tu es à Québec ?

– Non. Je suis en route vers Montréal. De là-bas, je prendrai un taxi pour Québec. J'y serai dans moins de trois heures.

– Quelle heure est-il chez vous en ce moment ?

– Bientôt dix-neuf heures.

– Une heure derrière nous.

– Justine, je sais maintenant ce que Robert attend de toi.

– Je le sais, moi aussi, mais je partais à l'instant pour…

– On se verra à Québec, Justine…

– À Québec ?

Justine angoissa.

– J'en suis certaine, ajouta Évelyne, très émue, et j'en serai très heureuse !

– Évelyne, il faut que j'y aille.

Au moment de raccrocher, Justine hésita avant d'ajouter :

– Bjorn est en mer avec eux.

Évelyne chancela. Le livre bascula sur le sol, entrouvert, comme éclaté. Une flottille voguait vers Québec. Et Bjorn était à son bord. Il n'y avait plus d'air dans l'espace exigu des cabinets. Elle fit glisser la portière et sortit. Le train s'ébranlait lentement pour quitter la gare. Sous le faîte de l'hôtel *Atlantic*, il y avait trois lucarnes au toit arrondi. Un espace fermé au-dessus des petites fenêtres rectangulaires portait en médaillon un dessin naïf qu'Évelyne remarqua pour la première fois. Le simple tracé d'un trèfle. À la première lucarne, le pétiole inclinait vers la gauche ; le suivant pointait vers le bas, et le troisième obliquait à droite. Images figées d'un même pendule qui, en trois mouvements, refermait une fenêtre sur le temps. Il était trop tard, le train repartait, et Évelyne n'était pas descendue à l'*Atlantic*. Ni personne d'ailleurs. Il n'y avait âme qui vive sur le quai de la gare, personne non plus aux fenêtres des lucarnes. Personne pour vivre ce moment où le soleil disparaissait à l'horizon de la prairie, refermant le jour sur la mansarde derrière les volets entrouverts comme des paupières assoupies. Un jour sans lendemain, dans un village où le train ne s'était arrêté que pour donner à Évelyne l'occasion d'oser oublier sa destination pour saisir un autre destin.

La voie autant que le wagon avaient de l'âge, et le roulis força Évelyne à s'appuyer contre la cloison. Cela lui enleva un poids, et elle n'en fut que plus déterminée. Elle composa de nouveau le numéro de Marion. Évelyne ne sentait plus le besoin de se cacher, souhaitait même que tous les passagers puissent l'entendre, même si le train était presque vide. Il n'y avait toujours personne à l'autre bout et elle parla ouvertement au magnétophone. Elle dit qu'elle était maintenant absolument certaine que le Canada s'apprêtait à commettre des actes hostiles. Qu'elle avait reçu un document à cet effet d'une source qu'elle ne pouvait nommer, mais qui était absolument digne de foi. Et qu'en outre, depuis son dernier message, une autre source lui avait fourni des informations additionnelles, indépendantes, mais qui confirmaient tout.

— Il faut contacter immédiatement tous nos agents attachés aux forces armées canadiennes. Il est impossible qu'ils n'aient rien vu des préparatifs ! Quant à moi, je descendrai au premier arrêt, à Dorval au lieu de Montréal, et je prendrai immédiatement un taxi pour Québec. J'y serai vers vingt et une heures trente. J'essaie de joindre le Premier ministre. Essayez de votre côté.

Elle laissa passer un moment, ne sachant trop comment conclure, puis ajouta simplement :

— Terminé.

Et elle enfonça la touche *end*.

À l'autre bout, un bip sonore avertit le système d'enregistrement que la communication avait été interrompue volontairement. Un clignotant s'alluma sur la console et l'heure exacte s'inscrivit en cet endroit du disque. Le programme ramena ensuite la boucle de réception à zéro, et l'appareil se mit en veille, prêt à recevoir le prochain appel. Marion éteignit le petit haut-parleur qui transmettait le son de la ligne téléphonique jusqu'à son bureau et se leva de son siège en s'étirant. Il n'était pas vraiment étonnant qu'Évelyne Leroy ait percé le secret. En fait, on s'était attendu à ce qu'elle, ou quelqu'un d'autre dans le cercle du pouvoir, y arrive beaucoup plus tôt. Jusqu'à maintenant, on avait réussi à canaliser et à neutraliser tous les informateurs, et le résultat était plutôt satisfaisant. Marion ne regrettait qu'une chose. Il aurait été préférable qu'Évelyne ait choisi de se rendre à Québec par avion. Cela aurait donné aux officiers du service tout le temps voulu pour organiser un petit comité d'accueil à l'aéroport de la Vieille Capitale. Mais Évelyne avait la phobie des avions.

– Dommage! lança Marion. On devra l'intercepter sur la route.

Marion passa dans la pièce d'à côté et s'approcha de l'opérateur. Identifier une automobile et l'interpeller sur l'autoroute entre Montréal et Québec sans éveiller de soupçons était une opération délicate. Marion consulta l'horloge numérique sur la console du système d'enregistrement. Le temps pressait. L'opérateur fit une suggestion : il y avait peut-être une autre manœuvre à tenter avant de demander un barrage routier. On avait encore le temps de faire cueillir Évelyne Leroy lorsqu'elle descendrait du train en banlieue de Montréal. Marion esquissa un sourire. «Très juste!» On allait faire envoyer à la coprésidente un taxi très spécial…

Quant aux informateurs dont Évelyne avait parlé, c'était une autre affaire. Tout aussi importante, mais passablement plus embêtante. Leroy n'avait donné aucun indice sur sa première source. Quant à la seconde, depuis le train, Leroy ne pouvait l'avoir contactée que par téléphone. Marion constata que l'opérateur avait fait exactement le même raisonnement, puisqu'il interrogeait déjà le fichier informatisé. L'homme cliqua sur un dossier dont le nom venait d'apparaître à l'écran. Il choisit ensuite l'icône «Évelyne L» et demanda la liste des appels faits par le cellulaire de Leroy. Juste avant d'appeler Marion, Évelyne avait composé un numéro portant le code régional 902. L'opérateur pointa le curseur sur le numéro et attendit. L'ordinateur fouilla la banque des numéros de la Nouvelle-Écosse, et, en quelques secondes, les coordonnées de l'abonné apparurent sur l'écran. Justine Larsen, domiciliée au 3244, Jubilee, Halifax. L'homme décrocha le téléphone sur sa gauche et composa un numéro dans la même ville. Si la dame était au logis, les agents des Services de Renseignements et de Sécurité du Canada la cuisineraient sur-le-champ pour identifier l'autre source. Afin de les réduire toutes deux au silence. Avec un peu de chance, on y arriverait bien avant minuit.

Au mouillage

Le mercredi 23 juin, 13 h,
dans le nord-ouest du golfe du Saint-Laurent

Le commodore ouvrit la porte de la timonerie et sortit sur le prolongement extérieur de la passerelle. Son pas résonna sur l'acier comme s'il marchait sur la peau d'un tambour. John se rendit jusqu'à la rambarde, y posa la main et inclina la tête vers l'arrière. Le soleil là-haut ressemblait moins à un astre qu'à une grosse ampoule orange derrière un lanterneau de verre givré. Toute la matinée, il avait chauffé la peau froide de la mer et l'air était saturé de gouttelettes microscopiques qui amplifiaient les sons comme autant de lentilles. La brume emprisonnait la chaleur, et le navire immobilisé au milieu du golfe suintait comme un fromage sous une cloche de verre. John lâcha le garde-fou, ouvrit sa veste fourrée et s'étira. Il venait de lire un petit message codé qui l'avait rempli d'aise. S'il avait été à la maison, il se serait mis à chanter à tue-tête, comme sous la douche.

Soudain, dans un froissement de plumes, un caquètement criard retentit. Un goéland argenté, sorti tout droit de la brume, vira en catastrophe en apercevant la frégate à la dernière seconde. Harley n'avait jamais vu un de ces volatiles de si près. Son regard perçant était froid et vide comme celui d'un animal empaillé. L'oiseau reprit instantanément son aplomb et longea le navire vers l'arrière en le lorgnant comme une épave où trouver quelque morceau encore comestible. Dix mètres plus loin, sa forme blanche se fondit de nouveau dans le brouillard.

John n'était venu dans ces parages qu'une seule fois, et n'aurait pas cru qu'il pouvait y faire si chaud. Pourtant, dans son souvenir, cette autre fois, c'était également l'été. Et Bjorn Larsen était là aussi. Seulement, à l'époque, ils étaient sur la même longueur d'onde. Le capitaine appuya les coudes sur la main courante et observa la surface de l'eau pendant un long moment, le menton posé sur les mains. Dans le temps, ils formaient une équipe formidable. Bjorn avait les idées, et John savait les organiser et les vendre. Pendant des années, Bjorn appelait John «Le Grand Machinateur», et ne refusait jamais de s'embarquer avec lui. Puis il y avait eu cette brouille à propos de Phips, et, depuis que Bjorn avait quitté le service, John le voyait moins. Quand ils se rencontraient, ils évitaient de parler de la marine. Et du Québec. À cause de Justine.

John avait emmené Bjorn pour ne pas qu'on l'arrête, mais avant tout pour l'avoir avec lui. Comme autrefois. Sa réaction au déclenchement de l'opération Phips n'avait pas vraiment étonné John, mais, comme toujours, il avait pris son ami de plein front. L'attaque était la seule stratégie que Harley connaissait. C'était sa façon à lui de se défendre, de vivre, de s'expliquer. Il attaquait même quand il voulait aider. Élisabeth, par exemple, qu'il saisissait par les épaules pour l'emmener d'un coup là où il croyait qu'elle devait se trouver pour son propre bien. Aujourd'hui, John était déterminé à réparer les dégâts et à amener Bjorn à voir la réalité bien en face. Le sauver malgré lui. Et puis il y avait autre chose. Une faiblesse qu'il ne s'avouait pas, et qu'il aurait niée avec la plus grande énergie si on la lui avait proposée. John Harley avait besoin de sentir qu'on l'approuvait.

Un frisson secoua le capitaine. L'air s'était remis à bouger, à peine un souffle, mais assez pour commencer à découper le brouillard en lambeaux. La mer passa au bleu sombre, et des rais de lumière ricochèrent sur la coque, formant sur l'eau des lézardes qui descendaient se perdre dans les profondeurs. En quelques minutes, ce petit vent emporta la couverture de brume isolante, et le froid monta du même coup de l'eau glaciale. John se releva et boutonna sa veste. L'horizon s'éloignait à vue d'œil, comme poussé par le souffle d'une puissante explosion. À quelques encablures, deux silhouettes grises apparurent sur la mer. Puis, derrière, une autre se leva, plus grande.

John leva ses jumelles. Le radar lui avait dit qu'ils étaient arrivés sains et saufs, mais c'était encore mieux de les voir de ses propres yeux. Les trois autres navires étaient au rendez-vous. Tout près, côte à côte, la *Halifax*, une frégate identique à la *Ville-de-Québec*, et l'*Athabaskan*, un destroyer de la classe Iroquois, gris perle également, mais légèrement plus petit. C'était sur cette unité que John était passé dans le golfe autrefois avec Bjorn, pour une visite de courtoisie à Québec. Le quatrième navire était presque aussi long que les deux frégates mises bout à bout. Avec ses deux blocs de superstructures séparés par un espace libre hérissé de mâts de charge, il avait la silhouette d'un cargo multifonctionnel. Le nom de *Zachitnik* était écrit en gros caractères cyrilliques sur sa coque en partie recouverte d'un apprêt à métal de couleur rousse. Le navire donnait de la bande sur le bord rapproché et baignait dans une petite mare de mazout. Il avait l'air mal en point.

John trouva le déguisement assez bien réussi. Sauf en ce qui concernait l'uniforme des marins qui s'affairaient sur les ponts. Ces hommes étaient de la marine de guerre du Canada. Le navire également, et il était en parfait état de marche. John esquissa un sourire. Le nom russe, c'était son idée à lui. Maquillé ainsi, le bon vieux *Protecteur* avait l'air d'un rafiot qui avait traversé l'Atlantique avec peine. Une vieille coque qu'on remettait à neuf quand le budget le permettait. Harley se dit qu'au fond c'était à peu près ce que le *Protecteur* était vraiment. Sous ce camouflage d'occasion se cachait un vieux ravitailleur de la marine canadienne. Ses immenses cales étaient un arsenal : des armes, des munitions, du fuel, du matériel électronique, des vêtements, de la nourriture. Tout le fourbi nécessaire aux opérations de guerre, y compris des véhicules de débarquement tout-terrains. Ensemble, les quatre navires constituaient une unité opérationnelle, comme on disait dans le jargon de la marine. Une force formidable qui pouvait guerroyer pendant six mois sans devoir jamais rallier un port. Pour le moment, la flottille n'avait rien d'autre à faire que de se laisser bercer par les derniers mouvements de la houle. En attendant la fin du jour.

John n'appréciait pas vraiment cette pause, mais elle était la meilleure façon de conserver le secret de l'opération Phips. Le navire le plus rapide, même par temps calme, ne pouvait franchir en une seule nuit les sept cents milles marins, près de mille quatre cents kilomètres, qui séparaient l'océan Atlantique de la ville de Québec. Dans l'estuaire et le fleuve Saint-Laurent, les rives se resserraient et les villages devenaient presque continus. John avait écrit dans le manuel de l'Opération : «Franchir cette étape de jour équivaut à annoncer l'arrivée de la flotte à la télévision.» Il fallait faire un arrêt quelque part, assez près du but, tout en étant aussi éloigné des rives que possible. John avait trouvé ce point, et il se souvenait de la réaction du ministre de la Défense nationale lorsqu'il lui en avait donné la position exacte, lors d'une réunion au quartier général à Ottawa. 49 degrés, 40 minutes de latitude Nord, et 66 degrés, 12 minutes de longitude Ouest. L'honorable Conlay avait sourcillé. Ces chiffres ne lui disaient rien du tout. Le vieil homme avait jeté un coup d'œil à ses chefs d'état-major, et Harley avait déroulé une carte marine sur son bureau. John se souvenait d'en avoir mis un peu trop quand il avait commencé en expliquant que les degrés et les minutes étaient tout simplement une façon d'identifier un point sur le globe.

Ce point se trouvait presque au centre de la partie nord-ouest du golfe du Saint-Laurent. Avec ses jumelles, Harley fit un tour d'horizon. Dans toutes les directions, il n'y avait qu'une nappe d'eau qui brillait presque à l'infini. Tout ce qu'il put apercevoir entre ciel et mer, ce furent quelques franges sombres et discontinues, à peine réelles. Le point le plus près sur la Côte-Nord, la ville de Sept-Îles, était à plus de soixante kilomètres ; franc sud, à peine moins loin, les hauts sommets inhabités de la Gaspésie flottaient dans le ciel comme des mirages. John avait expliqué au ministre comment on créerait le vide autour des navires à leur mouillage pour ne pas qu'ils soient vus. Il montra sur la carte comment les navires marchands circulaient dans des couloirs, comme les automobiles sur des autoroutes. Il y en avait trois dans cette partie du golfe, dont un qui passait en plein centre. Au jour J, on le fermerait à la navigation en simulant un accident. À la réunion, le commissaire de la garde côtière, Donald Rafferty, avait décrit le scénario. Effectivement, ce matin, en arrivant au mouillage, John avait consulté les «avis aux navigateurs» diffusés chaque jour. Il y avait trouvé la directive que Rafferty avait lue au ministre. La veille, un cargo en difficulté avait jeté l'ancre, laquelle avait par la suite glissé sur le fond et endommagé un câble sous-marin. Le navire avait relâché une longue nappe de mazout, puis dérivé vers le large. Par ordre, tout navire devait temporairement emprunter l'un des deux autres couloirs, au sud ou au nord. Ceux-ci étaient à presque trente kilomètres de la frégate du commodore Harley. Les marchands ne verraient rien, sinon peut-être quelques taches sur leurs écrans radar, échos présumés des garde-côtes et du câbleur venus de Halifax pour porter assistance au cargo avarié et réparer les dégâts. Dans ce scénario, bien sûr, c'était le bon vieux *Zachitnik* qui jouait le rôle du malheureux cargo.

«Et du haut des airs, avait demandé le ministre, ne pourra-t-on pas vous voir?» Conlay avait été étonné lorsque John lui avait annoncé que cela représentait un défi moindre. «Les avions de grande ligne ne sont pas un risque sérieux, puisqu'ils volent à dix mille mètres. Quant aux monomoteurs privés, ils ne s'aventurent jamais aussi loin des côtes.» Par contre, il y avait parfois des vols régionaux qui passaient près du point sensible, et dont il faudrait s'occuper. Le message que Harley avait glissé dans sa poche en sortant de la timonerie, et qui le comblait d'aise, concernait un de ces vols. Le petit avion qui aurait dû quitter Sept-Îles à midi à destination de Gaspé avait subi une panne au sol. Harley savait que, malgré tous ses efforts, le transporteur ne trouverait pas de remplacement avant la nuit. Plus tard dans la journée, un second message arriverait à la frégate, et les passagers d'un autre vol, au départ de Mont-Joli, vivraient les mêmes frustrations. Bien entendu, leurs récriminations ne se rendraient jamais aux véritables responsables de ces pannes. Des types qu'un citoyen ordinaire n'avait pas la moindre chance de joindre. Ils travaillaient pour les Services de Renseignements et de Sécurité du Canada. Pour eux, ces deux petites tâches s'étaient avérées toutes simples. Après tout, ils avaient eu plusieurs années pour s'y préparer… La démonstration avait convaincu le ministre. Il avait tout approuvé et s'était exclamé : «Votre point sur la carte, ce sera un véritable trou noir!» Et le nom avait collé.

Un souffle de baleine tonna comme un coup de canon juste à côté de la frégate. John reconnut un de ces rorquals bleus qui croisaient dans ces eaux chaque été depuis des siècles. C'était Bjorn qui lui avait appris à identifier ces bêtes à l'époque où ils travaillaient avec la Marine des États-Unis. À l'affût du moindre son fait par le déplacement des sous-marins russes, Larsen avait aidé les Américains à monter une base de données gigantesque contenant tous les bruits de la mer, qu'ils soient d'origine physique, comme le clapotis, ou biologique, comme le plongeon d'un oiseau marin. On fourrait tout dans ce répertoire, depuis le cliquetis de la pince d'un homard jusqu'au froissement que faisait un essaim de plancton la nuit dans sa migration vers la surface. Et, bien sûr, le chant des baleines. Bientôt, tous les sous-marins d'attaque des États-Unis possédèrent une copie informatisée de ce dictionnaire de sons, constamment mise à jour et enrichie. À tel point que les sous-mariniers yankees à l'affût de leurs vis-à-vis russes en connaissaient plus sur la vie des baleines que tous les biologistes du monde entier !

Le dos de la baleine fila sous une lame et sa queue en transparence disparut en lançant un éclair. John savait que, sous ses pieds, dans la salle des opérations, l'ombre du géant passait en direct sur les écrans des opérateurs sonar et que son nom s'y inscrivait automatiquement. «Rorqual bleu». Harley ne put retenir un sourire. Il avait toutes les raisons de se féliciter. Il avait travaillé de façon superbe, et aurait pu jouir tranquillement de cette journée d'une beauté exceptionnelle. Cependant, tel un capitaine de grand voilier du XIXᵉ siècle, il s'impatientait dans cette accalmie qui immobilisait sa précieuse cargaison.

Au moment où il allait quitter la passerelle, le grondement d'un moteur s'éleva à la poupe. C'était la vedette du *Protecteur* qui emmenait l'équipage de la *Marie-Galante*. On avait là-bas des couchettes pour les survivants, et ils y seraient mieux soignés. Harley suivit la vedette à la jumelle, pour s'assurer que le corps inanimé du capitaine Ghiasson était aussi à bord. Le vieil homme venait de succomber après un coma prolongé, mais Harley n'avait pas annoncé sa mort. Inutile d'alarmer Bjorn davantage. John laissa ses jumelles retomber contre sa poitrine. Cette fois, il ne ferait pas venir Bjorn dans sa cabine, mais l'emmènerait faire une balade sur le pont. Comme autrefois.

John Harley était certain de réussir. Il était le genre d'homme qui s'acharnait à convaincre comme on se bat jusqu'à la victoire, parce qu'il ne pouvait pas imaginer qu'on puisse être en désaccord sur une chose bien démontrée. Il considérait que les mauvais sentiments, tout comme l'erreur, étaient simplement dus à une mauvaise perception de la réalité. Il ne pouvait pas concevoir qu'on puisse raisonnablement avoir de l'animosité pour quelqu'un qui avait raison et qui voulait votre propre bien. En définitive, John Harley était un homme plein de bonnes intentions. Mais il avait deux défauts. Il était de ceux qui croyaient que la réalité n'avait qu'une facette, et qu'on pouvait combattre des opinions divergentes simplement avec une démonstration logique appuyée sur des faits incontestables. En outre, John Harley était bougrement maladroit. Et encore plus avec les gens qu'il aimait.

Un son métallique retentit derrière Harley. Il se retourna pour voir Lonsdale refermer la porte de la timonerie.

– Mon capitaine, nous recevons un écho!

– En surface?

– Oui, monsieur.

– De quel côté?

Harley avait posé la question comme un voyageur demande la direction à un passant dans une ville étrangère. Avec les trois navires de guerre à l'écoute, le capitaine ne doutait pas que ses hommes aient positionné l'objet avec la plus grande précision dans ce désert.

– Directement au nord, à environ huit milles marins.

– Vous l'avez identifié?

– De façon générique seulement. Deux petites embarcations. Avec des moteurs hors-bord identiques, d'environ cent chevaux. Probablement des Yamaha.

– Et elles se dirigent?

– Droit sur nous, monsieur.

Harley marcha vers la porte.

– C'est tout?

– Je crois que nous savons de qui il s'agit.

Le manuel de l'opération Phips, minutieusement maintenu à jour, identifiait tous les visiteurs possibles au voisinage du Trou noir. En réalité, il y en avait peu. Ce n'était pas une zone de pêche. Lonsdale avait une fiche à la main, et la donna à Harley.

– Ce ne peut être qu'eux. Ils ont dû nous apercevoir et viennent renifler.

Harley prit la fiche et la lut. Elle concernait une station de recherche basée sur la Côte-Nord près de Mingan destinée à l'étude des baleines. Il y avait même une photo du responsable. Par pure coïncidence, ce chercheur avait fait l'objet d'une enquête de sécurité en 1995. Simple précaution avant de l'autoriser à monter sur une frégate lors d'essais d'explosifs, afin qu'il puisse témoigner que les navires de Sa Majesté ne faisaient jamais feu à proximité d'espèces menacées... Harley leva la tête.

– Nous sommes à quelle distance de la côte? Trente milles?

– Vingt-huit, monsieur, en partant de l'île du Corossol.

Harley grimaça.

– Ils sont fous de s'aventurer aussi loin sur des gonflables.

– Ils le font régulièrement, quand le temps est favorable.

Harley observa la mer. Elle brillait comme un glacier.

– Vous avez raison, Lonsdale, c'est une journée superbe!

Le lieutenant acquiesça et attendit en silence. Harley lui remit la fiche et ajouta :

– Neutralisez-les, voulez-vous?

– C'est déjà en cours, monsieur. Ils ont des radios portables. Nous les écoutions depuis leur départ de l'île. Et nous avons brouillé les ondes dès qu'ils ont été assez près pour nous apercevoir.

– Bien.

– Les marins de l'*Athabaskan* et de la *Halifax* ont mis les vedettes à la mer et attendent votre ordre, monsieur.

– Eh bien, qu'ils s'y rendent. Et tenez-moi au courant.

Richard Sears et ses assistants de recherche avaient passé la matinée à suivre les rorquals bleus sur des gonflables Zeppelin. Le temps s'était levé très tôt près de la côte, mais à midi un long banc de brume couvrait encore tout le centre du golfe. Aujourd'hui, les plus grosses baleines se tenaient très loin en mer et montaient vers l'estuaire du Saint-Laurent. Quand ses deux pneumatiques furent à vingt milles marins au large, Sears appela sa base de Mingan pour annoncer qu'ils rentreraient très tard à Sept-Îles. Quelques minutes plus tard, la brume se leva d'un coup et Richard aperçut quatre navires à la jumelle, à travers les souffles des baleines. Il en reconnut trois comme étant des navires de guerre. Son père lui avait appris à reconnaître les silhouettes.

C'étaient des frégates ou des destroyers. En plus de vingt saisons à patrouiller ce secteur, il n'en avait encore jamais vu. De plus, les rorquals bleus semblaient nager dans leur direction. Richard décida de les suivre. Pour une fois, sa curiosité naturelle ne le servit pas. Avec ses trois collègues, Sears passa les quinze heures qui suivirent aux arrêts, dans les cales d'un vieux ravitailleur déguisé en cargo russe.

* * *

La cordelette se déplaçait plus vite que l'œil. Bjorn la tissait entre ses doigts avec une telle agilité que Jean-Louis avait peine à suivre. Larsen s'arrêta un instant, nota où Morrissette en était et revint en arrière. Il attendit que ce dernier eut passé sa propre corde sur le bon doigt, et repartit de plus belle. Moins de cinq secondes passèrent avant que le matelot ne s'impatiente de nouveau.

– Pas si vite! Vous avez fait quoi, là? Vous l'avez prise avec l'index ou le majeur?

Jean-Louis était perdu. Désemparé comme le jour où, à peine enrôlé, et dans un exercice de sauvetage, il s'était retrouvé seul à nager dans le brouillard. Il n'avait pas le moindre indice pour trouver le radeau, et avait passé une heure à barboter dans l'eau froide en lançant des appels, avant de réaliser qu'il était à deux encablures de l'esquif et que les autres attendaient en silence qu'il soit sur le point de se noyer pour lui venir en aide.

Cet après-midi, assis au soleil face à Bjorn sur la plage arrière de la frégate, Jean-Louis tenait les mains grandes ouvertes devant sa poitrine, les paumes tournées l'une vers l'autre. Une ficelle était enchevêtrée autour de ses dix doigts écartelés et tendus. Morrissette s'énervait parce qu'il venait encore une fois de perdre le fil et de réaliser qu'il n'y était pas du tout. Jusque-là, il croyait bien avoir répété précisément chacun des mouvements de Larsen. Pourtant, le résultat était pitoyable. Alors que la corde de Bjorn, habilement tricotée et retenue dans un ordre parfait, avait pris dans l'espace circonscrit par ses mains une forme harmonieuse, un assemblage rigoureux de triangles, de losanges et de lignes parfaites, celle de Jean-Louis ressemblait à une poignée de spaghettis livides qui pendaient lamentablement en formant des boucles disgracieuses. Le marin laissa retomber ses mains. Bjorn leva les siennes.

– Tu reconnais la figure, Jean-Louis?

– C'est un homme!

– Oui, un homme qui se laisse glisser sur la glace.

Bjorn jeta un coup d'œil sur l'ouvrage de Jean-Louis. On aurait dit un gribouillis de bambin, et la figure ne ressemblait pas plus à un homme qu'à une machine à coudre. Dépité, Jean-Louis fit choir la ficelle sur ses genoux.

Tout allait mal pour Jean-Louis. Après le départ de Halifax, il avait tenu la roue dix heures d'affilée. Dès qu'il avait été relevé, il s'était précipité pour appeler Marion. Il était trop tard. Le commodore avait décrété un silence radio et téléphone, et aucune communication avec l'extérieur n'était autorisée. Cela n'avait fait que confirmer ses craintes, et la fatigue lui était tombée dessus comme un coup de massue. Il avait chu raide mort sur sa couchette et dormi toute la journée. Comme prévu, il avait sauté un quart et s'était retrouvé avec les filles, seul aspect positif du voyage. Mais il n'avait pas eu le temps d'en profiter. À peine ce quart terminé, le navire avait été mis en état d'alerte. Tout le monde debout et à son poste! Conséquence, Jean-Louis s'était retrouvé avec ce même groupe qu'il détestait!

Au moins, cet après-midi, l'officier avait donné à Morrissette le choix du poste, en reconnaissance de son travail pendant la tempête du 22. Le matelot avait opté pour le rôle de garde-chiourme, en partie parce que ce poste était une sinécure. Il suffisait de se pendre aux basques de Larsen. L'ancien officier habillé en civil était à peine un prisonnier, entièrement libre de ses mouvements, mais qu'il fallait surveiller au cas où il aurait eu l'idée d'un sabotage ou d'une communication avec l'extérieur. Jean-Louis avait aussi une idée en tête. L'autre nuit dans la timonerie, il avait senti que ce Larsen pensait la même chose que lui, et le fait qu'il fût maintenant aux arrêts semblait le confirmer. Morrissette cherchait à prendre contact, mais s'il se trompait, ou s'il se faisait prendre, il était cuit. Jean-Louis avait toujours été extrêmement prudent, et encore plus depuis l'arrivée du nouvel équipage. Jamais il n'avait laissé paraître sa véritable conviction politique et son état d'agent rapporteur. Malgré cela, il était possible que l'amirauté ait des doutes à son sujet. Il n'était pas impensable que ce Larsen ait été embarqué précisément pour le débusquer.

C'étaient les baleines qui, en crevant la surface de part et d'autre de la frégate, avaient attiré Bjorn Larsen sur le pont arrière. Quand elles furent passées, il s'était assis sur le rebord de la piste d'atterrissage, avait sorti une cordelette de la poche de sa veste et s'était mis à faire des figures entre ses doigts avec une habileté prodigieuse. Dès le moment où Jean-Louis Morrissette avait été assigné à sa garde, Bjorn avait cherché à établir un contact. Larsen était persuadé qu'il pouvait s'en faire un allié. Mais, pour engager la conversation, il y avait un hic. Un autre matelot le surveillait et suivait Jean-Louis comme un frère siamois. Une idée de Harley, sans doute, qui ne prenait jamais de risques et ne faisait confiance à personne. Un marin seul pouvait toujours avoir un moment d'inattention. L'autre gars était anglophone, un gars plutôt sympathique, du nom de Mark Ritchie et qui venait de Thunder Bay en Ontario, sur les Grands Lacs. Probablement pas un sympathisant québécois… et peut-être même une sorte de mouchard. S'il y avait une chance que Bjorn et Jean-Louis s'entendent, il ne fallait surtout pas se brûler dès le départ.

La cordelette avait eu l'effet prévu et avait rapproché Jean-Louis, qui avait voulu apprendre. Malheureusement, avant même que Bjorn n'ait pu amorcer un contact, le marin semblait sur le point de se décourager.

– J'abandonne. Comment avez-vous appris à faire toutes ces figures?

– Avec mon grand-oncle, Henry Larsen.

Tout en parlant, Bjorn enroulait sa ficelle sur deux doigts.

– Un fameux navigateur qui a fait l'Arctique. L'oncle Henry était aussi anthropologue amateur. Il a hiverné à plusieurs reprises chez les Inuits, et a beaucoup appris d'eux pendant la longue nuit polaire.

– Y compris ce jeu?

– Oui.

Larsen avait fini d'enrouler, et se mit à dérouler. Il n'avait aucune envie de parler de cela, et cherchait désespérément un moyen d'engager Jean-Louis sur une autre piste. Il ne trouvait toujours pas le filon.

– Selon Henry, les Inuits étaient d'une habileté incroyable à ce jeu. Au début, seules les femmes pouvaient le pratiquer; on disait que si un garçon en jouait, il perdrait un jour ses doigts en harponnant le phoque. Puis la coutume a changé et un chasseur du nom de Konaluk devint un virtuose.

– C'est lui qui l'a appris à votre oncle?

– Exactement, puis Henry me l'a montré à son tour. Il a commencé quand j'étais encore tout petit. Par la suite, j'ai perfectionné la technique, j'ai inventé de nouvelles formes, et j'en ai appris d'autres. Avec des marins.

Il se tourna vers le *Protecteur*. Avant tout, il fallait absolument savoir si Ritchie comprenait le français.

– Euclide Ghiasson, par exemple, avec qui j'ai souvent navigué. Il m'a appris bien des choses. Je me demande comment il va…

Le matelot Ritchie avait suivi le mouvement, puis esquissé un sourire. Bjorn soupira. C'était inévitable; Harley avait prévu le coup. Ce type était bilingue.

Mais peut-être n'était-il pas vraiment compétent?

– La cordelette, Jean-Louis, il n'y a rien de mieux pour faire oublier les heures perdues à se morfondre en mer, ou échoué sur une côte désolée à attendre qu'un grain passe.

Il fixa Jean-Louis dans les yeux.

– Rien de mieux pour oublier qu'on est prisonnier, sans personne à qui parler…

Morrissette ne semblait pas comprendre à quoi il voulait en venir. Bjorn se tourna vers Ritchie et poursuivit :

– Prisonnier de l'obscurité pendant la longue nuit de six mois, qu'on soit océanographe… ou inuit!

Ritchie saisit l'occasion pour s'insinuer dans la conversation.

– Vous avez travaillé chez Inuits?

Ritchie parlait le français avec un léger accent et sa phrase était presque correcte. Il fallait fouiller davantage… et faire réagir Jean-Louis. Bjorn reprit :

– J'ai travaillé dans tout le Canada. Atlantique, Pacifique, Arctique.

Puis il tendit une perche.

– Il n'y a pas beaucoup de pays qui peuvent se vanter de donner sur autant de mers. C'est une chance inouïe!

Bjorn regarda Jean-Louis; son visage était de pierre. Ce fut Ritchie qui rétorqua :

– Et les Grands Lacs?

– Bien sûr, les Grands Lacs. J'y ai navigué aussi.

Ce type semblait tout comprendre, et Jean-Louis, rien du tout. Bjorn allongea une autre perche.

– Mais bientôt, ce ne sera peut-être plus possible de se rendre sur les Grands Lacs à partir d'ici... si le Québec décidait de refuser le passage sur son territoire!

À ces mots, Jean-Louis se piqua. Quelle remarque stupide! Comment pouvait-il s'être trompé à ce point sur Larsen? Cet homme tenait exactement le genre de conversations qui avaient cours dans l'équipage. Tout avait été dit, et Jean-Louis s'était constamment fait violence pour ne pas y participer. Mais voilà, dans ces eaux du golfe, il se sentait de retour chez lui. Il ne pouvait pas toujours tout laisser passer. Cette fois, il allait s'en mêler. Prudemment, il avança :

– Je ne vous suis pas, monsieur Larsen.

Et il enchaîna immédiatement en sautant à l'anglais :

– Où voulez-vous en venir, vous deux, avec les Inuits et les Grands Lacs? Je ne vois pas le lien!

Bjorn soupira. On y était. Il y avait des sujets avec lesquels on était assuré de réveiller un Québécois, même après sa mort! Ritchie, visiblement beaucoup plus à l'aise dans sa propre langue, avait saisi la balle.

– Ce que nous voulons dire, peut-être, c'est que les Inuits ont eux aussi contribué au Canada par leur culture. Et que si c'étaient eux qui vivaient sur les bords du Saint-Laurent au lieu des Québécois, il y aurait moins de problèmes. Ils ont choisi le Canada, eux!

Bjorn allait répondre à son tour, mais Jean-Louis fut plus rapide.

– Oh! Un instant, un instant, Mark, tu...

Bjorn s'interposa.

– Jean-Louis, tu peux continuer en français. Mark est bilingue, non?

– Ouais! Disons qu'il essaie, certains jours!

L'intervention de Bjorn l'avait un peu calmé. Toujours en anglais, il reprit sur un ton blagueur pour lâcher un peu de venin sans se compromettre.

– Étonnant pour un Anglais, ce M. Ritchie. Peut-être dans vingt ans, en travaillant très fort, deviendra-t-il bilingue, qui sait ? Pour le moment, il parle, mais il ne comprend pas grand-chose.

Il mourait d'envie d'ajouter : En fait, il ne comprend rien. À la politique non plus. Il est plus bouché qu'un Innu de l'âge glaciaire !

Jean-Louis avait du mal à se retenir. Il ramassa sa cordelette sur le pont et se leva comme un ressort.

– Écoute, Ritchie, je…

Il n'eut pas le temps d'en dire plus, car déjà Bjorn lui avait saisi le bras. En souriant, il le força à se rasseoir, pendant qu'il lui lançait, à voix basse, d'un seul jet et en français :

– Calme-toi, Jean-Louis. Les Inuits, on s'en contrefout ! J'ai à te parler, tu comprends ? Tais-toi, assieds-toi et donne tes mains.

Bjorn reprit sa place et s'adressa à Ritchie, en anglais.

– J'ai une autre figure assez difficile à vous montrer.

Pendant que Jean-Louis acquiesçait, les mains tendues, Bjorn adressa un sourire entendu à Ritchie. Il fixa ensuite Jean-Louis en lui annonçant, sur un ton anodin :

– Ton copain, il n'entend pas vraiment le français ?

– À peine. Comme je l'ai dit. Il le parle un peu, mais il ne saisit qu'un mot ici et là, surtout si on parle vite.

– Alors, donne ton index gauche.

Bjorn enfila une boucle.

– Écoute-moi bien, pendant que nous ferons cette figure. Donne le droit, maintenant. C'est cela. Sur l'autre main, l'annulaire, puis encore l'index. Voilà.

Pendant qu'il passait la corde, Bjorn calmement entremêlait à ses paroles un autre discours.

– Je t'ai observé hier, Jean-Louis, et je crois que je peux te faire confiance.

Les yeux de Jean-Louis s'étaient mis à pétiller ; il avait enfin compris où Larsen voulait en venir.

– Non, pas cette main, l'autre. Voilà.

La figure prenait forme lentement, et Bjorn poursuivit.

– En outre, je vois maintenant qu'on peut travailler ensemble, Jean-Louis. Ne bouge pas !

Bjorn avança une main et lança un sourire à Ritchie.

– Jean-Louis, réponds-moi par un signe de tête.

Bjorn fit une longue pause en fixant Jean-Louis dans les yeux.

– J'ai l'intention de filer d'ici ; tu viendras avec moi ?

Jean-Louis, qui arrivait à peine à retenir son excitation, hocha la tête d'un petit coup saccadé, comme un enfant. Il imaginait le regard de Ritchie sur lui, et gardait le sien obstinément fixé sur ses mains, n'osant plus regarder Bjorn. Ce dernier s'adressa à Ritchie.

– Est-ce que tu suis, Mark ? Tu as vu ce que j'ai fait ?

L'autre fit un signe de tête, à tout hasard. Bjorn poursuivait, pour Jean-Louis.

– Tu es prêt ?

Cette fois Jean-Louis leva les yeux, tout souriant.

– Immédiatement, sans aucune hésitation. Je suis prêt quand tu voudras.

Il venait de tutoyer Larsen pour la première fois. Chez lui, et envers quelqu'un qu'il considérait comme un supérieur, c'était une façon sans équivoque de montrer de l'amitié.

– Pas tout de suite, pas tout de suite. Il faut être patient à ce jeu. Si on saute à l'eau ici, on ne survivra pas deux minutes. Non, je n'ai nullement l'intention de rejoindre la côte à la nage.

Bjorn saisit les mains de Jean-Louis.

– Ne les écarte pas trop, sinon tu tires sur la corde. Tu sais manœuvrer la vedette qui est attachée au bord ?

Cette fois, Jean-Louis se contenta de hocher la tête.

– Bien, parfait, ajouta Bjorn.

Il regarda son ouvrage et se tourna vers Ritchie.

– La première partie est terminée. Maintenant, il faut passer d'un coup la moitié des brins d'une main à l'autre.

Jean-Louis lança :

– On y va maintenant ?

– Aucune chance de réussir en plein jour. Attention, détends les mains, Jean-Louis, il faut relâcher la tension sur la corde… Cette frégate a tous les gadgets voulus pour envoyer une cible mouvante par le fond en moins de dix secondes. Et il y a trois autres navires qui n'ont rien à faire d'autre en ce moment que de nous observer. En quelques secondes, nous aurions plusieurs autres vedettes sur les bras. Nous trouverons une meilleure occasion.

Bjorn tissait toujours.

– Écarte les mains davantage. Voilà. Je connais bien le capitaine Harley. Pour arriver à Québec au lever du jour, il devra partir d'ici avant même que le soleil ne se couche. Dans moins d'une heure. Bien. Tends les bras vers moi maintenant, que je saisisse ce brin dessous. La frégate partira seule, avant les autres, pour maximiser les chances de surprendre l'ennemi. Mais, s'il est toujours bien le même homme que j'ai connu, Harley ira trop vite et devra nécessairement faire une halte avant Québec. Je crois savoir où. Écarte les doigts encore un peu. C'est là que nous mettrons la vedette à l'eau. Tu sauras ?

– Non ; elle est trop lourde. Il faut utiliser le gros treuil et nous aurions besoin d'autres hommes. En plus, la manœuvre prend un certain temps. Avec le bruit, impossible de passer inaperçus. Je pourrais peut-être trouver un copain sûr, mais pas plus.

Il montra l'ouvrage du menton, pointant une main, puis l'autre, d'un air entendu.

– Il faudrait le faire changer de garde…

Larsen pensa au seul autre homme qu'il connaissait dans les parages et qui aurait pu les aider. Euclide Ghiasson. En d'autres circonstances, il aurait fait parfaitement l'affaire ; dans le cas présent, c'était douteux, autant à cause de ses convictions que de l'état comateux dans lequel il était plongé. Et puis Euclide était sur le *Protecteur*. Aucune chance.

– Merde ! Crois-tu qu'on pourrait se débrouiller seuls, à la limite ?

Bjorn rejeta la tête en arrière pour mieux voir son ouvrage. Jean-Louis fit signe que non de la tête. Il n'y avait aucune hésitation dans son geste. Après une pause, le marin ajouta :

– Mais il y a un autre pneumatique, beaucoup plus petit, quatre mètres de long. Il est sur le pont 1, juste devant l'espace réservé à la grosse vedette. Avec mon copain, je le mets à l'eau en deux minutes.

– Parfait ! Mais ce sera du sport sur le fleuve dans ce petit rafiot. Et ton copain, on ne pourra l'emmener. Seulement toi et moi. Sinon nous serions trop lents. Une cible trop facile.

– S'il sait qu'il ne viendra pas avec nous, il refusera de nous aider. Il devra expliquer son geste, et sera réprimandé sévèrement. Il ne va pas risquer sa peau !

– J'ai mon idée. Il ne sera pas inquiété. Mais ne lui dis rien. Arrange-toi seulement pour qu'il soit sur place pour te donner un coup de main le moment voulu. Lève les mains maintenant. Dans quelques instants, j'aurai terminé, Jean-Louis, et tu reconnaîtras la figure. C'est un point de repère sans équivoque, et ce sera le signe que je te ferai quand il sera temps d'agir. D'ici là, nous ne nous verrons plus, nous ne parlerons plus. Arrange-toi pour ne pas me servir de gardien de nouveau. Ils t'ont peut-être adjoint quelqu'un parce qu'ils se méfient de toi. Je n'en sais rien. Sois prudent.

Bjorn continuait de tisser.

– Rapproche les mains, maintenant. Comme ça. Bien. Nous agirons un peu avant d'arriver, de nuit, à la première occasion. Il faudra que tu t'arranges pour être de garde. Pas dans la timonerie, encore moins aux machines. Sentinelle, sur le pont 1, avec ton copain. Et tenez-vous aussi près du pneumatique que possible. Lève les mains, maintenant.

– Vu. Pas de problème. Je suis le plus ancien à bord. Je peux changer avec les autres quand je veux.

– Quand je te donnerai le signal, il faudra agir vite. Très vite. Tu n'auras qu'une seconde pour réagir.

– Tu peux compter sur moi !

– Attention, messieurs, nous y sommes presque !

Bjorn passa une dernière boucle, puis, entre le pouce et l'index, il saisit le brin supérieur en deux points qu'il souleva. Triomphalement, il annonça :

– Maintenant, Jean-Louis, attention. Regarde bien la figure. Ce sera le signal. Écarte les mains, pas trop fort, mais d'un seul coup !

Entre les doigts du marin apparut en s'étirant une forme complexe faite de montants obliques disposés en deux grands losanges. Bjorn en tenait les pics, et ils étaient reliés entre eux par une partie plus basse. C'était le profil parfait d'un pont d'acier bien connu sur le Saint-Laurent, une merveille de l'ingénierie du début du XXᵉ siècle.

– Le pont de Québec !

L'exclamation venait de Ritchie, et il s'était exprimé en français. Il jubilait, tout fier d'avoir trouvé quelque chose pour se raccrocher à la conversation. Il allait claquer des mains, mais s'arrêta net. Quelque chose venait d'attirer son attention, et il se mit au garde-à-vous. D'instinct, Jean-Louis se leva et en fit autant. Par la porte du hangar à hélicoptère, le capitaine John Harley arrivait sur le pont arrière, se dirigeant vers le petit groupe d'un pas décidé. Il retourna le salut des matelots, les mit au repos et s'adressa à Larsen.

– Bonjour Bjorn. Marchons un peu, si tu veux. Je crois que nous avons à nous parler.

Harley se rendit de l'autre côté de la piste et s'arrêta devant le filet en saillie au-dessus de l'eau. Les deux hommes se tinrent un long moment en silence, les yeux sur l'horizon, comme un vieux couple qui ne trouve plus de sujet de conversation. John commença par une des phrases qu'il avait soigneusement préparées.

– Tu m'en veux, n'est-ce pas?

Il ne s'attendait pas à ce que Bjorn réponde.

– Si j'étais certain de pouvoir te faire confiance, je ne te ferais pas suivre.

Larsen regardait obstinément l'horizon.

– Tu as décidé toi-même de t'isoler. Tu ne m'as pas laissé de choix.

Bjorn était muet. Il n'y avait rien à expliquer. Du moment que l'opération Phips avait été décidée, tout ce qui se passait par la suite était dans la logique des choses. Même la suggestion de faire arrêter Justine. Ce n'étaient pas tellement les actes de John la veille qui avaient choqué Bjorn, mais son cynisme. Autrefois, Bjorn ne le voyait pas, ou s'en accommodait. En ce moment, il s'en balançait. Après avoir fouiné par tout le navire pour trouver une façon de se sortir du piège, il venait de la trouver en parlant avec Jean-Louis. Le reste n'avait plus d'importance. Il n'en voulait même pas à John. Harley avait toujours été le même. À suivre sa ligne droite, et à vouloir convaincre tout le monde de la suivre avec lui. Si on s'opposait, John vous éliminait, ou tentait de vous convaincre jusqu'à épuisement. Justine avait peut-être raison. Au fond, quand John avait du respect ou de l'affection pour quelqu'un, il n'admettait pas que cette personne ne l'aime pas.

– Tu sais, bien sûr, Bjorn, que je ne fais que la seule chose qu'il y ait à faire dans les circonstances.

Bjorn pensait à Justine, maintenant. Comme il aurait voulu savoir où elle était, si elle avait deviné ce qui se passait! Ou si, au contraire, ils l'avaient quand même arrêtée sans qu'elle comprenne ce qui lui arrivait. Bjorn se sentit las, et se mit à souhaiter que John les eût fait mettre aux arrêts tous les deux dans leur maison.

– Je te regardais de là-haut, Bjorn. Ce petit jeu de cordes, c'est une forme de yoga pour toi ?

Harley avait balancé son texte et changé de tactique. Cela sembla lui réussir.

– C'est possible, John. Je ne sais pas.

– Tu as toujours fait ce jeu quand il y avait un pépin.

– Je suppose que c'est une façon de laisser passer l'orage.

À l'horizon aujourd'hui, des nuages, des vrais, il n'y en avait pas un seul. Et la journée était magnifique. Oui, la corde l'apaisait, mais elle n'était au fond qu'un chemin pour trouver le calme. Le calme, il existait vraiment, il était là, tout autour, dans cette eau, sur le dos de ces baleines qui passaient, dans la beauté de toutes choses naturelles. Il n'y avait que la nature qui restait vraie, sans motif, jour après jour, et ne trahissait jamais. C'était l'appel de la mer qui avait attiré Bjorn dans la marine ; après, il l'avait saisie comme un simple objet d'étude, et commençait à peine à prendre le temps de l'aimer. Et voilà qu'en ce moment, en ce lieu, même avec un poids énorme sur les épaules et sur le cœur, coupant les paroles de John, Bjorn entendit le bruit léger de l'air qui coulait sur la mer. Il le goûta ; il était croustillant et frais comme une algue.

– Mon vieux Bjorn, il fait un temps superbe. Tu sais ce que cette journée me rappelle ? Tu te souviens à Chypre en 1964 ? On avait attendu au large toute une journée avant d'accoster. Quelle journée ! Ce qu'il avait fait chaud !. Beaucoup plus chaud qu'aujourd'hui, mais, d'une certaine façon, la mer avait le même tain.

Bjorn se rappelait clairement ce jour-là. Le soir venu, John et lui avaient soupé sur une terrasse. Il y avait si longtemps, il ne se souvenait plus du nom de l'établissement. Une taverna grecque. Une soirée superbe, il avait fait chaud tout le jour, puis un petit vent frais s'était levé, réparateur. Les coins de la nappe sur la petite table se soulevaient constamment, et la dame plutôt forte de taille et tout en noir qui servait les rabattait chaque fois qu'elle passait.

Et soudain, là, sur la petite place entre les maisons en pierres, tout avait paru exister dans un ordre parfait. Cette buvette où ils étaient assis, ces gens qui marchaient, parlant une langue étrangère en contournant la fontaine tarie depuis des mois. Le jour quitta la petite place et disparut par-dessus les toits, et le ciel doucement perdit la vie. En face, les volets entrouverts à l'étage laissaient voir la lumière chaude d'une lampe. On devinait quelqu'un derrière, mais on ne pouvait voir ce qu'il faisait. Peut-être cette personne lisait-elle...

– Il était plus tard qu'en ce moment, et la saison était moins avancée.

Puis, dans un arbre derrière, au-delà du passage entre les maisons, il y avait eu un bruit. Un cri d'oiseau qui se répercuta sur les murs de pierres. Le couac discordant d'une corneille. Une corneille d'Europe, avec son col blanc, et non pas toute noire comme celles d'Amérique. Et, d'un coup, ce son nasillard avait ramené Bjorn à la réalité. Ce moment n'était qu'un intermède de paix au milieu d'une horreur, qu'une accalmie entourée de mort qui rôde. Dans quelques heures, près d'ici, des voisins qu'on croyait amis s'entre-tueraient pour rien.

– Tu n'avais pas de remords quand on allait à Chypre ou ailleurs.

– C'étaient des missions de paix.

– Celle-ci également, mon cher. Celle-ci également. Rien d'autre qu'une mission de paix.

Bjorn ne fit pas à John le plaisir de répondre.

– Et des plus importantes, Bjorn. Tout comme celle-ci. Toi qui analyses tout, réalises-tu à quelle période de l'année nous sommes?

Bjorn se taisait, sachant que John allait poursuivre de toute façon.

– Ce sont les jours les plus longs de l'année.

– Oui, le solstice, j'avais oublié. C'était hier.

– Et aujourd'hui le soleil se couchera à vingt heures quarante-huit. Heure avancée, évidemment. Une journée trop longue à mon goût. Mais dont plusieurs stratèges ont autrefois pris avantage.

John aimait bien faire un effet, et il laissa passer quelques secondes.

– Bjorn, sans aucune préméditation de notre part, je t'assure, il se trouve que l'opération Phips se déroule exactement à une date historique.

– Historique?

– Exactement. Et je dirais même fatidique. Elle a été lancée dans la soirée d'hier. Soit le 22 juin exactement.

– Oui, et alors?

– Souviens-toi de tes cours d'histoire militaire, mon vieux Bjorn. Il y a près de deux cents ans jour pour jour, soit le 22 juin 1812, Napoléon Bonaparte fit franchir le Niémen à sa grande armée. En pénétrant en Russie, il lançait du même coup une des plus grandes offensives de tous les temps.

Bjorn, incrédule, avait le souffle coupé, pendant que John poursuivait.

– Un peu plus d'un siècle plus tard, les armées de Hitler franchissaient ce même fleuve qui sépare la Pologne de la Russie. C'était encore le 22 juin, année 1941, et il était 3 h 55 du matin. L'opération Barberousse était lancée. Hitler suivit la même route que Napoléon, et en trois semaines il était presque rendu à Moscou. N'est-ce pas étonnant?

Bjorn était sidéré, et ce que John ajouta le renversa.

– Et nous voilà bientôt sur un autre fleuve, au solstice de juin...

Bjorn ne savait plus s'il devait rire ou pleurer à imaginer John Harley se taillant une place dans l'histoire. Quelle ironie! Quelques années auparavant, à l'époque de l'éclatement de la Yougoslavie et de la guerre de Bosnie, Bjorn avait lu une œuvre admirable sur cette partie du monde, écrite par Rebecca West. Il y avait au début du livre une réflexion qui l'avait frappé. Comme quoi des gens très ordinaires arrivaient parfois à faire l'histoire en tournant des pages d'apparence anodines à coups d'armes diverses autant qu'opportunes. Était-ce possible que cela se produise une fois de plus, ici, au milieu du golfe du Saint-Laurent, dans ce pays d'hiver, de morues et de baleines? Non, vraiment, ce ne pouvait être qu'une blague; il fallait enchaîner dans la même veine.

– Il y a une petite différence, monsieur l'empereur Harley, ou devrai-je dire *Herr* Harley?

John rit à son tour.

– Il y en a plusieurs, en réalité, mais à laquelle penses-tu ?

– Napoléon et Hitler étaient tous deux des envahisseurs, et ils faisaient face à un ennemi étranger.

– Et alors ? Pour moi, le Québec est l'ennemi du moment qu'il commet des actes séditieux.

Il n'y avait rien à faire. John était comme un rhinocéros en course : impossible de le faire dévier. Mais imprévisible aussi, capable de prendre tous les chemins pour arriver à son but. John n'avait pas lâché prise un seul instant et était revenu à son point de départ. Il voulait à tout prix convaincre Bjorn. Piqué, Larsen décida de relever le défi.

– Mais leurs ennemis à eux étaient formidables. Tu n'as devant toi aucune armée. Seulement un peuple sans défense.

– Et alors ?

– Puisque tu aimes l'histoire, tu dois apprécier les maximes. Tu connais celle qui parle de triomphe sans gloire quand il n'y a pas de risque ?

– À chaque époque ses maximes. Ma gloire à moi n'est pas celle des autres. Qui te parle de canons ? De nos jours, Bjorn, ce qui compte, ce n'est pas la victoire militaire, mais la conquête pacifique. On montre les dents quand il le faut, mais on tire le moins possible. Regarde les Américains. Il y a longtemps qu'ils ont compris cela. Inutile de conquérir le monde par les armes. Ils le font par la culture. Le monde entier pense à leur façon, tout le monde veut être américain. De nos jours, une culture, cela s'achète. On ne se bat plus pour la culture. C'est un concept archaïque ! Tu as près de deux siècles de retard. Le Québec n'est pas plus différent du Canada anglais que ce dernier ne l'est des États-Unis. Il y a une seule culture sur le continent, bientôt une seule dans le monde entier. Ce que le Québec vient d'avoir, avec ce vote à peine majoritaire, c'est un petit soubresaut, un hoquet. Il n'y a rien de solide ou de réel derrière tout cela. En moins de trois jours, cette incartade sera effacée pour toujours.

– Tu oublies une chose, John.

– Allez, je t'attends.

– Les Canadiens ne sont pas un peuple guerrier. Ils ont une aversion innée pour la guerre. Si le Québec résiste, le Canada anglais ne voudra pas te suivre dans tes manœuvres militaires.

– Là, mon cher Bjorn, je t'arrête. Tu viens précisément d'évoquer la grande illusion canadienne, à savoir que ce pays n'aime pas la guerre. Au contraire, il en est friand. C'est par la guerre justement que ce pays s'est taillé une place sur le continent. D'abord en s'emparant de la Nouvelle-France par les armes, ensuite en résistant aux Américains pour conserver son indépendance. Mais ce qui est le plus significatif, c'est qu'en outre ce pays, vois-tu, a été de toutes les guerres des autres, quel qu'ait été le continent où elles se déroulaient. Des guerres qui au fond n'avaient rien à voir avec le Canada et dont il aurait fort bien pu s'excuser en prenant une position neutre. C'est ce qu'un peuple pacifique aurait fait. Comme la Suisse. Mais pas le Canada. Dans chaque cas, il a suffi que la Grande-Bretagne ou les États-Unis fassent appel à lui pour qu'il envoie aussitôt son contingent de troupes. Et il y a autre chose.

– Vas-y, j'écoute.

– La plupart des hommes qui sont partis étaient des volontaires !

– Admettons que tu aies raison. Dans ce cas, mon cher John, ta tâche ne sera pas de tout repos.

– Et pourquoi donc, monsieur Larsen ?

– Parce que, si je suis bien ton raisonnement, les Québécois sont encore plus guerriers que les autres Canadiens. Les Canadiens anglais pouvaient justifier leur appui aux guerres de l'Empire britannique ou à celles des Américains en vertu d'affinités culturelles, d'une souche commune. Pas les Canadiens français. Eux qui n'ont cessé de répéter depuis près de trois siècles n'avoir rien en commun avec les Britanniques, ils n'ont pas manqué une seule occasion de se battre à leurs côtés. Pas une seule ! La guerre de 1812 contre les Américains, la guerre des Boers d'Afrique du Sud en 1899, les deux guerres mondiales, la guerre de Corée, Chypre, la guerre du Golfe, la Bosnie, et j'en passe.

– Et alors ?

– Eh bien, pourquoi les Canadiens français se sont-ils toujours enrôlés, sinon parce qu'ils ont eux aussi un désir inné de la bataille ? De la gloire même ? D'une façon ou d'une autre, j'en conclus qu'ils aiment se battre encore plus que les Canadiens anglais.

John ne répliqua pas. C'était inutile. Il n'était pas dupe; Bjorn jouait simplement le jeu, lui retournant ses propres arguments, auxquels il ne croyait pas plus que lui-même. Cette conversation n'avait aucun sens, et ne servait qu'à démontrer que son ami était passé de l'autre côté de la clôture. Irrémédiablement. Et, bien sûr, de cet autre monde, on ne pouvait plus voir les choses de la même façon. Il était inutile d'ajouter quoi que ce soit. En définitive, il n'y avait de probant que les faits eux-mêmes. Et, dans le cas présent, ces faits ne s'étaient pas encore produits...

Harley se tourna vers son ami.

– Mon vieux Bjorn, il n'y aura pas de guerre. Mais si on en venait là, nous sommes prêts. Nous avons battu les Français en 1759 sur les plaines d'Abraham. Nous les vaincrons de nouveau demain.

* * *

Le mercredi 23 juin, 19 h 55,
à Halifax, rue Jubilee

Quand Évelyne téléphona à la résidence des Larsen à Halifax, un peu avant vingt heures, Justine avait déjà le pied dans la porte. Elle partait pour le Cap-Breton faire son reportage sur le petit béluga. C'était tout à fait dans ses habitudes de partir tard, parfois même en pleine nuit, comme une voleuse. Justine appelait cela «sauter dans l'aventure». Exactement comme si son destin était entre les mains de quelqu'un d'autre, et que ces départs tardifs n'étaient pas des décisions délibérées pour ne pas avoir à passer une autre nuit à la maison.

Dans sa course vers le téléphone, Justine avait laissé choir son fourre-tout sur le perron, et la porte était demeurée grande ouverte. C'était malin. Il faisait un vilain crachin et, quand elle revint, son sac était tout mouillé. Il y avait de l'eau aussi sur le plancher de l'entrée. Elle regarda ses pieds qui maculaient le parquet. Justine n'arrivait pas à s'expliquer pourquoi elle avait parlé de Bjorn à Évelyne avant de raccrocher. Elle enfouit dans le sac cet autre morceau de son casse-tête quotidien, verrouilla la porte d'entrée et sauta dans sa voiture. En quelques minutes, elle fut sur l'autoroute qui contournait la banlieue en grimpant sur le plateau de granite au-dessus de la baie. Il pleuvait à peine là-haut. À Halifax, le ciel faisait souvent du rase-mottes, et Justine disait qu'il suffisait de s'élever un peu pour se retrouver la tête dans les nuages. Au-dessus de la foule. On finissait par être mouillé, mais on pouvait faire semblant d'être au sec pendant un certain temps.

Les conditions de la route étaient exécrables, et Justine était contrariée. Son plan était de se rendre au moins jusqu'à New Glasgow, à mi-chemin de Guysborough, et même plus loin, si elle arrivait à rouler une partie de la nuit sans s'endormir. Il y aurait bien un lit quelque part pour l'accueillir quand elle tomberait de fatigue. Un lit inconnu, et combien plus rassurant que ce lit familier dans lequel l'habitude vous a engourdie. Et où vous restez étendue, froide comme un poisson échoué sur la berge, haletant sur le sable mouillé. Après quelques kilomètres, Justine ne vit plus la signalisation ni la bande noire de la forêt en bordure. Le jour était presque terminé, et le mauvais temps l'avait achevé. Le peu de pavage qu'on apercevait de temps à autre dans la lumière des phares luisait comme un rocher à fleur d'eau. Dans un virage, la voiture se mit à flotter, et Justine dut ralentir encore. On n'y voyait vraiment plus. Les poissons non plus ne voient pas dans l'air. Ils suffoquent, haletants, toujours. Et comme ils ne parlent pas, on ne comprend pas ce qui leur arrive. Il arrive même qu'on prenne leur angoisse et leur respiration saccadée comme une manifestation du plaisir. Justine roula encore un long moment dans le brouillard dense, sans apercevoir le moindre repère. Pas la moindre voiture, ni berges, ni rives. Peut-être la route même s'était-elle évanouie. Justine se rangea sur l'accotement, éteignit le moteur et se laissa caler dans le siège. Maintenant, elle n'entendait plus rien non plus.

Et cela lui vint, tout simplement. Là, dans le silence de la ouate, elle comprit ce qui lui était arrivé. Ce que sa vie était devenue. Justine Larsen était seule, seule sur un navire loin du bord et qui n'avançait pas.

Justine croyait que sa vie était devenue un casse-tête. Non pas au sens où on l'entendait habituellement. Ce n'était pas qu'il lui manquât des morceaux. Elle les avait tous. En fait, il lui arrivait même d'avoir quelques morceaux de plus que requis. Ce n'était pas non plus qu'elle ne sût les assembler. Au contraire, elle y arrivait facilement, et ils s'emboîtaient tous à la perfection. Mais quand elle avait fini de les placer, elle n'était pas plus avancée. L'image était indéchiffrable. Elle se disait qu'il devait y avoir eu une erreur. Une erreur d'emballage. Les fabricants utilisaient le même emporte-pièce pour découper l'image de chacun des casse-tête qu'ils mettaient sur le marché. Seulement, la boîte que Justine avait reçue était faite de morceaux provenant de jeux différents. Voilà pourquoi sa vie n'avait pas le moindre sens.

Pendant toutes ces années, Justine avait attendu que la maldonne soit corrigée. Et ce soir, enfin, blottie au bord de l'autoroute, elle venait de comprendre qu'en attendant ce jour elle avait mis sa vie en suspens. En vérité, sa vie n'était pas un casse-tête. Elle était à l'ancre. Au mouillage. Et Justine ne s'était jamais donné une heure de départ. Elle était restée là, agrippée à sa maison et au confort de Bjorn comme une naufragée à sa bouée de sauvetage. Comme ce petit béluga venu d'ailleurs et qui tournait en rond, seul dans sa baie. Il faisait des cabrioles avec des humains en attendant qu'un jour peut-être quelqu'un de son espèce passe par là et le ramène chez lui.

Justine redémarra. Elle savait maintenant où elle allait, et le brouillard l'embêtait encore plus. Qu'avait-elle dit à Évelyne au juste? Lui avait-elle donné rendez-vous? Elle ne se souvenait plus de rien, au moment même où chaque détail prenait de l'importance. Une chose par contre était absolument claire dans son esprit. Déjà, avant de s'arrêter au bord de la route, avant de raccrocher le téléphone à la maison, avant même qu'Évelyne n'appelle, sa décision était prise. Sinon, Justine n'aurait pas parlé de Bjorn à Évelyne. Elle n'aurait même pas écouté son ancienne amie jusqu'à la fin. En fait, Justine savait déjà tout; pas les détails, bien sûr, mais le fond. Elle avait tout vu en un éclair. C'était bien après que Bjorn fut parti, après avoir constaté que l'*Hudson* était encore à quai. Plus tard encore. Exactement, c'était la veille, dans la soirée, quand elle avait parlé à Robert. Lui non plus n'avait jamais su mentir. Pas plus que Bjorn. Sinon, elle ne les aurait jamais aimés, ni l'un ni l'autre. Robert savait pour la frégate, mais il ignorait que Bjorn était à bord. C'était pour cela qu'il avait paru décontenancé. Robert était terrifié parce qu'il savait ce qui les attendait tous.

Il se mit à pleuvoir. Justine détestait conduire sous la pluie. Normalement, elle aurait attendu que le grain passe. Mais le temps pressait et elle était encore loin de l'aéroport. Elle avait déjà perdu vingt-quatre heures à combattre inutilement. Les grandes décisions étaient des mouvements de l'instinct et qui remontaient d'elles-mêmes à la surface. On passait toujours plus de temps à les repousser qu'à les prendre. Depuis la veille, depuis qu'elle savait tout au fond d'elle-même, Justine n'avait fait que quelques kilomètres. Elle appuya sur l'accélérateur.

Dans l'aérogare, le tableau indicateur affichait un seul vol vers Montréal, celui de Canadien à 21 h 05. Elle se précipita au comptoir, où on lui apprit qu'elle arriverait trop tard pour une correspondance sur Québec. Tant pis; elle louerait une voiture. En quelques minutes, tout fut arrangé. Il restait moins d'une demi-heure avant le départ. Justine trouva un téléphone public et composa le numéro de son patron, Peter Dykstra, à la section environnement chez CNN, à Atlanta, en Georgie. Après quelques coups de sonnerie, Justine entendit le déclic qui transférait l'appel à la résidence de Peter. Comme elle était fière de Robert, et qu'il ait pris le risque de contacter Évelyne! On venait de décrocher à l'autre bout.

– Dykstra!

– Peter, c'est Justine. J'étais en route pour mon reportage.

– Bon! Mais tu avais vraiment besoin de m'appeler à cette heure pour me l'annoncer?

– J'ai changé d'idée, Peter. Je vais à Québec.

– À Québec? Pour y faire quoi? Tu as trouvé une autre baleine là-bas?

– Peter, je n'ai pas le temps. Tu peux me redonner le numéro de Cameron aux Affaires publiques?

– Les Affaires publiques! Justine, tu te remets à la roue! Ça me désole que tu me laisses tomber, mais c'est Cameron qui va être heureux. Attends une seconde, je vais l'appeler directement.

Il y eut une série de déclics pendant que Peter enclenchait le dispositif d'audioconférence. La sonnerie retentit à peine une fois, et John Cameron répondit. Visiblement, il était encore au travail, et probablement déjà sur un autre appel.

– Oui?

– Cameron? J'ai quelqu'un avec moi en ligne et que tu vas être heureux d'entendre. Vas-y, Justine, tu es en ligne. Moi, je vous laisse.

– Justine, eh! Ça va?

– Oui, Cameron, ça va, bien sûr que ça va. Écoute, je reprends le boulot avec toi, si tu es d'accord.

– Et comment! Par où veux-tu commencer? J'imagine que tu as quelque chose en tête pour appeler comme ça…

– Québec.

– *Wow*! Je viens juste d'envoyer encore quelqu'un là-bas pour couvrir les cérémonies. On est complet!

– Il y a quelque chose de gros qui se prépare à Québec.

– Je sais, ce n'est pas tous les jours qu'on couvre la naissance d'un nouveau pays. Surtout en Amérique. Et par sécession, en plus! Le dernier, si je ne me trompe pas, c'était Panama. Une province de Colombie, qui est devenue un pays. C'était en 1903. Et CNN l'a manqué!

Il se mit à rire.

– Et tu sais quoi?

– Non. Vas-y!

Justine n'écoutait pas; elle cherchait son billet.

– Eh bien, Panama et le Canada ont quelque chose d'autre en commun. Le premier est né à l'occasion du creusage d'un canal pour joindre l'Atlantique au Pacifique; le second, à l'occasion de la construction d'un chemin de fer dans le même but…

– Cameron, je t'en prie, ce qui va se passer est grave. Crois-moi. Et ça n'a rien à voir avec une cérémonie. Je suis déjà en route : mon avion part dans quinze minutes. Je n'ai pas le temps de t'expliquer. Trouve-moi une caméra, veux-tu? Si tu peux, prends quelqu'un à Montréal, et qu'il me rejoigne à Dorval. Je serai à bord du CP 444, qui arrive à 21 h 45, heure de Montréal. Donne-moi ton numéro direct, je t'appellerai de l'avion.

– Tu ne me donnes pas beaucoup de temps. Ce ne sera pas facile de trouver une caméra. Les réguliers sont tous affectés déjà. Je ferai de mon mieux. Il se passe quoi au juste?

– Cameron, j'aime mieux ne rien dire. Je souhaite de tout mon coeur ne pas avoir raison.

– O.K., O.K. Mais c'est quoi?

– Cameron, tu ne dis rien avant que je te rappelle. Il faut que je confirme. J'ai besoin d'une autre source. C'est trop sérieux.

– *Shit!* Un attentat! C'est qui? Le Premier ministre?

– Non, pas un attentat. Pire que cela. Pire qu'un assassinat. Cameron, je crois que ça pourrait aller très loin.

– Jusqu'où?

Justine inspira profondément, ouvrit la bouche pour répondre, mais sa langue se figea. Elle avait failli dire «guerre civile», mais une chose lui était montée dans la gorge. Une boule faite de mots que Robert lui avait dits un jour : comment il n'osait pas écrire son nom à elle, Justine, de peur qu'il ne s'efface de lui-même, tant l'amour pouvait être fragile. Il y avait certainement aussi des choses auxquelles il ne fallait pas donner la moindre chance d'exister, même seulement en prononçant leur nom. Elle déglutit et répondit en vitesse, avant de raccrocher :

– Pas maintenant, Cameron. Je ne voudrais pas me tromper… Je te rappellerai de là-bas.

Le nid de pingouins

Le mercredi 23 juin, 19 h,
dans l'embouchure du fjord du Saguenay

Le traversier en provenance de Baie-Sainte-Catherine était chargé d'automobiles, de caravanes et de semi-remorques. Les véhicules étaient rangés si près les uns des autres qu'ils semblaient soudés. Ce conglomérat flotta jusqu'au milieu du courant et devint si petit qu'il donna au paysage encore plus de grandeur. En vérité, le bras d'eau qu'il traversait était aussi large qu'un détroit, et ses rives de granite montaient de trois cents mètres d'un seul trait. De là-haut, la coque et son fardeau semblaient vraiment dérisoires. Une punaise d'eau emportant ses petits sur son dos pour passer un caniveau.

Quand le bateau arriva près de la berge, le capitaine dans son perchoir coupa l'alimentation des engins, et la coque d'acier cessa aussitôt de vibrer. Le calme revint sur le pont des voitures, et la soirée parut à Ron Hovington comme la plus douce qu'il eût jamais vue en ce lieu. Appuyé au parapet, il se remplit les poumons une dernière fois de l'air froid et humide qui se soulevait en se froissant au passage du navire. Combien de fois, dans la chaleur étouffante d'Ottawa, avait-il songé à ce lieu où il était né et dont il ne pouvait plus dire s'il l'aimait ou si, au contraire, il le détestait! Un pays si beau, mais que malheureusement l'hiver avait choisi pour venir passer l'été, enfermé comme en une glacière dans cette gigantesque crevasse au confluent de deux fleuves. À droite, le Saint-Laurent, vaste et bleu comme la mer, et habité par des baleines fumantes; à gauche, le Saguenay sans fond, aux eaux noircies du sang froid de la forêt boréale.

Devant cet obstacle, la route s'arrêtait, après avoir traversé le Canada sans interruption depuis l'océan Pacifique et franchi sans encombre des milliers de kilomètres de montagnes, de plaines et de rivières. Les voyageurs arrivant ici devaient attendre à la queue leu leu que le passeur vienne les chercher. De l'autre côté, le macadam reprenait, mais le hiatus du fjord était comme un dimanche dans la semaine. Le voyage ensuite n'était plus pareil. De l'autre côté, on abordait une terre mythique, habitée par d'éternels pionniers. C'était elle, la véritable Terre de Caïn, une misère de roche isolée du reste du monde par cette fosse creusée autrefois par des glaciers tout-puissants. En définitive, le Saguenay n'était pas un simple cours d'eau; c'était une douve interdisant un royaume déchu. «Pas mauvais du tout comme comparaison», songea Ron en se dirigeant vers son véhicule.

De l'extérieur, sa camionnette ressemblait en tous points à un véhicule d'entretien des lignes de la société de téléphone Bell : les couleurs jaune et bleu, le lettrage, le logo et, replié sur le toit, un bras mécanique orientable pour soulever un homme dans une nacelle. L'intérieur, par contre, était dépourvu de tout l'attirail habituel, et l'espace entièrement dégagé était occupé par des banquettes. Ron s'installa derrière le volant, d'où le paysage se réduisait essentiellement à l'arrière crasseux d'un semi-remorque. De chaque côté, les derniers passagers s'engouffraient en vitesse dans leurs automobiles. «Des touristes!» s'exclama Ron en tripotant une chaînette qu'il portait au cou. Dans le rétroviseur, ses propres compagnons de voyage, assis à l'abri des regards entre les cloisons sans fenêtres, ne parurent pas l'avoir entendu. «Demain, ils vont aller sur le grand fleuve faire une excursion pour observer les baleines. Demain seulement, précisa-t-il. Ce soir, ça ne compte pas! Pourtant, s'ils avaient prêté la moindre attention, ils auraient pu voir un petit groupe de bélugas qui avançaient dans le fjord en longeant la falaise, là où le courant monte toujours, même sur le baissant.» À cette heure tardive, et dans cet endroit de villégiature toujours surpeuplé, ce n'était pas l'observation des animaux sauvages mais plutôt la quête d'une chambre d'hôtel qui préoccupait tous les visiteurs. Tous, sauf Ron et ses collègues, qui, eux, s'attendaient à passer la nuit debout.

Le navire poursuivit sur sa lancée jusqu'à la jetée de béton coulée en prolongement d'une vaste encoche naturelle dans la rive.

En approchant, la falaise gris pâle parut s'élever hors de l'eau d'ébène jusqu'au ciel. Les taches sombres qu'on voyait du large sur sa face devinrent des petits conifères rabougris et des buissons agrippés dans des anfractuosités. Le capitaine relança l'engin un court instant, et le courant acheva de coller le bac en toute sécurité sur les gros boudins de caoutchouc noir qui protégeaient le débarcadère de Tadoussac. Ron descendit parmi les derniers, derrière le gros camion. Pour une fois, l'attente ne lui pesait pas; ils étaient bien en avance sur l'horaire, et ne pourraient de toute façon commencer leur travail avant l'obscurité, soit dans plus de deux heures.

La grande route reprenait son cours immédiatement au bout de la passerelle jetée sur le quai, sans transition aucune, et montait droit dans la montagne. Dans la direction inverse, les deux voies étaient entièrement bouchonnées, comme elles le seraient tout l'été en fin de journée si la saison s'avérait belle. Il y avait tant de voitures et de bus sortant du village sur la droite, ou essayant au contraire d'y entrer, que toute circulation fut bientôt paralysée. Ron dut s'immobiliser à mi-côte, bord à bord avec une caravane qui attendait que sa propre file s'anime pour descendre et embarquer.

Pour l'instant, la caravane n'avait comme chauffeur qu'un petit garçon qui s'amusait à faire tourner le volant. Son père était parti explorer plus bas, s'enquérir de ses chances d'être de la prochaine traversée. Très intéressé par le véhicule de la compagnie de téléphone, le garçon descendit pour l'examiner à son goût. Ron le vit se diriger vers l'arrière, où la grue gigogne et sa nacelle constituaient des attraits de choix. À un léger enfoncement de l'arrière-train de sa camionnette, Ron estima que le garçonnet était monté sur le pare-chocs pour mieux voir. Il ouvrit la portière et s'étira au-dehors pour s'en assurer, et il s'apprêtait à aller prévenir le petit lorsque celui-ci reparut sur la chaussée et retourna à son propre véhicule. Au même instant, le poids lourd devant la camionnette se mit enfin à bouger en geignant, et Hovington lui emboîta le pas. «Parfait, se dit-il en saisissant la chaînette à son cou. Nous serons en vue du "nid" dans moins d'une heure.»

Le garçon, agenouillé sur le siège du chauffeur, avait passé la tête à l'extérieur pour mieux suivre la camionnette dans la côte. L'enfant avait encore la tête dans le dos lorsque son père arriva.

– Tu veux retourner chez l'oncle Henri, mon Simon?

– Pas du tout, protesta-t-il. Je regardais la camionnette du téléphone!

– Ah bon! Allez, pousse-toi, mon ami!

– Papa, ça sert à quoi, le truc à l'arrière?

– Quel truc? À l'arrière de quoi?

– Sur la camionnette de Bell qui vient de monter, il y avait une cage au bout d'une échelle…

– Oh! ce devait être un bras mécanique avec une nacelle. Ils s'en servent pour monter un homme quand il y a des fils ou des boîtes de contrôle à réparer dans les poteaux.

– Ah! fit le garçon innocemment. Et les mitraillettes?

– Les quoi?

– Les mitraillettes, répéta l'enfant, elles servent à quoi?

– Mais qu'est-ce que tu vas encore chercher, s'étonna le père. Quel rapport y a-t-il avec le bras mécanique?

– Il y avait des mitraillettes dans la camionnette, affirma le garçon.

– Dans quelle camionnette? Celle de la compagnie de téléphone?

– Oui.

– Mais je n'en sais rien, moi. Il n'y a pas de mitraillettes dans les véhicules d'entretien.

Simard trouvait comme toujours son fils plutôt ingénieux et divertissant.

– C'est quoi cette nouvelle histoire, mon Simon?

– C'est pas une histoire. J'ai vu des mitraillettes, je te le dis.

– Tu fabules, Simon. Là, tu fabules encore.

– Papa, je suis monté sur le pare-chocs pour voir le machin derrière, et j'ai vu à l'intérieur. Les vitres étaient noires, mais j'ai aperçu quelque chose qui brillait.

– Les vitres étaient noires, mais tu as vu à l'intérieur? C'est pas un peu étrange, ça, Simon?

– J'ai bien regardé, papa, et c'étaient des canons. Des canons de mitraillettes, avec des chargeurs qu'on pousse par-dessous pour les faire entrer dans la poignée.

– Ou bien des outils mécaniques pour percer des trous dans les poteaux…

– Non. Je suis certain, j'en ai déjà vu.

– T'as déjà vu des mitraillettes, toi ? Où ça ?

– Mais, papa, il y en a partout ! À la télé, dans les films… Les soldats, les voleurs, les motards.

– D'accord, d'accord, mais il n'y en a pas partout. Et surtout pas chez Bell. Allez, attache-toi, on fiche le camp d'ici !

Marc Simard était aussi impatient que les autres voyageurs de rentrer à Québec avant les fêtes du lendemain. Il braqua sec sur la gauche et s'engagea illégalement sur la pente en doublant les voitures qui le précédaient. Plus tôt, il était effectivement allé aux nouvelles, mais pas simplement pour vérifier s'il y avait une chance qu'il puisse prendre le prochain bateau. Simard n'était pas homme à laisser le destin s'occuper de sa propre vie. Il était allé faire ce qu'il fallait pour être du prochain voyage. Et voilà qu'en moins d'une minute, déterminé comme un bouc, il passa toute la longue file de voitures qui s'étirait jusqu'au débarcadère.

À l'entrée de la passerelle, une voiture de la Sûreté du Québec, ses gyrophares allumés, s'avança sur la droite pour bloquer l'accès à l'automobile dont c'était le tour d'embarquer. Marc Simard, sous-ministre au ministère des Transports du Québec, enfila la rampe en deux secondes et se gara sur le pont du traversier. Les services de passeur sur les routes principales étaient assurés par son ministère, et Simard se considérait évidemment chez lui sur chacun des traversiers. Il sortit de voiture, écarta la chaîne interdisant l'accès aux passagers, et gravit l'escalier étroit et raide menant à la timonerie. Comme à chacune des rares occasions où il visitait la région, Marc rendait visite au maître du bord.

Le capitaine Manence Dubé, un gros homme assez avancé en âge, cachait un embonpoint excessif sous des airs de vieux loup de mer. Il entretenait assidûment le désordre de sa chevelure d'argent, dont les longues boucles entouraient sa casquette dé-fraîchie. Ne se séparant jamais de sa pipe, le personnage faisait toujours bonne impression sur les touristes. L'effet sur le jeune Simon fut tout aussi réussi. Le prénom inusité de Manence n'était pas véritablement le sien. C'était en fait une déformation de Manaus, l'ancienne capitale du caoutchouc située au cœur de l'Amazonie. Un collègue l'avait surnommé ainsi parce que le bonhomme Dubé ne se faisait jamais prier pour se lancer dans d'interminables anecdotes faisant référence à une époque mal définie où il avait soi-disant fait du cabotage en Amérique du Sud. Le surnom avait collé, à tel point que nul ne se souvenait de son véritable prénom.

En apercevant les visiteurs, Manence se fendit d'un large sourire.

– Tiens! Un revenant!

– Salut, Manence! répondit Simard. En forme?

– Faut bien, faut bien! Et toi? Ça fait un sacré bout de temps qu'on t'a vu! Tu es venu pour la famille de ton frère Henri? Dommage pour le beau-père, mais à l'âge qu'il avait...

– Eh oui, ça va nous arriver à nous aussi un jour...

Le vieux se détourna un moment, alors que la proue du navire s'enfonçait de plusieurs centimètres en embarquant un énorme semi-remorque. Le tracteur avança bruyamment en vibrant, pénétrant avec sa charge jusqu'au tiers du navire, où il s'inséra entre deux rangs d'autos comme un bloc dans un mur de maçonnerie. Le pont en fut soudain saturé, et Manence fit signe à l'homme de pont qu'il ne prendrait qu'une seule autre automobile en travers sur l'avant.

– Comment est le trafic cette année? reprit Simard.

– Oh! c'est tranquille. Très tranquille. Ce soir, vers Québec, ça dérougit pas, mais ça va se calmer. Puis dans quelques jours les gens vont revenir dans l'autre sens pour voir les baleines. Mais on aura pas un gros été. Les gens n'ont pas d'argent.

Manence estima que le grand patron ne posait pas la question uniquement pour bavarder, et il ajouta :

– Avec deux bateaux comme maintenant, ça devrait aller.

Le marin fit une pause, et lança :

– Et ton pont sur le Saguenay, tu l'as toujours en tête?

– Un pont, ou n'importe quoi. Tu me connais; si on me donnait les fonds, je réglerais le problème.

– Ça, j'en doute pas! lança le capitaine. Tu as toujours une idée en tête. Comme le piège à camion qu'on a construit en bas de la côte quand tu es arrivé au ministère. Il n'a servi qu'une fois, mais quelle fois! Sans cette fosse remplie de gravier que tu as fait creuser dans le roc, le camion et sa remorque en panne de frein auraient tout détruit en dévalant la côte.

Dubé acquiesçait à ses propres paroles en hochant la tête, selon son habitude, n'attendant jamais que quelque opinion divergente se manifeste.

– Ça c'était une autre de tes bonnes idées, Marc. Ah! mais j'y pense! Pourquoi pas un tunnel?

Simard le regarda, étonné. Le fjord était profond de deux cents mètres. Manence se racla la gorge :

– Un tunnel flottant, je veux dire…

– Tu te fous de ma gueule! Mais pourquoi pas! Un pont flottant, hein?

Simard consulta sa montre.

– Il n'y a pas de raison d'endurer des retards pareils!

– Eh oui! Toujours si pressé, et aujourd'hui tu n'as pas pu t'empêcher de passer par-dessus tout le monde. Quand j'ai vu arriver l'auto patrouille de la Sûreté, je ne sais pas pourquoi mais j'étais sûr que c'était toi, Marc. Tu as oublié que c'est encore la Côte-Nord ici! Vous autres, à Québec et à Montréal, vous êtes toujours si pressés. Pressés d'aller faire quoi?

En bas, les feux de la rampe étaient passés au rouge, les hommes refermaient les garde-fous, dégageaient les amarres. Manence lança un bref coup de sirène et fit démarrer les hélices. Des bouillons d'eau sombre, couleur d'un thé longtemps infusé, pareilles à celles du Rio Negro à Manaus quand il se jette dans l'Amazone laiteux, se mirent à refluer contre les murs de la jetée et repoussèrent le navire vers le large.

– C'est la journée des revenants, aujourd'hui!

Dubé mâchonnait sa pipe en regardant Simard de côté, comme un gros lézard. Simard approuva :

– Oui, c'est vrai que ça fait pas mal longtemps que je suis venu dans le coin. Par la route, en tout cas.

– Ça fait deux en autant de voyages!

– Deux revenants? Et l'autre, c'était qui?

– Le jeune Hovington.

– Ça me dit rien; je le connais pas celui-là.

– Le grand, là, un pareil comme toi, qui trouvait la Côte-Nord trop petite et qui attendait juste l'heure de partir…

Manence venait de passer un autre de ses messages favoris. Selon lui, la côte était prometteuse et ne demandait qu'à être développée. Si elle demeurait éternellement pauvre, ce n'était pas la faute de ceux qui restaient, mais de ceux qui la saignaient en s'arrachant du pays.

– Mais il est pas mal plus jeune que toi. Tu l'as peut-être pas connu... Moi, ici, j'ai le temps de suivre la vie de tous ceux qui passent sur la côte !

Simard n'en doutait pas, mais il se taisait, trouvant peu d'intérêt à la conversation. Il laissa passer quelques instants, puis ajouta, par politesse :

– Et il s'appelait comment ?

– Ronald ! Le grand Ron !

– Le fils à Gérard Hovington, des Bergeronnes ?

– En plein ça. Celui qui était allé travailler pour le fédéral.

– Oui, oui, je vois maintenant. Je crois qu'il était dans les forces armées, ou la Gendarmerie royale, ou quelque chose du genre...

– Ouais, c'est en plein ça ! Il était en descendant ; tu as dû le croiser tantôt. Faut croire qu'il s'ennuyait de nous autres...

– Ça, ça m'étonnerait. Et si c'était le cas, tu te trompes complètement en disant qu'il est comme moi. Quand je reviens, Manence, c'est certainement pas parce que je m'ennuie de toi !

– Oh ! lui non plus.

Manence aimait bien Simard, et il ajouta :

– Et il ne serait jamais venu bavarder avec moi comme tu le fais, toi. Mais je l'ai bien reconnu. Il est sorti sur le pont une minute, s'est appuyé au bastingage. Pas moyen de se tromper. À sa façon de regarder le fjord, c'était quelqu'un d'ici. Et puis je l'ai vu passer il y a quelques années. En 1990 ou 1991, dans le temps de la guerre du Golfe. Il était venu pour le service du gouvernement où il travaillait. Ils sont allés installer un système de surveillance vidéo dans l'entrée de la station de contrôle des Escoumins.

Dubé s'interrompit, voyant qu'il avait enfin capté son auditoire.

– Mais maintenant il a changé de job. Il a toujours le crâne rasé en brosse comme un soldat, mais il ne travaille plus pour eux autres !

– Et il travaille pour qui ?

– Pour Bell.

– Bell ? Bell Téléphone ? répliqua Simard.

Soudain, les propos de Dubé parurent l'intéresser vraiment, l'inquiéter même. Manence, fier de son effet, enchaîna aussitôt :

– Il paraît que, pendant la guerre du Golfe, la garde côtière a eu peur que des terroristes de Saddam Hussein viennent bousiller leurs radars. Quelle idée ! Saddam sur la Côte-Nord ! J'aurais bien voulu voir ça !

Manence regardait droit devant lui, s'assurant que sa course dans le fjord était libre.

– En tout cas il serait resté sur l'autre rive, le Saddam ! Tant que j'aurais été ici, il aurait pas mis sa botte sur mon bateau !

Le capitaine se retourna soudain en se claquant la cuisse et lança :

– Et puis toi, Marc, tu aurais trouvé une façon d'arrêter ses tanks !

Mais il ne vit plus devant lui que le fils Simard qui le regardait fixement. Le père était déjà au bas de la rampe et se dirigeait vers sa caravane en courant.

* * *

La camionnette roulait très vite. Ron Hovington la poussait autant que l'état de la route le permettait, et passait tout ce qui se présentait devant lui. Exactement comme un gars de la côte, à ce détail près qu'il hésitait toujours un peu avant de doubler dans les courbes aveugles. Même à ces moments-là, son visage restait d'un calme de glace. Tout à fait le contraire de celui du type assis sur le siège d'à côté. George O'Neill était livide. Depuis Tadoussac, le chemin montait et descendait sans cesse, contournant colline après colline, toutes faites d'un roc identique, gris, crevassé, et ravagé de cicatrices dans lesquelles poussaient des arbustes malingres serrés les uns contre les autres. O'Neill se sentait comme dans des montagnes russes et il avait la nausée. En outre, il n'aimait pas le rôle et la responsabilité qu'on lui avait donnés. George avait été parachuté à la dernière minute comme officier supérieur de cette mission, mais il avait vite compris qu'il n'aurait jamais la moindre autorité sur Hovington. Ne serait-ce que pour le convaincre de ralentir. C'était Ron qui avait planifié et dirigé tous les préparatifs de l'opération. Il n'avait besoin de personne pour la mener à bien. Mais voilà, malgré son nom à consonance anglaise, Hovington était un Canadien français, et la mission se déroulait dans son patelin. L'état-major lui avait donc collé quelqu'un de sûr. Un Canadien anglais.

George avait déplié une carte d'état-major sur ses genoux et la consultait tout en jetant de temps à autre un long regard sur le paysage. En fait, c'était autant pour se repérer que pour trouver un morceau d'horizon auquel raccrocher son estomac malmené. George s'en voulait d'avoir dormi presque tout le long de la route depuis Québec. Il n'avait rien vu du paysage, et, quand il s'était réveillé sur le bac au beau milieu du Saguenay, il avait cru qu'on traversait le Saint-Laurent. En bref, il était complètement perdu. Quelque temps après avoir quitté le village de Tadoussac, la camionnette avait croisé une petite rivière, et un embranchement, mais O'Neill n'était pas arrivé à les identifier. Depuis, plus rien. Pas de routes, pas d'habitations. Parfois un ruisseau passait sous la chaussée pour se jeter de l'autre côté dans un petit lac coincé entre la route et la montagne, brillant comme un cristal, un bijou dans son écrin.

George aperçut une affiche devant, qui annonçait «Pourvoirie des Lacs à Jimmy», et se mit à chercher ce possible repère. Il était de plus en plus convaincu qu'on s'enfonçait dans la montagne, et qu'on ne se rendait pas du tout au bord de la mer comme prévu. Le voyant angoisser, Ron s'anima, lui qui n'avait pas prononcé un seul mot depuis le traversier.

— Faudra venir taquiner la truite, George, quand tout cela sera terminé!

Comme chaque fois qu'il se sentait maître de la situation, Ron s'était remis à jouer avec sa chaînette.

— Ouais, d'accord! rétorqua George, agacé. Mais à condition qu'on retrouve le chemin…

Pour le moment, George trouvait que c'était lui qui faisait office de truite.

— T'inquiète pas, George, dit Ron. L'est du Québec, c'est vaste, mais ce n'est pas compliqué. En gros, il n'y a que deux routes : la 132 et la 138. Tout ce que tu dois savoir, c'est si tu es sur la bonne rive du fleuve!

— Mais justement, le Saint-Laurent, il est où? On ne l'a pas vu une seule fois depuis la traversée…

– Et voilà! Tu as tout compris! Si on ne le voit pas, ça veut dire qu'on est bien sur la rive nord. De l'autre côté du fleuve, c'est presque plat, et on voit l'eau tout le temps. Et puis regarde ces chicots d'épinettes noires. C'est la seule chose qui pousse dans ce pays perdu.

George fut à peine rassuré. Il craignait vraiment de manquer le rendez-vous.

– Ron, tu as confirmé de nouveau avec le quartier général l'heure d'arrivée au «nique»?

Ron gloussa et, d'un petit geste brusque et inconscient de ses doigts, fit passer la chaînette par-dessus sa chemise. George venait d'utiliser une ancienne déformation typiquement québécoise du mot «nid». C'était sous cette forme que Ron avait appris à George le nom de code de leur mission, et il ne ratait jamais une occasion de lui faire prononcer, avec son accent, «Nique de pingouin». Cette fois cependant, Ron fut pris de pitié pour son supérieur en titre, qu'il tentait sincèrement de rassurer.

– Non, George, je n'ai pas appelé, mais inutile d'essayer! Ici, le cellulaire ne passe pas. On le fera plus loin si tu y tiens, sur le plat qui surplombe le fleuve…

Il approcha sa montre de la vitre; ils étaient à l'heure.

– On y sera dans une vingtaine de minutes, et il n'y a aucune raison de s'inquiéter.

Après une longue descente plutôt raide et un dernier virage dans le gravier, la camionnette s'engagea dans une étroite vallée. Ron accéléra encore et passa en trombe devant quelques habitations qui avaient l'air abandonnées. Bientôt la route s'élargit et se mit à grimper de nouveau. Sur la droite, une rivière passa, qui sembla un moment vouloir s'élargir au loin comme si elle allait déboucher quelque part, mais elle alla également se perdre au milieu des collines, sans qu'apparût le moindre signe que la mer était proche. George allait interroger Ron de nouveau quand il vit venir une pancarte qui, dans ce paysage forestier, lui sembla aussi réaliste qu'un tableau de Salvador Dali. On y voyait une grosse baleine artisanale et dodue qui proclamait: «Bienvenue à Grandes-Bergeronnes, capitale de la baleine bleue».

Il y avait un plateau au-delà du village, et, quand la camionnette y parvint, le Saint-Laurent parut d'un seul coup. George eut peine à contenir son étonnement. Ce n'était plus du tout ce cours d'eau qui coulait entre deux rives près de Québec, mais une force implacable qui venait de s'élever d'un seul souffle au bord de la route. Le fleuve s'était substitué au paysage, et, à partir de ce point, il n'y avait plus que lui. Il était le sol, il était l'horizon, et c'était lui encore qui se repliait là-bas pour former le ciel. Et malgré le crépuscule, la peau grise du Saint-Laurent paraissait vivante et scintillait d'écailles comme celle d'un poisson.

Ron arrêta la camionnette sur l'accotement et s'étira longuement tout en observant son collègue. George ne cessait de l'amuser. Celui-ci venait maintenant de laisser choir sa carte et s'était vissé les jumelles sur les yeux pour scruter l'aval, là où la rive sud devenait une mince frange noire avant de fondre.

– Ne la cherche pas, George, il est encore beaucoup trop tôt. Je te l'avais dit, on est en avance. On va attendre ici encore un bout.

– C'est large, ici…

– Quinze milles marins, mon vieux, un peu moins de trente kilomètres. T'as déjà vu un cours d'eau pareil?

George ne mordit pas. Il était bien conscient que Ron le prenait pour un con. En revanche, il trouvait que Hovington prenait les choses trop à la légère avec ses blagues et son allure de conquérant. Lui, George O'Neill, n'aurait pas trouvé matière à rigoler en pareilles circonstances s'il s'était agi de trahir son propre patelin. Il allait exprimer sa pensée à voix haute, mais Ron ne lui en donna pas le loisir et se remit à bavarder.

– À la brunante comme ça, si on regarde vers le nord-est, on jurerait qu'on est au bord de la mer.

George n'en doutait pas; en fait, la première impression qu'il avait eue en s'arrêtant sur ce belvédère était que la terre était plate après tout et qu'on était arrivé au rebord.

Ron s'était affaissé sur son siège, la tête appuyée au coussin, les yeux grands ouverts. George n'arrivait pas à comprendre ce type. Ni à l'aimer. C'était une réaction épidermique. Ron parlait de son pays, de son fleuve, avec sensibilité, quoiqu'il le fît comme s'il s'était agi d'une possession, d'une chose qu'on exhibe aux étrangers en guise de pièce à conviction pour démontrer son appartenance autant que sa différence. C'était un trait courant chez les Québécois, une attitude que George n'avait jamais appréciée. Peut-être parce qu'elle portait un avertissement sous-jacent : «Je suis d'une race dont vous n'êtes pas, et la distance entre nous sera toujours grande. Il existe un fossé sur lequel nul pont ne peut être posé, et qui ne tient pas uniquement à cette langue française, si difficile et si belle, quelle que soit la perfection avec laquelle vous, canadien anglais, avez appris à la parler. Un fossé infranchissable.» «Comme celui, pensait George, qui subsiste encore au pays de mes ancêtres et que des fanatiques nourrissent avec du sang humain.»

En Irlande, dans sa tête d'enfant tout comme dans celle de ses camarades et des enfants de tous les pays, tout était catégorisé simplement. Les protestants étaient mauvais, comme les épinards et le raifort, et bien d'autres choses encore qu'il n'avait jamais vues ni goûtées mais dont ses parents avaient parlé et qui s'étaient gravées dans son esprit. Le petit George, par exemple, savait que les olives fraîches étaient horriblement amères. À cet âge, toutes choses lui étaient données et il les intégrait sous leur forme la plus élémentaire, y compris des concepts tels le mal et le péché, qu'il aurait été bien incapable de définir. Ainsi, le catholique ne ressentait pour les protestants rien d'autre qu'une haine normale, intégrée à sa culture et entretenue pendant des siècles par l'ignorance qu'engendrent la pauvreté et l'infériorité sociale, une haine devenue un trait fondamental par lequel on se définit et qui ne se discute pas, au même titre que la couleur de sa peau, ses croyances, ses rites, ses traditions, ou sa langue. En vérité, George ce soir s'était inquiété de la route parce qu'il avait peur. Peur des «anglos», dont il était, et peur des «frogs», dont Ron était. Peur que, en dépit du fait que ces deux peuples soient aujourd'hui également riches et instruits, la raison fasse encore place aux mouvements de fond d'un atavisme qui braquerait l'un contre l'autre deux caricatures : celle du pauvre Québécois dominé et celle du fier Anglais sûr de son droit. Dans quelques heures, les dés seraient jetés, et tout dépendrait de ce que feraient des gens comme George O'Neill et Ron Hovington.

George se tourna vers Ron. Son regard fut attiré par un tout petit objet qui reposait sur sa poitrine, au bout de cette chaînette que Ron passait son temps à tripoter. Un minuscule colifichet, d'un blanc opaque, mais luisant comme un objet longtemps poli. Ron se retourna, un sourire en coin.

— Tu te poses des questions? Que crois-tu que ce soit?

— On dirait de l'ivoire…, s'aventura George. Un objet étrange… Une dent d'animal peut-être?

— Tu y es presque!

Ron semblait emballé.

— C'est une dent, mais pas la dent d'un animal.

— Une dent…?

— Exactement. Une incisive, plus précisément.

— Mais c'est macabre! Absolument macabre.

L'endroit parut à George soudain encore plus éloigné de toute civilisation, et des mots jaillirent de sa bouche malgré lui.

— S'agit-il d'une pratique tribale répandue sur la Côte-Nord?

Ron éclata de rire.

— Mais pas du tout. C'est un cadeau!

— Un cadeau? Je ne comprends pas.

— C'est un grand ami de mon père qui me l'a donné. Quand j'étais jeune, je voulais devenir joueur de hockey professionnel. Cet homme était soigneur pour les Flyers…

— L'équipe de hockey de Philadelphie?

— Oui. Sa femme et lui n'avaient pas d'enfant, et cette dent qu'il a récupérée, il me l'a donnée. Je l'ai toujours portée. C'est un trophée, et on m'a déjà offert beaucoup pour l'avoir.

— Et alors?

— Mais tu ne comprends pas, mon petit George. C'est la dent de Bobby Clarke. Il a reçu une rondelle en pleine figure pendant une partie en début de carrière, et par la suite son sourire ébréché est devenu célèbre. Chaque fois que je le voyais à la télé ou dans les journaux, je savais que c'était moi qui avais l'original.

Ron s'était remis à tripoter son trophée.

— Tu vois, George, j'étais un petit gars de la Côte-Nord, rien d'autre qu'un émigré à Montréal et qui tirait le diable par la queue, mais j'avais cela. Et cette toute petite chose était là pour me prouver que je n'étais pas n'importe qui. Et qu'un jour je m'en sortirais. J'ai toujours été un bagarreur, moi aussi, et je n'ai jamais lâché. Je me suis hissé là où je suis à bout de bras!

Ron avait le sourire fendu jusqu'aux oreilles, et George put constater qu'il avait bien toutes ses dents. Ce type était semblable à d'anciens camarades de George, des gars comme il y en avait beaucoup dans les forces armées canadiennes à l'époque du fiasco de la Somalie. Et ce fait n'était pas du tout rassurant.

Un peu avant 21 heures, la camionnette de Bell Canada reprit sa route vers l'est sur la 138. Elle franchit d'abord un long plateau où la forêt chétive alternait avec de petits marécages faits d'une prolifération de mousses qui avaient rempli au cours des siècles des dépressions naturelles dans le socle de granite. La route passait ces endroits spongieux sur des jetées faites de tonnes de gravier et de sable glaciaires que des cantonniers y avaient déversés et qui s'enfonçaient un peu plus chaque printemps. Une nappe de brume tapissait chaque creux, cachant le ruban de macadam, mais Hovington ne ralentissait jamais, évaluant le tracé d'après la distance du mur d'arbres sombres en bordure. Sur la droite, enfin, apparut l'ouverture que Ron cherchait. Il souleva son pied de l'accélérateur. Un petit chemin, arrivant de la mer, débouchait à cet endroit, marqué d'un panneau fiché en terre : «Garde côtière canadienne – Centre de trafic maritime, Pêches et Océans Canada».

Ron y engagea le véhicule doucement. Il abaissa la vitre de sa portière afin de mieux examiner chacune des maisonnettes et des cabanes dispersées en bordure du boisé. Il voulait s'assurer que rien n'avait changé qui l'eût forcé à modifier son plan, ni dans les constructions, ni dans les raccords des fils du téléphone qui partaient des cambuses pour se rendre à la ligne principale courant entre les poteaux le long du chemin. Moins d'un kilomètre plus loin, la mer parut dans la tranchée parmi les épinettes. Mais, cette fois, l'onde était traversée par une étroite bande d'argent qui courait depuis l'autre rive. C'était la face allongée de la lune à son lever. Un souffle d'air froid pénétra l'habitacle, et Ron se sentit transporté dans sa ville d'adoption, Ottawa, lorsqu'il allait patiner seul la nuit sur le canal Rideau.

Hovington se gara sur la droite, au pied d'un poteau de téléphone, juste en face d'un pavillon récent érigé sur le faîte de la pente rocailleuse qui descendait en cascade jusqu'à l'eau. Sous l'éclairage combiné de la lune et d'un réverbère, la bâtisse avait la couleur brune d'une grosse benne à rebuts, qu'on aurait agrémentée de bandes de couleur orange. À l'étage, le mur donnant sur le Saint-Laurent formait une avancée noire comme de l'encre. Des vitres inclinées le couvraient entièrement, à la façon des tours de contrôle d'aéroport. Derrière le pavillon, une structure métallique portait très haut une coupole radar qui pivotait sans bruit sur son socle. Tout près, une tour beaucoup plus fine était hérissée de longues antennes radio.

Ron fit un tour d'horizon. Trois automobiles étaient garées près du pavillon ; une à l'arrière, et deux devant. En face sur la droite, une maison seule, complètement noire. Une autre était tapie dans la pénombre en contrebas, entourée d'un ramassis d'objets hétéroclites et de ferraille, vestiges de véhicules et d'agrès pour la chasse au phoque. Une lueur pâle perçait à travers une fenêtre de la résidence, et trois pick-up y étaient garés. Les frères Otis étaient à la maison, et c'était mieux ainsi ; comme pour les quelques autres habitants du voisinage, il était plus facile de les empêcher de quitter le quartier que de surveiller le carrefour de la grande route pour les intercepter quand ils rentreraient.

Ron se tourna vers le fond de la camionnette. Les hommes avaient récupéré les mitraillettes et les dissimulaient sous leurs longs parkas. Il capta le regard interrogateur de George et hocha la tête en pointant les deux pouces vers le ciel. Il ouvrit aussitôt la portière et se dirigea vers le pavillon, suivi de George et d'un des hommes. Pendant qu'il traversait la chaussée, Ron entendit distinctement derrière lui le moteur électrique qui élevait la nacelle le long du poteau. Dans moins d'une minute, le téléphone serait coupé dans les résidences donnant sur la mer, et seul le pavillon pourrait encore communiquer avec l'extérieur. Sur la gauche, d'autres pas s'éloignaient rapidement, ceux des deux hommes qui remontaient la rue pour aller en contrôler l'accès.

La porte extérieure de la station de contrôle du trafic maritime n'était pas verrouillée. Dans l'entrée, accrochée à un coin du plafond, une caméra de télévision couvrait le vestibule. Ron se fit aider pour se soulever de terre, et colla un bouchon de mousse synthétique noire sur la lentille. Puis il sortit une clé de sa poche, s'en servit pour ouvrir la porte intérieure, et les trois hommes pénétrèrent dans la station. Un long couloir s'étirait droit devant, mais Ron ne s'y engagea pas. Il prit une porte immédiatement sur sa droite qui donnait sur la cage d'escalier, et monta calmement à l'étage. Là-haut, le couloir se répétait et les trois hommes l'empruntèrent jusqu'au bout. Au fond, à droite, Ron fit halte un moment devant une porte, puis l'ouvrit d'un grand coup.

George emboîta le pas, mais s'arrêta pile sur le seuil. Il ne s'attendait pas au décor qui se présenta à lui. L'endroit ne ressemblait pas du tout à un milieu de travail, mais à un lieu de recueillement. L'atmosphère était feutrée, et il régnait un ordre et un silence de chapelle, sous un éclairage quasi inexistant. Ou plutôt, ce qui frappait, ce n'était pas tellement l'obscurité, mais la faible lueur qui baignait tout, une lumière sans source apparente et qui n'avait rien d'artificiel. Il y avait bien sur la gauche, et encore devant, plusieurs minuscules points lumineux, de simples voyants sur des appareils électroniques ou informatiques. Mais ces feux étaient trop faibles pour illuminer ainsi tout l'espace intérieur. George réalisa que tout baignait simplement dans la froideur crue du clair de lune.

Il fut pris de la même gêne que lorsque, tout jeune, il avait pénétré dans l'église d'une congrégation protestante au beau milieu d'un service. Ce soir, ici, trois formes humaines officiaient, lui tournant le dos, assises à des consoles, face à ces grandes glaces qui tenaient lieu de mur. Au-delà s'étendait le paysage grandiose qui avait saisi George au-dehors et qui prenait ici encore plus d'espace, enveloppant le pavillon planté sur sa falaise comme la mer cerne de toutes parts un navire échoué sur un récif. Si cet endroit était un lieu de culte, son objet ne pouvait être que cette immense arène tout autour : le fleuve.

George revint à la réalité de sa mission quand Ron lança aux occupants :

– Messieurs, bonsoir! Où est le surveillant?

Planté bien droit à quelques pas de l'entrée, les pieds écartés, Hovington montrait de la main droite un bureau surélevé et surmonté d'un petit comptoir. Le poste de travail était vacant. Deux des opérateurs avaient bondi en suivant son geste, mais la personne du centre, une femme, répondit sans montrer la moindre surprise apparente :

– C'est moi; je suis la surveillante.

Ron Hovington avait sorti de sa poche une feuille de papier. La liste portait quatre noms; toutefois, Ron ne voyait que trois personnes dans la pièce. Il manquait donc un pingouin au nid, et il valait mieux savoir lequel, et où il se trouvait en ce moment. Ron lut les noms à voix haute :

– Messieurs Tremblay, Harvey, Dupont et Labrie. Lequel n'est pas ici ?

– Je suis Doris Tremblay, surveillante de quart, et voici mes collègues Jacques Dupont et Roger Labrie…

– Et où est l'autre opérateur ?

– Il n'y en a pas. À cause des restrictions budgétaires, on travaille maintenant à trois officiers seulement.

Tremblay réalisa qu'elle avait répondu machinalement, sans égard à l'incongruité de la situation. Elle écarquilla les yeux pour voir le visage de l'intrus qui s'était adressé à elle, mais elle voyait mal, encore éblouie d'avoir trop longtemps fixé l'écran de son ordinateur. Doris consulta par-dessus l'épaule de l'homme le petit téléviseur accroché au plafond, qui relayait les images prises par la caméra dans l'entrée au rez-de-chaussée. L'appareil était bien allumé, mais l'écran était tout noir. Tremblay se ressaisit sur-le-champ et demanda sur un ton de reproche :

– Mais qui êtes-vous ? Et comment êtes-vous entrés ?

Ce disant, elle s'était levée, dans l'intention d'affirmer son autorité sur son domaine. Mais elle ne fit qu'un pas avant de s'arrêter net. Il n'y avait pas un, mais plutôt trois visiteurs. Et ce n'étaient pas le genre de personnes qu'on voyait habituellement sur la côte. Ils avaient tous une coupe de cheveux identique, très courte, et l'un d'eux tenait à la main une arme automatique.

– Madame Tremblay, lança Hovington, restez où vous êtes et gardez votre calme, je vous prie. Je m'appelle Ron Hovington, et voici George O'Neill, mon supérieur. Le capitaine O'Neill a une proclamation à vous remettre et dont chacun d'entre vous doit prendre connaissance sur-le-champ.

O'Neill remit à la surveillante une enveloppe scellée qui contenait une simple lettre. La femme la lut rapidement et la passa à son collègue, qui en fit autant. Roger la tint longtemps à la main, ne saisissant pas vraiment ce qu'il devait en faire. C'était une unique feuille à en-tête de la Gendarmerie royale du Canada, portant un court message rédigé sur deux colonnes dans chacune des deux langues officielles du pays. Roger avait lu instinctivement celle de droite, en français. Elle était bourrée de fautes.

Le gouvernement du Canada a invoquer la Loi des Mesures de Guerre. Vous êtes tenus, sous peine de sanctions pouvant allé jusqu'à un délit de haute trahison contre le gouvernement du Canada et le représentant de la couronne britannique, de vous soumettre rigoureusement aux instructions qui vous seront données par le porteur de cette lettre, M. Ron Hovington, ou son remplaçant, jusqu'à ce que vous soyez relever de cet obligation. Toute divulgation, à partir de maintenant et jusqu'à ce que permission expresse vous en est donnée, des événements qui se produiront et des circonstances dans lesquelles la présente vous a été signifier, pourraient entraîner les mêmes conséquences.

Sous le texte, une signature illisible avait été griffonnée, au-dessus d'un nom et d'un titre : «R.C. Fawcett, Commisioner-general, RCMP.»

— Monsieur Hovington, commença calmement Doris Tremblay, qui était retournée à son siège, ou devrais-je plutôt dire Ron? Tu fais le coq, Ronald Hovington, mais je sais qui tu es. Et tu ne m'impressionnes pas. Qu'est-ce que c'est que cette histoire? Tu t'imagines que nous allons t'obéir maintenant parce que tu es allé passer un bout de temps à Ottawa?

— Tremblay, ce n'est pas à moi que vous obéirez, mais à votre gouvernement. Vous êtes tous trois officiers de la Garde côtière, et à ce titre, en situation d'insurrection ou de guerre, les forces armées ou les autorités mandatées peuvent réquisitionner vos services. Vous n'avez pas le choix. Si vous voulez une confirmation, voici le numéro que vous devez composer.

Il sortit une carte de la poche de sa chemise.

— C'est celui du bureau de votre propre ministre à Ottawa. Vous pouvez vérifier.

Tremblay ne regarda pas la carte qu'on lui tendait, et alla plutôt consulter un registre sur le bureau vacant à la droite de Ron. Saisissant le combiné, elle s'apprêtait à composer un numéro lorsque Hovington lui retint le bras.

— Pas sur cet appareil, il n'est pas étanche; on pourrait vous entendre.

Ron sortit de son anorak un long fil et un téléphone cellulaire banalisé qu'il brancha sur la prise à la place de l'appareil existant.

C'était un modèle connu sous le nom de STU-5, mis au point pour les forces armées et qui contenait une puce spéciale dont la fonction était de codifier le signal numérisé transportant la voix humaine. L'appareil recevant l'appel à l'autre bout était muni d'une puce analogue qui permettait de décoder. Si quelqu'un entre les deux interceptait la communication, il ne recevait que des bruits parasites indéchiffrables.

Tremblay établit la communication, parla quelques instants, puis reposa l'appareil sur le bureau et reprit en silence sa place derrière une console. Elle était convaincue, quoique encore perplexe et qu'elle n'en voulût rien laisser paraître. Doris se croisa les mains derrière la tête et esquissa un mince sourire.

– Et on fait quoi maintenant, Monsieur Hovington?

– Rien. George et moi, nous attendons. Quant à vous, vous faites votre travail comme d'habitude.

Tremblay n'était pas née de la dernière pluie et se considérait encore comme seul maître à bord.

– Vous attendez un navire, évidemment. Ou plusieurs navires, éventuellement. Dans ce cas, pourquoi tout ce mystère?

Hovington ne releva pas la pique et choisit plutôt de la dévier vers son collègue.

– Qu'en penses-tu George?

Ce dernier, qui appréciait de moins en moins la façon dont Ron semblait faire de lui sa tête de turc, répliqua sans hésiter:

– Je crois, Hovington, que Mme Tremblay doute qu'un navire puisse se rendre jusqu'ici sans être vu.

– On peut apercevoir un navire, répondit Ron en hochant la tête, mais la nuit, c'est difficile à identifier. Surtout si on a fait ce qu'il fallait. Depuis 19 h, nos trois amis ici font passer tous les navires par le nord en collant la rive au maximum, à cause d'un cargo en panne. Résultat, il n'y a du côté sud pas un pêcheur, pas un excursionniste, ni aucun cargo en circulation.

Ron se tourna vers les trois opérateurs avec un sourire entendu. Ignorant la surveillante, il s'adressa à l'un des deux autres:

– Pas vrai, Roger?

– Oui, effectivement!

– Tu vois, George? Mais, en réalité, il n'y a pas eu d'accident, et le chenal est aussi vierge que le jour où Jacques Cartier y est passé. Cet avertissement, c'est du bidon, pas vrai Roger?

– Ah! ça, j'en sais rien, répondit ce dernier. Je n'étais pas au courant de vos combines… Faudrait demander à Doris, peut-être…

– Mme Tremblay n'en sait pas plus long que vous, Roger.

Hovington fixait maintenant la superviseuse.

– Parce que si vous l'aviez su, vous auriez vendu la mèche.

Ron se tourna de nouveau vers George.

– Cette mesure réduit la possibilité d'un contact visuel. Mais ce n'était pas suffisant. Le radar, dans la tour à côté, voit tout dans un rayon de trente-deux milles marins – plus de soixante kilomètres. Roger, ici, aurait capté l'écho de notre navire et se serait posé des questions : «Qu'est-ce que c'est que ce navire qui vient par là? Comment se fait-il qu'il ne se soit pas rapporté?» Et il aurait averti tous les autres, avant de remuer ciel et terre pour identifier l'intrus. Et vlan! Finie la surprise! Pas vrai, Roger?

Ron n'attendit pas la réponse.

– Alors, bien sûr, notre invité a annoncé son arrivée, et il a été entré comme les autres navires dans l'ordinateur de M. Labrie… Sauf, bien sûr, qu'il n'apparaît pas sous sa propre identité… Roger, dites-moi ce que vous avez sur le *Karadjan*?

Roger fit pivoter sa chaise. Il se souvenait parfaitement de ce navire qui s'était rapporté en montant plus tôt. Pour le trouver, il n'avait qu'à pointer son crayon sur un ensemble de cases sur son écran. Toutefois, il ne s'adressa pas à l'ordinateur. Instinctivement, il allongea le bras pour consulter un simple petit classeur de bois fait de sept colonnes de compartiments superposés. Comme beaucoup d'opérateurs, Labrie préférait cet ancien système antérieur à l'informatisation, pour sa simplicité et son infaillibilité. Chaque navire était fiché à la main sur une bande de carton codée. L'opérateur déplaçait la fiche vers le haut à mesure que le navire se rapprochait, et vers la droite chaque fois qu'il passait un des sept points de contrôle établis entre l'entrée du golfe et celle du fleuve proprement dit.

Roger regarda parmi les fiches vertes, correspondant aux navires qui remontaient le fleuve, et trouva tout de suite celle du *Karadjan*. Le cargo avait déjà passé l'avant-dernier contrôle avant celui de la tour des Escoumins. Roger annonça :

– Petit cargo de 4 750 tonnes, 135 mètres, enregistré aux États-Unis. Il est entré dans les eaux canadiennes il y a deux jours.

– C'est le nôtre, George, annonça Ron. Et dis-moi, Roger, il arrivera ici à quelle heure?

– Bien, il a passé la pointe des Monts à 18 heures. Ça fait un bon bout pour se rendre jusqu'ici. Le capitaine a donné comme heure d'arrivée...

Roger vérifia la fiche.

– ... deux heures!

En entendant ces mots, George paniqua.

– Vous avez dit deux heures? Deux heures du matin?

– Oui, monsieur, c'est bien cela. Un petit cargo, c'est plutôt lent. Quand le *Karadjan* a confirmé douze heures à l'avance, selon la règle, il était 14 heures. Ça fait donc bien deux heures du matin...

– Mais Ron, s'étonna George, il doit y avoir une erreur?

Ron gardait tout son calme.

– Ça, c'est la version officielle, George, seulement la version officielle. Elle est basée sur la distance à parcourir pour un vieux rafiot qui avance comme un escargot.

Ron remua les pieds, comme un homme qui a froid, mais c'était plutôt d'excitation, en ressentant la montée du plaisir qu'il éprouvait à voir le plan se réaliser en tous points comme prévu. Il s'approcha de Tremblay en la dévisageant, certain qu'elle avait pigé le reste.

Tremblay sourit à son tour.

– J'en déduis qu'on attend un navire de petite taille, mais plutôt rapide...

Hovington gloussa presque pendant que Tremblay poursuivait:

– Mais, mon petit Hovington, ton bateau, entre ici et Québec, quelqu'un le verra bien...

– C'est possible évidemment, mais en pleine nuit, à la vitesse où il montera, personne n'y pourra faire quoi que ce soit.

– Un navire rapide. Une frégate, par exemple?

– Par exemple.

– Tu oublies qu'il y a à Québec une autre station de contrôle qui prend les navires en charge à partir de l'île Blanche, à moins de 30 milles en haut d'ici.

Ron avait l'air de plus en plus heureux. Doris Tremblay comprit.

– Ah! mais je vois, puisque vous êtes ici, nous ne pourrons le leur annoncer.

Ron approuva du chef, et Tremblay poursuivit :

– Et quand Québec verra le *Karadjan*, il sera trop tard, ils l'auront déjà sous le nez…

Tremblay était arrivée tout naturellement à la conclusion logique.

– Quoique j'imagine, évidemment, que nos collègues de la Garde côtière à Québec recevront comme nous de la belle visite…

Ron Hovington acquiesça en inclinant la tête assez bas, comme il avait vu faire les Japonais au cinéma. Puis il recula d'un pas, se souleva sur la pointe des pieds et posa son derrière sur le comptoir du bureau inoccupé. Droit devant lui, sur la partie supérieure du cadre métallique de la grande vitre centrale, le cadran d'une horloge numérique luisait faiblement, telle une nouvelle constellation. Elle indiquait : «Mer 23 juin, 21 : 35, Heure locale».

* * *

Marc Simard poussait les gaz à fond. Depuis plus d'une heure trente, il avalait comme un fou furieux les kilomètres de la route de Québec à travers la montagne. La circulation était dense, et Simard doublait imprudemment, faisant bondir son véhicule sur la voie de gauche dès qu'il en avait l'occasion. Plus d'une fois, il avait failli déborder dans une courbe pour aller plaquer son bolide contre un arbre et terminer ses jours dans un ultime camping sauvage. À ces moments-là, dès qu'il réussissait à se rétablir, il frappait le volant de la paume d'une main, comme si c'était le véhicule qui, de son propre chef, avait tenté une embardée !

En débarquant du traversier, Simard s'était juré de garder son calme, mais, plus le temps avançait, plus il rageait. Tel un obsédé, il ruminait sans cesse sur le commérage du capitaine Manence. Sans le savoir, le vieux avait confirmé ce que son petit Simon avait découvert. Le garçon, maintenant endormi profondément sur le siège à côté, avait en toute innocence levé un lièvre. Un très gros lièvre. Marc n'en doutait absolument plus. Des mitraillettes ! Et il répéta pour la centième fois, à voix haute, en assenant un nouveau coup sur le volant :

– Je le savais! Mais que je le savais donc!

Marc Simard avait deux motifs pour fulminer. Le premier était qu'il avait fait plusieurs appels dont il attendait des réponses et que le téléphone demeurait obstinément silencieux. La situation était urgente, les minutes s'égrenaient, et personne ne le rappelait. Le second était que ce qui était en train de se dérouler le choquait, bien sûr, mais ne le surprenait pas vraiment. Comme plusieurs au gouvernement, il redoutait de longue date l'éventualité d'une attaque comme celle qui était en train de se produire. Simard était de ceux qui avaient toujours insisté pour que le Québec soit prêt à y faire face. Avant presque tout le monde, il avait examiné divers moyens de prévenir le coup ou de riposter, et imaginé une défense. Un plan d'une simplicité désarmante, un plan à la mesure des maigres moyens d'une nation sans forces armées et beaucoup plus petite que ses voisins.

Mais le pouvoir politique n'avait pas pris Marc Simard au sérieux, pas plus d'ailleurs que tous ceux qui, au début des années 90, avaient joué les futuristes. À l'époque, un ministre du gouvernement séparatiste de Jacques Parizeau, Le Hir, avait fait réaliser une série d'études visant à baliser le passage vers l'indépendance. On avait examiné la question sous tous ses angles, économiques, politiques ou autres. Simard, un brillant ingénieur devenu conseiller politique de Le Hir, avait été invité à diriger une équipe clandestine qui avait tenté de répondre à la question suivante : que ferait le Québec dans les faits en cas de coup de force militaire du Canada? Simard avait proposé divers plans de riposte exigeant des degrés divers de préparation et d'armement. Le plus simple, applicable par un Québec sans aucune force armée, était un cri primal, une simple parade, et Simard l'avait baptisé du nom de code «Carnaval». À son grand regret, le groupe de travail avait été démantelé après quelques mois, le gouvernement ayant conclu que le petit État nouveau-né n'aurait pas, et ne pourrait pas avoir, le moindre moyen de défense.

Simard, avec son acharnement habituel n'avait pas abandonné et avait continué pendant quelque temps à fignoler en solitaire son plan Carnaval. Après avoir été nommé sous-ministre des Transports, il en avait décrit et essayé les principaux éléments, patiemment, discrètement, en dépit des aléas du manque de personnel et de budget. Il avait commencé à tout calculer, tout prévoir, les distances, les temps de réaction, et mis en réserve certaines des fournitures requises. Au cas où. Et Marc Simard était persuadé que son plan fonctionnerait. À intervalles réguliers, il avait relancé son ministre et instruit ses chefs de service. Il n'avait convaincu personne, et des mois s'étaient écoulés. Et ce soir, à l'heure de vérité, il était persuadé que son plan pouvait encore être appliqué.

Avant même que le traversier n'accoste à Baie-Sainte-Catherine, Simard avait entrepris d'appeler chacun de ses collègues et chefs de service qu'il avait autrefois mis dans le coup. À chacun, il avait fait part de sa conviction, leur demandant de se mettre en marche sans éveiller de soupçons, pendant qu'il se faisait fort d'obtenir les autorisations requises. Puis il avait contacté trois décideurs qui étaient dans le secret. Son propre ministre aux Transports, le chef de la Sûreté du Québec, et le ministre de la Sécurité publique. Près d'une heure et demie s'était déjà écoulée depuis que Simard avait fait son premier appel. Toujours rien. Personne ne rappelait, et Simard se sentait affreusement seul. D'autant plus seul que, sans la moindre autorisation, il avait déjà donné des ordres à ses subalternes. Le plan Carnaval était déjà enclenché. Et il y avait autre chose en plus. Marc avait menti au ministre. Il ne lui avait pas dit que le plan était incomplet, et qu'il n'était pas certain d'avoir le temps de le compléter ce soir même…

Soudain, au tournant de la grande route, les lumières de la ville de Québec apparurent dans le lointain, droit devant. La caravane venait de déboucher sur le dernier rebord du plateau des Laurentides, où le macadam faisait un dernier plongeon pour atteindre d'un seul trait les basses terres du Saint-Laurent. Le fleuve réapparut, à l'étroit dans sa vallée entre l'île d'Orléans et la plaine inondable qui se terminait abruptement en ce point. En aval, il n'y avait plus que des falaises de granite arrondies se jetant dans la mer comme des dos de baleines qui sondent. Simard s'engagea dans la pente qui faisait face au nord-ouest, le regard saisi par la dernière lumière du jour couleur tango qui s'étirait encore sous le bleu de la nuit. Bien visible dans cette bande malgré la distance, la Vieille Capitale, perchée sur son roc, dressait ses plus hauts édifices comme des aiguilles de porc-épic. Pendant qu'il dévalait à tombeau ouvert, il souhaita de tout son être que les rouages se soient déjà mis en marche, et que ses alliés au conseil des ministres aient déjà réuni le conseil de guerre autour du Premier ministre. Si Marc avait été présent, il ne doutait pas qu'il eût réussi à les décider à plonger.

La pente était raide, et Marc allongea le bras instinctivement pour retenir son fils, qu'il avait senti glisser sur le siège. Mais le bambin, endormi la bouche ouverte, le visage blafard dans le noir, était bien retenu par sa ceinture de sécurité. Marc dégagea affectueusement le petit front des mèches de cheveux qui y étaient retombées. Monique n'avait pas rappelé non plus. Elle n'était pas chez elle, évidemment. À qui pourrait-il confier Simon pour la nuit s'il ne la joignait pas? Monique sortait beaucoup depuis qu'ils n'étaient plus ensemble, et peut-être voyait-elle ce soir ce type qui n'était pas assez bien pour elle…

Le petit Simon se retourna dans son sommeil, et Marc retira sa main. «Je le fais pour toi aussi», murmura-t-il, dans une tentative pour se rassurer lui-même. Il était bien conscient d'agir avant tout pour être fidèle à ses propres convictions, à son sens de la justice. Une réaction instinctive. «Mais ce qu'on fait pour soi, ne le fait-on pas aussi pour ses enfants? Où est la différence?» C'était une autre incantation, une prière, un cri de ralliement semblable au «Montjoie Saint-Denis!» lancé par les chevaliers français du Moyen Âge au moment de se lancer dans la bataille. L'histoire n'avait-elle pas été presque entièrement écrite par des gens qui avaient agi pour le bien de leurs enfants? Et dont la moitié au moins s'étaient ensuite avérés être fautifs, parce que la partie adverse avait vaincu? Ce n'était pas cela qui faisait hésiter Simard. Il ne doutait pas un seul instant sur le fond: il irait jusqu'au bout si on lui en donnait l'autorisation. Ce qui l'inquiétait c'était de savoir comment il réagirait si on la lui refusait. Marc était incapable de prédire ce qu'il ferait dans ce cas.

Quand la sonnerie du téléphone retentit, une barre douloureuse lui traversa le corps, depuis le creux du ventre jusqu'à l'arrière de la tête. Sous le choc, Simard faillit débouler les derniers mètres de la pente en allant s'écraser contre une petite auto devant lui. Il saisit l'appareil. Ce n'était pas Québec qui appelait, mais son frère Henri sur la Côte-Nord. Le premier appel de Marc, après avoir laissé Manence Dubé bouche bée dans la timonerie, avait été pour son frère Henri. Marc avait immédiatement compris qu'il n'y avait qu'une seule explication possible à la présence du commando de Ron Hovington sur la côte. Mais il avait besoin de preuves. Il avait donc demandé à Henri d'aller en éclaireur se poster en un point stratégique d'où il pourrait observer le Saint-Laurent à la jumelle. Et Henri venait au rapport. Il appelait de la pointe à Boisvert, une longue avancée de terre à quelque 40 kilomètres en bas des Escoumins. Les ondes passaient mal jusque dans la coulée où la caravane de Marc se trouvait en ce moment, et la communication s'interrompait par à-coups. Mais Henri avait peu à dire, et ce que Marc comprit lui suffit.

– … encore loin en bas… feux éteints mais la lune l'éclaire… Il est en montant… C'est bien un navire de guerre!

Cette fois, Simard ne s'en prit pas à son volant. Il était étonnamment calme. Au fond, il avait espéré qu'Henri ne voie rien venir. Pendant tout ce temps, l'attente et la certitude que ses préparatifs seraient adéquats avaient servi de barrage à l'anxiété. Maintenant qu'il savait, l'excitation l'avait abandonné complètement. Et le doute commença de s'installer tranquillement dans le creux de son estomac.

Une armée pour la paix

Le mercredi 23 juin, 21 h,
à la base militaire de Valcartier,
à 20 km au nord-ouest de la ville de Québec

Le colonel Jacques Richard atteignit la barrière au moment où la tige entamait sa descente. L'officier n'avait nullement l'intention de s'arrêter et il donna deux brefs coups de klaxon, qu'il appuya d'un appel de phares. Dans la guérite, la sentinelle avait déjà reconnu la voiture du grand patron et actionné la barrière de nouveau. Richard esquissa à peine une réponse de la main gauche et embraya. La Jaguar bondit en pleine course comme un chat épouvanté, et le planton la vit passer de justesse avant même que la tige n'eût achevé sa course ascendante. Cette voiture de rêve était la seule chose que le jeune soldat enviait au commandant de la base. Jamais il ne l'avait entendue gronder de la sorte. Il en trouva le son plutôt excitant ; d'une qualité toute spéciale. Dans la même famille qu'un cocktail de son cru qu'il préparait en mariant un alcool noble à une boisson populaire. Cognac et bière.

La voiture poursuivit son accélération bien au-delà de la limite permise dans l'enceinte militaire et disparut entre les baraques. Une demi-minute plus tard, la Jaguar s'arrêta pile devant le quartier général, et Richard sortit en claquant la portière. Le colonel était de méchante humeur. Il n'appréciait pas du tout la petite mascarade à laquelle il venait de se prêter. À 17 h 30, comme d'habitude, il avait quitté ce même endroit pour sa résidence, située hors de la base. Il en revenait à l'instant, habillé en civil, comme s'il avait eu quelque rendez-vous galant de fin de soirée. Selon le plan, ce stratagème visait à rassurer d'éventuels curieux en leur signifiant qu'aucune manœuvre n'était prévue dans l'immédiat à la base des forces canadiennes de Valcartier. Pour Richard, ces cachotteries étaient une honte. Quand il était question de sauver le pays, il n'y avait aucune raison de s'en cacher, et l'armée aurait dû agir bien avant.

Richard pénétra dans l'édifice. Il ne tourna pas à gauche vers son bureau, mais se dirigea directement au fond du couloir. Un policier militaire s'y tenait en faction devant une porte métallique. L'homme salua le colonel, prit la clé que Richard lui tendait, en sortit une autre, identique, de sa poche et déverrouilla les deux serrures encastrées dans le mur contre le chambranle. La porte s'ouvrit sur une cage d'ascenseur. Pendant qu'il descendait à vingt mètres sous terre, le colonel défit sa cravate et déboutonna son col. En bas, où le quartier général avait emménagé pour la durée de l'opération, Richard avait un second bureau. Quand il y arriva, une estafette l'y attendait avec un de ses uniformes fraîchement pressé. Le colonel s'en saisit, remercia le subalterne et se dirigea vers la penderie.

Dès qu'il aurait endossé sa tenue de campagne, le colonel Richard serait prêt à lancer la partie de l'opération Phips qui relevait des forces armées terrestres. L'ampleur de ce mouvement de troupes dépassait tout ce que l'officier supérieur avait dirigé jusqu'à ce jour. C'était un moment qu'il attendait depuis longtemps. Il n'y avait qu'une ombre au tableau. Le commandement suprême ne relevait pas de lui, mais d'un autre officier qu'il ne connaissait même pas, ce commodore Harley sur sa frégate. Richard avait accepté cette étrange décision sans la contester. Elle n'était d'ailleurs pas la seule bizarrerie au sein des forces armées canadiennes. De tous les pays du monde, le Canada était obstinément le seul à avoir réuni sous un commandement unifié la marine, l'aviation et l'infanterie. Quelle bourde ! Pour Richard, le bon côté de l'affaire était que, s'il réussissait sa mission comme prévu, il aurait une promotion encore plus intéressante. Et plus lucrative. Ce poste à l'Otan, à Bruxelles, qu'on lui avait promis. En fait, s'il n'y avait eu cette folie québécoise, Richard serait déjà en Europe depuis des mois. Tant pis. Il ne doutait pas que les honneurs et les récompenses seraient plus grands après le succès de Phips.

Et Richard ne voyait pas la moindre raison pour que le plan échoue. Ce serait du gâteau. Tout était en place, minutieusement préparé et rodé dans les moindres détails. Le premier objectif était à vingt-cinq kilomètres à vol d'oiseau, avec une autoroute de première qualité pour s'y rendre. Pas une de ces routes crevées et boueuses des montagnes de Bosnie, de triste mémoire, et sur lesquelles ses véhicules avaient progressé péniblement, la plupart du temps empêtrés dans une grisaille de brume et de fumée d'explosifs. La nuée aurait pu faire office de couverture, mais elle servait surtout à cacher l'ennemi. Les francs-tireurs savaient à chaque minute exactement où se trouvait la colonne de Richard, dont les hommes étaient habités par toutes sortes d'inquiétudes. Par l'interdiction de tirer, première absurdité pour le soldat qui, croyant aller à la guerre, se retrouvait dans une arène de tir à jouer le canard de foire. Par le sentiment de culpabilité aussi, qui naît à force d'espérer qu'un des canards soit tout de même abattu pour que le jeu s'arrête et qu'on rentre au camp, tout en sachant que ce canard était un collègue, un ami. Par l'anxiété, enfin, de ne pas savoir lequel rentrerait au pays dans un sac en plastique à cause d'une balle perdue. Ou, à peine mieux, reverrait sa femme seulement après avoir été émasculé en posant le pied sur une mine enterrée dans un jardinet romantique, juste sous le pas de la porte d'une masure. Et pour Richard, leur chef, il y avait en plus la certitude que la douleur le frapperait de toute façon, quel que soit celui de ses hommes qui aurait été touché.

Rien de tout cela n'arriverait cette nuit. Il n'y avait pas ici de milices partisanes, de tireurs fanatiques embusqués derrière les murs en ruine des maisons. Le colonel boutonna les manches de sa chemise en s'étirant le cou dans le miroir qui couvrait le dos de la porte de la penderie. C'était parfait, cette tenue de terrain légère. Il enfila le blouson de son uniforme et l'ajusta en tirant sur les rabats, pour s'assurer que les barrettes à gauche sur sa poitrine fussent bien droites. Il lissa de la paume de la main les petites bandes de couleur rappelant ses séjours au sein de forces multinationales dans autant de pays où Jacques Richard n'avait jamais blessé ni tué personne, parce qu'il n'avait pas tiré un seul coup de feu autrement qu'à l'exercice. Viêtnam, Chypre, Shrinagar, le Golan, Égypte, Koweït, Croatie, Rwanda, Cambodge, Haïti. Elles y étaient toutes. Ou presque.

En réalité, il en manquait cinq. Richard avait participé à cinq autres opérations couronnées de succès, mais pour lesquelles le commandement militaire n'avait pas fait tisser de barrettes. Pour la simple raison que ces campagnes s'étaient déroulées en territoire canadien. En premier lieu, il y avait eu l'opération Pégasus, en 1969, quand l'armée canadienne s'était substituée à la police municipale de Montréal qui s'était mise en grève. Puis il y avait eu l'opération Essai, mieux connue sous le nom de crise d'Octobre, qui avait permis de neutraliser le Front de Libération du Québec, en 1970. La suivante avait été Gamescan, un déploiement visant à assurer la sécurité aux jeux Olympiques de 1976 à Montréal. De celle-ci, Richard n'avait rien retenu d'utile ; il avait passé une partie de l'été avec ses collègues dans une école du quartier pauvre de Saint-Henri, et se souvenait surtout du restaurant *Chez Robert*, et du fait que les pommeaux des douches de l'école, ajustés pour des enfants, étaient trop bas pour les militaires... L'opération suivante, Unique, avait habilement neutralisé les aborigènes du Labrador qui s'opposaient aux essais de vols à basse altitude des alliés de l'Otan. En rétrospective, cette opération avait été une enrichissante répétition pour la mission suivante.

L'opération Salon avait été de loin la plus éprouvante pour Jacques Richard, mais également la plus instructive. Il n'y avait pas un Québécois qui ne se souvînt de l'été 1990. Pas sous le nom de Salon, mais sous celui de «crise d'Oka». Tout avait commencé par un affrontement entre les Mohawks ou Agniers – des Iroquois – et la Sûreté du Québec à propos de l'agrandissement d'un terrain de golf. Le gouvernement du Québec en avait rapidement eu plein les bras et avait fait appel à l'armée. Les troupes de Richard s'en étaient tirées admirablement, ramenant la paix et l'ordre dans une situation qui semblait sans issue. Le colonel, autant que le haut commandement, avait appris à Oka une grande vérité : ni la Sûreté du Québec ni les citoyens ordinaires n'étaient des forces redoutables. Cela venait avant tout du fait que, contrairement aux tribus que Richard avait empêchées de s'entretuer aux quatre coins de la planète, la plupart des Québécois étaient des gens trop bien nourris.

Les indigènes, eux, étaient différents. Potentiellement dangereux. Pour Richard, le mot «indigène» ne référait pas uniquement

215

à ceux qu'il était devenu politiquement incorrect d'appeler Indiens d'Amérique. Le terme n'avait pas de connotation génétique ni raciale, mais s'appliquait à un type de comportement. Dans le contexte de l'opération Phips, les indigènes étaient les Québécois séparatistes. Pas la masse de ceux qui avaient voté oui pour suivre le courant et qui changeraient d'allégeance dès qu'ils verraient paraître un militaire. Mais les purs et durs, ceux qui votaient pour l'indépendance depuis des décennies et qui croyaient enfin tenir leur jour de gloire. Des indigènes, enracinés dans une conception archaïque du pays. Et c'était précisément de telles racines que Richard avait appris à se méfier. Lorsque ces derniers verraient qu'on s'oppose à leur volonté, à ce qu'ils appelaient leur droit à l'autodétermination, leurs racines se mettraient à gratter la surface de leur cerveau et ils en deviendraient irrationnels. Dans ces conditions, ils pouvaient avoir exactement le même type de réaction tribale que les Bosniaques. Ou les moudjahidin d'Afghanistan.

Ce qui rassurait Richard, c'était qu'il possédait des atouts. Lui-même canadien-français et québécois, il pouvait les comprendre et parlementer. Pour eux, cet affrontement serait le premier, et ils y viendraient sans préparation aucune. Au contraire, Richard et ses troupes s'étaient entraînés longtemps par des exercices rigoureux et des cours sur les sujets les plus hétéroclites. Le colonel en avait même suivi un sur la psychologie tribale, agrémenté de films documentaires des plus absurdes dans lesquels des experts de Harvard discutaient des points communs entre les mœurs des Mélanésiens de Nouvelle-Guinée et celles des gangs de latinos des ghettos de New York. Mais, avant tout, Richard et ses troupes avaient l'expérience du feu. Au cours des ans, l'armée canadienne était devenue une spécialiste mondiale des luttes tribales. Et cela n'était nullement le fruit du hasard.

La crise d'Octobre, en 1970, avait été un des déclencheurs d'une métamorphose des forces armées canadiennes. Le colonel en avait vécu toutes les étapes. Entre les géants russe et américain, il n'y avait pas de place pour un petit pays comme le Canada, qui cherchait désespérément depuis la fin de la Seconde Guerre mondiale à maintenir sa place sur l'échiquier militaire planétaire. Fortuitement, la guerre froide et l'improbabilité d'une guerre nucléaire avaient encouragé de petits conflits et des insurrections un peu partout sur le globe. Le Canada y trouva le contexte dans lequel une petite armée conventionnelle bien entraînée pouvait jouer un rôle de premier plan, ne fût-ce que dans les colonnes de la presse internationale. Il transforma donc graduellement le gros de ses forces armées en spécialistes du maintien de la paix. Désormais, l'avenir de Richard et de ses collègues se dessina dans le règlement de conflits régionaux, de questions tribales historiquement non résolues.

Cette orientation était vitale pour un pays qui comptait sur son propre territoire un foyer d'insurrection latent, le Québec français et sa menace séparatiste. Et, en dépit des politiciens et de l'électorat qui insistaient constamment pour que le Canada réduise ses effectifs terrestres, l'état-major avait gagné sur deux points. Le Canada s'était porté volontaire pour participer à toutes les petites guerres et exercices de pacification à la grandeur du globe. Et plus de la moitié des effectifs terrestres de toute l'armée canadienne avaient été mis en garnison dans la région la moins sûre du pays, la province de Québec.

En 1968, un des derniers symboles visibles de la domination britannique sur les Canadiens français était tombé lorsque, pour la première fois dans son histoire, le gouvernement avait nommé un francophone comme chef d'état-major des forces armées canadiennes. Une des premières réalisations du général Allard avait été la formation d'une grande garnison à Québec. Sous le couvert de la francisation, et pendant que le Parti québécois effectuait sa montée vers le pouvoir, l'état-major ajouta successivement plusieurs unités à celles qui formaient à l'origine le célèbre Royal 22e régiment : artillerie légère, blindés, génie. L'ensemble des effectifs que Richard commandait aujourd'hui, et qui formait le 5e groupe-brigade, était le plus puissant du Canada. Les troupes basées à Gagetown, au Nouveau-Brunswick, dans la province voisine, relevaient également du colonel Richard.

En fait, si la décision lui avait appartenu, Richard aurait eu encore plus de troupes à sa disposition. La révolte amérindienne d'Oka avait démontré que des effectifs considérables pourraient être requis en cas d'insurrection à la grandeur de la province. Mais on lui avait dit de se débrouiller avec ceux qu'il avait, et Richard n'avait pas insisté. Il avait compris que l'état-major considérait que le problème était avant tout québécois, et que la solution devrait être, du moins en apparence, aussi québécoise que possible. C'était un argument auquel Richard était particulièrement sensible. Dans son esprit, il était un porte-étendard des francophones, qui avaient démontré que ceux de sa race pouvaient parfaitement réussir dans un Canada biculturel. Depuis des années, c'était un point de vue qu'il défendait devant tous les auditoires. En ce sens, on aurait pu conclure qu'il était devenu aussi fanatique que ceux auxquels il s'opposait.

D'une certaine façon, il l'était, persuadé que le bon droit était de son côté. Aussi longtemps que Richard vivrait, la sécession du Québec n'aurait pas lieu. Dans quelques heures, le colonel conduirait ses hommes sur une route asphaltée, propre, bien éclairée et bordée de maisons endormies, d'arbres en santé et feuillus, de commerces non éventrés. À travers une ville moderne et paisible, habitée par des gens civilisés et pacifiques qui, dans l'ensemble, n'offriraient pas la moindre résistance à la progression de sa colonne. Une simple balade entre les contreforts des Laurentides et la vieille ville de Québec. Une vraie mission de paix, au cours de laquelle pas une goutte de sang ne serait versée.

– Colonel?

Un jeune officier venait de paraître dans l'embrasure de la porte. Richard l'observa un moment dans le miroir. Le capitaine Atkinson tenait sa casquette d'officier d'une main et une mallette de l'autre.

– Entre, William, entre.

– Merci, monsieur. J'ai apporté les itinéraires, comme vous l'avez demandé. Nous pouvons les réviser maintenant, si cela vous va.

– Bien sûr. Installe-toi où tu veux… Tiens, mets-toi ici.

Atkinson posa sa mallette sur la petite table devant le canapé et l'ouvrit. Elle contenait un micro-ordinateur et quelques accessoires, lesquels, pour un amateur comme Richard, semblèrent identiques aux modèles courants du marché. C'était effectivement le cas, et la mallette servait simplement d'étui antichoc et d'abri contre les intempéries. Elle n'avait de particulier que des perforations sur la tranche, qui pouvaient être libérées en retirant une languette protectrice. On découvrait ainsi des prises d'entrée et de sortie pour brancher l'ordinateur sur le courant électrique ou sur toute une série d'appareils et de gadgets électroniques sans avoir à le retirer de son étui.

Pendant qu'Atkinson allumait sa machine, Richard l'observa. Richard aimait cet homme, en qui il avait une confiance totale. Le colonel avait su s'entourer de gens qui, comme lui, étaient compétents et convaincus de la mission des forces armées. Il aimait et respectait ses officiers et ses soldats, et ceux-ci le lui rendaient bien. En conséquence, les unités de Valcartier étaient redoutables, et le capitaine Atkinson en était un exemple parfait. De petite taille comme un Canadien français, il était bâti comme un Écossais des Highlands. Tout comme son chef, Atkinson avait de la famille des deux côtés, ce qui en faisait quelqu'un d'équilibré, de sûr. Un vrai Canadien. Deux traits frappaient chez le capitaine : sa mâchoire carrée, et ses yeux aigue-marine clair, presque blancs. On aurait dit un hybride de bouledogue et de samoyède, deux races dont il possédait d'ailleurs les qualités essentielles : intelligence, fidélité, ténacité.

L'ordinateur compléta sa routine d'allumage, et Richard, malgré son aversion pour l'informatique, nourrie par une complète ignorance de son utilisation, ne put s'empêcher d'admirer ce qui parut à l'écran. C'était la reproduction fidèle d'une carte d'état-major, dont elle conservait toute la qualité graphique originale. Le territoire qu'elle couvrait était le tissu urbain entre la base de Valcartier et la citadelle sur le cap devant Québec. Atkinson activa une touche et le secteur immédiat apparut à plus fort grossissement. Le moindre détail s'y trouvait : routes, voies ferrées, pistes cyclables, maisons et édifices, et jusqu'aux grilles qui débouchaient sur les réseaux souterrains pour l'aqueduc, l'égout et les canalisations électriques. Une petite étoile se mit à clignoter juste à l'endroit où se trouvait la barrière que Richard avait franchie à vive allure un quart d'heure plus tôt.

— Selon vos recommandations, monsieur, la première colonne a été scindée en trois convois de six véhicules chacun. Ils prendront des chemins différents, afin de minimiser l'effet sur la population. Nous les suivrons grâce à ceci.

Il indiqua dans sa mallette un petit module, qui ressemblait à une calculatrice.

– C'est le système de positionnement par satellite. Chaque véhicule en possède un. Ça marche formidablement!

Richard n'avait pas la moindre notion sur le fonctionnement de ce bidule, mais il en connaissait parfaitement bien le coût exorbitant. Il aurait été scandaleux que ça ne marche pas «formidablement». En janvier 1997, aux quartiers généraux du ministère de la Défense à Ottawa, Richard avait regimbé lorsque la décision avait été prise d'acheter ce système chez Thompson C.S.F., en France. La facture, seulement pour le logiciel, s'était élevée à cent quatre-vingts millions de dollars. Pour l'instant, le petit module avait l'air mort, ce qui n'empêcha nullement Atkinson de poursuivre.

– Nous pourrons évidemment suivre aussi la progression de la frégate et des autres unités sur le fleuve. Et ils pourront nous voir eux aussi.

Il haussa les épaules à l'intention de son supérieur.

– Il est muet en ce moment. Je ne l'ai pas activé sur mon micro afin d'économiser le courant... Je ne suis pas branché...

Sachant que son supérieur n'était pas ferré en informatique, Atkinson s'efforçait de donner le plus d'informations possible, sans paraître irrespectueux.

– Notre route à nous se déroule maintenant à l'écran.

Pendant qu'Atkinson parlait, la petite étoile se déplaça en clignotant, suivit le tracé d'une rue, puis vira brusquement à angle droit pour en emprunter une autre. Le tout parut à Richard conforme aux petits bonshommes qui se déplaçaient en clignant de l'œil et en agitant des bras de fer dans les jeux vidéos de son plus jeune fils. L'étoile atteignit bientôt ce qui semblait être un cul-de-sac, tout contre la bordure supérieure de l'écran. Aussitôt, ce dernier fit peau neuve, et l'étoile réapparut juste en bas, sur la continuation du trajet.

– Les autres nous rejoindront...

Atkinson fit glisser son index sur la souris en la caressant doucement. Des sections entières de banlieue passèrent en succession, jusqu'à ce qu'un pointeur apparaisse et s'arrête en un point précis. L'étoile s'y précipita à son tour.

– ... boulevard Henri-Bourassa, un peu avant la bretelle qui mène à l'autoroute Dufferin. À cet endroit, nos trois groupes se reformeront en une seule colonne pour monter sur l'autoroute qui mène directement à la haute ville. De ce point, nous serons à deux kilomètres et demi des portes de la citadelle. Soit quelques minutes à peine. Notre propre véhicule, colonel, sera à ce point de rendez-vous à...

Atkinson appuya sur une touche et l'heure apparut à l'écran à côté de la bretelle de l'autoroute.

– ... trois heures précises.

– Bien, bien! commenta le colonel en se rendant à la penderie. Il y saisit sa casquette et se dirigea vers la sortie.

– Mon cher William, allons voir cette colonne!

Atkinson conduisit d'abord la jeep au terrain d'aviation, où Richard voulait constater l'état de préparation du 430ᵉ escadron tactique d'hélicoptères. Cette unité lui tenait particulièrement à cœur. Il l'avait commandée lui-même à Oka en 1990, dans un rôle de reconnaissance et de soutien qui lui avait valu des mentions élogieuses. Sa tournée ne dura qu'un instant : l'escadron était prêt à entrer en action au lever du jour, pour s'acquitter de sa propre tâche «*cleriter certoque*» – rapidement et sûrement –, selon sa devise. Atkinson mena ensuite le colonel à un immense hangar. À l'intérieur, une colonne de transports de troupes blindés était rangée dans un ordre parfait. Techniquement, c'étaient des LAV-25, de petits blindés ressemblant à des chars d'assaut légers sur roues, avec un petit canon de 25 mm. Leur nom usuel était «Coyote», ce qui faisait plus chaleureux, et certainement plus pratique, que le vocable utilisé dans le communiqué annonçant leur acquisition en 1995 – «le taxi du champ de bataille». Il s'agissait en fait plutôt de minibus, puisque chacun transportait dix à douze hommes. Richard passa la main sur un blindé. Un seul Coyote coûtait trois millions et demi de dollars, ce qui représentait environ trois cent mille dollars pour le transport d'un seul homme sur les lieux de l'action.

Les hommes et leurs officiers avaient été rassemblés, et Richard leur adressa le discours d'usage.

– Cette nuit, nous entrerons enfin en action. Votre rôle consiste à établir un périmètre sur les plaines d'Abraham et autour de la citadelle pour assurer la sécurité de vos collègues qui s'y trouvent, et à maintenir un contact avec les arrières et le quartier général.

Vous vous rendrez directement et calmement au point de rendez-vous en suivant le trajet qui vous a été assigné. Nous formerons ensuite une seule colonne pour monter dans le vieux Québec. Quand le périmètre aura été établi, l'unité héliportée et les autres troupes nous rejoindront.

» Rappelez-vous que tout doit se faire dans le plus grand calme. Je ne veux pas de dommages à la propriété des citoyens ni à la propriété publique. Dans ce pays, personne n'en veut à personne. Nous ne réagissons pas à quelque insulte, ni à la moindre agression. On ne brise pas de murs, on n'écrase pas d'automobiles, on n'allume pas d'incendies. Je ne veux pas entendre un seul coup de feu, sous aucun prétexte, avec quelque arme que ce soit. Pas question non plus de frapper, de blesser ni de toucher qui que ce soit. Pas même un chien ou un chat. Celui qui outrepassera cet ordre aura à en répondre personnellement devant moi !

» Cette nuit, il ne doit rien se passer qui puisse être jugé par la presse et les médias électroniques comme digne de la moindre ligne ou image-choc. Je ne veux pas d'incident, pas de martyr, rien qui serve de prétexte pour élever un jour un monument à un quelconque martyr du nationalisme québécois, que ce soit dans cent ans ou même dans mille ans. Ce soir, nous irons de Valcartier à la citadelle, nous ferons une simple marche entre deux bases militaires du gouvernement du Canada, votre pays.

» Pas de questions ? Il est H moins quatre ; je vous reverrai ici même à une heure du matin.

Richard consulta sa montre, ajouta mentalement une heure et se tourna vers Atkinson :

— Mon cher Bill, les autres viennent juste de partir. Souhaitons-leur bonne route !

* * *

Sur la route 102 près d'Oromocto,
dans la province du Nouveau-Brunswick

En vingt ans, Frank Keynon n'avait jamais doublé une seule voiture. En revanche, peu de gens de son patelin n'avaient encore dépassé sa camionnette plus d'une fois. Il est vrai que Frank avait appris à conduire sur le tard. Dès qu'il voyait un machin sur roues arriver derrière lui, il se rangeait sagement sur l'accotement sans changer de vitesse. Il surveillait le véhicule dans son rétroviseur jusqu'à ce qu'il atteigne son point aveugle, comptait les secondes, et attendait de le voir reparaître devant lui avant de vérifier s'il pouvait retourner sur la voie. Ce faisant, Frank se raclait presque toujours la gorge. À l'autre bout de la banquette, Edna, sa femme depuis soixante et un an, et qui l'accompagnait à chacune de ses sorties, approuvait généralement en hochant la tête. La route était vraiment un endroit dangereux. Les gens conduisaient comme des fous.

Frank et Edna étaient en vue du petit village de Burton, en route vers le pont qui traverse sur la rive droite de la rivière Saint-Jean. Edna était en pleine forme, contente d'avoir gagné au bridge, mais Frank avait perdu, et il était plutôt fatigué d'avoir veillé si tard chez leur fille à Upper Gagetown. La route était déserte, et, sans la quitter des yeux, Keynon en profita pour retirer sa casquette à l'effigie de la brasserie Moosehead et se frotter le crâne à l'endroit où poussaient encore quelques mèches de cheveux blancs et fins comme de l'angora. C'est alors qu'il aperçut des phares dans le rétroviseur. Ils étaient hauts, et plutôt écartés l'un de l'autre.

– En voici un gros, Edna! lança-t-il en se rangeant sur l'accotement.

Il était au compte de quatre lorsqu'un gros camion militaire parut à sa gauche. Il y avait une base militaire à Gagetown, plus au sud, et Frank ne s'en étonna pas. Il allait se replacer sur la voie lorsque d'autres phares parurent, et puis d'autres encore derrière. Un camion identique au premier dépassa la camionnette de Frank. Et un troisième. Cette fois, Frank fut intrigué.

– Mais où diable vont-ils ce soir? Il est très tard, Edna!

Il avait à peine prononcé ces mots qu'un autre camion le dépassa.

– Il est au moins 22 h 30, n'est-ce pas, Edna?

Frank retourna sur la voie, mais presque aussitôt d'autres phares arrivèrent. Il se rangea de nouveau et soupira.

– Edna! J'ai comme l'impression que nous allons faire le reste du voyage sur l'accotement.

Frank parlait à Edna sans la regarder; quitter la route des yeux était toujours risqué. Il laissa passer encore quelques secondes avant d'ajouter :

– Je me demande ce que ça peut être, Edna. Il est trop tôt pour les exercices. C'est en juillet normalement, n'est-ce-pas?

Un nouveau coup d'œil dans le rétroviseur révéla une autre série de camions, apparemment tous semblables.

– Et puis ils s'en vont dans le mauvais sens!

Deux autres camions passèrent en gémissant.

– Il se passe quelque chose, Edna, c'est certain, quelque chose de pas normal du tout.

Frank était vraiment intrigué et, cette fois, il ralentit un peu.

– D'habitude, ces convois, ils arrivent du nord, n'est-ce pas? Ils viennent du Québec et se rendent à Gagetown pour les jeux de guerre, comme chaque été. Mais là, c'est vers le nord qu'ils s'en vont. Qu'en penses-tu Edna?

– Eh bien, j'espère qu'ils s'en vont justement au Québec. Ces enfants gâtés ont besoin d'une bonne fessée. Voilà ce que j'en pense.

Frank quitta la route des yeux pour regarder sa femme et faillit faire une embardée. Il se passait certainement quelque chose d'extraordinaire. Quelque chose qui allait changer la vie de bien des gens. C'était la première fois qu'Edna lui parlait pendant qu'ils roulaient.

* * *

Loretteville, en banlieue de Québec

Marc Simard était agenouillé sur le plancher du sous-sol de sa demeure. Il était à moins de dix kilomètres à l'est de la base militaire de Valcartier, et, s'il avait eu la moindre intention de passer la nuit à la maison, il aurait pu dans quelques heures voir passer les blindés du colonel Richard à quelques pas de chez lui. Mais Simard avait autre chose au programme.

Cette grande pièce était son quartier général, une réplique en miniature d'une des salles de son bureau officiel au ministère. À titre de sous-ministre, Simard était le coordonnateur provincial pour les mesures d'urgence, et ses deux bureaux lui permettaient de suivre et de diriger en tout temps les opérations de nettoyage et de remise en état des voies lors de tempêtes de neige majeures, de carambolages en zone habitée avec déversement de matières dangereuses, ou d'inondations qui emportaient des routes et isolaient temporairement des communautés. Ce soir, la grande table, les murs et le tapis étaient couverts de cartes et de plans de la ville de Québec et de ses environs. Trois appareils téléphoniques et deux télécopieurs, tous reliés à des lignes distinctes, émergeaient comme des îles au milieu de cette mer de papier.

Un homme était accroupi aux côtés de Simard. Directeur des opérations pour une grande région de la rive nord du Saint-Laurent dont la ville de Québec faisait partie, Sylvain Lefebvre était à la fois un bon ami et l'homme de confiance de Simard. Dès qu'il avait reçu son appel, Lefebvre avait passé près de deux heures à tout préparer. En ce moment, penché aussi sur la carte, Sylvain écoutait les indications du sous-ministre. Pour l'instant, ce dernier était redevenu ingénieur, et avait retrouvé tout son optimisme. Dans les circonstances, il avait quelques raisons de l'être : nul mieux que Marc Simard ne pouvait apprécier la position privilégiée de la ville en regard du plan de défense qu'il avait imaginé.

Le corps principal de Québec était érigé sur un socle rocheux d'environ treize kilomètres de long sur un à quatre de large. Le fleuve Saint-Laurent et un de ses affluents, la petite rivière Saint-Charles, entouraient ce massif presque aux trois quarts, de sorte que si le niveau de la mer venait à monter de quelques mètres à peine, comme ce fut le cas après la dernière ère glaciaire, la ville haute deviendrait une île. Sur un autre continent et à une époque plus reculée, le site aurait été l'apanage d'un grand prince. Il aurait été convoité pour son vaste plateau cultivable et habitable, presque entièrement ceinturé par une haute muraille de roc, et dominant sur cent quatre-vingts degrés une large plaine qui montait rapidement vers une chaîne de montagnes couvrant tout l'horizon. Ses seigneurs en auraient sans doute fait une forteresse aussi âprement défendue que ne l'a été Pitigliano en Toscane sous la domination des Orsini. La vieille partie de Québec était loin d'être aussi antique, mais elle conservait toujours le plan original de ses rues étroites et de ses ruelles tortueuses dessinées aux XVIIIe et XIXe siècles.

Le téléphone de la résidence sonna. Simard se jeta dessus comme un chat bondit sur une souris. C'était Véronique, la petite voisine.

– Ah! enfin, tu es revenue. C'était bien, le film?… Tes parents
t'ont dit pour Simon?… Et non, je n'arrive pas à joindre Monique.
Tu es libre? Oui, c'est cela, je préférerais que tu viennes ici;
Simon est déjà endormi. Tu pourras coucher ici. Je ne reviens pas
de la nuit… Oui, c'est cela. Tout de suite si tu peux. Merci,
Véronique.

Marc raccrocha et leva la tête vers son compagnon.

– Un problème de réglé!

Il claqua la carte du revers de la main et lança :

– Qu'en penses-tu, Sylvain?

– Marc, je n'en sais rien. Tu les arrêteras peut-être un temps…,
peut-être pas du tout.

– Mon vieux, l'idée est avant tout de leur montrer qu'on ne se
laissera pas faire. Mais j'ai aussi une conviction : ils ne forceront
pas le passage si on oppose une résistance réelle. Ils ne voudront
pas de sang. Et de toute façon, avec ce qu'on leur mettra en travers
du chemin, ils ne pourront pas aller loin. Je ne crois pas que cette
nuit ils auront avec eux le matériel voulu. Ils mettront des heures
à faire venir ce qu'il faut, et à ce moment, nous aurons l'opinion
publique de notre côté. Et ensuite, j'ai comme une intuition…

Simard ne poursuivit pas son idée. Il se releva en saisissant la
carte et l'apporta jusqu'à la table pour l'étaler directement sur le
fourbis qui s'y trouvait déjà.

– Revoyons chaque point, veux-tu?

Du revers de la main, Marc lissa un pli rebelle et appuya l'index
sur un grand carré jaune.

– Valcartier est ici, à l'ouest, sur les contreforts des Laurentides. Québec est à l'est, perchée sur son île, une forteresse
naturelle entourée par de l'eau et une dépression. Pour atteindre
la ville, il faut passer par ici.

Simard fit glisser son doigt dans la direction sud-est, touchant
au passage le quartier où ils étaient en ce moment.

– Ensuite, se rendre jusqu'au pied de la falaise et gravir le
promontoire. Pour monter, il n'y a pas trente-six façons!

De la main, Marc fit le tour du plateau, indiquant les rues une
à une.

– Sur les quinze kilomètres de tour, poursuivit-il, il y a exactement vingt-cinq voies d'accès! On ne peut les contrôler toutes

à la fois, mais je suis certain qu'ils vont arriver par ce secteur, parce que c'est à la citadelle qu'ils voudront aller en premier.

Il montra la bordure nord-est du plateau, juste en dessous de la plus vieille partie de la ville, qui était enceinte d'un vieux mur de pierres et accessible uniquement par quelques rues encaissées entre des maisons historiques, également en pierres.

– Et le plus court chemin pour y arriver passe par ici.

Il posa l'index sur l'autoroute Dufferin.

– Ça, Sylvain, quand j'ai commencé à monter mon plan, c'était ma bête noire. J'en rêvais la nuit! Comment bloquer à la fois les autres accès et cette autoroute qui débouche juste à côté des vieux murs? Ces larges voies de béton qui montent et descendent de la ville sur des viaducs, comme deux ponts-levis jetés en permanence sur le fossé d'un château fort! Une horreur qui n'aurait jamais dû être construite, et pour bien d'autres raisons! Enfin! Passons.

Simard regarda son contremaître.

– Mon Sylvain, c'est par là qu'ils vont venir. Et je leur réserve une surprise.

Il tapa du doigt.

– Et encore une autre, là!

Il désigna un pont traversant la rivière Saint-Charles, juste à l'est de l'autoroute.

– Ils devront donc rebrousser chemin vers l'ouest pour retraverser la rivière… ici… ou ici… Peu importe où, on les laissera faire. Une fois qu'ils y seront, ils ne vont pas s'aventurer de nouveau vers l'est, où la falaise est le plus escarpée et où les petites rues étroites sont de véritables traquenards! Mais, au cas où ils le feraient, nous les bloquerons. Il n'y en a que trois : la côte de la Potasse, la côte du Palais et la côte de la Montagne. Nous disposerons le reste de nos forces dans les autres voies d'accès du côté ouest, tant qu'il en restera. De cette façon, on va les faire tourner autour de l'île de Québec, et ils n'y monteront pas. Jamais ils ne se rendront à la citadelle!

– Mais pourquoi penses-tu qu'ils viendront par là? Ils pourraient tout aussi bien arriver par l'ouest?

Une sonnerie retentit de nouveau. Cette fois, c'était une des lignes du ministère. Simard saisit le combiné :

– Oui, monsieur le ministre…

Marc fit des gros yeux à Sylvain et remua les lèvres pour former un nom, «Boudreau». Il avait le ministre de la Sécurité publique en ligne.

– On vous a bien renseigné, c'est exact... Effectivement, il y a un risque, mais nous le savons depuis le début... Oui, je crois que c'est la meilleure façon de procéder, si vous êtes d'accord... Certainement; je l'appelle immédiatement... Ah! il est avec vous... D'accord, nous ferons de notre mieux... Et nous attendrons de vos nouvelles avant de tout enclencher, monsieur le ministre...

Simard venait enfin de toucher une cible et il leva victorieusement le pouce à l'intention de Sylvain. Boudreau était dans le coup, et il avait avec lui Philippe Normandin, le chef de la Sûreté du Québec. Simard et lui avaient eu quelques accrochages autrefois, mais avaient appris à se respecter lors des inondations catastrophiques au Saguenay en 1996. Normandin était d'un calme absolu, comme toujours.

– Bonsoir, Marc.

– Salut, Philippe. Merci de ta collaboration.

– De rien. Tu les veux où, ces agents?

– Il faut que la Sûreté nous renseigne à la minute près sur le chemin qu'ils prendront. Tu as combien de voitures?

– Illimité. Les autos-patrouilles municipales seront sous nos ordres également. On commence par où?

– Je veux des agents postés aux abords de Valcartier. Sylvain va te télécopier la localisation des points d'observation. Nous avons encore plusieurs heures devant nous. N'envoie personne maintenant. Je t'avertirai. Surtout, tes agents doivent être discrets, pour ne pas éveiller de soupçons. Je ne veux pas qu'ils aillent se garer bien en évidence devant les barrières. Idéalement, des agents habillés en civil, et des voitures fantômes. Il ne faut pas qu'on les voie. Qu'ils s'assoient dans un restaurant, ou quelque chose du genre.

– Ce sera pour quelle heure?

– Je ne sais pas au juste. Le creux de la nuit. Deux heures, trois heures du matin...

– Il n'y a pas grand-chose d'ouvert à cette heure-là...

– Je ne sais pas, Philippe. Qu'ils se débrouillent!

– Vu. Et les hélicoptères, tu en auras besoin?

– Oui, mais plus tard. Où sont-ils?

– Ceux qui couvrent la région de Québec sont en ce moment à L'Ancienne-Lorette.

– L'aéroport civil?

– Oui.

– Sors-les de là au plus vite. Quand l'armée va déclencher l'opération, je mettrais ma main au feu qu'ils vont fermer tous les aéroports. Sans exception, petits et gros. Probablement dès minuit ou une heure du matin. Si ce n'est déjà fait... Ils ne voudront pas avoir de journalistes qui leur tournent au-dessus de la tête. Fais déplacer tes machines sur un terrain vague, dans une cour à la Sûreté, ou n'importe où.

– On s'en occupe. Ils seront partis dans moins d'une heure.

– Et pensez au fuel!

– Oui, oui, monsieur Simard.

Marc sourit; Normandin était un fin renard qui faisait semblant de n'être au courant de rien, mais qui avait pensé à tout.

– Merci, Philippe. Je te rappelle dès que j'aurai reçu le O.K.

Marc se tourna vers Sylvain :

– C'était Normandin. La Sûreté va les filer. Si on s'aperçoit qu'on s'est trompés et que le convoi emprunte une autre route, on pourra réagir dans une direction ou une autre.

– Je suis d'accord, bien sûr, mais tu oublies une chose. Plus ils iront vers le sud-ouest, plus ils auront le choix de la voie d'accès. Et de ce côté, il y a de grandes artères, des boulevards, et encore des autoroutes. On ne peut pas contrôler tout ça.

– Écoute, mon vieux, je le sais autant que toi, répliqua Marc en braquant les yeux sur Sylvain. Je ne suis certain de rien, et j'ai peur qu'on échoue, moi aussi. Mais, vois-tu, notre seule chance, c'est qu'ils viennent directement de l'ouest, par le chemin le plus court. C'est le pari que j'ai fait, et j'ai une bonne raison de le croire.

Simard sentit un moment de fatigue, et se passa les mains dans la figure avant de poursuivre.

– Écoute! C'est imbécile, peut-être, mais je me dis que les bourgeois, les notables, les gens riches, les intellos, vois-tu, ils habitent surtout là-haut et dans ces banlieues dont tu parles.

Les forces armées n'iront pas parader par là, au risque d'irriter ces messieurs dames en les réveillant en pleine nuit. Par contre, s'ils optent pour l'autoroute Dufferin, qui représente le trajet le plus court, les troupes passeront par des usines, des centres commerciaux, et des quartiers où vivent des pauvres gens et des citoyens ordinaires, le genre de personnes qu'on peut réveiller à toute heure sans risquer qu'ils envoient une lettre à l'éditeur du journal quotidien…

– Et si les troupes ne venaient pas ? Si on faisait tout cela pour rien ?

– Tant mieux ! Mais, crois-moi, elles viendront. On nous envoie la marine pour nous impressionner, pour tenir le fleuve, l'artère économique, la grande voie naturelle et historique. Mais ils feront faire le travail par l'armée. Cela ne fait aucun doute. La cérémonie de demain, la remise des clés de la citadelle, ce grand symbole, ils n'en veulent pas. Elle n'aura jamais lieu. En ce moment, Sylvain, et depuis longtemps, crois-moi, les troupes se préparent. Valcartier enverra un petit contingent d'abord, quelque chose d'anodin, et qui sera synchronisé avec l'arrivée de la frégate. Quelque part avant le lever du jour, vers quatre heures du matin peut-être. Mais une fois que le premier convoi aura passé, dans les heures qui suivront, il en viendra d'autres.

– On ne les arrêtera jamais tous.

– Peut-être pas, mais on va leur montrer de quel bois on se chauffe. Ils ne nous auront pas sans qu'on se batte ! À condition, ajouta-t-il pour lui-même en regardant le téléphone, que ces messieurs les ministres se décident !

Dans l'œil de Dieu

Le mercredi 23 juin, 23 h 30,
Québec, à la résidence du Premier ministre

– C'est vrai? Vous n'êtes jamais venu ici, Marc?
– Non, jamais.

Simard avait lancé les mots comme on pousse une porte battante, d'un coup sec. Il rageait. Quelle importance pouvait avoir le fait qu'il ne soit jamais venu à la résidence du Premier ministre? Il était moins une, il avait dix chats à fouetter, et on lui demandait de venir jusqu'ici expliquer son plan pour la énième fois.

– Calmez-vous, Marc. Vous verrez, l'endroit n'est pas si terrible qu'on le croit!

Simard n'en avait rien à foutre. En réalité, ce qu'il redoutait, c'était précisément de voir enfin se matérialiser ce lieu où les ministres palabraient interminablement, sous prétexte de prendre des décisions.

Le ministre des Transports, Albert Jutras, laissa Simard passer devant, et les deux hommes pénétrèrent par la petite entrée sur le côté qui donnait directement accès au sous-sol. Le bas de l'escalier était dans la pénombre. En touchant la dernière marche, Marc vit un gardien surgir d'une encoignure. L'homme les guida vers la salle de réunion. La pièce était beaucoup plus petite que Simard ne l'avait imaginé. Son aspect était luxueux et paisible, et une atmosphère agréable se dégageait de l'éclairage doux des plafonniers et du lambris en bois de noyer dont le ton se mariait parfaitement avec le vieux rose de la moquette. Il n'y avait pas la moindre fenêtre, quoique au premier coup d'œil, sur le mur du fond, un petit écran pour projections entouré d'un cadre de boiserie en donnât l'illusion. Sur la gauche, un fin découpage dans le mur révélait la présence d'une porte dérobée qui communiquait avec le reste de la maison.

Ils étaient les derniers. Le ministre Gilles Boudreau, de la Sécurité publique, se leva pour les saluer. Jutras s'avança vers lui comme on fonce vers un visage familier dans un cocktail où il n'y a que des inconnus. Il était évident que le ministre des Transports ne faisait pas habituellement partie du cercle restreint du Premier ministre. Simard non plus, évidemment, mais il connaissait assez bien chacune des personnes assises autour de la grande table ovale. Boudreau lui assigna une des deux places inoccupées à la droite de la sienne. Simard se retrouva au centre de la table, face à un fauteuil encore libre. Les sièges de part et d'autre étaient occupés par Maurice Nadeau et Martin Lambert, deux conseillers du Premier ministre, qui semblaient absorbés par leurs dossiers. Lambert leva la tête un moment. Ses yeux étaient inexpressifs, comme s'il regardait distraitement un passant depuis la vitrine d'un grand café. Simard, comme tous les hauts fonctionnaires, savait que cet homme peu connu du public était en réalité le numéro deux du pays. Sinon le numéro un, se plaisait-on à dire. Lambert ne le savait que trop, et, plutôt que de n'en rien laisser paraître, il se faisait souvent ronflant. Un troisième conseiller se tenait en retrait sur la droite, Daniel Brunet, un type qui avait la réputation de parler beaucoup, mais que Simard avait rarement entendu dire quoi que ce soit qui ait eu la moindre influence sur la suite des événements. Enfin, outre Boudreau, les autres participants étaient les titulaires des ministères clés : Finances, Industrie et Commerce, Relations intergouverne-mentales, et Justice. Ces gens, à eux seuls, formaient le cercle le plus intime du pouvoir au Québec. Ce soir, ils étaient réunis pour un conseil de guerre.

En attendant l'arrivée du Premier ministre, Judith Caron, des Finances, était en vive discussion avec sa collègue des Relations intergouvernementales, Aline Larochelle, une intellectuelle, autrefois professeur d'université. Brillante, mais complètement décrochée de la réalité. Simard n'était pas le seul au sein du gouvernement à douter de certains choix que le Premier ministre avait faits pour former son cabinet. De plus, les rivalités entre ministres étaient un secret de moins en moins bien gardé. Pour le moment, Larochelle soutenait sa théorie préférée, selon laquelle la Confédération de 1867 avait été une tentative de créer une nation par le truchement d'une fédération, et Ottawa s'acharnait encore à faire l'une en vendant l'autre à grands coups de publicité.

– Le gouvernement fédéral s'est construit sur le dos des provinces, et, dit-elle en levant un doigt qu'elle se mit à agiter au nez de Caron, crois-moi, la nation canadienne naîtra lorsque ses citoyens reconnaîtront qu'il y a un intérêt national qui n'est pas nécessairement l'intérêt fédéral...

Caron n'eut pas l'occasion de répondre. Paul Provancher venait d'entrer par la petite porte, et tous les autres s'étaient levés. Le mouvement se fit dans un synchronisme presque parfait. Marc Simard ne s'attendait pas à ce cérémonial. Il s'embourba lorsque la serviette qu'il avait posée par terre se prit dans une des pattes de son fauteuil. Le Premier ministre lui parut épuisé, l'ombre de quelqu'un qui avait survécu de justesse à une série de nuits blanches. En réalité, Provancher était dans un état second. Depuis des semaines, il redoutait ce moment, qu'il avait tout fait pour éviter. Il serait même allé jusqu'à s'agenouiller au pied de son lit dans l'obscurité de sa chambre à coucher s'il s'était souvenu à qui on pouvait adresser des prières dans des cas pareils. Le Premier ministre ne savait pas quand un grain de sable tomberait dans l'engrenage, mais il savait que la crise viendrait, inexorablement. Ce soir, en apprenant que le moment était arrivé, il s'était senti exactement comme lorsqu'on sombre dans le sommeil après de longues heures à retourner sa carcasse entre les draps, seulement pour se voir basculer aussitôt dans un cauchemar.

Paul Provancher venait de passer la dernière heure au petit salon du rez-de-chaussée, dans les grandes vitres de l'oriel donnant sur le jardin, à attendre que son sentiment de panique se résorbe. Quand il s'était enfin dissipé, il avait fait place à une grande exaltation qui l'épuisait tout autant. L'exaltation du pouvoir. Plus palpable que jamais. Provancher le sentait de ses mains tendues dans la pénombre. Il le voyait au bout des frondes des fougères dont les doigts sombres touchaient les vitres entrouvertes, il l'entendait vibrer comme un grillon au sein des branches immobiles des buissons. L'unique but de sa vie avait été de devenir chef d'État, et nul ne cherchait à obtenir un tel poste s'il n'était motivé au plus profond de son être par l'attrait du pouvoir. Provancher ne faisait pas exception à cette règle, quoique chez lui ce désir fût quelque chose de secret, et qu'il donnât l'apparence d'un homme d'une grande indécision. Presque tous s'y trompaient, sauf son épouse et deux ou trois amis intimes qui connaissaient les mécanismes de l'âme du Premier ministre.

Cet homme qui paraissait faible était en réalité affublé d'un orgueil démesuré. Paul Provancher était quelqu'un qui ne pouvait accepter de se faire dire qu'il avait fait une erreur. Par conséquent, il ne prenait jamais le moindre risque, ne s'impliquant dans aucun dossier qui avait la moindre chance de pouvoir être réglé par quelqu'un d'autre. Lorsqu'il y était obligé, il s'engageait en tergiversant, et en s'entourant d'experts et de conseillers sûrs pour l'aider à prendre la bonne décision. Et toujours il jaugeait les options offertes, non pas tant en regard du jugement de ses contemporains que de celui de la postérité. Paul Provancher ne doutait pas qu'il eût une mission à accomplir pour le bienfait des générations futures.

En cela, le Premier ministre du Québec était tout à fait américain. Grand admirateur des États-Unis, il enviait le pouvoir quasi illimité qui se rattachait à la présidence. Ses opposants au sein de son propre parti disaient que son intérêt pour l'indépendance du Québec résidait précisément dans la possibilité de transformer éventuellement le système parlementaire actuel en régime présidentiel. Provancher tenait d'ailleurs dans le sous-sol de sa propre demeure toutes les réunions du comité exécutif. Depuis que Paul Provancher était Premier ministre, c'était dans cette pièce que la politique du Québec se décidait. C'était ici qu'il mettait à l'essai les idées nouvelles en les exposant à son cercle intime, dans un cadre où il pouvait joindre chacun personnellement, et ensuite amener tout le monde à adopter le point de vue qu'il jugeait le plus sûr. Le conseil de guerre, ce soir, avait quelque chose en plus : il était l'analogue du Conseil de Sécurité de la Maison-Blanche. L'occasion d'un exercice ultime du pouvoir. Même si, dans les faits, le pouvoir d'un chef d'État en démocratie moderne était loin d'être absolu, ce type de réunion en était la meilleure approximation.

Provancher échangea quelques mots avec Lambert, puis ouvrit la séance.

– Désolé de vous avoir fait attendre. Nous sommes prêts à commencer. Vous connaissez la situation. Nous avons une grave décision à prendre. J'ai demandé à Gilles Boudreau de nous faire part des derniers développements.

– Merci, Paul. Bonsoir à tous. Comme vous le savez, ce que certains d'entre nous appréhendaient est en train de se produire. Nous devons à Marc Simard, sous-ministre chez Albert Jutras, de l'avoir découvert, et Paul a suggéré qu'il vienne lui-même nous résumer la situation. Marc ?

– Merci, monsieur le Premier ministre.

Simard n'avait pas l'intention de s'éterniser.

– Ce que j'ai à dire tient en très peu de mots. En ce moment, un navire de guerre canadien, vraisemblablement une frégate, remonte le Saint-Laurent.

Simard sortit un petit carnet de sa poche, et relata ce qu'il avait vu et entendu depuis son départ de Tadoussac en début de soirée. Quand il eut terminé, il vérifia sa montre.

– À cette heure, la frégate a déjà passé Rivière-du-Loup. Elle monte vers Québec, sa destination.

Il balaya la pièce du regard avant de poursuivre.

– Quelques minutes avant d'entrer ici, j'ai reçu confirmation de préparatifs à la base de Valcartier. Dans les heures qui viennent, des troupes se mettront en marche.

Les faits s'arrêtaient là. Ce que Simard avait à dire ensuite relevait de la déduction. Il tourna les yeux vers le Premier ministre. Ce dernier regardait ailleurs. Simard était habitué : Provancher évitait toujours de se compromettre, même d'un regard. Marc reprit :

– Les faits que je viens d'énumérer ne font pas le moindre doute dans mon esprit. J'en déduis que l'objectif commun de ces mouvements est la citadelle de Québec. Conclusion évidente du fait de la cérémonie qui doit avoir lieu demain, mais également en vertu d'une des études qui ont été réalisées à une époque où j'étais conseiller pour le ministre Le Hir.

Simard se pencha pour retirer de sa serviette cinq cahiers à couverture cartonnée et reliés par de simples boudins noirs. Il les posa sur la table devant lui.

– Parmi ces études qui visaient à baliser le passage à l'indépendance, les quatre premières sont du domaine public. N'importe quel abonné d'une bibliothèque du pays peut en obtenir une copie. Il souleva le petit cahier sur le dessus de la pile.

– La cinquième est demeurée secrète. Ce cahier décrit l'hypothèse d'une opposition armée de la part du Canada à la séparation du Québec. Ce qui se produit cette nuit y est prédit dans ses grandes lignes et avec quelques détails d'une précision remarquable. On y trouve également des hypothèses quant à des développements probables, mais pour lesquels je n'ai pas encore d'observations corroborantes. Cependant, il faut presque certainement s'attendre à ce que d'autres navires suivent pour appuyer le premier, et que des troupes d'occupation soient déployées sur la plupart des points stratégiques du territoire québécois.

Simard se tut, poussa la petite pile de documents vers le milieu de la table en direction du Premier ministre, puis se tourna vers Boudreau. Il avait terminé.

– Merci, Marc.

Boudreau était très satisfait. Il avait conseillé Simard sur l'ordre de sa présentation, et la première partie semblait avoir porté. La seconde était la plus délicate. Pour la faire passer, il sentit le besoin de prendre un ton très officiel.

– Paul, chers collègues, il revient à nous, cette nuit, de décider comment l'État souverain du Québec réagira à cette agression. Parce qu'il s'agit sans contredit d'une agression. Et doublée d'une traîtrise. Il n'y a pas d'autre conclusion à tirer. Les négociations que le Canada a menées avec nous depuis des mois n'étaient qu'une supercherie. Je vous le demande, qu'allons nous faire maintenant?

Aline Larochelle avança sa chaise tout contre la table.

– Évelyne Leroy n'était-elle pas à Ottawa aujourd'hui? J'aurais pensé qu'elle serait ici ce soir…

Provancher se tourna vers Lambert:

– Tu l'as convoquée, Martin?

– Évidemment, mais elle n'était pas là. J'ai demandé qu'on la joigne d'urgence. Comme je n'ai pas eu de nouvelles, je m'attendais à la voir ici…

Le Premier ministre fronça les sourcils.

– Elle m'a appelé en fin d'après-midi, après la réunion de la commission. Elle était en route pour Montréal...

Il consulta sa montre, puis s'adressa à Lambert :

– Pourrais-tu essayer de la joindre de nouveau?

Pendant que Lambert quittait la pièce, Larochelle poursuivit en interrogeant l'assemblée :

– Je me demande si nous ne devrions pas attendre Évelyne avant de continuer.

Elle constata que certains de ses collègues approuvaient.

– Il faudrait d'abord savoir ce qui s'est passé au juste à la séance de négociation à Ottawa aujourd'hui.

Provancher approuva :

– Évelyne m'en a glissé un mot. Apparemment, les négociateurs pour le Canada nous ont donné le feu vert pour demain. Évelyne y croyait plus ou moins. Elle était très pessimiste, et je lui ai dit qu'elle s'en faisait pour rien. Mais, à ce que je vois, elle avait peut-être raison...

Il fit un geste en direction de la ministre Larochelle :

– Tu pensais à quelque chose en particulier, Aline?

– Pas vraiment, sauf que je ne me sens pas à l'aise de prendre une décision sans elle. J'ai toujours apprécié son point de vue et ses conseils. C'est étrange, mais je viens de me souvenir d'une conversation que nous avons eue il y a quelques jours. Elle a cité Franklin Roosevelt, et ça m'est revenu ce soir quand Martin m'a fait part de la situation. Apparemment, le président américain aurait dit au Premier ministre du Canada de l'époque, Mackenzie King : «Votre territoire ne doit pas servir à menacer le nôtre.» Il y a longtemps de cela, c'était dans les années 30. Mais je crois que ça tient toujours. Et ce territoire, dans leur esprit, incluait et inclut toujours le Québec. Et puisque le Canada est totalement dépendant des U.S.A. pour sa sécurité, je ne serais pas étonnée que l'Oncle Sam soit en dessous de tout ça.

Le conseiller Lambert revint et s'adressa au Premier ministre.

– Son cellulaire ne répond pas. Ses aides me disent qu'elle a bien quitté Ottawa. Elle a pris le train, comme toujours. Seule. Les autres ont pris l'avion. Évelyne devait prendre une voiture à son arrivée à Montréal. Normalement, elle devrait être à Québec depuis une heure.

Provancher esquissa un sourire.

– Si Évelyne n'avait pas cette phobie de voler, elle serait arrivée depuis longtemps!

Lambert se fit rassurant.

– Elle doit être coincée quelque part sur la route. J'ai envoyé quelqu'un chez elle. Dès qu'elle arrivera, on l'emmènera ici.

Provancher hésita. Son inclination naturelle le portait à appuyer ceux parmi les ministres qui voulaient interrompre la discussion. Mais son regard avait croisé ceux de Boudreau et de Simard. Ce dernier surtout lançait des éclairs. Le Premier ministre se décida.

– Je pense que nous pouvons poursuivre. Nous verrons plus tard s'il y a des faits nouveaux.

Provancher avança le menton vers Boudreau.

– Gilles?

Boudreau allongea le bras pour saisir un des cahiers que Simard avait déposés sur la table. La couverture défraîchie avait dû un jour être saumonée. Boudreau l'ouvrit, y repéra la section qu'il cherchait, et adressa une question à l'assemblée. Une question qu'il formula avec soin à l'intention du Premier ministre.

– Qu'écriront les historiens de demain lorsqu'ils feront l'examen de l'état de préparation de notre gouvernement en regard de ce qui est en train de se produire? Diront-ils que nous sommes restés passifs pour demeurer fidèles à nos principes pacifiques? Ou, au contraire, que nous n'avons rien fait parce que nous n'avions pas fait nos devoirs? J'ai relu récemment les études de Le Hir réalisées avant le référendum de 1995. J'y ai retrouvé, et je cite, une section qui s'intitule: «Quatre scénarios de restructuration de la défense d'un Québec souverain». Je concède qu'il s'agissait d'un premier débroussaillage et que ces études avaient un petit côté amateur. Mais, quand même, n'aurait-il pas valu la peine de les poursuivre et de les mener à terme? Le Québec n'a en ce moment aucune force qui puisse tenir tête à un coup militaire. Et vous savez aussi bien que moi que cela n'est pas uniquement dû au fait que nous avons manqué de temps.

Boudreau reposa le cahier sur la table d'un geste délibéré. Le silence était lourd.

– Dans les circonstances, reprit-il, nos options sont très limitées. Cela ne veut pas dire qu'il n'y a rien à faire, ne serait-ce que pour montrer clairement que nous résisterons à toute intervention par la force en utilisant les moyens à notre disposition.

Il désigna son voisin de droite.

– Marc Simard a imaginé une telle riposte, et je vais dans quelques instants lui laisser le soin de nous la décrire. Auparavant, je vous signale que la mise en œuvre de ce plan exige des préparatifs, et qu'il ne pourrait être mis en application à temps, même si nous décidions d'un commun accord, et à la minute même, de l'approuver. Pour cette raison, en début de soirée, Jutras et moi-même avons pris la liberté d'autoriser le sous-ministre Simard à entrer en action.

Des ministres s'agitèrent sur leur siège, et Boudreau les dévisagea rapidement, un à un.

– Au moment où je vous parle, le plan est presque entièrement opérationnel. Évidemment, il peut être interrompu et annulé en tout temps, et sans aucun préjudice, si telle devait être votre décision. Décision à laquelle je me soumettrais. À mon grand regret.

Boudreau fit un tour de table; le Premier ministre regardait ses mains.

– Je laisse à Marc le soin de vous présenter lui-même son plan.

Simard décrivit l'opération Carnaval et les préparatifs en cours, en illustrant sa présentation avec des cartes qu'il avait glissées en vitesse dans sa serviette avant de quitter la maison. Quand il eut terminé, il se sentit angoissé. Il avait tout dit, sauf une information qu'il avait choisi à la dernière minute de garder par-devers lui. Il n'était plus certain de pouvoir faire confiance à toutes les personnes assises autour de la table. Il sortit un mouchoir pour essuyer les perles de sueur qui s'étaient formées sur son front.

Provancher le remercia et s'adressa à ses collègues.

– Des questions?

Le ministre de la Justice, Joseph Marchand, réagit le premier.

– Jusqu'à maintenant, je croyais fermement que le Québec avait une chance de survivre en Amérique du Nord comme pays indépendant hors du Canada. À la condition, bien sûr, que le Canada approuve. Mais si Simard ne se trompe pas, et ça, je n'en sais rien, mais je l'accepte pour les besoins de l'argument, si le Canada n'approuve plus, je ne crois pas que nous puissions rien faire qui changerait quoi que ce soit.

– Je suis du même avis.

Aline Larochelle se rangeait souvent du côté de Marchand.

– Si le Canada a effectivement décidé d'utiliser la force pour empêcher la séparation, il est évident qu'avant d'agir il a prévenu les États-Unis. Et si Ottawa s'est mis en marche, c'est que Washington a approuvé. Par conséquent, comme dit Joseph, l'État du Québec est mort-né.

Marchand approuva de la tête et, selon son habitude, en arquant les mains ostensiblement devant lui puis en croisant les doigts. Il appuya ses coudes sur la table et allongea le cou.

– Si nous nous opposons, je prédis la paralysie de notre gouvernement dans les huit heures après que le monde entier aura appris que le Canada a envoyé ses troupes.

Le ministre parlait sans attendre son tour, comme cela lui arrivait presque toujours, mais Provancher ne le releva pas. C'était du Marchand grand cru. Intelligent, étoffé, mais désespérément cabotin. Au début de sa carrière politique, le député Marchand avait fait un voyage de tourisme en U.R.S.S. À son retour, il s'était institué en expert du système soviétique, laissant vaguement entendre qu'il avait eu là-bas des contacts avec le pouvoir. En réalité, le plus qu'il s'en était approché, c'était lorsque, de la place Rouge, il avait aperçu la limousine de Gorbatchev arriver à plus de cent à l'heure par la rue Gorky et s'enfourner dans le Kremlin. Depuis, Marchand n'avait cessé de décrier le régime communiste, prédisant sa chute imminente à qui voulait l'entendre. Il citait même une date approximative. Quand l'événement se produisit effectivement, il s'avéra qu'il ne s'était trompé que de quelques jours dans ses prévisions. Depuis, Marchand se croyait infaillible.

Le ministre de la Justice n'en avait pas terminé.

– Pour moi, il est clair que nous devons reculer. J'ai toujours dit que nous courions à la catastrophe. Même si le référendum nous donne un droit moral de déclarer l'indépendance, le bien commun ne l'exige pas nécessairement.

Ces mots piquèrent Judith Caron, ministre des Finances. Caron était de nature réservée, mais elle ne pouvait blairer son collègue de la Justice.

– On ne va pas encore revenir là-dessus. Ce que je comprends de vous deux, c'est que vous jetez la serviette.

– Nous sommes réalistes! rétorqua Larochelle. Pour maintenir l'indépendance, il faudrait mobiliser toutes nos ressources, pas seulement cette nuit, mais chaque jour pendant des mois. Pour conserver la souveraineté, il faudra se battre.

– Et alors?

– Alors, les Québécois, pas plus que les Canadiens d'ailleurs, ne comprennent ce que veut dire le mot «pouvoir». Le vrai pouvoir n'est pas quelque chose qui nous est donné par quelqu'un d'autre, mais qu'on acquiert soi-même de force. Chez nous, le pouvoir a toujours été exercé par d'autres – la France, l'Angleterre, le Canada, sinon les États-Unis. Nous sommes restés un État colonial…

Simard fulminait. On perdait un temps précieux. Il allait s'interposer, mais Boudreau le retint d'un geste. C'était au Premier ministre d'intervenir, mais on aurait dit que ce dernier appréciait le délai, pendant que Larochelle reprenait le fil de sa thèse favorite. Après quelques minutes, Provancher y coupa court.

– S'il vous plaît, nous nous éloignons du sujet. J'aimerais entendre les réflexions de nos autres collègues… Mario?

Mario Guzzo, un industriel, avait hérité du portefeuille de l'Industrie et du Commerce. Il avait peu d'intérêt pour les discussions philosophiques. Pour lui, la politique n'avait pas d'autre support que l'économie.

– Excusez-moi, mais je pourrais moi aussi me lancer dans des élucubrations pareilles! Je pourrais conclure, par exemple, que ce qui se passe aujourd'hui était écrit depuis longtemps. Pendant que les effectifs de l'armée canadienne, qui sont presque exclusivement des forces terrestres, augmentaient, la quote-part du Québec dans les dépenses du Canada en équipement militaire n'a cessé de diminuer.

Il leva les bras vers le plafond.

– Et je conclurais que le Canada ne veut pas que son industrie militaire se retrouve dans une province qui depuis 1975 passe son temps à dire qu'elle veut devenir un pays étranger. Et avez-vous réalisé, en plus, que la presque totalité des usines d'armement qui sont encore au Québec sont situées dans les Cantons-de-l'Est, ainsi que dans le sud et dans l'ouest du Québec? Tous ces comtés ont voté non au référendum et demandent depuis des années à se séparer du Québec!

» Vous voyez, n'importe qui peut créer des scénarios qui ne mènent à rien! Soyons sérieux. Le vrai problème est qu'il y a autant d'opposants à l'indépendance à l'intérieur qu'à l'extérieur du Québec. Je le dis depuis longtemps et je le répète : l'indépendance n'est pas un pique-nique! Il ne suffit pas de gagner un vote, il faut aussi pouvoir le défendre par la suite. Cela dit, poursuivit Guzzo, je suis d'avis qu'il faut se battre. On n'a pas fait tout ce chemin pour abandonner au premier coup dur! Je sais bien que la situation semble désespérée. Si le Canada utilise les armes contre nous, et en excluant l'éventualité d'une mutinerie des troupes fédérales sur notre territoire, il n'y a rien à espérer sur le plan militaire. Rien sinon la résistance passive. Ce ne sont tout de même pas les pistolets et les quelques carabines et fusils mitrailleurs de la Sûreté du Québec et de son unité d'intervention qui vont faire la différence sur un champ de bataille. Merde! Ils n'ont même pas encore réussi à mater les Hell's Angels dans ma circonscription de Montréal. Les motards ont probablement un plus gros arsenal que l'État du Québec! Et ça, les fédéraux le savent bien! La démocratie, la vraie, ça ne peut exister que lorsqu'on est d'égal à égal sur tous les plans!

Boudreau aimait beaucoup Guzzo. C'était quelqu'un qui se tenait debout. Au sein du groupe de travail sur la question de la défense nationale, Guzzo avait proposé que le Québec se donne une armée de conscrits. Le Canada avait à peine soixante mille hommes en armes; le Québec aurait pu en recruter autant. Mario donnait toujours en exemple la Belgique, laquelle, avec ses dix millions d'habitants, soit un peu plus que le Québec mais trois fois moins que le Canada, avait une armée de quatre-vingt-dix mille conscrits. Les conscrits, pour Guzzo, c'était la solution; d'autant plus que le service militaire permettait du même coup de réduire le chômage à peu de frais. Boudreau et Guzzo n'étaient pas arrivés à leurs fins. Pas plus que Simard n'avait pu obtenir les fonds pour poursuivre son étude des plans de riposte.

Tout avait été relégué aux oubliettes parce qu'il y avait au sein du gouvernement des forces qui s'y opposaient. Comme si elles ne voulaient pas que l'indépendance réussisse… Boudreau et Guzzo avaient désapprouvé la décision du Premier ministre de prendre possession d'une place forte fédérale simplement pour faire une bravade, le 24 juin. Ils jugeaient que le délai pour se préparer à un coup dur était trop court. Les deux ministres échangèrent un regard. Ils se comprenaient. Pour gagner ce soir, il faudrait jouer serré. Il était inutile de ramener les vieilles histoires sur la table. Guzzo reprit la parole.

– Le plan de Simard, quant à moi, est de la pure improvisation. En temps normal, je le trouverais tout à fait inacceptable. Mais nous ne sommes pas en temps normal...

Tactiquement, il n'acheva pas sa phrase.

Boudreau savait qu'après avoir entendu ses ministres le Premier ministre demanderait l'avis de ses conseillers. Provancher repoussa son siège pour mieux voir celui qui était assis à sa droite.

– Daniel?

Boudreau soupira. Le Premier ministre utilisait sa tactique habituelle. Il ne se contentait pas d'admirer les présidents des États-Unis, mais également leurs anciens secrétaires d'État. Son préféré était Henry Kissinger, qui avait l'habitude de présenter trois options principales en insérant la bonne, c'est-à-dire celle qu'il préférait, entre deux autres qui étaient inacceptables ou complètement absurdes. Comme le jambon dans le sandwich. Provancher utilisait ses trois conseillers exactement de la même façon. Il faisait parler l'idiot de Brunet, avant de passer à celui qui donnait immanquablement l'opinion que le Premier ministre appuyait. Plus souvent qu'autrement, il s'agissait de Lambert. Nadeau, pour sa part, se contentait habituellement du rôle de tranche de pain du dessus.

Brunet se racla la gorge.

– Selon moi, il faut s'attendre au pire. Mais cela ne veut pas dire qu'il se produira.

Boudreau regarda ses collègues un à un pendant que Brunet poursuivait. Personne ne semblait écouter. Ils attendaient tous Lambert. Les conseillers du Premier ministre étaient de première classe au départ, mais l'attitude de leur patron leur avait donné trop de pouvoir. Ainsi que pour tout homme à qui cela arrivait, ils étaient maintenant corrompus. Chacun s'était campé dans un rôle typique. Brunet était celui qui ne pouvait juger qu'en fonction des informations qu'il avait en mains. Dans le cas présent, il n'avait pas grand-chose, pas plus d'ailleurs que les autres personnes assises autour de la table. Le conseiller Brunet était par conséquent inutile. Par contre, Lambert était de ceux qui considéraient que, pour prendre une décision, l'expérience valait souvent plus que les données. C'était souvent vrai, mais le conseiller Lambert était devenu trop imbu de lui-même, et Provancher le mettait toujours dans la position peu enviée d'avoir à porter l'odieux des mauvaises décisions. Lambert avait appris à user de prudence, tout en donnant l'impression d'avancer sans aucune hésitation.

Lorsque Lambert parla à son tour, il parut moins assuré que d'habitude. Le conseiller principal était visiblement soucieux. Ce soir, quelque chose semblait le préoccuper.

– Il faut se garder d'agir trop rapidement. Ce que Marc Simard nous propose pourrait ne servir qu'à envenimer les choses, sans aucun résultat positif. Et ce sera coûteux. Ne nous cachons pas que cette voie est celle de la guerre civile.

Lambert regarda Simard bien en face.

– Si la situation est telle qu'on nous la décrit, nous aurons de la reconstruction à faire, des plaies à guérir. Ce n'est pas le moment d'en ouvrir d'autres. Par contre, si nous tenons à l'indépendance, nous devons montrer clairement notre opposition à un coup de force militaire. Mais pas nécessairement de la façon qu'on nous suggère. Je propose qu'on vérifie soigneusement toutes les informations de Marc. En réagissant trop brusquement, nous risquons la catastrophe.

Provancher se tourna vers Nadeau. Ce dernier était un conseiller du troisième type, c'est-à-dire de ceux qui, plutôt que de juger en fonction du passé, regardaient vers le futur. Malheureusement, dans le cas de Nadeau, c'était surtout son propre avenir qu'il préparait. Il appuya l'opinion de Brunet et conclut en faisant remarquer l'ironie de la situation.

– Si je ne me trompe pas, c'est dans un bunker souterrain situé précisément à la base de Valcartier qu'il était prévu autrefois que le gouvernement du Québec se réfugie en cas de conflit…

Simard venait de comprendre une chose : il était de trop dans cette pièce. Personne n'avait véritablement de question pour lui, et tous attendaient que Provancher lui indique la sortie avant de mordre dans le sujet. Marc commença de rassembler les papiers

DANS L'ŒIL DE DIEU

qu'il avait éparpillés sur la table. Le Premier ministre parut soulagé, et s'adressa à Simard en souriant :

– Marc, vous avez aussi du pain sur la planche…

Il se tourna ensuite vers le ministre Boudreau.

– Y a-t-il autre chose que nous devrions savoir ?

Voyant que Simard niait de la tête, Boudreau répondit rapidement :

– Non ; je crois bien que ce sera tout.

– Dans ce cas, reprit Provancher, je vous remercie, Marc. Sincèrement. Je vous suis reconnaissant de ce que vous faites en toute conscience pour le bien du Québec.

Simard était furieux. Il était venu dans l'espoir de pouvoir influencer la décision, et il doutait d'avoir fait avancer les choses le moindrement. Au contraire, il avait perdu ici un temps précieux. Il enfourna sa cargaison pêle-mêle dans la serviette et se dirigea vers la sortie sans dire un mot. Boudreau l'accompagna jusque dans le vestibule et referma la porte à demi.

– Calme-toi, Marc. Ça ne sert à rien de t'énerver. Tu as très bien fait. Ta présence n'aiderait pas la cause, je t'assure.

Le ministre serra l'épaule de Simard.

– Je ne sais pas combien de temps il faudra, mais Mario et moi ferons tout pour que tu obtiennes le feu vert. En attendant, fais comme si tu l'avais. Complète le dispositif, mais attends avant d'agir. Je t'appelle dès que c'est fait.

Il garda le silence un moment avant d'ajouter :

– Quelle que soit la décision…

Marc saisit la main tendue de Boudreau et la serra.

– Merci. Désolé. Vous avez probablement raison. J'y vais.

Il ne lâchait pas la main de Boudreau. Il avait gardé en réserve une dernière pierre à jeter dans la mare.

– Gilles, il y a une information que je n'ai pas divulguée à la réunion. J'avais l'intention de la donner, mais je crois que c'est leur attitude qui m'a décidé à la retenir. J'ai cru que cela valait mieux ainsi.

Simard sentit la main de Boudreau mollir dans la sienne.

– Mon informateur, celui qui a confirmé les préparatifs de Valcartier, a ajouté un petit détail.

– Un détail ?

– Il est un des agents recrutés autrefois par vos services.

– Et alors ?

– À deux reprises aujourd'hui, il a transmis l'information sur le mouvement de troupes de Valcartier.

Boudreau ne réagissait pas. Il ne semblait pas comprendre.

– Ce que je veux vous dire, c'est que cet informateur n'en a pas parlé qu'à moi.

En réalité, Boudreau saisissait très bien, mais il refusait de l'accepter. Il joua le jeu pour se donner le temps d'encaisser le coup.

– À qui d'autre ?

– À Marion.

Le ministre retira vivement sa main.

– C'est impossible. Marion me l'aurait dit.

– Et s'il y avait une taupe ?

– Je le saurais !

Simard grimaça.

– Sauf, bien sûr, si la taupe est Marion…

– Écoutez, Marc, je connais Marion.

Cette information n'apportait pas grand chose de neuf à Marc : très peu de gens connaissaient l'identité réelle de Marion, mais il n'y avait rien d'étonnant à ce que Boudreau soit l'un d'eux. Par contre, la confiance de Boudreau démontrait que Simard l'avait bien jugé depuis le début. Si le ministre de la Sécurité publique se confiait ainsi, il était vraiment un allié sûr. Marc ajouta, tout bonnement :

– Eh bien, demandez-le-lui ! Vous verrez bien…

– Mais tu présumes que Marion est un traître. Je me refuse à le croire !

– Il n'y a pas d'autre explication logique. Lorsque je vous ai téléphoné dans la soirée, vous ignoriez tout à propos de la frégate. Et tous ceux qui étaient à la réunion tantôt l'ignoraient aussi, à moins que j'aie très mal jugé leurs réactions. Vous n'étiez pas non plus au courant à propos des troupes. Cela ne vous semble-t-il pas étrange ? Ces événements se préparaient depuis des semaines, voire des mois. Il a bien dû y avoir un agent qui a eu vent de quelque chose, soit dans les bureaux de la marine, ou sur les quais de Halifax, soit au quartier général d'Ottawa. Un agent qui aurait nécessairement mis Marion au courant. Je ne sais pas, n'importe qui… Évelyne Leroy, peut-être, qui passe son temps à négocier avec eux.

Soudain, Marc Simard venait de réaliser une autre chose qui ne l'avait pas frappé sur le coup pendant la réunion.

– Pourquoi n'était-elle pas là ce soir ?

Simard savait que son argumentation se tenait et que Boudreau fléchissait. Il revint avec sa meilleure carte.

– En ce qui concerne les troupes qui sont sur le pied de guerre à quelques kilomètres d'ici, Gilles, je sais *sans l'ombre d'un doute* qu'un agent a appelé Marion !

Cette fois, Boudreau parut abasourdi ; il se tourna vers la salle, puis regarda Simard droit dans les yeux.

– C'est impossible, Marc, impossible. Marion ne peut pas agir seul. Et puis…

Le ministre tendit le bras vers la porte et laissa échapper, dans un souffle :

– Il est là, dans cette pièce…

Simard pâlit. Marion faisait partie du conseil de guerre. Cela voulait dire que, même si le conseil décidait d'aller de l'avant avec le plan, la taupe se hâterait de prévenir Ottawa. Le plan était voué à l'échec, de toute façon. Tout était perdu ! Marc laissa passer plusieurs secondes, le temps de reprendre ses esprits, puis lança à voix basse :

– Gilles, il faut à tout prix empêcher Marion de communiquer avec l'extérieur !

– Ce ne sera pas facile.

– Donnez-nous au moins le temps de prendre l'armée par surprise.

– C'est que Marion est…

– Je ne veux pas le savoir !

Simard s'était empressé de couvrir la voix de l'autre.

– Pour le moment, je me fous de son identité ; tout ce que je veux, c'est le neutraliser, ne serait-ce que cette fois-ci.

Il se pencha pour reprendre sa serviette à ses pieds. Il le fit lentement, et, quand il se releva, il était calmé.

– Écoutez, je ne crois pas que les troupes quitteront Valcartier avant trois ou quatre heures du matin. Les patrouilleurs de la Sûreté nous avertiront.

Simard réfléchit un moment.

— Je souhaite que la décision soit la bonne, mais faites traîner les choses jusqu'à la dernière minute. Tant que Marion sera dans la pièce, il ne pourra les avertir. Ça nous aidera.

Boudreau regarda dans la salle par la porte entrouverte.

— Ce ne sera déjà pas facile de les convaincre tous que nous devons résister. Si je parais hésitant, ce sera encore pire.

— Il n'y a pas d'autre solution !

— Allez, j'y vais. Bonne chance !

Simard se dirigea vers l'escalier qui menait à l'extérieur. Une rumeur lui parvint quand Boudreau ouvrit la porte de la salle de réunion. Marc se retourna. Dans l'encadrement, Provancher faisait les cent pas le long du mur. Il mâchonnait une cigarette qu'il avait prise dans le paquet de Lambert. Les autres parlaient tous en même temps. La réunion du conseil tournait à la pétaudière.

L'île de la quarantaine

Le jeudi 24 juin, 3 h 30,
sur le fleuve Saint-Laurent,
à 60 km en aval de la ville de Québec

Bjorn serra la rambarde si fort que ses jointures jaillirent toutes blanches dans le noir. Le moment de s'évader était venu, et Larsen était inquiet, beaucoup plus qu'il ne l'aurait pensé. Son projet avait pourtant paru si simple à réaliser lorsqu'il l'avait décrit à Jean-Louis, sous le chaud soleil de l'après-midi. En ce moment, dans la lumière froide et voilée de la lune, il lui semblait dérisoire.

Douze heures s'étaient écoulées, et le navire était de nouveau immobilisé, tous feux éteints. Comme prévu. Par contre, ce qui était contrariant, c'était l'endroit que Harley avait choisi pour mouiller. On entendait distinctement par-dessus le ronron des engins l'eau qui passait en chuintant contre la coque, comme si la *Ville-de-Québec* avançait toujours. Les hélices mollement donnaient des coups de pale en alternance, juste assez pour maintenir le navire en place, selon les indications du pilote automatique. Harley avait branché son navire sur les satellites militaires américains, déverrouillés pour l'occasion, et qui pouvaient positionner un navire sur une cible minuscule. En fait, ils étaient si précis qu'on aurait pu s'en servir pour placer chacun des marins dans sa propre couchette.

Bjorn retira une autre feuille de papier de sa poche, la chiffonna grossièrement, allongea le bras et la laissa tomber vers l'eau noire. La boule blanche descendit tout droit quelques instants, puis partit soudain vers la droite. Il en conclut qu'il n'y avait presque pas de vent, ce qui était favorable. Par contre, le courant de la marée baissante était encore puissant, ce qui ne l'était pas du tout. Bjorn tordit le garde-fou comme s'il voulait en extraire le jus. Ils devaient absolument partir avant le jour s'ils voulaient avoir la moindre chance de réussir.

La boulette, telle un gros flocon de neige, disparut dans une langue de brume qui arrivait lentement au ras de l'eau noire par le travers tribord. Un léger vertige s'empara de Bjorn et il releva la tête. À sa hauteur, et si près qu'on aurait cru pouvoir les atteindre en lançant une pierre, des épinettes émergeaient du brouillard. Leurs cimes nappées de ouate rappelaient les sapins de Noël décorés à l'américaine des foyers québécois de son enfance, et que Larsen père, élevé dans la tradition européenne, abhorrait. Il y en avait autant de l'autre côté, sur le flanc bâbord, comme si le navire avait été un train en panne sur la voie ferrée en pleine forêt boréale. John Harley avait eu un cran du tonnerre de s'être glissé dans un passage aussi étroit. À moins qu'il ne soit devenu complètement fou.

Larsen connaissait ce point, qu'un cercle rouge entourait sur la carte d'état-major de l'opération Phips. À n'utiliser qu'en des circonstances exceptionnelles. C'était le bras sud de la passe Patience, au cœur de l'archipel de Montmagny, un dédale de hauts-fonds, de récifs et d'îles entre la mer et l'eau douce, balayé par des courants changeants et continuels. La passe avait un avantage tactique du fait qu'elle était en plein centre du fleuve et qu'elle permettait de se soustraire au regard des deux rives entre deux îles inhabitées. Mais elle était étroite et accessible aux navires seulement quelques heures par jour, à cause de la marée. Il y avait toujours beaucoup d'eau entre les deux îles, mais les deux extrémités de la passe étaient des pièges. Il fallait du cran pour pénétrer dans ce couloir, et une confiance totale en ses instruments de navigation. Au centimètre près. Avec tous les gadgets protubérants sous sa coque, la frégate avait besoin de près de sept mètres d'eau sous sa ligne de flottaison. Les seuils de la passe n'étaient qu'à quatre ou cinq mètres sous la surface pendant une marée basse normale. Et encore moins par une grande marée. Cette nuit, Harley avait frôlé le fond. Et maintenant qu'il mouillait dans la passe et qu'il avait pris la décision de s'arrêter, il ne pouvait plus repartir. Du moins, pas avant que la mer n'ait baissé complètement, puis remonté de un à deux mètres. Cela voulait dire immobiliser le navire pendant au moins deux heures. Patience, vraiment.

Larsen scruta l'obscurité, loin au nord, là où le plateau bosselé des Laurentides plongeait d'un seul jet dans le fleuve. Quand le jour se lèverait, le profil du cap Tourmente apparaîtrait contre le ciel, et il serait trop tard pour s'évader. Les fuyards feraient des cibles trop faciles sur l'eau après le lever du jour. Larsen savait que c'était maintenant qu'il fallait se décider, malgré le courant, mais il hésitait encore. «Allez mon vieux, se dit-il, ce n'est qu'un petit voyage de plus!» Et, à la pensée de ce qu'il s'apprêtait à faire, le cœur lui monta dans la trachée. Il l'entendait distinctement haleter, comme un chien qui rapporte un bâton à la nage contre le courant et qui commence à paniquer parce qu'il ne trouve plus le rivage à l'endroit où il l'avait laissé.

– Vous n'allez pas dormir de la nuit, monsieur Larsen?

Bjorn bondit presque. Il avait oublié son gardien. Il esquissa un sourire en se retournant.

– Qui pourrait dormir par une nuit pareille?

– Vous vous intéressez à la marée?

– Oui et non. Je me demandais pourquoi le capitaine était entré ici.

Il montra le large de l'île.

– Y avait-il des navires dans le chenal Nord?

– Effectivement.

– Les services de sécurité n'ont pas pris le contrôle de la station de Québec, comme de celle des Escoumins?

– Bien sûr, répondit Lonsdale, mais il y avait déjà deux navires en route. Des capitaines locaux, qui ne sont pas requis de prendre des pilotes.

– Et Harley ne voulait courir aucun risque…

– N'est-ce pas ce que vous auriez fait vous-même?

Lonsdale venait de s'appuyer sur la rambarde, à côté de Larsen, et ce dernier se releva aussitôt pour s'éloigner, craignant que sa trouille ne le trahisse. Il tenta de se calmer en balayant la nuit du regard, d'abord vers l'aval, où il savait que le fleuve avait l'allure d'une mer, puis vers l'amont, où il ressemblait plutôt au cul-de-sac que Jacques Cartier avait trouvé là où il attendait un passage vers la Chine. Québec était à moins de deux heures. Par là, au-delà de la pointe de l'île d'Orléans, encore invisible dans le noir. C'était le premier but que Larsen s'était fixé. Se rendre en vue de l'île, seulement cinq milles marins, puis contourner par le nord cette longue masse qui séparait le fleuve en deux bras avant Québec. Encore une petite distance de rien du tout, mais qui cette nuit lui semblait aussi longue que celle qui le séparait de la lune. Une lame de brume passa.

– On sera ici encore longtemps ?

Bjorn s'était encore éloigné d'un pas en posant la question, s'efforçant d'afficher un air anodin, comme s'il ne s'intéressait pas à la réponse. En réalité, il la connaissait. En partie du moins. Harley était en avance sur l'horaire. Il devait forcément attendre. Mais Bjorn soupçonnait qu'il y avait autre chose, un événement imprévu qui avait contraint John à choisir cet endroit. Au moment où la frégate pourrait enfin quitter la passe, le jour serait levé, et John aurait non seulement écoulé entièrement le temps qu'il avait gagné, mais il aurait même pris du retard. C'était inévitable, à cause de la marée. Une certitude sur laquelle Harley ruminait sûrement lui aussi, dans les entrailles du navire, devant les écrans qui coordonnaient toutes les manœuvres de l'opération. Si Harley attendait, c'était que les autres n'étaient pas prêts. Ce n'était pas la marine qui avait frappé un écueil, mais l'armée, et John était venu se tapir dans un fourré comme un loup en attendant le reste de la meute.

Lonsdale était aussi loquace qu'un lampadaire. S'il savait quoi que ce soit, il n'en laissait rien paraître. Au fond, Larsen s'en balançait. Le retard était le bienvenu, et la seule chose qui l'intéressait vraiment en ce moment était de savoir si Lonsdale le laisserait assez libre de ses mouvements pour qu'il mette son projet d'évasion à exécution. Bjorn aurait préféré que ce soit un de ces marins sans expérience qui le surveillât encore cette nuit. Ces jeunots n'osaient jamais lui interdire de rôder à son gré sur presque tout le navire. Larsen regarda l'eau de nouveau. Impossible de dire si la marée baissait encore. Tant pis. Sa décision était prise. S'il y avait vraiment eu un pépin sérieux, John deviendrait de plus en plus nerveux à mesure que le temps s'écoulerait. Il fallait agir tout de suite. Larsen se dirigea lentement vers le pont au-dessous. Lonsdale lui emboîta le pas.

Bjorn arriva au pied de l'échelle, se frotta les mains comme quelqu'un qui n'a rien d'autre à faire que de s'asseoir pour lire son journal, et continua sa progression vers la poupe. Il esquissa un sourire dans le noir. Dans quelques instants, il allait entrer en scène. Justine disait toujours, au moment d'aller devant la caméra : «Tu fais comme le canard sur l'eau, mon vieux. Calme au-dessus comme si de rien n'était, mais tu te fais aller les pattes aussi fort que tu peux sous la surface.» Bjorn n'était plus qu'à quelques pas des deux pneumatiques; le petit hors-bord devant, puis la grosse vedette à moteur marin derrière. Bien. Deux pas encore. Sa main nonchalamment s'assura que le boudin du petit gonflable était bien dur. Ce n'était pas la première fois qu'il passait en douce par ici afin de repérer le moindre détail. Tout semblait parfait. Il releva la tête vers le pont supérieur qu'il venait de quitter, et s'arrêta net. Il ne voyait plus Jean-Louis. Il était encore là pourtant, quelques secondes plus tôt. Mais où diable était-il, l'animal?

Son cœur monta encore plus haut et alla se loger dans sa gorge, comme un gros caillot se coince dans une artère. Le souffle lui manqua, et il s'appuya sur la rambarde. Ce qu'il s'apprêtait à vivre, il l'avait souvent imaginé pendant ses voyages en mer, mais, Dieu merci! cela ne lui était jamais arrivé. La peur ultime du marin. Et, ce soir, il allait le faire de son plein gré. Ce moment de panique le mit en colère contre lui-même. «Mauviette! se dit-il. Le pire qui puisse arriver, c'est que tu échoues! Ils ne vont quand même pas se mettre à te tirer dessus...» Il regarda la mer encore. L'eau filait moins vite. Dans la faible lumière, ses lentes spirales hésitaient après avoir heurté la coque. Le courant devenait presque nul, il allait bientôt changer, le baissant était presque terminé. Puis Bjorn sentit sur son visage un souffle d'air, un petit vent venu d'en bas, du nord et de l'est, le vent de la marée. Le vent frais de la décision. L'étal était tout près, ce moment prodigieux où le courant ralentit et s'arrête, avant de repartir dans l'autre sens quand la marée a fini de descendre et se remet à monter. Moment improbable que choisissent des masses d'eau plus grandes que des villes pour s'arrêter d'un coup, se retourner sur elles-mêmes et repartir dans l'autre sens.

«Et voilà, mon vieux Bjorn, tu vois! La voilà, la renverse. Tu ne vas pas te retrouver des lieues en bas, dans la traverse Saint-Roch, seul dans la nuit comme un baleineau qui a perdu sa mère, ballotté par un courant de dix nœuds.» Lonsdale s'était approché pour tâter à son tour le boudin. Se doutait-il de quelque chose? Il fallait engager la conversation en attendant que Jean-Louis reparaisse.

– Garson, vous connaissez le nom de ce chenal où nous sommes et qui mène au chenal principal?

– Je l'ai vu sur la carte. Il s'appelle Patience.

– Exact, du nom de la petite île, droit devant.

– Personnellement, j'aurais plutôt donné ce nom à l'autre île, plus grande, de l'autre côté.

– La Grosse Île?

– Précisément. C'est là qu'on faisait débarquer les immigrants pour qu'ils attendent en quarantaine avant de poursuivre leur voyage. On dit que plus de quatre millions et demi de pauvres gens ont séjourné ici, à se morfondre en attendant de pouvoir entrer au Canada. Beaucoup d'Irlandais, entre autres.

– À attendre la terre promise, après quarante jours qui avaient dû leur sembler quarante ans...

– Monsieur Larsen, cette île était pour eux une oasis, rétorqua Lonsdale en se relevant. La traversée du désert, c'était plutôt la famine qui ravageait leur pays, et ensuite l'attente dans les ports, le derrière sur leur maigre baluchon, avec des enfants affamés, puis la traversée de l'Atlantique, dans les cales pourries d'un voilier qui n'était plus assez sûr pour faire le commerce avec l'Orient par le large du cap de Bonne-Espérance, et qu'on affectait...

– ... au transport du bétail?

– Si vous voulez. Beaucoup n'ont pas réalisé leur rêve. J'ai lu qu'il y avait un cimetière sur l'île avec plus de sept mille sépultures...

– C'est exact, Garson. Vous êtes fort en histoire!

Bjorn aimait bien cet homme. Depuis le premier jour. Cela avait sûrement contribué à sa décision de le suivre, deux jours plus tôt. Jean-Louis n'avait toujours pas reparu.

– Vous êtes irlandais, M. Lonsdale?

– Non, pas du tout.

– Le capitaine Harley, lui, est irlandais. C'est lui qui vous a parlé de cette île?

– Oui, entre autres. Et vous savez ce qu'il me disait au moment où nous entrions dans la passe ici, cette nuit, dans le plus grand calme, alors qu'il aurait dû être tendu du fait de risquer son navire dans un endroit pareil?

– Je peux imaginer…

– Non, je ne crois pas que vous l'imaginiez, monsieur Larsen. Je sais que vous êtes en désaccord avec lui, et je ne crois pas que vous sachiez toujours bien ce qu'il a en tête. Le commodore a dit : «Lonsdale, réalisez-vous que des milliers de mes ancêtres sont passés par ici? Les vôtres aussi, Garson. Et ceux de Bjorn Larsen. Et ceux de tous ces malheureux que nous allons mater dans quelques heures. Ils ont tous remonté ce fleuve, vos pères, les miens, ainsi que ceux du plus petit des marins de ce navire. Ils sont venus d'Europe, les uns après les autres, sur plus de trois cents ans.»

Le lieutenant marqua un temps avant de reprendre :

– Vous savez ce qu'il a ajouté, monsieur Larsen?

Ce dernier avait repris son chemin et venait de s'arrêter devant la grande vedette. Lonsdale le rejoignit d'un pas.

– Le commodore a dit que tous ces gens exilés n'avaient qu'un seul but, celui de construire un pays.

Larsen dévisagea Lonsdale et le vit se rembrunir lorsqu'il ajouta :

– Et le commodore a dit que ce soir, lui-même, ainsi que vous, moi, et nous tous sur ce navire, suivions le même chemin qu'eux.

Larsen se détourna. La frégate était un vaisseau portant les descendants des immigrants, une sélection choisie dans tous les coins du pays. L'histoire se répétait. Même pour Jean-Louis, qui venait d'un de ces villages dispersés le long de la rive sud du Saint-Laurent et que les Français fondèrent au XVIIe siècle. On verrait les lumières de leurs petites maisons, la silhouette du clocher de leur église, si on n'était pas coincé derrière l'île de la Quarantaine. Berthier, Saint-Vallier, ou Saint-Michel-de-Bellechasse, Bjorn ne se souvenait plus lequel était la patrie de Jean-Louis. Et il ne savait pas non plus où diable le jeune homme était en ce moment.

Lonsdale poursuivait, comme pour lui-même :

– Mais au lieu de remonter ce fleuve pour construire un pays, nous allons le détruire…

Larsen se retourna brusquement vers le lieutenant.

– C'est vraiment lui qui a dit cela ?

– Il l'a dit, oui.

– Mais je croyais que le but de Harley était précisément l'inverse.

– C'est ce que je lui ai répondu.

– Et ?

– Il a ajouté que le résultat serait le même pour chacun d'entre nous, de quelque côté que nous soyons…

– Et qu'en pensez-vous ? Ce navire ne devrait-il pas attendre ici que le jour se lève, puis y passer tranquillement le reste de la journée ?

– Je crois que nous faisons tous ce que nous avons à faire, monsieur Larsen, et pas uniquement ce qu'on appelle son devoir. Mais je souhaite qu'effectivement, à la fin de cette journée, nous soyons tous en route pour Halifax, et que tout soit terminé.

Bjorn s'approcha de Lonsdale et posa la main sur l'épaule du lieutenant. Ce dernier se figea.

– Je vous le souhaite, Garson, je nous le souhaite tous.

Bjorn le quitta et s'approcha de la proue de la vedette. De cet endroit, il aperçut Jean-Louis. Le matelot était revenu à son poste, sur la passerelle menant à l'avant, à une dizaine de mètres à peine de lui. Le garçon n'aurait besoin que de quelques secondes pour venir jusqu'à l'endroit où Bjorn se trouvait.

Jean-Louis avait la trouille lui aussi, ne cessant de compter mentalement le temps qu'il aurait pour réagir. Inquiet, il avait quitté son poste de vigie quelques instants pour aller s'assurer que son copain de l'autre côté se tenait prêt lui aussi et répondrait sans faillir à son appel. Quand son regard croisa celui de Bjorn, Jean-Louis comprit que le moment approchait. Il fit un geste du menton pour montrer que son copain était bien là. Puis il vit Bjorn reculer d'un pas et se pencher pour regarder sous la coque de la vedette. Bjorn était tout près du bord, à cet unique endroit, exactement vis-à-vis du flanc de la vedette, où il n'y avait pas de garde-fou, afin de faciliter la manœuvre de mise à l'eau.

Larsen montra quelque chose du doigt sur le pont et adressa à Lonsdale une question que Jean-Louis ne saisit pas. Le lieutenant s'approcha à son tour et se pencha pour examiner le dessous de la coque. De son poste, Jean-Louis ne voyait plus les deux hommes, et fixait intensément l'endroit où ils avaient disparu. Il vit alors Larsen se relever. Il avait les mains devant la poitrine. Elles étaient jointes. Non! Les doigts d'une main pointaient vers ceux de l'autre, formant comme le toit pointu d'une maison, et les pouces à l'horizontale se touchaient également. C'était le signal convenu dans l'après-midi! La forme du pont de Québec! Jean-Louis hocha brusquement la tête, comme s'il avait reçu soudain une grande claque dans le dos. Le signal!

Ensuite, tout se passa très vite. Jean-Louis vit Bjorn reculer lentement, dos à la mer, distraitement, tout en parlant à Lonsdale. Il le vit approcher imprudemment du rebord, là où rien ne le gardait. Tous les sens en alerte, Jean-Louis entendit Larsen dire : «Excusez-moi, Garson, j'avais cru…», puis il le vit tomber comme une cage d'ascenseur en poussant un cri sec. Larsen avait perdu pied et glissait vers l'eau, les bras tendus, les doigts cherchant vainement une aspérité sur la coque lisse. En moins de deux secondes, il avait disparu.

Jean-Louis comprit immédiatement. Faisant un mouvement de bras à l'intention de son copain, il sauta sur le pont au-dessous de lui. Il atterrit à côté de Lonsdale, qui avait pris son sifflet et s'époumonait comme un ouistiti, tout en tentant de saisir son walkie-talkie. Jean-Louis courut vers le petit gonflable, et se mit à le dégager en répétant nerveusement à pleine voix :

– Un homme à la mer! Un homme à la mer!

L'autre marin sauta sur le pont à son tour, et Lonsdale lui lança :

– Aidez Morrissette, préparez la vedette, et attendez avant de la mettre à l'eau, je fais venir du renfort!

En quelques minutes, le petit gonflable fut libéré de ses attaches, accroché au treuil et soulevé. Jean-Louis le faisait passer par-dessus le garde-fou lorsque Lonsdale établit la communication. Jean-Louis pensa : «Il va ameuter le capitaine!», au moment même où le gonflable arrivait au-dessus du vide. L'esquif se mit à se balancer sur ses attaches pendant que le marin qui actionnait le treuil le faisait descendre lentement sous le niveau du pont. D'un geste de la main, Jean-Louis lui fit signe d'accélérer la manœuvre, enjamba la barrière et sauta dans le gonflable. Les câbles filèrent d'un coup, et la petite vedette amerrit en claquant sec et en soulevant une gerbe blanche. Jean-Louis entendit Lonsdale, penché sur le garde-fou, lui lancer :

– Morrissette, attendez ! Ne partez pas seul !

À une encablure du navire, Bjorn entendit cette voix et ralentit son allure. Il avait mal à un genou. En tombant, alors qu'il glissait encore contre l'acier, il avait poussé énergiquement la coque des deux mains pour s'en éloigner le plus possible. Mais son geste le fit basculer et son genou heurta la paroi. Bjorn toucha l'eau la tête la première, en position renversée, et s'enfonça de plusieurs pieds. Il se mit à nager sous l'eau, à moitié étourdi, cherchant la surface. Il n'y trouva qu'un mur d'acier. Il était parti dans la mauvaise direction. Inutile de monter encore. Il n'y avait pas un centimètre cube d'air de ce côté. Il était loin sous le navire, là où la coque inclinée forme un surplomb. À cet instant, à bout de souffle, Bjorn Larsen se crut perdu. Il entendait, amplifié par l'eau, le bourdonnement des engins et le sifflement des hélices au ralenti. Le courant l'entraînait vers la poupe, et il allait bientôt se retrouver dans un gigantesque moulin à viande.

Avec frénésie, il pivota et poussa de toutes ses forces du pied droit contre la coque. Sous l'effort, ses poumons se vidèrent comme un ballon qui éclate. Bjorn tendit les bras et les agita d'avant en arrière comme un oisillon qui tombe du nid. Sa tête émergea. Il ouvrit la bouche pour aspirer. L'air n'entra pas. L'eau glacée contre sa poitrine et les rigoles qui descendaient de sa chevelure sur son nez faisaient un carcan qui l'étouffait. Haletant, il lui sembla qu'il n'y avait pas d'air à la surface de l'eau. Il agita frénétiquement les jambes et les bras jusqu'à ce que son corps se déplace encore et se dresse. Il tendit le cou, ses cheveux touchèrent la coque, et sa gorge se desserra enfin. L'air y pénétra en sifflant. Bjorn souffla, aspira de nouveau. L'air lui brûlait enfin la trachée, et c'était bon.

Bjorn demeura sur place une minute pour se calmer. Il avait la nausée, et comprit que l'espace libre juste sous la coque était vicié par la fumée des diesels. Mais il se sentait comme quelqu'un qui a vu la mort de près et qui connaît désormais ses ruses. En moins d'une minute, il était remis, et il se mit à nager le plus rapidement possible pour s'éloigner du navire. Bjorn était bon nageur, et il progressa rapidement. Après quelque temps, il perçut une lueur sur l'eau derrière lui et se retourna. Quelqu'un sur la frégate venait d'allumer un réflecteur. Il y avait un pneumatique qui oscillait contre le navire, et une forme humaine penchée sur le garde-fou criait quelque chose. Bjorn se remit à nager.

Debout dans le pneumatique, à peine plus grand qu'un dinghy, Jean-Louis feignit de ne pas avoir entendu l'ordre de son supérieur et se précipita sur le moteur hors-bord. Une poche de nylon imperméable en recouvrait le pied et Jean-Louis s'empêtra en essayant de la retirer dans l'obscurité. On courait sur le pont là-haut, et un faisceau de lumière arriva sur lui. Jean-Louis trouva le verrou. Quelqu'un lui parlait depuis le navire, mais il n'écouta pas. Il réussit enfin à faire basculer le pied du moteur, saisit un des réservoirs d'essence, brancha la conduite et se mit à triturer la poire au centre du tuyau de caoutchouc pour faire venir l'essence. Là-haut, Lonsdale donnait encore des ordres. Les bruits de pas s'amplifiaient. «Ils vont mettre l'autre vedette à l'eau! pensa Jean-Louis avec horreur. Ils se doutent de quelque chose! Allez, merde, vas-y!» Il sentit enfin la poire se durcir, l'abandonna et se précipita sur le moteur. Il saisit le bras de conduite d'une main et la poignée de la corde de démarrage de l'autre. Il tira de toutes ses forces d'un coup sec. Le moteur crachota deux fois et démarra. Morrissette embraya et fit pivoter la manette des gaz. Le pneumatique bondit hors du cercle de lumière.

Jean-Louis vira à quatre-vingt-dix degrés pour se diriger à la perpendiculaire du navire, jugeant que Larsen avait dû s'en éloigner aussi rapidement que possible. Il poursuivit un moment à pleine vitesse, avant de penser au courant du baissant. «Il aura descendu un bout...», pensa-t-il en virant encore sur sa droite. Jean-Louis ne voyait absolument rien. Il était dans le noir, sur une surface noire. C'est à cet instant seulement qu'il réalisa qu'il risquait de frapper Bjorn. Il relâcha les gaz, embraya au neutre et se mit debout pour examiner les alentours. À bonne distance, la masse grisâtre du navire ressemblait à un iceberg crasseux. Sur le pont, les marins avaient soulevé la grande vedette. Morrissette jugea qu'il s'était beaucoup trop éloigné. Personne n'aurait pu nager aussi loin en si peu de temps. Il embraya et entama un grand cercle à faible vitesse. Sur le pont de la frégate, le faisceau du projecteur s'était mis à tourner dans l'autre sens et se dirigeait vers lui. Jean-Louis vira à gauche pour l'éviter et lâcha les gaz de nouveau. «Merde! où est-il? lança-t-il pour lui même. S'ils mettent la grosse vedette à l'eau avant que je ne l'aie trouvé, on est fichus!» Le matelot s'appuya des deux mains sur le boudin et se mit à appeler, à voix couverte :

– Monsieur Larsen! Monsieur Larsen!

Il ne reçut pas de réponse, mais entendit un froissement sur l'eau de l'autre côté. Il pivota. Le bruit se rapprocha. Un bras parut, puis une tête, et un autre bras. Bjorn arrivait. Jean-Louis tendit la main. Bjorn la saisit, agrippa de l'autre main le cordage qui servait de main courante, et se hissa à bord.

– Monsieur Larsen, monsieur Larsen…

Jean-Louis répétait ces mots comme une incantation. Bjorn lui serra le bras.

– Tu m'as passé tout à l'heure, mon vieux. Allez! On file.

Jean-Louis lui sourit. Cet homme était comme un père. Même ainsi, dégoulinant comme un phoque. Il l'avait toujours connu. Jean-Louis pointa l'index vers l'avant du pneumatique, où une grande pièce de tissu ciré recouvrait l'étrave.

– J'ai caché des vêtements là-dessous.

Bjorn lui fit un signe de la main.

– Pas le temps! Démarre, Jean-Louis! Démarre! Ils ne vont pas se contenter de nous regarder partir. Il faut foutre le camp d'ici au plus vite!

Le hurlement du petit hors-bord atteignit la frégate au moment où le capitaine Harley débouchait sur le pont 1. L'espace réservé aux vedettes, relativement restreint en temps normal, était plein comme un arrêt de bus à l'heure de pointe. Le capitaine se fraya un chemin parmi les marins qui s'affairaient sur chaque mètre carré et s'approcha de la grosse vedette pneumatique qui se dandinait au bout de son câble, contre le bordé. Lonsdale l'attendait.

– C'est le matelot Morrissette, mon capitaine. Il est parti sans ordre avec le pneumatique.

– Et celui qui est tombé à la mer, qui était-ce?

– Larsen, monsieur.

Harley explosa.

– Merde! J'aurais dû me méfier.

Il jeta un coup d'œil dans la direction d'où le bruit de moteur venait.

– Ils ne reviendront pas, Lonsdale. Mettez à l'eau et ramenez-moi ces voleurs!

– C'est ce que nous faisons, monsieur!

Et il ajouta :

– Mais Larsen était plutôt un prisonnier, si vous me permettez.

– À présent, il est aussi un voleur. Faites venir Burns et Granato!

Lonsdale sourcilla. Il n'aimait pas du tout ce que cela voulait dire. Ces deux officiers et lui-même avaient conjointement la garde exclusive de l'armurerie, selon une procédure complexe et ancienne, qui avait sans doute pour but de limiter les possibilités d'une mutinerie. Lonsdale, comme officier de pont, n'avait que la clé du compartiment où étaient rangés les armes de calibre 9 mm, les fusils-mitrailleurs de 50 mm, les carabines FN et C2. Granato connaissait la combinaison du coffre où se trouvaient les blocs de culasse sans lesquels les armes étaient inutilisables. Et Burns, de son côté, portait le dernier morceau du puzzle, la clé de l'armoire aux munitions. Harley se proposait d'armer les poursuivants!

Lonsdale protesta poliment.

– Est-ce bien nécessaire d'armer les hommes? La vedette est beaucoup plus rapide que le petit pneumatique de trois mètres. Elle va les rattraper et les arraisonner facilement…

– Cela nous fera perdre du temps, monsieur Lonsdale!

– Nous pourrons les aborder, couler le gonflable s'il le faut, monsieur, et les cueillir à la nage.

Harley avait posé les mains sur ses hanches et repris son calme habituel.

– Si nous avions un prisonnier, comme vous dites, Garson, c'est que nous sommes en guerre! Je n'ai donc pas l'intention de parlementer. Nous avons une mission à remplir; ceci n'est pas une croisière touristique. Armez vos hommes.

Il regarda son second droit dans les yeux.

– Lieutenant Lonsdale, vous irez vous-même avec eux. Donnez-moi votre clé, je vous ferai porter les armes. Je vous donne une heure, pas une minute de plus. S'ils ne se rendent pas, je vous ordonne de tirer sur le déserteur Morrissette.

John Harley pointa l'index dans la direction où le son du pneumatique s'éloignait et ajouta :

– Ainsi que sur l'autre fuyard, si nécessaire.

Lonsdale lui donna la clé, et le capitaine fit quelques pas, puis se retourna.

– N'emmenez que deux marins avec vous, vous irez plus vite. Des hommes sûrs. Choisissez-les soigneusement. Je ne veux pas de ces sales petites grenouilles parmi eux.

Pendant ce temps, le pneumatique avait poursuivi sa route dans le noir. Jean-Louis avait le derrière posé bien à plat sur le gros boudin de gauche, et la main droite bien en contrôle sur le guidon du hors-bord. Il avait demandé à Bjorn de ramener vers lui les deux réservoirs d'essence et de s'asseoir sur l'autre boudin, le plus près possible de l'arrière. De cette façon, avec tout le poids à la poupe, l'embarcation gardait le nez retroussé et roulait à sa vitesse maximale. Soulagé maintenant qu'il avait cueilli Bjorn, le matelot était fébrile et heureux. Cette nuit, enfin, l'aventure commençait. Et avec quelqu'un de bien. Sur un fleuve plat et sans rides. «Comme une plaque de fonte», songea Jean-Louis. Il s'imagina rentrant ainsi dans son village, à Saint-Michel-de-Bellechasse. «On y serait en moins d'une heure», pensa-t-il. Il aborderait au rocher rouge, en haut du village, et emmènerait Bjorn à la maison pour présenter à sa mère un homme qui avait voyagé. Comme son père et son grand-père.

L'île Patience était déjà à une bonne distance sur leur arrière droite, et de ce côté il n'y avait plus rien que le fleuve, large encore de plusieurs kilomètres. Loin vers l'amont, des milliers de petites lumières marquaient les maisons et les routes à la pointe de l'île d'Orléans et sur la côte de Beaupré. Entre les deux, il y avait un passage qui menait jusqu'à Québec, par le nord de la grande île d'Orléans. Ce n'était pas le chemin le plus court pour se rendre à la capitale, mais le chenal n'y était pas assez profond pour la frégate. Bjorn se pencha vers Jean-Louis et lui montra cette voie.

– On oblique ici ? s'enquit-il en hurlant par-dessus le bruit du moteur.

Mais Jean-Louis savait que c'était inutile. Il cria à Larsen :

– Aucune chance de battre la grosse vedette à la course dans cette direction !

Morrissette avait son idée. Ce dédale d'îles et de hauts-fonds était la seule chance qu'ils avaient. À la condition que les autres n'arrivent pas trop vite. Il jeta un coup d'œil par-dessus son épaule. Toujours rien, mais ce n'était qu'une question de minutes. Jean-Louis connaissait ces parages comme le fond de sa poche. Il avait passé son enfance à y naviguer, dans un pneumatique presque identique à celui-ci. Ce genre d'embarcation n'avait besoin que de quelques centimètres d'eau, ce qui n'était pas le cas de la vedette, avec sa coque rigide et son moteur marin. Le matelot leva l'index vers l'avant, légèrement sur sa gauche, au-delà de la pointe de la Grosse Île dont le mur sombre défilait encore. Bjorn se souleva pour voir par-dessus le nez du pneu-matique, et plissa les yeux. Il aperçut un petit feu rouge qui clignotait dans le noir, à peine plus haut que la surface de l'eau. Une bouée de navigation. La course du pneumatique la laisserait à quelque distance sur la gauche.

– La bouée de la Grosse Île, cria Jean-Louis. Quand on aura passé la pointe de l'île, il y en aura une autre.

Jean-Louis sentit en ce bref instant qu'il avait tout son temps. L'angoisse des instants précédents l'avait quitté. Il était ici, la nuit, chez lui ; plus que dans son village, plus que dans sa maison. Dès qu'il fut assez grand pour aller seul sur l'eau, il se rendait sur le fleuve regarder sa maison du large. La mer et les grands fleuves étaient les seuls endroits où il pouvait voyager sans panneaux, sans publicités, où la liberté survivait du fait de la rareté des hommes. À peine ici et là une bouée, près des côtes, qui n'était là que pour donner conseil. Jean-Louis la nuit voyait son chemin large et libre comme l'espace. Les phares au loin étaient des étoiles qui le conduisaient au paradis. Devant, toujours plus loin. Il ne fallait jamais s'arrêter dans les ports, qui étaient moins beaux que l'idée qu'on s'en faisait. Le voyage était le vrai but, parce que riche de tous les possibles, et la nuit sur l'eau, alors que l'absence de lumière libérait l'esprit de tout ce qui aurait pu retenir le regard, Jean-Louis en goûtait l'essence même.

Ils doublèrent l'île quelques instants plus tard, et l'horizon s'ouvrit sur la ligne ininterrompue des lumières de la rive sud. Jean-Louis se glissa sur le boudin pour mieux voir dans cette direction. Il trouva immédiatement ce qu'il cherchait, et allongea son bras libre pour poser la main sur l'épaule de Bjorn. Elle était glacée. Larsen grelottait, complètement transi par le vent qui, en séchant ses vêtements mouillés, aspirait la chaleur de son corps. Bjorn s'agrippait à la corde d'une main et gardait l'autre serrée sur son genou. Jean-Louis retira sa main et tendit le bras vers la rive :

– Le rocher Wye !

La bouée à cet endroit marquait un roc submergé, tout près de la côte. Elle portait un clignotant vert, à peine un point à cause de la distance. Souriant à Bjorn de toutes ses dents, Jean-Louis couvrit l'espace entre les deux bouées d'un geste de balancier avec son bras. Bjorn comprit ce que Jean-Louis avait en tête. Le feu rouge, beaucoup moins loin, se rapprochait rapidement, tandis que le vert, qui était à au moins quatre milles marins derrière, bougeait à peine. L'angle entre les deux diminuait constamment et dans quelques minutes les deux bouées seraient sur une ligne droite en travers de leur route. C'était ce moment que Jean-Louis attendait. Bjorn scruta le large dans la direction donnée par cette ligne imaginaire. Une énorme masse plus noire que l'eau y reposait. Encore une île ! Bjorn interrogea Jean-Louis.

– L'île au Ruau, répondit le matelot.

Un instant plus tard, Morrissette interrogea son compagnon :

– Comment est la marée ?

Bjorn tendit devant lui sa main qui tremblait de froid, puis l'abaissa vers le fond du pneumatique.

– Basse, conclut Jean-Louis en hochant la tête. C'est ce qu'il nous faut !

Pas plus de deux minutes s'écoulèrent avant que Bjorn ne perçoive dans son dos un grondement plus grave que le bruit de leur propre moteur. Les dents serrées, il tapa sur l'épaule de Jean-Louis. Malgré l'obscurité, les deux hommes virent distinctement derrière eux l'écume d'une étrave. Un faisceau de lumière fouillait la surface de l'eau. La vedette approchait rapidement. Jean-Louis revint à ses bouées. La rouge était tout près maintenant. Il chercha la verte quelques secondes. Il ne la voyait plus contre le fouillis des lumières de la rive. Tant pis! Il n'avait plus le temps de chercher. Sur sa droite, il estima que l'île au Ruau était à deux kilomètres environ. On n'était pas encore assez près. Il fallait attendre d'être vis-à-vis du centre de l'île. Morrissette rabattit légèrement sur sa droite pour s'en rapprocher. Encore. Encore un peu. Il hésitait. Sans la bouée verte, il ne pouvait être certain de la course à prendre. Il fallait absolument passer au bon endroit. Il se retourna vers Bjorn et vit avec stupeur que le visage de Larsen était éclairé comme s'il y avait eu un lampadaire au-dessus de sa tête. Jean-Louis pivota et fut ébloui. Non seulement la vedette les avait-elle repérés, mais elle était si près qu'elle allait bientôt les emboutir.

«Si je ne la vois pas ce coup-ci, j'y vais! se dit Jean-Louis.» Il jeta un dernier coup d'œil à gauche et crut voir clignoter un feu vert. Il était devant le rouge. Ils avaient déjà passé la ligne! Jean-Louis rabattit le guidon brusquement sur son ventre, et le pneumatique vira à presque quatre-vingt-dix degrés. Ils sortirent aussitôt du faisceau du projecteur.

– Allez, allez, venez! Suivez-moi! cria Jean-Louis comme un forcené. Venez! Venez!

La vedette, qui avait continué sur sa lancée, s'éloigna quelque peu, puis vira sec à son tour. Jean-Louis lança à Bjorn :

– Cramponne-toi! Si la marée est trop basse, ça va cogner dur!

Larsen avait le pouce levé. Jean-Louis aimait de plus en plus cet homme. D'un geste de la main, il déverrouilla le pied du moteur pour qu'il puisse basculer librement au cas où il frapperait le fond.

En un éclair, Bjorn vit passer sur sa droite au ras de l'eau une tache claire. Le fond était juste sous la surface. «Un récif!» pensa-t-il, et il se pencha en avant en tirant encore plus fort sur la main courante. Larsen ne sentait plus le froid. Jean-Louis avait l'air heureux et hurla :

– Juste un banc de sable, Bjorn. Il n'y a que quelques centimètres d'eau au beau milieu du fleuve!

Autrefois, Morrissette venait souvent sur le banc de l'île au Ruau, surtout aux grandes marées du mois. Quand le montant prenait, il ancrait son petit bateau sur l'étroite langue de sable et attendait que l'eau monte. L'été, quand elle était assez chaude, il s'asseyait sur le sable aussi fin que celui des plages du Sud où il rêvait d'aller. Il s'imaginait alors naufragé et se couchait sur le dos, les yeux grands ouverts, attendant que la mer l'emporte vers le pays des cocotiers. Cette nuit, quelque part, il lui sembla normal que ce soit ici qu'elle l'ait ramené.

Le pneumatique avança encore de quelques mètres, puis la chance abandonna Jean-Louis. Au moment où il croyait avoir passé le banc, l'embarcation se cabra comme si elle était soudain entrée dans la mélasse. Le pied du hors-bord venait de toucher le fond et il se souleva d'un coup sec. Jean-Louis sentit une terrible douleur au bras à l'instant où il entendit le régime du moteur monter d'un cran. Il saisit le guidon de l'autre main et le rabaissa de toutes ses forces. Le pneumatique s'élança aussitôt. Bjorn, subissant le contrecoup, bascula vers l'arrière, mais réussit à s'agripper. Il tentait de se rasseoir sur le boudin lorsqu'il entendit distinctement un coup de feu. Bjorn se retourna sur sa droite. Ils avaient passé, mais la vedette derrière s'était échouée juste sur le bord du banc, l'étrave bien enfoncée dans le sable. La lumière du projecteur faisait une plaque blanche sur l'eau, et, dans ce miroir, un homme était debout, carabine à l'épaule. La silhouette s'éloigna encore pendant quelques secondes, puis s'immobilisa. Bjorn vit du feu et entendit une autre détonation. Puis il lui sembla que l'homme, incroyablement, se rapprochait. Mais ce n'était qu'une illusion. C'était plutôt le pneumatique qui retournait vers le banc de sable. Bjorn pivota en criant :

– Vire, Jean-Louis ! Vire !

Jean-Louis ne pouvait pas réagir. Il était affaissé sur le moteur comme une poupée de chiffon. Son poids en tombant avait bloqué le guidon en position de virage. Bjorn saisit Jean-Louis par le cou. Sa main glissa. Les épaules et la tête du marin étaient poisseuses. Un autre coup de feu perça la nuit. Bjorn écarta le corps inerte de Jean-Louis et le déposa sur le plancher contre le boudin. Il sauta sur le moteur et vira sec à gauche. Après avoir roulé un moment vers le mur noir de l'île, Bjorn vira une seconde fois. Un autre coup de feu tonna. Larsen longea l'île jusqu'à ce qu'il ne perçoive plus rien derrière. À ce moment seulement, il réduisit les gaz et éteignit le moteur.

Le silence tomba, lourd comme une chape de béton. Bjorn aurait voulu entendre Jean-Louis crier de joie. Pendant presque tout le temps qu'il conduisait pour fuir les tirailleurs, il avait gardé l'œil sur le garçon étendu à ses pieds, la face contre le sol. Jean-Louis n'avait pas donné signe de vie une seule fois. Bjorn s'agenouilla pour le retourner.

– On les a semés, Jean-Louis, on les a semés !

Le marin ne bougea pas. Bjorn répéta son nom trois fois, puis passa la main sous l'épaule du matelot. Ses doigts rencontrèrent quelque chose de chaud et de flasque. Comme un morceau de viande à l'étal du boucher. La balle avait pénétré sous l'omoplate pour ressortir par la poitrine. Bjorn fit pivoter le corps et laissa la tête reposer au creux de son bras. Il approcha son visage. Le marin respirait encore, péniblement. Le poumon était touché et des bulles se formaient à la commissure des lèvres. Bjorn lui essuya la bouche et Jean-Louis ouvrit les yeux en souriant.

Bjorn releva la tête. Il se sentit vidé. Le ciel avait pâli à l'horizon. Le jour venait. Il reposa la tête du matelot sur le fond, se releva et alla prendre le sac dans le nez du pneumatique. Il en retira les vêtements secs, qu'il étendit sur Jean-Louis. Il trouva ensuite la poche protectrice du moteur, la roula en boule et la coinça sous la tête du matelot. Puis il se remit en route à faible vitesse vers le chenal nord. Il zigzagua pendant quelques minutes pour trouver la passe qui permettait de traverser juste en amont de l'île au Ruau. Elle était à peu près à mi-chemin entre cette île et l'île Madame, juste en amont. Bjorn réduisit les gaz, au cas où il se serait trompé, et se mit à parler à Jean-Louis pendant qu'ils avançaient lentement dans le noir.

– On est déjà presque passés, Jean-Louis. Repose-toi, mon petit. Je te ramènerai, ne t'en fais pas. Tu verras, on sera à Québec pour le petit-déjeuner. Ça ira. Ça ira.

Le garçon bougea et Bjorn se pencha sur lui. Jean-Louis essayait de lui dire quelque chose mais l'air sifflait en passant entre ses lèvres.

– Si je ne fais pas le voyage, ne me ramène pas.

Jean-Louis souffla à quelques reprises.

– Laisse-moi dans le chenal, comme un bateau qui dérive...

– Chut !

Bjorn se pencha pour replacer la chemise sur la poitrine du marin. Quand il se releva, il réalisa qu'ils avaient franchi le passage sans encombre.

Couché sur le dos, Jean-Louis souriait. Il voyait contre le ciel bleu noir le visage de son grand-père qui revenait à la maison après avoir piloté un autre navire sur le Saint-Laurent. Son grand-père avait fait le tour du monde comme matelot pour faire son temps de mer, et en avait rapporté des objets et des livres dont Jean-Louis tournait les pages depuis qu'il était tout petit. Dans le petit fumoir, sur le mur du fond, un grand voilier entrait dans une baie azur bordée de cocotiers et de pirogues aux proues s'élançant vers le ciel. Sur l'autre mur, une gravure au perroquet bleu, vert et rouge avec un œil orange, perché sur un mimosa. Jean-Louis tourna la tête vers Bjorn :

– Je veux voir la mer.

Il appelait toujours le fleuve ainsi quand il pensait à l'aval où l'eau s'étendait sans fin jusqu'au-delà de la courbure de la terre.

Bjorn lui souleva le torse et cala le matelot comme il put pour que sa tête reposât sur le boudin. Jean-Louis se retrouva ainsi à plat contre le grand dos de la Terre, à la même hauteur que l'horizon. Dans la jeune lumière du jour naissant, l'eau ne lui parut pas être ce minéral qui coule, ni ce cristal qui tinte et se brise en mille éclats en frappant les rochers. L'eau était un tissu de soie rose, tendu comme un vêtement léger, parfaitement ajusté à la ceinture du rivage et au col des îles. Une peau que la fraîcheur de la nuit avait figée sur un bouillon de vie organique. Le fleuve n'était plus cette matière incertaine qui cède sous les pas pour engloutir, mais un chaud voile dont on se pare en l'enroulant sur soi jusqu'à ce qu'il n'en reste qu'un pan qui soit libre de prendre le vent. Il balbutia :

– Laisse-moi glisser jusqu'à l'océan.

– Tais-toi, Jean-Louis. Ne dis rien. Nous rentrons tous les deux. Je te porterai jusqu'en haut des murs. Tout ira bien. Repose-toi, garde tes forces.

Il ajusta la chemise contre le menton, comme on couvre un enfant qui vient de s'endormir.

Jean-Louis sentit des mains le toucher et un visage passa encore devant ses yeux. Celui-là aussi, il le connaissait. Il était autrefois sur une petite assiette en porcelaine posée sur le pupitre du fumoir. C'était le visage un peu bouffi de Vitus Bering, l'explorateur danois qui découvrit le détroit qui porte son nom alors qu'il était au service de Pierre le Grand, tsar de Russie. Il y avait aussi sur cette mer des hommes qui rassemblaient les phoques au lieu de tuerie en s'approchant cachés derrière des parapluies déployés. Des guerriers qui venaient sous un camouflage pour s'emparer de lui. Jean-Louis souffla tout l'air de ses poumons sur les parapluies et se laissa couler sous l'eau sans bruit.

Bjorn étendit la main et ferma les yeux du garçon. Au-delà de ce geste, il ne savait que faire, se retrouvant devant une tâche qu'il n'avait jamais accomplie. Bien qu'il eût traversé le monde et connût jusqu'aux mobiles qui font monter le plancton la nuit à la surface des océans, Larsen se trouva dépourvu devant une chose si simple qui se produisait chaque jour. Il ressentit à cet instant pour la première fois que la tâche était immense et qu'il ne réussirait peut-être pas. Et que les gestes qu'il s'apprêtait à poser se répéteraient bientôt par centaines.

Il enleva sa propre chemise, la trempa dans l'eau du fleuve et en lava le visage et le cou du garçon. Il l'embrassa sur le front, et ce geste ramena les souvenirs de sa petite enfance, lui indiquant la suite, et comment il ne fallait pas oublier de placer les bras sous la couverture ramenée sous le menton. Il souleva Jean-Louis et passa la chemise sous son dos. Il étendit ensuite les bras inertes en croix sur la poitrine, et ramena les manches vides pour les nouer fermement. Il plaça le calot du marin sur son visage, puis se ravisa et l'enfonça sur son crâne. Il prit les autres vêtements étendus sur Jean-Louis, les remit dans le sac et passa la courroie dans une des mains du mort. Il replia les doigts fermement.

Larsen redémarra et fit quelques kilomètres vers le chenal Nord en direction de l'île d'Orléans. Quand il fut parvenu au large de la pointe de l'île, il s'arrêta. Le fleuve en aval s'allumait doucement et les montagnes commençaient à se dessiner pour le contenir en lui faisant un lit, exhalant cette beauté insouciante et forte des choses qui ne portent en elles ni mal ni bonté. Bjorn prit le corps dans ses bras comme on porte un enfant au lit. Au moment de le faire rouler sur le boudin, il lui vint une phrase qu'il avait entendue à Chypre d'un vieil homme grec qui parlait de son pays, et il la répéta à voix haute.

– Qu'on lui donne enfin la patrie dont il rêve, et qu'il se retrouve ainsi au paradis.

Bjorn laissa ensuite Jean-Louis glisser dans l'eau sans un bruit.

Larsen repartit sans se retourner, pendant que le sac que Jean-Louis avait laissé échapper se mettait à tourner dans le remous de la marée qui prenait de la force.

Ils ne passeront pas

Le jeudi 24 juin, 3 h 45,
dans la ville de Québec

Marc Simard s'avança sur le bord de la banquette arrière. Depuis le début de la soirée, il trouvait que le temps passait par saccades. De trop vite à trop lent. Marc posa les avant-bras sur le dossier, les coudes pointés vers les deux agents de la Sûreté du Québec assis à l'avant.

– Francœur, êtes-vous bien certain que votre téléphone fonctionne?

– Mais oui, monsieur Simard! Bien sûr qu'il fonctionne!

L'agent Gervais allongea la main au bas du tableau de bord et appuya sur une touche. L'appareil émit un petit bip.

– Voilà! Vous voyez qu'il est bien vivant!

Gervais regarda son collègue Francœur qui tenait le volant, et fronça les sourcils. Depuis qu'ils avaient pris en charge ce petit homme nerveux à la résidence du Premier ministre, Gervais n'avait cessé de faire des signes entendus à son coéquipier. Mais Francœur ne mordait pas. Comme son nom l'y prédestinait, il prenait toujours au sérieux les missions qu'on lui confiait. Gervais, par contre, n'avait vraiment pensé qu'à une chose pendant que Simard leur avait fait sillonner la haute ville d'est en ouest et du nord au sud pour vérifier chacune des rues montant de la basse ville. Gervais avait hâte que tout soit terminé, qu'il puisse enfin partir pour ce voyage de pêche qu'on lui avait fait rater en le rappelant au travail cette nuit.

La tournée avait pris fin dans la côte d'Abraham, un des accès principaux de la haute ville, une rue large qui montait en pente douce contre le flanc de la falaise du côté nord, face aux Laurentides. Ici comme ailleurs, dans un ordre impeccable et presque sans échanger un mot, des douzaines d'hommes s'affairaient à fermer hermétiquement le passage selon les instructions de Simard. L'atmosphère était électrique, chargée comme à la veille d'une catastrophe annoncée. On aurait dit une nuit d'hiver juste avant la première grosse tempête de neige de la saison.

La voiture avait ensuite fait demi-tour pour remonter au carrefour de l'avenue Dufferin. C'était ici que cette dernière, arrivant en droite ligne des plaines d'Abraham et de la citadelle, se transformait en autoroute sur pilotis et s'élançait de la corniche comme un pont franchit un ravin. Simard avait fait le pari que les troupes arriveraient par cette voie la plus directe. Il y avait fait placer une rangée de voitures des sûretés municipale et provinciale pour détourner la circulation habituelle. Il avait demandé à Francœur de garer la sienne juste en bout de ligne. Depuis, ils attendaient.

Simard commençait à douter. L'armée n'avait pas encore quitté sa base. À moins que ses informateurs ne se soient endormis. Il saisit son cellulaire pour les appeler de nouveau, mais se ravisa en voyant Gervais se tourner vers lui. L'agent se rencogna contre la portière et poussa un long soupir. Chez lui, c'était une forme d'entrée en matière. Sa mâchoire valsait sur la motte de gomme qu'il mâchait constamment. L'agent chiquait la bouche légèrement ouverte et son visage passait du bleu au rouge sous la lumière des gyrophares. Simard l'imagina en petit maquereau appuyé contre un mur sous les néons d'un hôtel de passe.

– Tous vos hommes sont prêts, monsieur Simard ?

– Oui. Évidemment.

Simard montra le ruban de l'autoroute qui serpentait dans les faubourgs de la basse ville.

– Maintenant, c'est surtout pour ce bout de route que je m'en fais.

Il lança son cellulaire sur la banquette. Cela faisait plus de trois heures qu'il avait quitté la salle du conseil à la résidence du Premier ministre, et il était toujours sans nouvelles. Boudreau ne rendait pas ses appels sur l'appareil de l'auto patrouille, comme convenu. Et Marc ne savait toujours pas ce qu'il ferait si l'armée se pointait avant qu'il n'ait reçu l'autorisation de procéder.

Il perçut dans le haut du dos ces aiguilles qui revenaient chaque fois qu'il était tendu. Il se tortilla le cou et bomba la poitrine pour se soulager. Sur la droite, une petite rue étroite plongeait vers la falaise avant de disparaître dans un virage serré sur la corniche entre de vieux immeubles et un muret de pierres. Un grand panneau vert en chevauchait l'entrée. «Côte de la Potasse». Marc sentit le découragement l'envahir. Depuis le début de la soirée, il n'avait fait que cela, potasser; et il risquait quand même de rater son examen.

Il songea qu'il n'était pas bon de s'arrêter à cette dernière heure de la nuit, quand les choses creuses devenaient planes et que la ville prenait un air de nécropole. Un dédale d'artères durcies entre des murs aveugles dont l'histoire était terminée et dans lesquels rien ne bougeait plus. Une automobile se heurta au barrage, et Marc la vit repartir dans la direction d'où elle était venue. Il l'imagina en hyène retournant à sa tanière avant que le soleil ne blesse ses yeux de noctambule. Au loin là-bas, aux confins de l'autoroute, il y avait encore de la vie qui scintillait sur le flanc de la montagne. Dans une heure ou deux, ces rues et ces maisons s'éteindraient à leur tour. Celle où était son fils, qui dormait encore, et celle où vivait Monique maintenant. Lorsqu'elle l'avait quitté, Marc avait passé quelques nuits comme celle-ci, à errer dans la ville, ne voulant pas dormir, de peur de s'éveiller dans le noir à chercher à tâtons le fil de sa vie. Cette fois-ci, le lever du jour ne serait pas une délivrance. Quoi qu'il arrivât, la vie ne reprendrait pas son cours. Pas plus pour lui que pour personne.

Gervais le tira de sa rêverie.

– À cette heure, normalement, je serais sur le lac avec ma canne à pêche.

Il cessa de mâcher, puis ajouta :

– C'est au lever du jour que ça mord le plus !

– Mon vieux, répliqua Francœur, si M. Simard a bien vu, tu es sur le point d'attraper le plus gros poisson de ta vie !

Marc ne put retenir un accès de rire nerveux, puis il montra le segment de l'autoroute qui traversait la basse ville au pied de la falaise.

– Francœur, j'espère que vos services ont bien vidé le secteur !

– N'ayez crainte. Nous ne courrions aucun risque.

– Je sais ! Je sais !

Gervais s'était remis à mâcher. Francœur se tourna vers la banquette arrière.

– Pendant que Gervais et vous regardiez les préparatifs tantôt dans la côte d'Abraham, j'écoutais le rapport sur le radiotéléphone au sujet de l'évacuation de Place-Jean-Lesage.

Tout en parlant, le policier ajustait constamment son képi.

– Il n'y avait personne à l'intérieur, à part le gardien de nuit. Un vieil homme qui avait travaillé au même endroit presque toute sa vie. Il était dans tous ses états. Depuis trente-deux ans qu'il attendait des cambrioleurs, et voilà qu'il se fait vider par la police.

Francœur laissa échapper un rire étouffé.

– Il ne voulait pas sortir. Il a fallu lui mettre les menottes ! Quand le bonhomme a réalisé sa situation, il est devenu gaga. La honte de sa vie, qu'il disait…

Marc fit la moue. Francœur aussi était nerveux, et il parut encore plus hésitant quand il ajouta :

– Mais, si vous ne recevez pas votre O.K., il aura eu peur pour rien…

Gervais se tourna vers Simard pour renchérir :

– Ce serait peut-être mieux ainsi…

Marc se piqua ; ce type l'irritait de plus en plus. Il aimait peut-être la pêche, mais il était du genre à ne jamais se mouiller.

– Pourquoi dites-vous cela, Gervais ?

– Ce n'est pas moi qui le dis… Beaucoup de gars à la Sûreté le disent. Des supérieurs même…

– Et ils disent quoi, ces supérieurs ?

– Que ça ne servira à rien. On ne tiendra pas longtemps contre l'armée…

– On ne tiendra pas s'ils sortent tout leur attirail, mais ils vont y regarder à deux fois avant de le faire. Ce qu'on fait servira à montrer clairement qu'on n'est pas d'accord et qu'on est prêt à se battre.

– Mais les gens, eux, seront-ils prêts à se battre avec vous ? Ils auront peur. Je les connais. Nous avons affaire à eux tous les jours.

Gervais chercha l'approbation de son collègue.

– Ce sont tous du bon monde, beaucoup croient que vous avez raison, mais ils ne vous suivront pas…

Il s'éclaircit la voix avant de pousuivre :

– On dit aussi que votre plan… Eh bien, il est plutôt improvisé…

– Eh bien, *on* n'a pas tout à fait tort, répliqua Simard, mais ce qu'*on* ne sait pas, c'est que ceux qui improvisent le plus ne sont pas ceux qu'on croit !

À cet instant, le cellulaire sur la banquette arrière se mit à sonner et Marc se précipita.

– Simard ! Oui !

Il parut contrarié, bien qu'on lui annonçât précisément ce qu'il attendait depuis des heures.

– Ils sont passés quand ?

Il agrippa la poignée de la portière.

– Où exactement ?

Simard calcula mentalement.

– Ils seront ici dans moins de quinze… Merci !

Il raccrocha, puis s'adressa aux agents :

– Ça y est ! La colonne est en route !

Et il ajouta pour lui-même :

– Et je n'ai toujours pas cette maudite autorisation !

Marc sortit de la voiture et se planta à côté de la portière avant.

– Donnez-moi les jumelles, Gervais, s'il vous plaît.

Il fit deux pas et balaya lentement les deux travées de l'autoroute aussi loin qu'il le put dans la pénombre. C'était inutile, puisque la colonne était encore loin, mais Simard avait besoin de bouger. Il retourna à la voiture, ouvrit la portière et lança :

– On y va !

Francœur embraya, quitta la ligne du barrage et s'engagea sur la travée du côté est, celle que des milliers d'automobilistes empruntaient normalement chaque jour pour quitter la ville. Après quelques centaines de mètres, l'auto patrouille s'immobilisa sur le tablier jeté au-dessus du vide. Francœur éteignit tout et les trois hommes descendirent.

Simard marcha vers le parapet qui séparait les voies du côté est de celles qui circulaient en sens inverse. Il l'enjamba et traversa la chaussée. Sur le bord, le revêtement d'asphalte était crevassé, et l'épaulement parsemé de gravats. «Il est mûr pour des rénovations majeures», songea-t-il en souriant de sa déformation professionnelle. Il appuya les mains sur le muret de béton et se pencha au-dessus du vide. Un peu plus au nord, l'autoroute enjambait la rivière Saint-Charles avant d'entamer un long virage. Marc se coucha à demi sur le parapet et inspecta la face de béton de gauche à droite. Il ne trouva pas ce qu'il cherchait. Il supposa qu'il avait fait arrêter l'automobile un peu trop tôt, et s'adressa aux agents, qui l'avaient suivi.

– Francœur, je préférerais que vous restiez à côté du téléphone.

Il marcha ensuite le long du parapet jusqu'à ce qu'il soit approximativement au-dessus de la batterie de piliers suivante. Il se coucha de nouveau sur le parapet et repéra tout de suite ce qu'il avait demandé d'installer. Trois petits voyants rouges qui clignotaient.

Marc releva la tête et fouilla un long moment en direction du petit parc attenant à la rivière sur l'autre rive. Les hommes qui avaient fait le travail auraient dû être postés quelque part par là, mais l'obscurité était trop dense pour qu'il voie qui que ce soit. Il composa un numéro sur son cellulaire.

– Ici Simard! Où êtes-vous?

Marc fit encore quelques pas en direction de la rivière. Dans le parc qui longeait l'eau de l'autre côté, à bonne distance, il perçut un appel de phares.

– O.K., je vous vois. Tout est prêt?… Non, toujours rien, mais je n'ai pas perdu espoir… Vous voyez notre voiture?… Attendez!

Simard fit un signe à Francœur. L'auto patrouille recula de quelques dizaines de mètres puis s'arrêta. Simard lui indiqua de se ranger tout contre le parapet du côté médian, puis recolla le téléphone sur sa bouche.

– Ça va comme ça?

Il fit encore un signe et Francœur éteignit.

– O.K. Je retourne à la voiture. Attendez le signal.

Gervais était déjà auprès de Francœur, et Simard les rejoignit au pas de course. Il balaya une dernière fois l'autre travée à la jumelle, avant de lancer :

– Ils seront là dans quelques minutes!

Puis il souffla à sa propre intention : «Et jusqu'ici, je ne me suis pas trompé… Reste à savoir s'ils viendront par ici…»

Gervais toussota.

– Vous donnerez le signal même si…?

Simard vissa les oculaires encore plus profondément dans les orbites de ses yeux pour se retenir. Ce type était vraiment chiant, quoique cette fois il eût touché. La vérité était que Simard ne savait toujours pas ce qu'il ferait. Seulement qu'il faudrait bientôt se décider. Le policier hasarda :

– C'est une lourde responsabilité que vous prenez là…

– Merci, Gervais.

Il sentit le regard du policier sur lui. Ce n'était pas le moment de s'énerver avec ce type. «Responsabilité», songea-t-il. Dans les circonstances, le mot manquait singulièrement d'envergure.

Il n'eut pas le temps de trouver quelque chose de plus approprié. Une légère vibration se fit sentir. Simard agrandit les yeux. Tout ce temps, il avait gardé ses jumelles braquées à quelques centaines de mètres devant, dans la courbe, où débouchait la bretelle qui montait du boulevard des Capucins. Des phares brillèrent dans son champ de vision, et il souffla :

– Les voilà !

Un véhicule parut. À cause de la distance et des jumelles, il semblait avancer obliquement, tel un crabe géant. Un crustacé mythique comme on en voit dans les cauchemars. L'animal avait la forme d'une bête amphibie, faite de deux bassines soudées, l'une renversée sur l'autre, et dont les huit pattes métamorphosées en pneumatiques hurlaient en roulant sur le pavé. Francœur, qui lui aussi regardait intensément à la jumelle, annonça :

– C'est un blindé LAV !

D'autres phares suivirent. La colonne arrivait. Marc compta au moins six blindés, et il en venait d'autres, qui paraissaient ralentir dès qu'ils avaient dépassé la courbe. Simard les suivit quelques instants pour estimer leur vitesse. Ils seraient là dans moins de deux minutes.

Trente secondes s'écoulèrent. Simard se sentit en chute libre. Comme dans les montagnes russes. Il fixait le téléphone, puis la colonne. Encore quelques dizaines de mètres et il serait trop tard.

– Francœur, tenez-vous prêt à allumer les gyrophares !

C'était le signal convenu, mais Marc bluffait. Il savait maintenant qu'il ne donnerait pas l'ordre sans autorisation. Moins d'une minute et la colonne serait à l'endroit voulu. Gervais observait la scène avec nonchalance.

– C'est le modèle sans canon que nous avons certifié pour qu'ils puissent circuler sur les routes ordinaires. Tout un bolide! Avec dix hommes à bord, si je me souviens bien, et des...

La sonnerie du téléphone de la voiture couvrit la fin de sa phrase. L'agent se saisit de l'appareil, et Marc eut une prémonition très désagréable : la décision avait été prise, et ce n'était pas la bonne. Tout était foutu depuis longtemps, mais ils avaient attendu à la dernière seconde avant de le lui annoncer. «Les lâches!» pensa-t-il. Gervais tendit le bras.

– C'est pour vous!

Marc empoigna le combiné et cria presque :

– Oui! allô?

Il avait bien deviné. Ce n'était pas Boudreau au bout de la ligne. C'était le conseiller Brunet, celui que Simard appelait «l'idiot».

* * *

Le colonel Richard aperçut l'auto patrouille dès que son blindé de tête eut atteint le tablier de l'autoroute en haut de la bretelle Henri-Bourassa. Agrippant ses jumelles, il lança à William, assis derrière lui :

– Il y a un véhicule de la Sûreté de l'autre côté. Informez-vous à son sujet, voulez-vous?

Ses derniers mots résonnèrent dans l'habitacle, étanche comme une boîte de conserve. Richard abhorrait deux choses, qui le mettaient toutes deux dans le même état : se sentir enfermé, et être en retard sur un horaire. Il ouvrit la seconde écoutille et inspecta le véhicule de la Sûreté à travers le hublot du couvercle.

– Aucune lumière là-dedans! Drôle d'endroit pour venir roupiller pendant son quart!

C'était le genre de blague que le colonel faisait habituellement pour faire sortir la pression de sa marmite.

En fait, l'auto patrouille ne lui disait rien qui vaille. À deux reprises dans le courant de la nuit, il avait dû reporter l'heure du départ de la base. La première fois, c'était l'état-major d'Ottawa qui l'avait retenu. On craignait de l'opposition. Elle ne s'était pas matérialisée. Depuis Valcartier, Richard n'avait pas rencontré le moindre pépin. Du gâteau, comme prévu. Il se mit à inspecter chaque mètre de l'autoroute à la jumelle. Il n'y avait rien d'autre que cette automobile garée contre le parapet central, tous feux éteints. Le blindé entama la grande courbe, et Richard aperçut alors au loin les voitures qui formaient un barrage en bordure de la ville sur sa falaise.

– William! Venez voir!

Le colonel s'écarta contre la cloison pour que son officier puisse passer la tête au-dehors.

– Qu'en pensez-vous?

– Des autos de la police…

Atkinson les observa un moment.

– La Sûreté du Québec et la police municipale… Au moins une demi-douzaine d'autos.

– Un barrage! siffla Richard.

Ottawa ne s'était pas trompé. On les attendait. Dans la soirée, on lui avait dit que la frégate avait été vue, et l'opération Phips, découverte. Jusqu'à cette heure, les taupes au sein du cabinet québécois n'avaient eu aucune difficulté à aider la cause fédérale en encourageant une attitude passive. Mais cette révélation d'une opération militaire avait tout remis en question. Le gouvernement du Québec était devenu hésitant, et les divisions latentes au sein du cabinet s'étaient ouvertes comme des crevasses. Les ministres les plus farouchement indépendantistes avaient proposé de résister, et l'état-major avait reporté l'heure du départ. Richard n'en avait pas cru ses oreilles. Découverts, il fallait s'y attendre. Se faire haïr, d'accord. Mais se voir offrir une résistance? Quelle absurdité!

Toutefois, le colonel Richard s'était plié aux ordres et avait retenu ses hommes, en attendant que les choses se clarifient. Il n'avait pas perdu son temps pour autant. Puisque l'opération Phips était maintenant connue, Richard avait proposé qu'on procède immédiatement à une délicate opération qui devait normalement débuter dans les jours suivants. L'arrestation de tous ces petits mouchards qui se rapportaient à Marion, et dont la plupart avaient été épiés et neutralisés depuis belle lurette. À la fin, tout s'était arrangé et Ottawa avait redonné le feu vert.

Richard reposa ses jumelles. Il était contrarié. Non pas par le barrage lui-même. Les obstacles, loin de l'arrêter, le stimulaient. Et celui-ci était loin d'être insurmontable. Les LAV pouvaient facilement enfoncer ou écarter une rangée d'automobiles, ou même plaquer les carrosseries et passer dessus s'il le fallait. Par contre, c'était précisément ce que Richard ne voulait pas faire. La consigne était claire : pas de casse, pas de blessés, et encore moins de morts. Le colonel reposa son derrière sur le siège.

– Qu'en pensez-vous Atkinson ?

– J'en pense que ce n'est peut-être pas pour nous, monsieur. Il aurait été plus facile pour eux d'ériger un barrage ici même. Pourquoi le faire là-haut si ce n'est pour empêcher la circulation automobile d'emprunter l'autoroute ? Pas plus que nous, ils ne veulent de problèmes avec les civils.

Atkinson examina les alentours.

– Quant à cette autre voiture isolée, tout près, tous feux éteints…

Le lieutenant s'arrêta net. Il venait de voir, sur le toit de l'automobile, les gyrophares s'allumer soudainement.

Il n'eut pas le temps de se demander ce que cela pouvait signifier. Moins d'une demi-seconde plus tard, une déflagration épouvantable lui claqua les tympans. Le blindé se mit à vibrer, pendant que sous ses yeux le tablier de la route à moins de cent mètres devant se soulevait comme une chose molle, montait comme une crêpe sautant au ralenti hors de sa poêle, comme une vague qui passe sur un haut-fond. L'instant d'après, des tonnes de béton et d'asphalte s'écroulaient dix mètres plus bas en soulevant un nuage de gravats et de poussière.

– Stop ! Stop !

L'ordre de Richard était superflu. Le chauffeur avait enfoncé les freins d'instinct. La colonne entière s'immobilisa du même coup. Richard reprit immédiatement ses esprits. Il n'y avait pas une minute à perdre. Si le tablier derrière eux sautait, ils étaient coincés.

– Demi-tour ! Demi-tour !

Le corps à demi sorti par l'écoutille, il fit signe au blindé qui le suivait d'en faire autant. Lentement, et dans l'ordre, la colonne rebroussa chemin en roulant à contre-courant.

Richard sentit de vieux réflexes lui revenir. Et des cauchemars aussi. Directement de Bosnie. Il y avait toujours des gens assez bornés pour détruire leur propre pays au nom d'une idéologie. Les Croates avaient bien canonné le vieux pont de Mostar, qui franchissait la Neretva depuis quatre cents ans. Des gens prêts à tout entraîner dans la tourmente. Richard n'avait pas plus l'intention de reculer ici qu'il ne l'avait eue là-bas. Sa mission était de se rendre à la citadelle, et il s'y rendrait. Avant tout, il fallait éviter les endroits propices aux traquenards.

– Atkinson! Trouvez-moi un chemin sûr. Pas de pont! Pas de passage encaissé!

– Impossible, monsieur.

Atkinson n'avait pas besoin d'interroger son ordinateur pour trouver cette partie de la réponse. Le blindé franchissait en ce moment la Saint-Charles.

– Pour monter là-haut, il faudra nécessairement retraverser la rivière, à moins de faire un long détour.

– Je n'aime pas ça. Où est le pont le plus sûr?

– Ils se valent tous.

William retourna à son portable. Il réfléchissait à toute vitesse.

– Si je peux me permettre, mon colonel…

Richard hocha la tête et Atkinson poursuivit :

– Ils auraient fort bien pu nous faire sauter avec la travée, s'ils l'avaient voulu. Par conséquent, je ne crois pas qu'ils veuillent nous détruire. Les morts sont aussi embarrassants pour eux que pour nous. Ils ont simplement voulu nous ralentir. Je crois que nous pouvons tout aussi bien essayer le chemin le plus court sans risque.

Atkinson avait probablement raison. Richard approuva.

– D'accord. Premièrement, descendons sur la terre ferme. Quelle est la bretelle la plus proche?

– Celle du boulevard des Capucins, juste après la rivière.

– O.K. Et l'accès le plus direct de la haute ville?

Atkinson avait déjà la réponse sur son écran.

– La côte d'Abraham, par le pont de la 3e avenue et le boulevard Charest, monsieur.

William pointa la flèche de la souris.

– Nous pouvons y être dans deux minutes!

Atkinson s'interrompit et, posant son micro-ordinateur à côté de lui, repassa la tête à travers l'écoutille.

– Si nous trichons un peu…

Le blindé arrivait au bas de la bretelle. Sur la gauche, une bande de terrain gazonné séparait la colonne d'une petite rue bordée de résidences sur un seul côté. Le lieutenant la montra du doigt :

– En prenant la 9e avenue !

– Allons-y !

Richard fit signe au chauffeur, et celui-ci braqua les roues aussi sec. Le blindé monta sur la bordure de ciment, franchit le gazon et tourna sur la gauche dans l'avenue. Richard se saisit du téléphone et le tint à bout de bras pendant qu'il donnait encore un ordre.

– Atkinson ! Donnez la route au chauffeur.

Ils étaient saufs, mais quelque chose n'allait pas. Richard se mit à soliloquer. « Bon sang ! Ils ont fait sauter la voie ! »

Il aurait aimé être aussi confiant que son lieutenant.

– Pourquoi ne nous a-t-on pas avertis de ce piège ?

Ils s'en étaient sortis, ce qui ne voulait pas dire que tout irait comme sur des roulettes à partir de ce moment. Si ces séparatistes n'hésitaient pas à sacrifier une autoroute, ils pouvaient avoir imaginé encore bien autre chose ! Le colonel établit une communication protégée et obtint le quartier général. Ce qu'il leur apprit les abasourdit. Il était donc inutile de demander pourquoi on ne les avait pas avertis !

– Fouillez et rappelez-moi !

Il allait raccrocher mais se ravisa.

– Et trouvez-moi ce qui se passe avec Marion !

Le colonel coupa la communication et se tourna vers Atkinson.

– William, avertissez la frégate. Ça ne me plaît pas du tout, mais autant les appeler avant que cet enragé de Harley nous demande où nous allons ainsi.

Il regarda sa montre. Si le quartier général ne rappelait pas d'ici cinq minutes, Richard avait bien l'intention de les relancer.

Ils passèrent sans encombre la Saint-Charles. De nombreuses années auparavant, elle avait été canalisée entre des murs de béton comme un égout à ciel ouvert. Des deux côtés, les quartiers commençaient à s'animer de gens que le bruit de l'explosion avait tirés du lit. Des automobilistes circulaient nerveusement, s'écartant en vitesse devant les blindés ou s'arrêtant aux feux verts. La colonne atteignit rapidement le boulevard, s'y engagea à droite et parvint à la rue de la Couronne. Richard immobilisa son LAV au carrefour et sortit la tête. C'était dans cette courte rue à sens unique que débouchait normalement la circulation descendant la côte d'Abraham. Il n'y avait aucun trafic automobile en ce moment, mais les badauds étaient de plus en plus nombreux. Ils arrivaient d'un peu partout, et beaucoup portaient le drapeau fleurdelisé. Certains s'arrêtaient pour observer les blindés en montrant le majeur ou le poing, mais la plupart montaient la côte à la hâte. Richard hocha la tête. Il n'aimait pas du tout ce qu'il voyait. S'il ne menait pas sa colonne à la citadelle dans les prochaines minutes, il risquait de ne jamais y arriver. À moins de passer sur le dos de centaines de gens.

Le colonel fit signe au chauffeur de s'engager dans la pente et se retourna pour s'assurer que les autres blindés suivaient. Au fond de la rue, vers l'est, le jour commençait à poindre. Quelques véhicules avaient emboîté le pas aux blindés. L'un était une camionnette avec un gyrophare à feu jaune. «Des journalistes, pensa le colonel. Il ne manquait plus qu'eux.» Il regarda sa montre. Le blindé était bien engagé dans la rue de la Couronne.

– Atkinson, combien de temps encore pour la citadelle?

– Elle est à 2 000 mètres. À vitesse normale, trois ou quatre minutes.

La falaise était droit devant, à environ deux cents mètres. Sur sa face raide, un étroit escalier pour piétons grimpait en plusieurs sections audacieusement accrochées à la paroi. Le quartier général n'avait pas appelé, et Richard le contacta de nouveau. Le chauffeur entama son virage sur la gauche pour entreprendre la longue pente permettant d'atteindre la haute ville. Assis à droite, le colonel Richard fronça les sourcils. Le quartier général avait trouvé quelque chose.

– Vous avez l'information?…

Le visage du colonel changea d'un coup et il se tourna vers Atkinson, bouche bée. Peut-être n'avait-il pas bien entendu.

– Répétez, je vous prie?

Ce qu'on lui apprenait lui semblait trop invraisemblable.

– Vous vous moquez de moi!

Au même moment, le blindé s'engagea dans la côte d'Abraham, et ce que le quartier général venait d'apprendre à Richard au téléphone se matérialisa en tous points.

Il y avait un barrage en travers de la route. Un barrage qui fermait entièrement la voie, depuis la rangée de maisons à gauche jusqu'à la falaise de roc à droite. Cette fois-ci, les éléments qui le composaient n'étaient pas des jouets que les blindés du colonel Richard pouvaient bousculer ni enfoncer, et encore moins enjamber. Ils étaient décidément plus gros que des LAV. Plus gros même que des tanks.

– Ah! Les imbéciles!

Richard avait dit cela par sentiment de frustration. Parce qu'en réalité il était plutôt impressionné. Il fit signe au chauffeur de s'arrêter, posa le pied sur un échelon soudé à la paroi, se hissa et sortit sur le toit du blindé. De cette position, les mastodontes n'en étaient que plus impressionnants. Richard ne put s'empêcher de laisser échapper un grognement. La sorte de souffle que pousse un animal qu'on assomme d'un seul coup. Il se pencha vers le trou noir à ses pieds et lança à l'intérieur :

– Atkinson! Venez voir ça!

Il y avait maintenant un soupçon d'admiration dans sa voix.

Atkinson sortit la tête et vit devant lui une armée de chasse-neige. D'énormes camions étaient rangés l'un contre l'autre, formant un front ininterrompu de leurs immenses grattoirs, les uns en forme d'éperon et munis de versoir, les autres un seul long racloir asymétrique. Les opérateurs avaient soulevé chacune des lames à un mètre au-dessus du sol, de sorte que l'arête supérieure de la muraille était plus haute que les véhicules de la colonne de Richard. Il n'était pas nécessaire d'être un expert pour comprendre que cet acier sans faille était plus épais et plus résistant que le blindage d'un LAV. Toute attaque frontale était inutile. Sans compter qu'il y avait des gens partout, debout ou assis dans la rue, grimpés aux contreforts de la falaise. Les grattoirs et les fardiers en étaient hérissés, ils se tenaient sur les marchepieds, ils étaient pendus aux portières, et il en montait encore sur les cabines et jusque dans les bennes. Ces dernières silhouettes, debout derrière, dominaient tout le barrage. Les bennes étaient remplies, chargées de sable et de gravier. Atkinson et Richard échangèrent un regard. Seule une puissance de feu énorme aurait pu abattre chacun de ces poids lourds de plusieurs tonnes, et il aurait ensuite fallu des bulldozers géants pour les déplacer et ouvrir un passage. Et rouler sur des milliers de gens.

Des drapeaux par douzaines s'agitèrent, et on entendit monter un chant qui se répercuta aussitôt sur les murs de pierres des maisons et sur le roc de la falaise. Atkinson remarqua devant la foule, au milieu de la muraille des grattoirs, quelques personnes immobiles. Au centre se tenait un petit homme, les poings sur les hanches, tel un conquérant sur un champ de bataille qu'il avait lui-même choisi. Atkinson leva la tête. Le colonel avait pris exactement la même pose que le petit homme. Mais Richard ne regardait plus vers le barrage. Il observait, à droite, un car de la télévision de Radio-Canada. Un cameraman, son caméscope à l'épaule, s'avança sur la chaussée. À quelques mètres du blindé, il alluma son projecteur. Le colonel aussitôt se précipita à l'intérieur par l'écoutille. Il n'avait nullement l'intention de se retrouver en gros plan au prochain bulletin de nouvelles.

Richard atterrit lourdement dans l'habitacle en maugréant.

– Ça y est! Ils les ont réveillés avec tout leur boucan, et on les aura aux fesses jusqu'à la citadelle!

Il ajusta son képi et ajouta pour lui-même : «Si jamais on y met les pieds…»

Assis à son poste, Atkinson s'était remis à consulter ses cartes informatisées.

– William, quelle est la prochaine côte qui monte à la ville?

– Vers l'ouest, il y a la côte Badelard, puis la côte De Salaberry. Vers l'est, la côte de la Potasse.

– À quelle distance?

– Vers l'est, je ne sais si nous pourrons passer sous l'autoroute. Difficile de dire quelle longueur ils ont fait sauter et jusqu'où les débris se sont dispersés. Il faudrait aller voir.

Richard répondit sans hésiter :

– Pas si on peut s'en passer!

Le colonel commençait à perdre patience. Et le temps lui manquait. Atkinson lut les chiffres qu'il avait tracés à la hâte sur un bloc-notes.

– La côte la plus proche est de l'autre côté, vers l'ouest, à trois cents mètres, en prenant derrière nous la rue Arago en sens inverse.

Atkinson frappa le papier avec sa mine.

– Toutefois, colonel, il me semble évident que ça ne vaut même pas la peine d'essayer. Elle sera barricadée, elle aussi…

Richard admira le jeune officier. Il avait rarement vu quelqu'un qui puisse ainsi garder son calme en tout temps.

– Combien y a-t-il de ces satanées côtes sur le périmètre de la falaise d'un bout à l'autre?

– Une vingtaine, monsieur. Et d'ici à ce qu'on se rende à la dernière, ils auront eu le temps de les bloquer toutes. Si ce n'est déjà fait.

Atkinson hésita un moment.

– Surtout si on perd son temps à les essayer l'une après l'autre…

– Alors, Bill, réfléchis vite et interroge ton ordinateur. Et branche ton propre cerveau. L'un des deux va nous sortir de là, j'espère!

Le colonel fit un signe circulaire de la main à l'intention du chauffeur.

– On fout le camp d'ici. Direction ouest. Je n'ai pas l'intention de me faire coincer dans les petites rues de l'autre côté ni dans celles qui sont dans le voisinage. Pour le moment, Atkinson, nous redescendons au boulevard Charest. C'est large et plus sûr.

Il se pencha et baissa la voix à l'intention de son lieutenant.

– Bill, tu as dix minutes pour trouver quelque chose. Sinon…

Il était inutile que le colonel précise au lieutenant Atkinson quelle était la seule autre solution. Une manœuvre qui donnerait gain de cause au commodore Harley, lequel avait toujours soutenu qu'au lieu d'une colonne de blindés il fallait envoyer des hélicoptères. Ce foutu rhinocéros ne comprenait rien à rien. S'il y avait une chose qui risquait de couler l'affaire, c'était bien celle-là. Une simple question de tact. Le vacarme réveillerait toute la population dans les vieux murs, et les gens penseraient tout de suite à la guerre du Viêtnam ou à celle du Golfe. Avec les hélicoptères, on risquait de perdre le mince appui qu'on avait au gouvernement du Québec. Tandis que les fantassins avaient bien meilleure image. Les gens les appréciaient depuis leur participation aux mesures d'urgence lors des inondations et des tempêtes de verglas. Richard fulminait. Si Atkinson ne trouvait pas une solution, il faudrait chambarder le programme de la journée. Selon le plan établi, un seul hélicoptère devait survoler la ville de Québec cette nuit. C'était celui qui, plus tard, viendrait chercher le colonel Richard pour l'emmener sur les autres théâtres d'opération.

Le blindé atteignit le boulevard Charest et vira serré sur la gauche dans un crissement de pneus. Quand il eut franchi quelques dizaines de mètres, Richard vérifia de nouveau par l'écoutille. Les autres blindés avaient bien suivi. Ainsi que les journalistes. Au moins deux cars, et quatre voitures. Le colonel reprit sa place.

– Et pendant que tu y es, Bill, cherche donc aussi une façon de nous débarrasser de ces perroquets!

Un instant plus tard, Richard entendit un cri et reçut un petit objet dans le cou. C'était un crayon, et des feuilles de papier flottaient dans tout l'habitacle. Le lieutenant venait de tout balancer au plafond et se frappait le front.

– Mais oui, bien sûr, j'aurais dû y penser!

Il avait sur son écran une section du plan de la ville. Il l'agrandit pour mesurer une distance, puis releva la tête. Le chauffeur et le colonel avaient tous deux les yeux rivés sur lui. Le colonel retira son képi.

– Qu'y a-t-il, Atkinson?

– Pardon, monsieur, mais j'ai trouvé!

– Bravo!

Il n'était visiblement pas d'humeur à rire.

– Alors, on fait quoi?

– On rentre!

– Chez nous?

– C'est cela.

Richard crut qu'Atkinson avait perdu la tête.

– Bill, tu as peur comme un enfant que les chasse-neige te ramassent et tu veux rentrer à la maison, à Valcartier?

– Non, pas cette base-là.

– Je ne comprends pas!

– On rentre au manège militaire Saint-Malo!

– Quoi?

Le colonel connaissait vaguement cet endroit sans intérêt où des unités de réserve se réunissaient régulièrement.

– Oui. C'est notre casernement le plus près d'ici.

– Je ne comprends toujours pas. Tu veux qu'on abandonne? Et que ce soit l'aéroportée qui se rende à la citadelle à notre place?

– Pas du tout! Au contraire!

– Eh bien, dans ce cas, explique-moi ce que nous irons faire exactement au manège Saint-Malo?

– Primo, on y recrutera du renfort afin de se débarrasser de nos amis les journalistes.

– Bon! Et ensuite?

– Et ensuite je vous y montrerai cette toute petite chose. Et si je ne me trompe pas, on aura gagné!

Richard regarda son lieutenant. Il était radieux et son doigt pointait vers l'écran. Richard s'approcha.

– Qu'est-ce que c'est?

Atkinson appuya sur une touche du clavier et un nom apparut à l'endroit où la flèche de la souris clignotait. Richard se releva.

– Bon sang! William!

Le colonel examina la carte de nouveau.

– Tu crois que ça marchera?

– Pourquoi pas?

Personne n'avait probablement jamais essayé, mais Atkinson et Richard convinrent qu'ils n'y voyaient aucun obstacle majeur. Richard se tourna vers le chauffeur :

– Au manège Saint-Malo! Tu connais le chemin?

– Bien sûr, colonel! On est déjà dans la bonne direction!

Le caporal connaissait très bien cette petite base. Il n'y avait pas grand-chose d'utile à cet endroit. Seulement des réservistes. Selon sa définition à lui, des poids inutiles. À cet endroit, on garait aussi des véhicules militaires désaffectés.

– J'y suis allé il y a moins d'un mois pour y conduire quelques autres vieux camions. Il y en avait déjà un sacré paquet dans la cour derrière. Beaucoup de machins qui fonctionnent encore, mais dont on ne veut plus à Valcartier.

– C'est loin?

– Tout près. On fait encore un bout vers l'ouest, puis on prend à droite sur Vincent-Massey. La base est juste au coin. C'est la porte à côté; on y sera dans le temps de le dire. Je dirais moins de trois kilomètres, colonel.

Richard prit le téléphone et demanda au quartier général de lui donner Saint-Malo. Comme toutes les unités de l'armée canadienne cette nuit-là, qu'elles fussent de réserve ou régulières, Saint-Malo était en état d'alerte, et tous ses effectifs avaient été rappelés. Richard obtint la base au bout de la ligne, passa quelques ordres, puis raccrocha. L'air qui entrait par l'écoutille sentait bon.

Le colonel sortit la tête au-dehors. Il ne faisait pas encore jour. Le LAV passait le carrefour de la rue Marie-de-l'Incarnation. Du côté gauche, dans la pente douce qui gravissait le flanc de la falaise, il y avait un autre barrage de chasse-neige. «Le pays de l'hiver», se dit le colonel, en songeant que Québec avait la réputation d'être la grande ville nord-américaine qui recevait les plus fortes chutes de neige. Droit devant, le boulevard Charest faisait un dos de chameau pour passer par-dessus une voie ferrée. Dès qu'ils l'eurent passé, le chauffeur tourna à droite.

Une activité intense régnait dans la rue Vincent-Massey. Des camions militaires manœuvraient pour se ranger à reculons sur les pelouses de chaque côté du pavage, pendant que d'autres arrivaient derrière. Des soldats à pied attendaient au repos ici et là. Plus loin dans la rue, à droite, se profilait l'unique bâtiment de la base Saint-Malo, un simple édifice bas, peu invitant, dans un espace entièrement clôturé. Les blindés de Richard se frayèrent un chemin jusqu'à la barrière qui gardait l'entrée de l'enceinte militaire. Les cars de reportage les suivirent. Mais, dès que le dernier fut passé, les camions qui attendaient sur les pelouses embrayèrent à leur suite. Les journalistes venaient de tomber dans un traquenard, et se virent bientôt entourés de toutes parts par des camions et des soldats dont ils ne purent tirer le moindre mot. Les militaires n'empêchèrent aucun d'entre eux de déployer des antennes ou de faire fonctionner comme d'habitude leurs appareils de communication. Toutefois, les techniciens réalisèrent vite que toutes les ondes qu'ils utilisaient normalement étaient brouillées.

Pendant ce temps, la colonne du colonel Richard avait passé la barrière et se dirigeait vers l'arrière du bâtiment. Elle déboucha sur un grand terrain vague. Plusieurs dizaines de véhicules y étaient garés. Des grappes de jeeps, de transports de troupes bâchés et d'antiques blindés, dont quelques-uns portaient encore la couleur blanche et les lettres *U* et *N*, des unités ayant servi outre-mer aux forces de maintien de la paix des Nations unies. Le colonel dirigea son véhicule entre deux rangées et immobilisa sa colonne. Il avait réussi la première étape du plan d'Atkinson. Se débarrasser des curieux, et dissimuler momentanément ses blindés.

Le colonel Richard et le lieutenant Atkinson descendirent et marchèrent jusqu'au fond de la cour. Deux hommes attendaient devant la clôture de l'enceinte. Un simple soldat et un officier, le major Albert Lamarche, commandant de la base de réserve Saint-Malo. Le colonel lui tendit la main.

– Bonsoir, Lamarche. Voici le capitaine Atkinson. Il est plutôt impatient de vérifier si son idée est réalisable. Et, franchement, moi aussi.

TROISIÈME PARTIE

DÉFERLANTES

Justine

Le jeudi 24 juin, 4 h 45,
sur la rive sud du Saint-Laurent, près de Québec

Justine relâcha l'accélérateur dès qu'elle aperçut les piliers blancs du pont suspendu au-dessus du Saint-Laurent. Il y avait près de trois heures qu'elle roulait, sans cesser de s'inquiéter. Elle abaissa la vitre de la portière et l'air s'engouffra à l'intérieur comme la mer envahit une coque qui a heurté un rocher submergé. Les courants froids de la nuit étaient entremêlés à ceux plus chauds du jour naissant, et tout imprégnés des effluves du fleuve. Justine s'abandonna à cette odeur de son enfance. Le parfum de l'eau. La fraîcheur des larmes de rosée sur les thalles des fougères du jardin. Et les cailloux polis qu'elle prenait dans le fond du ruisseau pour y poser le nez. La senteur de la vie, douceâtre et fraîche. Justine était la dernière de la famille, et, quand elle était toute petite, sa grand-mère disait qu'on l'avait trouvée sur une pierre du ruisseau parmi les herbes, endormie à côté d'une truite.

La voiture entama le palier du pont et Justine s'étira pour soulager son cou.

– Quebec City! lança-t-elle d'un souffle à l'intention de son passager, comme on annonce la fin d'un film. Il n'y eut pas de réponse, et Justine quitta la route des yeux.

– Kenny?

À côté, le cameraman s'était endormi la bouche grande ouverte, ratatiné sur son siège comme un enfant. Kenny Banks était retourné dans un autre monde. La sonnerie du téléphone l'avait tiré de son lit en fin d'après-midi alors qu'il récupérait dans son loft du Upper East Side de New York. Banks était à peine débarqué d'une mission d'enfer au Nigeria. Et CNN voulait maintenant l'expédier au Québec. Il avait commencé par refuser, mais Cameron avait juré qu'il avait retourné toute l'Amérique avant de se rabattre sur lui. Kenny Banks avait une confiance absolue en son patron et il s'était envolé aussitôt pour Montréal.

Justine vérifia l'horloge sur le tableau de bord. Rien ne s'était déroulé selon l'horaire prévu. Le jour se levait déjà, et le fleuve était doux et lumineux, un couloir que la lumière empruntait pour monter depuis la mer. L'avion de Justine avait pris du retard, puis elle avait attendu l'Américain dans l'aérogare pendant deux heures. Robert devait s'être endormi sur sa falaise à l'attendre. Et la frégate serait déjà en rade devant la ville. Justine prit la voie de droite pour la première sortie après le pont qui menait au boulevard Champlain, lequel longeait le fleuve au pied de la falaise jusqu'au port. Le trafic soudain devint plus dense, et bientôt la voie se figea. Il fallut à Justine plusieurs minutes pour atteindre la sortie et constater qu'une voiture de la police détournait la circulation. Au lieu d'obtempérer, elle se rangea sur la droite dans la gueule de la bretelle et sortit sur la chaussée. Sa carte de journaliste et la caméra de Banks sur la banquette arrière eurent l'effet voulu, et l'agent l'autorisa à passer.

Au moment où elle s'installait derrière le volant, Kenny lui souffla :

— Est-ce que ça va ?

Il avait l'air terrifié et tenait un billet de vingt dollars U.S. à la main. Justine lui sourit.

— C'est O.K., Kenny. On est presque rendus.

L'Américain ne parut pas entièrement rassuré. L'arrêt et le bruit de la portière l'avaient réveillé en sursaut, et son premier réflexe en voyant les policiers avait été de saisir la poignée de la portière. Il avait constaté qu'elle n'était pas arrachée, que la banquette et le tableau de bord étaient intacts et propres. Tout neufs même. Il n'était pas dans une voiture complètement crevée. C'était exceptionnel. Mais pas entièrement suffisant pour le convaincre qu'il n'était plus en train de jouer à cache-cache la nuit dans les rues de Lagos et de soudoyer les militaires dans l'espoir de prolonger sa vie. Banks regarda le ciel à peine éclairé.

— Quelle heure est-il ?

– Bientôt cinq heures.

Justine désigna la petite horloge numérique au bas du tableau de bord. Kenny avait passé les dernières soixante-douze heures dans des avions et des aéroports, en décalage horaire. Il y avait des siècles qu'il n'avait vécu une journée entière à la lumière. Et il crut, en voyant le ciel assombri, que le soleil se couchait déjà.

Quelques centaines de mètres plus loin, la bretelle débouchait sur un boulevard, près d'une intersection. Un petit hélicoptère vert et jaune était posé sur un carré de pelouse en bordure de la chaussée. Au-delà des feux de circulation, les deux voies plongeaient vers la nappe du fleuve par une tranchée creusée dans le roc. Mais, dans la pente, le passage était encore bloqué, et d'une façon qui n'était pas pour rassurer Kenny Banks. Des poids lourds portant des grattoirs ou des souffleuses à neige occupaient entièrement les deux voies et le terre-plein, d'une muraille à l'autre.

– *Jesus!* C'est quoi, ça?

Justine avait arrêté la voiture et hochait la tête, tout aussi étonnée que son passager.

– Je ne sais pas!

Ils se regardèrent, et Kenny hasarda :

– En quel mois sommes-nous?

Il eut un effet irrésistible. Justine était épuisée elle aussi et elle éclata d'un rire nerveux, incontrôlable. Elle tressauta pendant plusieurs secondes, le coude posé sur le volant et la main sur la bouche. Des larmes descendirent le long de ses joues.

Banks riait encore lorsque Justine sortit et se dirigea vers le barrage. Le cameraman ouvrit la porte arrière et chercha sa ceinture contenant les piles. Dès qu'il eut branché la caméra, il partit à la recherche de Justine. Il la trouva conversant avec un homme devant un des chasse-neige. La lumière était bonne, Banks se mit à tourner. Sans le son. De toute façon, il n'y comprenait pas un mot. L'homme hocha la tête.

– Je n'en sais pas plus que vous, madame Larsen. Elle n'est pas encore arrivée, mais cela ne devrait pas tarder.

– Appelez-moi Justine, voulez-vous?

L'homme acquiesça.

– Et moi, c'est Marc.

Il montra le cameraman.

– Vous arrivez un peu tard pour filmer les militaires paradant dans la ville avec leurs blindés. Je peux quand même vous faire conduire là où leur colonne s'est réfugiée.

Simard hésita, puis reprit :

– Mais vous ne verriez pas grand-chose.

– Ça n'a pas d'importance. C'est la frégate qui m'intéresse.

– Dans ce cas, je vous emmène avec moi. J'ai une tournée à faire et je vous laisserai sur les quais.

– Merci, c'est gentil, mais je connais très bien la ville, vous savez.

– Nous avons bloqué tous les accès à la vieille ville… Ma voiture attend de l'autre côté.

Justine hésita en montrant son automobile de location.

– J'aimerais mieux prendre la mienne…

– Ne vous inquiétez pas. Personne ne vous la volera.

– L'auto, je m'en fous complètement, mais Kenny a tout son attirail, des piles de rechange, des cassettes, et moi j'ai un sac…

Elle sentit soudain de la gêne à s'inquiéter de ses vêtements dans un moment pareil.

– Des trucs dont j'aurai besoin…

Simard montra les gros camions.

– J'aimerais mieux ne pas déplacer un chasse-neige. Ils sont rangés comme des sardines dans une boîte. Ce serait plutôt long à reformer la ligne. Et puis il y a beaucoup de monde dans la vieille ville. Dans moins de deux heures, des milliers de gens auront envahi les rues. Vous ne pourrez pas passer facilement. Apportez tout ce que vous voulez.

Il fit un pas vers le bas de la pente et se ravisa.

– Avez-vous besoin d'aide?

– Non, merci; ça ira.

– Dans ce cas, je vous attends de l'autre côté.

Il fit un signe à l'opérateur, dans sa cabine. Le grattoir se souleva et Marc Simard se courba pour passer dessous.

De l'autre côté du barrage, la voie dévalait la pente en une longue courbe qui passait sous le tablier du pont suspendu, puis sous celui du vieux pont de Québec, immédiatement en aval. Le fleuve dans cet étranglement frémissait comme un bouillon qui mijote. L'eau se gonflait contre les piliers puis rejaillissait de l'autre côté en tourbillonnant. Justine leva la tête vers la super-structure d'acier du vieux pont. Pour la première fois, elle sentit que Bjorn était tout près. Elle vit ses mains danser, ses longs doigts qui tissaient une corde, et elle entendit sa voix qui disait : «Donne-moi tes mains! Tu verras. Avance. Écarte les doigts, maintenant.» Des doigts d'argent qui dansaient à la surface de l'eau.

Justine venait autrefois près d'ici, au pied de la falaise. Il y avait à cette époque une large batture sur laquelle de hautes herbes se découvraient deux fois par jour avec la marée. Des navires accostaient à de vieilles jetées où elle se rendait pour pêcher avec ses frères. À l'automne, au temps de l'éperlan. Elle était trop petite pour marcher aussi loin de la maison, et faisait la plus grande partie du trajet à cheval sur l'un des garçons. Quand il n'en pouvait plus, l'autre s'approchait, le dos cambré, et Justine changeait de monture sans mettre pied à terre. Elle les aurait accompagnés seulement pour se blottir ainsi en les serrant entre ses bras. Et aussi pour entendre le froissement des petits poissons qui se tortillaient au bout de la ligne. Justine agitait les mains, imitant leur façon de nager par petits coups. Elle voulait qu'ils se décrochent et retombent à l'eau. Quand cela se produisait, Justine éclatait de rire en les regardant s'enfuir comme des lames d'argent.

Simard, assis à l'avant, se retourna vers Justine :

– La frégate était au Saguenay vers 23 h hier soir. Normale-ment, elle serait déjà ici. Nous l'avons perdue pendant presque toute la nuit, mais elle s'est remise en route. Je pense que ce sont nos barricades qui l'ont retardée en arrêtant les blindés. Je ne sais pas ce qui l'a décidée à repartir.

Il fit la moue.

– En fait, je ne suis pas non plus certain que ce soit effecti-vement une frégate…

– C'est bien une frégate.

Justine regardait le fleuve. Elle tourna la tête vers Marc.

– Elle se nomme *Ville-de-Québec*.

Simard poussa un juron. Le choix était d'un tel culot! Pas seulement à cause du nom. Cette frégate avait été construite aux chantiers maritimes de MIL Davie à Lauzon, en face de Québec.

– C'est humiliant !

– Eux aussi se croient dans leur droit, fit Justine. Pour Ottawa, il s'agit d'une opération de sauvetage, pas d'une agression. Et, dans cette optique, les agresseurs, c'est vous.

Il fallait avoir vécu avec les Canadiens anglais assez longtemps, et sans animosité ni frustration, pour vraiment comprendre cela. Le Canada envoyait ses navires de guerre et ses soldats pour une opération chirurgicale. Ils venaient guérir un membre malade. Les Canadiens anglais avaient mis près de trente ans à réaliser pleinement une chose fondamentale : le séparatisme n'était pas un problème québécois, mais un problème canadien. On avait eu tort de laisser les Québécois s'en occuper seuls aussi longtemps. On ne se fait pas couper la jambe simplement parce qu'elle boite. Il vaut mieux la garder malgré la douleur qu'elle vous cause.

Le courant du fleuve en bordure de la route allait en sens inverse. La marée montait. Un jour de printemps, après que les glaces eurent été emportées par la grande marée, Justine était descendue au fleuve avec ses frères. Ils n'avaient pas pu se rendre au bord de l'eau. Des hommes et de la machinerie enfouissaient l'herbier sous des tonnes de roc et de gravier pour faire passer une autoroute. À l'automne suivant, au premier jour de la pêche à l'éperlan, les enfants s'étaient faufilés entre les voitures pour se rendre à la jetée. C'était très dangereux, et les parents leur avaient interdit d'y retourner. Bientôt, personne n'alla plus pêcher, parce que les éperlans étaient devenus trop rares. Il y avait aussi belle lurette que les bélugas ne remontaient plus le fleuve jusqu'à Québec. Ils avaient presque disparu, en même temps que les traditions québécoises, les comptines qui avaient traversé des siècles et que les enfants ne connaissaient plus, les croix au carrefour des chemins de campagne, les boiseries ouvragées et l'architecture des maisons, les goélettes de bois qui desservaient les villages de la côte. Même les jetées avaient été démolies une à une. Le Québec avait épousé la même culture que le reste du Canada. Celle des Américains. La mutation était en cours depuis longtemps dans les profondeurs du corps. Cette victoire référendaire, arrachée de justesse, n'avait été qu'un dernier soubresaut.

Justine ajouta, sans quitter le fleuve des yeux :

– D'autres navires viendront.

Marc s'agita sur son siège; la journaliste semblait très au courant. Là-haut, près du barrage, il ne l'avait pas interrogée sur ses sources. Simard était persuadé que les documents sur lesquels il avait travaillé étaient demeurés secrets. Cela n'avait plus aucune importance maintenant.

– Je le crois aussi. À quelques reprises, le gouvernement du Québec a examiné la possibilité d'une opposition militaire. Plusieurs scénarios ont été examinés.

– Je sais qu'au moins trois autres navires font route.

– Quel genre de navires?

– Deux destroyers et un ravitailleur. Dans leur jargon, ils appellent cela un groupe opérationnel.

– Ils s'attendent à un long siège?

– Je n'en sais rien, mais ils peuvent tenir des semaines, des mois peut-être.

– Vous connaissez bien la marine, Justine. Vous couvrez ce sujet depuis longtemps?

Justine secoua la tête.

– Absolument pas, mais ma vie y a été mêlée. Autrefois.

Elle tourna la tête vers la fenêtre de la portière, comme pour parler au fleuve.

– Mon mari, Bjorn Larsen, était officier.

La surface de l'eau se couvrait de rides. Un petit vent arrivait du nord-est. Justine savait qu'il était frais, et que le beau temps ne passerait pas la journée. Elle regarda de nouveau Simard dans les yeux.

– J'y suis mêlée encore une fois cette nuit, malgré moi, Marc. Mon mari est sur la frégate!

Simard ne comprenait plus rien. Il n'arrivait pas à croire que cette femme soit avec eux, et que lui-même soit en train de leur prêter main-forte. Il dévisagea Justine un long moment. Son regard était triste. Elle cachait autre chose.

Justine baissa le regard.

– Du moins, je le suppose…

– Il est toujours officier?

– Non. Prisonnier. Enfin, je ne sais plus…

Justine raconta comment ils étaient venus chercher Bjorn à la maison, moins de trois jours plus tôt.

– C'est pour cela que je suis ici.

– Je vois.

Simard avait dit cela avec froideur. Justine renchérit :

– Je sais ce que vous croyez. Que je m'intéresse avant tout à ma propre petite vie ! Détrompez-vous, Marc. Cette histoire absurde, cette saloperie, cette guerre, appelez-la comme vous voulez, je vais la suivre, la montrer à la face du monde. C'est pour cela que Kenny est avec moi. Mais comprenez-moi bien, Marc.

Justine inspira profondément pour s'apaiser.

– Je ne suis pas de votre côté ni du leur, et je ne couvre pas non plus les faits divers pour les actualités. J'ai des collègues qui s'occupent de ces choses-là. Moi, je m'intéresse avant tout aux gens qui font cette guerre et à ceux qui la subissent.

Justine avait toujours fait ce genre de reportage de fond, et c'était ce produit qu'elle avait promis à Cameron. Il y avait un côté morbide au métier de journaliste. À suivre les grands événements et à épier la vie des autres, on oubliait qu'on en avait une soi-même, et, quand on s'y penchait, elle paraissait sans intérêt. Cette fois-ci, c'était différent. Justine avait l'impression de couvrir sa propre vie.

– Et quand les hostilités seront terminées, il faudra vivre encore, Marc. Ce qui m'arrive, je ne l'ai pas cherché. Croyez bien que si j'en avais été conciente, ils m'auraient passé sur le corps avant d'embarquer Bjorn…

Simard voulut se faire rassurant.

– Vous n'avez pas à vous sentir responsable de ce qui est arrivé.

– Ce n'est pas vraiment ce que je voulais dire.

Les pensées se bousculaient dans la tête de Justine.

– Par la force des choses, je me retrouve à couvrir une histoire qui ne m'intéressait plus du tout. Et je dois maintenant la suivre jusqu'au bout. Parce que c'est la mienne.

La voiture progressait rapidement sur le boulevard désert. Au cap de Sillery, la falaise se hérissa et se rapprocha du fleuve, coinçant la route entre le roc et les quais. Une minute plus tard, l'automobile passa le dernier accès de la haute ville, la côte Gilmour, qui profitait d'un renfoncement naturel pour grimper au milieu d'une futaie. Elle était déserte elle aussi, et pourtant aucun obstacle n'était visible. Justine s'en étonna.

– Avez-vous érigé une barricade en haut?

– Seulement une auto patrouille pour détourner la circulation normale. Pour les militaires, le barrage que vous avez vu près du pont était le dernier verrou. S'ils ne peuvent ni passer par là ni venir par l'autre bout du boulevard, ils ne peuvent forcément pas se rendre ici.

Simard était fier de son dispositif.

– Cette ville est une forteresse naturelle.

Justine acquiesça.

– Je sais. Je suis née à Québec, et j'y ai passé toute mon enfance.

– Ah oui? Dans quel quartier?

– Tout près d'ici d'abord, et ensuite dans la haute ville.

* * *

Le jeudi 24 juin, 4 h 45,
à la base militaire Saint-Malo,
dans la basse ville de Québec

Le soldat coupa la dernière maille avec le sécateur, puis écarta un des pans libres du grillage de la clôture. Le colonel Richard et le lieutenant Atkinson se faufilèrent par l'ouverture et descendirent un petit talus. Le major Lamarche leur emboîta le pas. Le soldat récupéra son sac et les suivit à son tour. En quelques enjambées, les quatre hommes se trouvèrent au fond d'une dépression dans laquelle passait une voie ferrée. Ils entreprirent aussitôt d'examiner les lieux.

Le talus qui bordait la voie de l'autre côté était moins élevé. Un taillis clairsemé et une clôture en mauvais état en occupaient le sommet. Richard montra à l'aide de son bâton les troncs des grands peupliers qui émergeaient des bosquets et dont les feuilles de cime virevoltaient.

– Qu'y a-t-il derrière?

– Un parc public, répondit Lamarche en avançant d'un pas. À cette heure, il n'y a personne.

– Qu'importe. Il faudra s'en assurer. Par où y entre-t-on?

– Par la rue de Verdun, de l'autre côté.

– Vous ferez surveiller les entrées. Discrètement.

– Bien, monsieur.

– Et postez quelques hommes dans le parc, de ce côté-ci, au cas où un petit malin se mettrait dans la tête de grimper la clôture.

Richard désigna ensuite la portion de la voie ferrée à sa gauche, dans la direction nord, où la pente des talus diminuait progressivement avant de disparaître dans une courbe.

– Et par là?

– La base et le parc longent la voie ferrée de part et d'autre, sur environ deux cent cinquante mètres, jusqu'à la rue Sainte-Thérèse. De l'autre côté, il y a un petit parc industriel.

– La rue passe à niveau?

– Oui.

– Vous y posterez quelques véhicules et des hommes.

Il se tourna vers Atkinson, qui s'était éloigné pour inspecter les rails et les traverses en bois noircies par la créosote. Le lieutenant vérifia également le ballast. La lumière était faible en raison de l'heure et de la position encaissée des lieux, mais l'aspect de la voie confirma les informations que Lamarche avait données. William rejoignit les autres.

– Colonel, la voie n'a pas servi depuis longtemps, mais elle semble en parfait état.

– Bien, acquiesça Richard en se dirigeant vers le sud entre les rails. Allons donc voir ce passage qui nous mènera à Troie!

Le colonel affectionnait les références historiques. Encore plus quand elles étaient anciennes et lui rappelaient un pays qu'il avait visité. Il regarda Lamarche:

– Troie est en Turquie!

Atkinson sourit. Le colonel était de fort bonne humeur.

Les talus de part et d'autre s'élevèrent graduellement jusqu'à devenir les points d'appui d'un viaduc routier qui enjambait le chemin de fer. Richard examina les alentours. Ici, la voie ferrée était encore plus à l'abri des regards; juste au-dessus de sa tête, un garde-fou en béton bordait le boulevard Charest, et il aurait fallu qu'un piéton s'arrêtât et se penchât sur le bord pour voir ce qui se passait au fond de la coulée. Richard reprit la marche, et le petit groupe disparut à sa suite sous les poutrelles de béton. Quand le colonel émergea de l'autre côté des quatre voies du boulevard, il constata que les talus y étaient très prononcés et se poursuivaient sans interruption jusqu'à la falaise de roc. Il n'y avait rien sur une des rives, tandis que sur l'autre se profilait le mur arrière d'un garage ou d'un vieux hangar. Le colonel pointa son bâton pour donner un autre ordre à Lamarche.

— Un homme par là aussi pour s'assurer qu'il n'y aura personne.

Jacques Richard se planta les pieds bien au sol et renversa la tête en arrière pour mieux apprécier la hauteur de la falaise. Le mur de roc montait en quelques paliers raides vers la haute ville.

— Mon cher William, la falaise du côté du fleuve, sous la citadelle, est-elle aussi haute et à pic que celle-ci?

Atkinson leva les yeux.

— Je crois bien qu'elle est encore plus inattaquable…

— Je ne l'avais jamais vue sous cet angle, mais je comprends pourquoi on dit que les soldats du général Wolfe n'ont pu arriver là-haut de cette façon…

— En effet, on suppose qu'ils ont plutôt emprunté une coulée à Sillery, près du tracé actuel de la côte Gilmour.

Le lieutenant leva le bras en direction de la muraille.

— Presque exactement devant nous, mais sur l'autre face!

— En quelle année était-ce déjà?

Richard connaissait parfaitement la date, mais il avait le goût de l'entendre dire.

— En 1759, colonel!

C'était Lamarche qui avait répondu. Le colonel ajouta pour lui-même : «Bientôt un quart de millénaire, et pour en revenir au même point…». Il se retourna vers le viaduc, l'examina en silence pendant quelques secondes, puis pivota de nouveau.

— Qu'en pensez-vous, Atkinson?

— C'est parfait, monsieur. Il faudra tout de même assurer nos arrières si nous voulons être certains de ne pas être repérés. Une manœuvre temporaire suffira. Nous serons passés en quelques minutes à peine.

— Major Lamarche, vous procéderez à une diversion. Au moment voulu, vous enverrez deux colonnes de véhicules sur le viaduc et vous chasserez la circulation devant vous. Dans les deux sens.

Atkinson s'interposa.

– Il serait préférable qu'ils n'empêchent pas la circulation, seulement qu'ils l'embouteillent un certain temps. Il ne faut pas éveiller les soupçons en bloquant ostensiblement l'accès au viaduc. Il suffira que les hommes du major passent lentement, en faisant quelques courts arrêts, et surtout en prenant toute la place. Juste le temps que nous soyons passés.

– Major?

– Ce sera fait sans problème, colonel.

Richard se tapota le creux de la main avec son bâton. Il était très satisfait.

– Encore une chose, monsieur Lamarche. Quand la colonne sera passée, vous emmènerez tous ces journalistes à votre suite faire une petite balade dans le quartier. Ils croiront que c'est nous. Avez-vous des blindés?

– J'ai quelques vieux LAV, mais ils ne sont pas identiques aux vôtres. C'est un ancien modèle.

– Des General Motors?

– Exact, monsieur.

– Ça ira, ça ira. Ils ne verront pas la différence. Prenez votre temps. Et surtout, sortez par la grande porte!

Le colonel était très satisfait du plan. Il commençait même à se persuader qu'il en était l'auteur. Il se tourna vers son lieutenant.

– Eh bien, mon cher Atkinson, il ne vous reste plus qu'à faire votre petite exploration. Combien de temps vous faudra-t-il?

– C'est une marche de moins de deux kilomètres. Si tout va bien, nous mettrons vingt minutes. Disons trente en tout! J'appellerai de là-bas. Si les communications ne passent pas, j'enverrai Lavigne au pas de course.

Le colonel consulta sa montre.

– Parfait! Parfait!

Il se tourna vers le major.

– Lamarche, vous avez tout juste le temps de tout mettre en place. Quant à moi, je fais venir l'hélicoptère. Nous avons malheureusement déjà mis beaucoup plus de temps que prévu. Il faut que je retourne à Valcartier. Atkinson me tiendra au courant.

Atkinson salua son supérieur et se dirigea vers le mur de schistes noirs dont les lames tordues décrivaient de longues arabesques. William avait étudié la géologie, et se promit de revenir examiner cette formation qui devait dater du paléozoïque. Il accéléra le pas, en essayant d'ajuster chacune de ses enjambées pour ne pas se renverser le pied entre deux traverses du chemin de fer. Les deux hommes firent soixante-quinze mètres et parvinrent à la muraille. Une arche de béton vieilli était plaquée sur la falaise. Un médaillon à son sommet portait en relief les chiffres «1930» et les mots «Canadian Pacific». Ce portail encadrait une trouée plus noire que le roc lui-même. Au centre, très loin, se profilait une arche de forme identique, minuscule et éclatante. Cette lumière à l'autre bout était celle du jour qui se levait sur le fleuve Saint-Laurent.

Atkinson et Lavigne étaient dans la gueule du tunnel ferroviaire désaffecté qui traversait la ville de Québec de part en part. Par ce passage parfaitement horizontal, creusé sous des dizaines de mètres de roc, un train de marchandises pouvait atteindre les quais en quelques minutes.

Le soldat Lavigne alluma sa lampe de poche, et les deux hommes entrèrent dans le tunnel. La lumière oscillante de la lampe frappait les rails à bonne distance devant, et les éclairs jaillis de l'acier se perdaient aussitôt sur les parois noircies par la suie. Le revêtement de béton appliqué au roc était en bon état presque partout. Ici et là, une fissure laissait passer un mince filet d'eau, dont les gouttes claquaient de façon sinistre en tombant sur le bois des traverses. Le pied d'Atkinson glissa sur une plaque mouillée, et l'officier quitta la voie, espérant trouver la marche moins pénible tout près du mur, sur le lit de gravier. Il la jugea encore plus périlleuse parce que le ballast s'était effondré en plusieurs endroits, laissant des dépressions traîtresses.

À mi-chemin, le froid et l'humidité pesaient lourd sur le soldat Lavigne, qui sentit le besoin d'entendre une voix humaine.

– Ça fait étrange de penser que des gens dorment à cent mètres au-dessus de nos têtes…

Il avait cru que ses mots résonneraient longtemps, mais ils moururent presque aussitôt. Atkinson le corrigea.

– Nous sommes plutôt sous l'asphalte. C'est la rue Belvédère qui passe exactement au-dessus de l'endroit où nous sommes.

Il se tourna vers son compagnon et précisa.

– Comme des rats dans un égout !

Lavigne avait horreur de ces bestioles, et se mit à balayer la voie de sa lampe en marchant, l'oreille tendue pour entendre leurs frémissements. Il ne perçut que le bruit de ses bottes, et des petits cailloux délogés par ses pas. Et il se mit à souhaiter que de l'autre côté le téléphone passe bien. Il préférait ne pas avoir à refaire cette même distance en courant. Et, surtout, seul.

Des rebuts jonchaient par endroits le dernier tiers du tunnel. Des papiers d'emballage pour victuailles, des bouteilles de bière fracassées, et des lambeaux de sacs en plastique. Dans une niche aménagée à même la paroi, Atkinson remarqua les débris d'une sorte de natte et un petit monticule de déchets et d'objets inutilisables. Un sans-logis avait probablement occupé un certain temps cet endroit aménagé pour qu'un ouvrier puisse se réfugier au passage d'un train. Les deux hommes atteignirent bientôt la sortie du tunnel, sans avoir rencontré le moindre roc éboulé ni obstacle qui puisse ralentir la progression des blindés. La traversée de la ville interdite se révéla être une toute petite promenade de rien du tout. Le lieutenant vérifia sa montre. Ils n'avaient mis que dix-huit minutes. Il se sentit soudain très léger. L'appréhension qu'il avait ressentie à l'idée de s'engager dans ce froid boyau s'était transformée en une agréable sensation.

Atkinson examina la sortie. De ce côté, le tunnel était prolongé par un manchon de béton qui protégeait la voie des éboulis de schistes, lesquels étaient de couleur plus pâle et plus friable. Ce prolongement était scellé par une arche de béton identique à la précédente, et qui adjoignait également un viaduc sur lequel passait le boulevard Champlain. Le lieutenant leva la tête. Le parapet du viaduc et l'arche du tunnel étaient à moins de deux mètres l'un de l'autre, et à la même hauteur. Ici aussi, le tunnel était à peine visible pour un automobiliste passant sur la route. Atkinson passa sous le boulevard. Les rails tournaient à droite pour rejoindre une autre voie ferrée, celle-ci orientée dans l'axe du fleuve en bordure d'un terrain vague précédant les quais. D'autres embranchements menaient à des amoncellements d'abrasifs en vrac, à des piles de bois de construction, et à des camions et des entrepôts aussi sales qu'immobiles dans la lumière encore incertaine du matin. Il n'y avait pas âme qui vive, et le boulevard était absolument désert.

William sortit une carte d'état-major de sa poche et l'orienta. À deux cents mètres vers le sud-ouest, la voie ferrée franchissait à niveau une petite rue de desserte qui croisait le boulevard. Au carrefour, les feux de circulation clignotaient, rouges. Au-delà du croisement, la desserte devenait une rue qui disparaissait en tournant dans une futaie au pied de la falaise. Atkinson la repéra sur sa carte, bien qu'il sût sans l'ombre d'un doute que cette rue était celle qu'il cherchait. La côte Gilmour, qui, en trois lacets, montait directement à la haute ville. Atkinson inspecta les alentours à la jumelle. Ce qu'il vit confirma ses espérances. Il n'y avait pas de camions à neige ni de voitures de police. La voie était libre! Atkinson était radieux. Par pur plaisir, il suivit à travers la futaie le tracé approximatif de la côte Gilmour jusqu'au sommet de la falaise. Quand il eut terminé, il souriait de toutes ses dents. Il se tourna vers Lavigne.

– Vous voyez ce que je vois là-haut?

Le soldat leva la tête.

– Les plaines d'Abraham?

– Exactement. Le vieux champ de bataille devant la citadelle.

Atkinson aurait aimé que le colonel soit avec eux en ce moment. Il aurait voulu le voir sourire d'aise. Le lieutenant était certain d'une chose : Richard regretterait un jour de ne pas avoir accompagné la colonne jusqu'au bout. Et William ajouta pour lui-même : «Il serait arrivé là-haut à l'aube, comme le général Wolfe!»

Atkinson avait encore une toute petite tâche à accomplir, avant de s'asseoir tranquillement à regarder le lever du soleil en attendant les blindés. Avertir le major Lamarche que la route était libre. Tout en marchant vers l'entrée du tunnel, il demanda le téléphone de campagne du soldat Lavigne. Il allait composer le numéro lorsqu'il entendit une automobile approcher sur le boulevard. Les deux hommes se mirent à courir vers le viaduc, où ils se plaquèrent contre le mur de soutènement en béton. Le bruit s'amplifia, la voiture s'engagea au-dessus d'eux et passa de l'autre côté en direction du vieux port. Prestement, Atkinson courut à l'air libre, jumelles à la main. Il vit une auto patrouille de la Sûreté du Québec disparaître à l'est dans la courbe au-delà du viaduc. Le lieutenant eut le temps de compter quatre personnes à bord, dont une femme à la chevelure noire.

* * *

Le jeudi 24 juin, 5 h 15,
sur le boulevard Champlain

L'auto patrouille approchait du dernier cap, celui qu'on appelait Diamant. Ce matin pourtant, bien que le soleil levant le frappât de plein front, il ne brillait pas du tout. Il était noir et mat comme du chocolat. Il y avait bien au sommet une couronne dorée, formée des contreforts de la terrasse Dufferin et des murs de la citadelle. Contre la base des murs de pierres de la forteresse, des piétons pas plus gros que des pingouins se hâtaient sur la promenade des Gouverneurs. En bas, dans les petites rues encore sombres, des gens marchaient aussi, et, devant le débarcadère du traversier qui desservait Lévis de l'autre côté du Saint-Laurent, des passagers traversaient le boulevard. Le chauffeur fut forcé de ralentir. Justine s'étonna qu'il y eût autant de monde à cette heure. Simard expliqua que les stations de radio et de télévision invitaient la population à se rendre sur les plaines d'Abraham et à entourer la citadelle.

Justine hocha la tête de gauche à droite.

– C'est de la folie, Marc. Ça ne fera qu'envenimer les choses.

– Que voulez-vous, Justine. Les gens devaient venir par milliers aujourd'hui pour les cérémonies.

– Et maintenant, ils vont faire quoi ?

– Ils vont protester, montrer qu'ils s'opposent au coup de force de l'armée.

– En scandant des chants patriotiques…

– Sans doute.

– Cela ne vous effraie pas, Marc ?

Simard ne répondit pas. Justine insista.

– Qui sait si parmi eux il ne se trouvera pas des gens en armes ?

– En armes !

– Oui, avec des fusils de chasse, par exemple. N'importe quoi.

Marc se taisait. Il y avait pensé lui aussi, et avait conclu que, dès l'instant où le coup militaire serait connu du public, le risque de violence deviendrait réel. Comment l'empêcher ? Il s'était posé la question, mais n'avait pas trouvé la réponse. Autrement qu'en espérant que les plus violents soient noyés dans la masse.

– C'est sans issue, reprit Justine. La journée sera très longue. La foule ne pourra rien faire. Les gens s'épuiseront, puis ils rentreront chez eux. Tandis que les militaires, eux, n'ont rien d'autre à faire. Le temps jouera en leur faveur.

Elle regarda Simard.

– Et vous non plus, Marc, vous ne pouvez rien. Même si vos barrages sont efficaces, vous ne pourrez fermer toutes ces rues indéfiniment. Ils finiront bien par passer.

– Peut-être, mais on aura envoyé un message clair.

Justine était pensive.

– Et puis ils viendront autrement. Par-dessus, par exemple…

Simard ne voyait pas ce qu'elle voulait dire.

– Par-dessus?

– Par les airs, je veux dire. Vous ne pourrez pas arrêter des hélicoptères!

– Non. Mais si les plaines d'Abraham sont noires de monde et que l'armée ne veut pas de massacre, les hélicoptères ne pourront qu'atterrir à l'intérieur de la citadelle. Une fois rendus là, ils se retrouveront comme la garnison qui y est déjà enfermée. Impossible d'en sortir à moins de marcher sur les gens.

– Alors, ils passeront par-dessous…

– Que voulez-vous dire?

– Je dis n'importe quoi. Parce que je suis plutôt fatiguée et que je ne vois pas de solution.

Justine poursuivit sa pensée :

– Quand j'étais toute jeune, on disait qu'il y avait des passages secrets qui reliaient la citadelle au couvent des ursulines, plusieurs rues plus loin.

– S'ils ont existé, ils ont été murés depuis longtemps.

Justine se souvint d'un jeu d'enfant qu'ils faisaient dans les ruelles du vieux Québec. Une équipe bloquait la ruelle en se tenant coude à coude et l'autre essayait de passer. On grimpait les uns sur les autres pour sauter par-dessus ou on passait entre les jambes des défenseurs. Un jour, son frère aîné avait soulevé une bouche menant aux égouts. Il voulait passer par les canalisations, mais il était resté coincé dans le trou d'homme.

Simard fit entrer la voiture sur les quais de l'autre côté du débarcadère du traversier. Le chauffeur l'approcha du muret au bord de l'eau. Marc se retourna :

– Je vous laisse ici. Je serai de retour dès que la frégate sera en vue.

Quand Justine ouvrit la portière pour sortir, un goéland quitta son bollard pour aller musarder au-dessus de l'eau près du bac. Le fleuve était plat comme un miroir. Le vent était tombé, mais l'air était encore frais. Justine frissonna. Elle s'approcha de la voiture et Simard abaissa la vitre.

– Marc, j'ai l'intention d'aller sur la frégate.

Simard parut incrédule.

– Pour votre mari ?

– Pour le sortir de là.

– Vous croyez qu'on vous autorisera à monter à bord ?

– Je connais le capitaine. Il ne refusera pas si je le lui demande.

De cela, elle était absolument certaine. John Harley sauterait sur l'occasion de l'avoir à sa merci, seule avec lui.

– Et comment vous y rendrez-vous ?

Justine se pencha sur l'eau. Sous cet angle, elle n'était pas bleue, mais d'un brun verdâtre. Sa décision d'aller sur la frégate était prise depuis longtemps. Jusqu'à maintenant, elle n'avait pas songé au moyen de s'y rendre. Elle chercha une embarcation le long du quai. Un vieux remorqueur était amarré en aval. Et puis il y avait le traversier qui s'apprêtait à repartir. C'était tout. Rien d'autre que les remous du courant qui luttait contre la marée. Et soudain elle trouva.

– Marc, il y avait un hélicoptère là-haut, près du pont, quand je suis arrivée. Est-ce à vous ?

– À la Sûreté, oui. C'est le seul que nous ayons pu récupérer avant que l'espace aérien ne soit fermé, à deux heures du matin. Nous l'utilisons peu, à cause de l'interdiction de voler.

– Ce n'est pas risqué ?

Marc haussa les épaules.

– Ils n'ont pas vraiment les moyens de nous interdire quoi que ce soit dans cette partie de la ville. Du moins, tant que la frégate ne sera pas en vue !

Il fronça les sourcils.

– Vous croyez qu'ils laisseront approcher un hélicoptère de leur navire ?

– Je n'en sais rien. Il faut essayer. Pouvez-vous le faire venir ?

Simard vérifia l'heure.

– D'accord. Seulement, je ne peux vous donner que vingt minutes.

Il réfléchit un moment.

– L'héliport sur le quai de la garde côtière, juste à côté d'ici, est interdit, mais il y a un petit parc au bord de l'eau juste en amont. Je le ferai venir là.

– C'est parfait !

Marc avait encore des doutes.

– Un hélicoptère peut-il atterrir sur la frégate ?

– Je crois bien que oui. Il me semble l'avoir déjà entendu dire. Sinon, vous me descendrez par une échelle.

Justine roula les yeux.

– Ou je sauterai. Marc, il faut que j'y aille…

– Si on nous laisse approcher…

– Avez-vous une autre idée ?

– On pourrait prévoir une embarcation, au cas où…

– Pouvez-vous en trouver une ?

Simard sourit. Il n'avait pas souvent vu quelqu'un d'aussi déterminé que l'était cette femme en ce moment.

L'agent qui était demeuré dans la voiture s'approcha d'eux.

– Monsieur Simard, la patrouille de Beaumont vient de rapporter la frégate. Elle a de nouveau ralenti sa course.

– Elle sera ici dans combien de temps ?

– À sa vitesse actuelle, dans une heure environ.

Marc se tourna vers Justine.

– Je ne sais pas ce que cela veut dire, mais je suppose que c'est bon signe. Avec l'armée toujours embouteillée, ils sont peut-être indécis.

Justine avait laissé tomber les bras. La perspective d'avoir à attendre une heure à ne rien faire ne lui plaisait pas du tout. Elle leva la tête vers le Château Frontenac qui se profilait contre le ciel en haut de la falaise, et se souvint de Robert. Il l'attendait peut-être encore.

– Marc, je ne vais pas poireauter sur ce quai. Je monte là-haut. Le consul américain est un ami. Il habite juste là. Et j'emmène Banks avec moi. De la terrasse, nous verrons la frégate venir, et Kenny pourra faire de meilleures images.

– O.K. Je vous attendrai dans le parc avec l'hélico dans moins d'une heure.

– Dites-moi où se trouve cet endroit exactement ?

– L'entrée du parc se trouve sur le boulevard, en montant. Nous l'avons passée en venant. Juste devant les dernières maisons au pied de la falaise.

– Oui, je vois.

– Il y a un restaurant chinois presque en face.

– Il s'appelle comment ?

– Je crois que c'est *Du côté de Sechouan*.

* * *

Le jeudi 24 juin, 5 h 15,
au consulat des États-Unis, dans la vieille ville de Québec

Robert Laroche souleva le rideau à la fenêtre de la mansarde. La lumière du jour lui piqua les yeux. Il n'avait pas beaucoup dormi depuis qu'il attendait Justine. Des gens sortaient de la porte cochère du Château et traversaient le petit parc pour atteindre plus rapidement la rue Sainte-Geneviève et se rendre sur les plaines. Il les regarda distraitement. Elle n'était pas parmi eux. Il n'avait pas besoin de fouiller chaque visage pour le savoir. Laroche laissa retomber la dentelle et se rendit dans une des lucarnes qui donnaient de l'autre côté sur la terrasse Dufferin. Elle n'arrivait toujours pas non plus, sur le fleuve à l'horizon, au-delà du kiosque victorien perché sur des échasses au-dessus du vide, cette maudite frégate qu'il avait attendue toute la nuit.

Le funiculaire avait ouvert exceptionnellement tôt et déposait des fournées de passagers sur la terrasse. Ils se hâtaient vers la promenade accrochée à la falaise pour contourner la citadelle. Des gens qui, la veille encore, se préparaient à la fête, aujourd'hui avançaient d'un pas rapide, anxieux, en silence. La plupart portaient un drapeau fleurdelisé, ils le tenaient à bout de bras, ils s'en étaient drapés. D'autres, insouciants, avaient emmené leurs enfants et piqué de petits fanions dans leurs cheveux. Les tout-petits sautillaient devant les grands, se retournant de temps à autre comme fait un chien devant son maître, pour s'assurer de prendre le bon chemin. Ceux-là allaient en famille pour voir un défilé, soucieux seulement d'arriver tôt pour avoir de bonnes places. Ils ne savaient pas ce qui les attendait vraiment sur cette colline.

Robert était comme eux, à la fois fébrile et angoissé. Il ignorait encore comment il réagirait en revoyant Justine. Quand elle arriva au milieu de la foule, comme portée par une vague au-dessus du fleuve, ses cheveux au vent, Robert sentit une pression sur sa poitrine, comme s'il la serrait dans ses bras. Il avait ressenti exactement le même désir étouffant lorsqu'il avait vu Justine pour la première fois derrière les dunes de Martinique Beach au nord de Halifax. Ce jour-là, il attendait Évelyne au bord du chemin. Elle arriva avec la camionnette. Une femme occupait l'autre place, et Robert, sans un mot, avait sauté dans la caisse et s'était assis au fond contre la cabine. Par la fenêtre, il voyait la nuque de l'inconnue qui avait relevé ses cheveux en chignon. Des mèches fines retombaient sur sa peau. Robert regardait ses épaules et sa poitrine se soulever quand elle s'emplissait les poumons pour rire d'un mot qu'Évelyne lui lançait. Il se vit debout derrière cette femme, la pressant contre lui doucement, les mains sur sa taille et posant sa bouche à la naissance du cou.

Il se souvint comme il était léger, assis derrière elle avec la vitre entre eux, à sentir l'air du soir, à la fois frais et chaud comme les courants d'une rivière, à voir la beauté des feuilles accrochées aux branches des arbres, le cœur grand ouvert et tout plein de ce moment si beau, simplement heureux d'être à cet instant amoureux de cette femme et de savoir qu'elle l'ignorait encore. Le vent par grandes lames avait emporté la camionnette, la route et toute sa vie par-delà les dunes et de l'autre côté de l'océan. Et cela n'avait aucune importance maintenant qu'il l'avait vue, elle.

Justine portait une robe noire en coton fin. La même qu'elle avait posée au pied du lit en fin d'après-midi à Québec quand ils étaient amants dans sa chambre sur les toits de la vieille ville. Ils étaient restés allongés. Elle avait relevé le torse pour s'appuyer sur ses coudes. Dans la lumière dorée qui entrait par la fenêtre grande ouverte, Justine regardait le plafond, la tête rejetée en arrière, envolée elle-même par-delà les vieux murs. Ses cheveux retombaient sur l'oreiller, entre les barreaux du lit, contre le ciel par-dessus la ville avec le clocher au-dessus des lucarnes posées sur l'ardoise des toits comme des maisons en miniature sur le flanc d'une colline. Robert ne cessait de la contempler, jamais las de laisser glisser son regard sur son visage, ses bras, son cou, à ce moment et toujours, ici comme lorsqu'elle se penchait sur l'étal d'un artisan pour marchander un objet et que le tissu de sa robe moulait le bas de ses reins. Justine riait, elle riait en arquant le dos, ses épaules et sa poitrine tressautaient, et ses seins tremblaient. Et la robe était drapée au pied du lit, la robe avec des fleurs. Ou des petits coquillages. Robert ne savait plus, et il se troubla que ce détail lui échappât.

Il avait oublié la plupart des petits événements de son existence, mais croyait pouvoir se souvenir de chacun de ceux vécus avec Justine. Quand elle fut partie, il s'était retrouvé soudain tout petit et sans défense aucune, ne connaissant même plus le nom de sa peine. Et il chercha le repos en se remémorant chaque heure des jours passés avec elle. Après quelque temps, il trouva étrange que ces courts mois avec Justine aient pris autant d'importance. À la fin, il accepta de ne jamais pouvoir les oublier, sachant que la vie des hommes, comme toute histoire, était ainsi faite. De millions de petites choses que personne ne retenait, mais surtout quelques événements qui comptaient vraiment. Parfois aussi très courts à leur propre échelle. Ce n'était pas la durée mais l'intensité qui marquait le plus.

Justine monta l'escalier reliant la terrasse à la rue du consulat. Le gardien apportait le drapeau des États-Unis pour le placer dans la hampe fixée au mur de briques. Robert était dans la porte ouverte, et, la voyant si proche, si réelle, il sut qu'il l'aimait encore, et qu'elle le troublait au point de l'empêcher de lui dire le fond de son cœur et les mots qui lui brûlaient les lèvres. Ces mots qu'on ne dit pas non plus à son premier amour, lorsqu'on est encore si maladroit qu'on ne sait pas parler ni faire les bons gestes. Justine traversait la rue en souriant. Et pourtant, à la fin de ses jours, personne n'aura oublié cette première fois où le cœur battait si fort dans la gorge qu'on n'arrivait pas à dire simplement « je t'aime ». Ce premier amour, on le perdait presque toujours, mais quand, par bonheur, on le retrouvait en une autre, on aurait voulu simplement prendre sa tête entre ses mains, la poser sur son épaule, se retenir de l'embrasser, de dire ces mots d'amour qui brûlaient, souhaitant que ce soit comme la première fois, quand on ne savait pas quoi faire et qu'il ne se passait rien, et qu'on n'osait même pas prononcer son nom, de peur de le voir s'envoler à jamais.

– Bonjour, Robert.

Justine tendit la main. Robert la prit dans la sienne. Elle était toute froide.

– Bonjour. Entre, tu dois être épuisée.

– Et toi, pauvre Robert, tu as l'air d'un mort.

– Je n'ai pas dormi beaucoup ces derniers jours.

– Tu l'as attendue?

– Oui, bien sûr. Qui ne l'attend pas?

– Robert, t'es-tu informé pour Bjorn?

Robert fit un pas pour s'éloigner d'elle. Il devait lui mentir. Il n'avait pas osé faire la moindre démarche.

– Je n'ai rien pu trouver. Je sais seulement que l'officier qui commande est bien John Harley. Ce doit être lui qui a convaincu Bjorn de monter à bord.

– Pour en faire son prisonnier, Robert.

– C'est la partie que je ne saisis pas.

– Et moi, difficilement. Bjorn et John ont travaillé ensemble autrefois. Je n'ai jamais aimé John. Je ne l'ai jamais compris. Aujourd'hui encore, il me donne des frissons.

Justine s'approcha de Robert.

– Merci d'avoir averti Évelyne.

Ce nom ranima en Robert d'autres souvenirs qui se pressèrent pour entrer. Il invita Justine à monter à son bureau privé à l'étage, et s'engagea dans les marches pendant que Justine parlait en le suivant.

– Je n'ai pas vu Évelyne depuis des années. Nous étions très proches. Et, c'est étrange, cela m'a fait beaucoup de bien de lui parler hier. Après lui en avoir tellement voulu. Toute ma hargne s'est envolée en un instant.

Robert se taisait. En haut de l'escalier, Justine vit qu'il avait les yeux mouillés. Elle devina ce qu'il y avait dans sa tête et dans son cœur. C'était pour cette raison qu'elle n'avait jamais essayé de reprendre contact avec lui. Justine s'appuya contre le mur, les bras croisés.

– Tu es resté accroché.

Le reproche fit mal à Robert. Il avait accepté qu'elle ne soit plus à lui, mais pas qu'elle le dise ainsi.

– Tu es resté accroché tout ce temps.

Il y avait maintenant un peu de colère dans la voix de Justine.

– C'est fini, Robert. Je suis désolée.

Elle entra avec lui dans le bureau.

– Tu le savais, pourtant, que ça ne pouvait pas marcher. Tu le savais, toi aussi. Ce n'était pas seulement moi qui m'éloignais. Même après que nous nous sommes revus.

Justine fit quelques pas dans la pièce et s'apaisa. Ils auraient dû avoir cette conversation bien avant.

– Quand je t'ai rencontré la première fois, j'ai eu l'impression que la vie me faisait un cadeau merveilleux. Et j'ai cru moi aussi que le bonheur était possible.

Il n'y avait qu'une partie de son être qui s'était engagée dans leur relation. Et Justine avait essayé très fort. Peut-être pour se sauver elle-même. Malgré ses efforts, elle avait été incapable de tendresse. La vérité était qu'elle n'avait pas été vraiment amoureuse de Robert. Justine laissa retomber le rideau et revint vers lui.

– Et puis j'ai eu l'impression de me forcer, je suis devenue froide. Tu m'en as fait le reproche, et le fil s'est cassé…

Et Bjorn était arrivé…

Robert n'arrivait pas à prononcer un mot. « Et tu as abandonné, Justine. Il ne fallait pas. Le violoniste n'arrête pas de jouer parce qu'un brin s'est cassé à son archet. » Justine était au milieu de la pièce et regardait la fenêtre, distraitement.

– Je n'aurais pas dû venir ce matin. Je le regrette. Et je n'aurais pas dû t'appeler non plus, autrefois, quand j'étais malheureuse avec Bjorn. J'ai cru que nous aurions pu rester amis.

Justine savait pourtant bien que c'était une grande illusion que de croire qu'on pouvait se faire un ami de quelqu'un qui attendait l'amour.

Robert sentit sa gorge se desserrer enfin.

– J'ai été très malheureux quand on s'est quittés. Les deux fois. Je ne le suis plus maintenant. Je suis émotif, c'est tout. J'ai intégré à ma vie ce que nous avons vécu ensemble. C'est un trésor que je chéris.

Il se rendit à la lucarne pour chasser de sa pensée des mots qu'il fallait taire quand on était seul à les dire. « Je t'ai aimée, je t'aime, et je t'aimerai toujours.» Ce matin, il ne lui venait que des mots inutiles. Robert resta ainsi un long moment, à perdre pied en regardant le fleuve si beau qui montait pour le submerger, noyer toute la ville, renverser sa vie qui tentait de se maintenir en équilibre sur son rocher. D'avoir revu Justine le perdait. Il était condamné à manquer d'elle pour toujours.

Justine était debout derrière le fauteuil.

– Je crois que je n'avais plus de cœur, Robert. Et toi, tu en avais tant.

Il y avait longtemps qu'elle n'avait plus de cœur. Qu'elle n'avait plus le courage des choses du cœur. Il ne lui restait que l'habitude de chérir les quelques êtres les plus forts qui s'étaient ancrés dans sa vie. Comme Bjorn. Il aurait fallu qu'un amour comme celui de Robert lui vienne plus tôt. Quand elle était une autre, avant qu'on ne la blesse cent fois.

– Je n'étais pas celle que tu imaginais, Robert… Je ne suis pas une tendre ni une romantique.

Robert, lui, était un chevalier, de ceux qui sauvaient les princesses emprisonnées dans les châteaux. C'était pour cela qu'il aimait Québec, avec ses murs de pierres qu'on franchit par des portes comme pour entrer dans une forteresse du Moyen Âge.

– Je ne suis pas comme toi, qui aime tant cette ville…

Appuyé contre le cadre de la fenêtre, Robert lui tournait le dos et se mordait les lèvres. Justine ne comprenait pas. Ce n'était pas du tout une question de romantisme, mais d'harmonie. Ces jours avec Justine, ces après-midi sous les toits, et tous les autres, avaient été parmi les plus beaux moments que Robert eût connus. Il s'en était servi pour reconstruire sa vie. Cette ville ne représentait pas le romantisme ni la passion, mais bien l'équilibre. Un état fragile au-delà de conflits et de discordes dont les traces étaient invisibles. Comme dans la nature, où la lutte des espèces ne se voyait pas sous la beauté et l'innocence des paysages. Robert avait reconstruit son propre équilibre avec des souvenirs, et il se croyait à l'abri de la passion et des tensions. De revoir Justine avait ramené le désordre. Il n'y avait dorénavant pour lui d'autre issue que de chercher à la revoir, encore et toujours.

Le fleuve là-bas semblait aller se perdre à l'horizon entre les montagnes et l'île d'Orléans. Ce n'était qu'une branche peu profonde. Le chenal principal était sur la droite, où le fleuve se repliait pour disparaître entre l'île et les chantiers maritimes de Lauzon sur la rive sud. À cette distance, l'entrée du chenal semblait n'être qu'une baie en cul-de-sac. Ce point, Robert ne le quittait pas des yeux. Et soudain, il vit la frégate apparaître hors des terres comme si elle sortait à l'instant de la cale sèche. Elle arrivait, cette dernière tourmente dont la ville mettrait des années à se remettre. À moins qu'elle ne lui brise les reins à jamais.

– Elle est là.

Justine rejoignit Robert à la fenêtre, et l'alcôve fut aussitôt remplie de son odeur. Voyant la frégate ainsi approcher, ils pensèrent au même moment à Bjorn, et à ce qu'il avait fallu pour que tous les trois se retrouvent dans cette même ville. Justine se retira la première.

– Je dois y aller, Robert.

– Et moi, je dois téléphoner.

– À ton gouvernement?

Robert se rendit à son bureau.

– Pour leur faire savoir qu'elle est arrivée.

Il sentit le besoin de se justifier.

– C'est une formalité. En service à l'étranger, où que nous soyons, nous appelons le Secrétariat d'État pour signaler un mouvement de troupe, quel qu'il soit.

Justine semblait désapprouver, et Robert ajouta :

– Si je ne le fais pas, on me posera des questions. Et, de toute façon, quelqu'un d'autre s'en chargera…

– Oh! tu n'as pas à t'excuser, Robert. Au point où nous en sommes, cela ne changera rien…

Robert fouillait sur le bureau, cherchant la feuille sur laquelle il avait noté le numéro. Ses mains bougeaient les mêmes objets dans tous les sens. Justine s'approcha. Elle tenait un bout de papier à la main.

– C'est ça que tu cherches?

– Oui. Merci.

– Il était sur le rebord de la fenêtre.

Justine avait noté le numéro, machinalement. C'était le 202-645-1712. Il resta longtemps gravé dans sa mémoire, bien qu'il ne lui fût jamais d'aucune utilité.

Le Minotaure

Le jeudi 24 juin, 5 h 50,
sur la terrasse Dufferin

Justine ne retrouva pas Kenny Banks à l'endroit où elle l'avait laissé. Il n'était plus sur la terrasse. Elle entra dans le funiculaire. Il n'y avait pas d'autre passager dans la cabine. Justine était seule dans une cage de verre, à descendre pendant que tout le reste allait dans une autre direction en grinçant. Robert, les toits, les quais, et les maisons miniatures sur l'autre rive, avec le fleuve au milieu, emportant la frégate sur son dos pour tout submerger. L'autre cabine du funiculaire passa, bondée de gens qui se rendaient à la citadelle. Justine frissonna. Malgré ce qu'elle savait, elle n'était pas moins impuissante que ces badauds à changer le cours des choses, condamnée à enregistrer, comme une caméra devant un plateau de cinéma qui montait, montait…

Les maisons de la basse ville se mirent soudain à pousser plus vite que des champignons et disparurent derrière un mur de briques peintes. À la sortie, Justine se fraya un passage dans la foule et trouva un téléphone public à côté de la petite boutique de souvenirs. Elle composa le numéro d'Élisabeth. La sonnerie retentit plusieurs fois. Il était sept heures du matin à Halifax. Son amie était sûrement levée. Le huitième coup fut le bon.

– Élisabeth, c'est Justine.

– Justine mon Dieu! J'étais dehors. Ils te cherchent!

Elle avait dit cela tout d'un trait, affolée. Ce n'était pas du tout son genre de perdre la tête ainsi.

– Élisabeth, calme-toi. Qui me cherche?

– Les services de renseignements, la Gendarmerie royale, j'ai oublié.

– C'est pas vrai!

– Mais oui! Ils n'ont pas arrêté de me questionner!

– Mais quand?

– Ils sont passés dans la soirée. Il devait être huit heures et demi, pas plus.

Élisabeth était à bout de souffle. Justine calcula. C'était juste après qu'elle eut reçu l'appel d'Évelyne. Son téléphone devait être sous écoute. Ou celui de sa maison! Elle leur avait échappé de justesse.

Élisabeth avait retrouvé ses esprits.

– Ils croyaient que tu étais ici. Ils m'ont posé toutes sortes de questions. Justine, que se passe-t-il? Des questions sur toi, sur ta vie privée. Sur Bjorn. Ils avaient l'air de savoir tout, tout.

Sa voix redevint anormalement aiguë.

– Qu'as-tu fait, bon sang! Mais qu'as-tu fait?

– Rien, Betty, rien, voyons! Ne t'énerve pas et reprends ton souffle, s'il te plaît.

– J'ai menti; je leur ai dit que je ne savais pas où tu étais. J'ai laissé des messages chez toi toute la soirée.

– Tout va bien, Élisabeth, tout va bien.

– Es-tu rendue à Guysborough?

– Non. Je suis à Québec.

– Où?

Élisabeth parut catastrophée.

– À Québec. La ville de Québec. Ne me pose pas de questions, veux-tu? Je n'ai pas le temps.

Elle ne savait pas pourquoi elle gardait cette femme comme amie. Elle ne l'écoutait presque jamais et ne la laissait pas parler.

– Élisabeth, il faut que tu m'aides. Encore une petite fois. Il faut que je parle à John.

– Oh! Justine, que se passe-t-il?

– S'il te plaît! Tout va bien. Ne t'inquiète pas pour moi. Il faut que tu demandes à John de m'appeler.

– Mais je t'ai dit que je ne savais pas où il était.

– Tu dois m'aider, Élisabeth. Il faut que tu l'appelles.

– Mais je ne sais pas où il est, je t'assure.

– Je sais que tu peux le joindre. Appelle-les, eux.

Justine se souvenait très bien que, lorsque Bjorn était dans la marine, en mission, il y avait toujours un numéro qu'elle pouvait composer pour joindre l'état-major en cas d'urgence. Eux savaient toujours où Bjorn était.

– Fais-le pour moi, Élisabeth.

Elle ne savait que dire pour la convaincre.

– Fais-le pour Bjorn…

– Il lui est arrivé quelque chose?

– Je ne sais pas. Toujours la même histoire. Écoute, invente n'importe quoi et demande à John de m'appeler, je t'en supplie.

– Oui, d'accord, je le ferai…

Justine la sentit mollir.

– Il faut que tu le fasses maintenant, Élisabeth. Tu dois l'appeler immédiatement!

– Oui, d'accord.

– Tout de suite, hein? Merci, tu es gentille. Je n'ai pas le cellulaire avec moi. Mais je l'aurai dans cinq minutes. Je te donne le numéro.

Justine descendit en courant la rue Petit-Champlain. «Ils me cherchent, souffla-t-elle, ils vont me trouver!» À mi-chemin, elle prit le vieil escalier de pierres entre deux maisons et déboucha face au débarcadère. Elle remonta à la hâte le boulevard et longea la falaise pendant plusieurs minutes jusqu'à la limite de la base des garde-côtes. Les premières maisons apparurent. «Le restaurant chinois», songea-t-elle. Elle traversa la rue et trouva l'entrée du parc. La voiture de Simard était garée sur l'herbe et l'hélicoptère était posé juste derrière, au bord de l'eau. En ouvrant la portière pour prendre son sac, elle entendit la sonnerie étouffée de son cellulaire.

Ce n'était pas John Harley à l'autre bout, mais un simple officier qui venait aux renseignements. Il vérifia l'identité de Justine et celle des gens qui se trouvaient avec elle. Il posa des questions sur l'état du quai et sur des tas d'autres sujets que Justine ignorait. Elle relayait sans cesse les questions à Simard. À la fin, Justine s'impatienta.

– Je n'en sais rien! Passez-moi le capitaine Harley, voulez-vous?

Elle cligna les yeux avant d'ajouter :

– J'attends, oui.

Justine coupa la communication et brandit le téléphone à l'intention de Simard.

– Ils vont me rappeler.

Elle était ébouriffée, énervée, fatiguée d'avoir couru, presque en larmes, et Marc, tout naturellement, lui prit la main. Il n'y avait rien à dire d'autre que ce qu'on dit à un enfant ou à un ami quand on ne voit pas vraiment ce qu'il faudrait faire pour l'aider.

– Ça va s'arranger, allez ! dit-il en l'entraînant au bord de l'eau. Regardez, j'ai aussi trouvé un pneumatique…

Kenny faisait des images de la frégate, qui avait pris position juste en face. Elle paraissait immense dans ce passage étroit. À la fois si élégante, inoffensive. Il y avait des marins debout sur les ponts, portant des carabines. On s'agitait à la poupe.

– Marc ?

La voix de Justine était enrouée.

– Oui ?

– Je vous retiens, n'est-ce pas ?

Simard toussota.

– Non ; ça va.

– Vous avez une autre tournée à faire ?

Simard regarda sa montre. Il semblait plutôt abattu.

– Pour le moment, nous attendons.

Le téléphone se ranima. Justine appuya sur une touche, écouta, et ne dit que deux mots :

– Oui, d'accord.

Elle saisit le bras de Simard.

– Marc, j'ai l'autorisation !

Puis, relâchant son étreinte :

– Mais ils ne veulent pas qu'on s'approche de la frégate. Ni en hélicoptère ni en pneumatique. Ils envoient leur propre vedette. Ils nous attendront sur l'eau à mi-chemin.

Marc serra le poing et laissa échapper un bravo. Aussitôt, il se sentit un peu ridicule.

– Je n'y croyais pas, vous savez. Et je ne suis pas surpris de la procédure. Je n'ai jamais cru qu'ils nous laisseraient aborder un navire de guerre…

– J'ai été bête, j'aurais dû y penser. Je vous ai fait faire ce voyage avec l'hélicoptère pour rien…

– Que voulez-vous que cela change ? Il n'y avait rien à faire là-haut près du pont…

Simard agita les bras.

– Et puis, en principe, nous sommes cloués au sol. Et tant qu'à faire, je préfère avoir le battoir ici. Il est plus près des plaines, de la citadelle, et de tout.

La distance était plus courte aussi pour se rendre au manège Saint-Malo. Justine devina ce qu'il avait en tête.

– Pour ça, oui, c'est mieux. Aucune nouvelle des blindés?

– Non, rien. Ils sont toujours là-bas. Je ne sais pas ce qu'ils mijotent. À Valcartier, il n'y a rien qui bouge non plus.

Il hésita un moment, puis ajouta :

– Mais il en arrive d'ailleurs…

Justine l'interrogea du regard. Il s'était passé quelque chose pendant qu'elle était là-haut, chez Robert. Quelque chose qui avait découragé Marc Simard. Ce dernier soupira.

– Les agents de la Sûreté dans le Bas-Saint-Laurent ont vu passer un convoi. Des douzaines de camions arrivent du Nouveau-Brunswick.

Justine posa la main sur l'épaule de Marc.

* * *

Justine n'avait jamais grimpé dans une échelle de corde. Encore moins le long de la coque d'un navire. Les tout petits échelons de bois tanguaient, et le cordage lui irritait la paume des mains. Quand elle regardait en bas pour assurer son pied sur l'échelon suivant, elle voyait l'eau brune filer et la vedette se presser contre l'acier. Elle en avait le vertige. Deux marins debout sur le boudin étaient pendus à l'échelle pour mieux la tendre, mais leur tangage la faisait constamment pivoter. L'ascension parut interminable à Justine. À la fin, elle sentit au-dessus d'elle une main qui agrippait la sienne. Elle gravit encore un échelon, saisit une des tiges du garde-fou et se hissa sur le pont. Deux marins en armes l'attendaient. Ils l'emmenèrent jusqu'au hangar pour hélicoptère, puis l'entraînèrent à travers le dédale de la caverne d'acier, le long de couloirs aveugles, en bas d'un escalier à angle presque droit tel une échelle, et jusqu'à une petite salle éclairée faiblement. Un des marins lui fit signe d'attendre devant la porte.

Justine réalisa que son cœur battait très vite depuis plusieurs minutes. Le recoin où elle attendait était oppressant. Des écheveaux de fils électriques, des tuyaux, des conduites codées arrivaient par le couloir et se glissaient au-dessus de sa tête, avant de s'engouffrer dans la pièce sous ses yeux. La porte entrouverte laissait voir un plafond bas soutenu par des poutrelles d'acier cylindriques. Tout semblait moulé dans du métal, les parois, les planchers, les plafonds, comme à l'intérieur d'un coffre-fort. Des idées noires lui traversèrent l'esprit, et elle se reprocha d'être venue. «S'ils ont mis Bjorn au cachot, je pourrais bien m'y retrouver moi-même!» D'instinct, elle se mit à chercher une route d'évasion. Les deux marins étaient plantés juste derrière elle, lui interdisant le couloir. Dans la pièce devant, le seul mur qu'elle entrevoyait n'était pas vertical mais oblique, et renforcé par des contreforts métalliques. «Ce doit être la coque. Je suis loin sous la surface.» Sur la porte, elle lut «Salle des opérations». Le dernier mot évoqua des pensées macabres. «Je suis absurde», se dit-elle. Ce qu'elle apercevait ressemblait moins à un hôpital qu'à la salle de repos des concierges dans le sous-sol d'une tour à bureaux.

Justine avança les épaules pour mieux voir à l'intérieur. Il y avait beaucoup d'hommes en uniforme assis devant des consoles disposées en rangées et séparées par des boîtes de contrôle avec des boutons-poussoirs et des voyants lumineux. Il restait à peine assez d'espace libre pour circuler. Sur les écrans, des pictogrammes, des cercles et des noms se déplaçaient et se superposaient. Justine comprit exactement où elle se trouvait. Cette salle était celle d'où on contrôlait le navire et coordonnait toute cette petite guerre méprisable. Bizarrement, ce qu'elle voyait lui semblait familier, mais il s'y trouvait aussi quelque chose d'incongru. Justine n'avait jamais été sur un des navires de guerre sur lesquels Bjorn avait navigué. Elle avait toujours refusé, et n'avait donc jamais vu une telle salle de près. Elle se serait attendue à y voir une architecture de haute technologie. Comme au cinéma. Avec un éclairage orangé et de grands écrans de verre lumineux. Mais ce qu'elle avait sous les yeux était une galerie de jeux électroniques complètement démodés. Des caisses métalliques posées les unes sur les autres et qu'on aurait munies de boutons, de fiches, de cadrans et d'écrans. Le décor d'un studio de science-fiction des débuts de la télévision. Et on aurait dit que les sièges noirs en similicuir boulonnés au plancher avaient été retirés de vieux autobus d'écoliers.

C'était risible et en même temps tragique. Dans cette pièce à l'allure vétuste, on jouait à la guerre et on réglait le sort d'un pays. Et on le faisait avec de vieux jouets, et au nom de vieux principes de droit. Cela, par contre, n'étonnait pas tellement Justine. Elle avait couvert nombre d'événements semblables ailleurs dans le monde. Il n'y avait jamais rien de nouveau sous le soleil. Chacun aimait croire que les forces qui décidaient de son sort étaient à l'image qu'il se faisait du monde actuel, nourries des libertés modernes et fondées sur les études les plus récentes. Mais c'était une grave erreur. Partout, les vieux concepts, les idées surannées, les forces souterraines et primaires de l'homme s'incarnaient dans des gouvernements divers pour décider du sort des individus comme de celui des peuples. Toujours, avec la mécanique la plus élémentaire, les bras de robots sans yeux ni cœur s'élevaient pour frapper au ventre quiconque tentait de prendre une voie divergente.

C'est alors qu'elle le vit. Il lui tournait le dos, assis à la toute première console. Il était si près que Justine s'étonna de ne pas l'avoir reconnu tout de suite. Et elle comprit l'origine de l'oppression qu'elle avait ressentie devant la porte, de même qu'elle sut pourquoi cette caverne qu'elle n'avait jamais vue lui avait semblé familière. L'endroit ressemblait en tous points à cet homme, et, en examinant chaque détail de ces lieux, c'était lui qu'elle dévisageait. Cette salle à l'allure archaïque, primitive, ce navire d'acier froid et dur, implacable, c'était lui, John Harley.

Le capitaine se leva et saisit sa casquette posée sur le boîtier à côté de l'écran. Il mit calmement la main sur l'épaule de l'officier qui était à sa droite.

– Lonsdale, relevez-moi, voulez-vous ?

Justine reconnut ce nom. C'était celui de l'homme qui était venu chercher Bjorn. Harley se retourna et s'approcha de Justine, tout souriant. Il avait la main tendue.

– Bonjour, madame !

C'était une entrée en matière tout à fait ridicule. À la John Harley, qui ne ratait jamais la moindre occasion de désarçonner son adversaire. Justine passa outre.

– Bonjour, John. Merci pour la vedette.

– Mais voyons ! Simple courtoisie.

Il montra les appareils derrière lui.

– Je te fais faire le tour du propriétaire ?

– Non, merci, John. Je ne suis pas venue faire du tourisme.

Avec Harley, il valait toujours mieux aller droit au but.

– Ah bon ?

– Je suis venue chercher Bjorn.

Harley tenta une mauvaise blague :

– Ton mari ? Mais il y a belle lurette qu'il a quitté la marine.

Cette fois, il eut l'effet voulu. Justine se rebiffa.

– John, tu n'es pas drôle. Je veux savoir où il se trouve.

– Eh bien, ma chère, j'aimerais bien le savoir moi aussi.

Justine s'énerva. John lui avait toujours mis rapidement les nerfs en boule, et elle évitait autant que possible d'aller voir Élisabeth quand il était à la maison. Justine n'avait jamais compris pourquoi Bjorn fréquentait toujours un mufle pareil.

– John Harley, je sais qu'il est parti avec toi sur ce navire.

– Et comment en es-tu aussi certaine ?

– C'est toi-même qui l'as envoyé chercher, n'est-ce pas ?

Elle montra l'officier, et sa voix monta d'un cran.

– Tu me prends pour une enfant, John. J'étais là lorsque cet officier est venu à la maison au début de la semaine. Bjorn est parti avec lui ! Et où serait-il allé, sinon ici, sur ce navire, avec Lonsdale ?

John se retourna pour consulter une grosse horloge numérique sur le mur d'en face.

– Tes semaines sont courtes, Justine. C'était il y a deux jours seulement…

– Peu importe, John ! Je sais qu'il est ici, et je veux le voir, maintenant !

La voix de Lonsdale les interrompit.

– Monsieur, nous les avons perdus !

Harley leva la main vers Justine, s'excusa et retourna à la console. Quand il l'avait quittée, les positions des blindés du colonel Richard étaient à l'écran. Lonsdale répéta, à voix plus basse :

– Nous venons juste de les perdre.

Le commandant en chef de l'opération Phips se frotta le menton d'aise.

– Enfin !

La colonne de Richard venait de pénétrer sous terre, et leurs signaux avaient disparu parce qu'ils ne pouvaient passer au travers de dizaines de mètres de roc pour se rendre au satellite. Harley regarda de nouveau la grosse horloge.

– Lonsdale, je serai dans ma cabine. Dès que vous les capterez, venez me chercher.

Harley avait fait servir un petit déjeuner pour deux. Un steward attendait dans la cabine avec des fruits frais, des pâtisseries et du café chaud. Il n'y avait jamais rien d'improvisé avec John Harley. Justine se sentit mal à l'aise. Elle n'aimait pas être seule dans une pièce avec cet homme. L'expérience lui avait appris à s'en méfier. Harley renvoya le steward et servit une tasse de café.

– Combien de sucres, Justine ?

– Non, merci, pas de café. Je ne pourrais rien avaler.

Elle avait seulement hâte que tout cela finisse, quoiqu'elle sût qu'il lui faudrait jouer le scénario jusqu'à la fin.

– Tu arrives de Halifax ?

– Oui, évidemment.

Souriant méchamment, elle ajouta :

– Comme toi, John.

– Élisabeth m'a dit que tu avais voyagé toute la nuit. Et pourtant tu n'as pas l'air si terrible. Tu es magnifique, même !

Il avala une gorgée de café et lui tendit le plateau de fruits. Elle refusa. Il saisit un kiwi et y mordit à pleines dents.

– Tu as tort, ils sont très bons !

– John, pourquoi tourner autour du pot ? Tu sais parfaitement bien pourquoi je suis venue. Je veux voir Bjorn. Je n'ai que cette chose en tête. Où est-il ?

– J'aime les femmes volontaires !

– Je t'ai posé une question précise.

Son ton était aussi sec et froid que possible.

– Et j'aimerais bien pouvoir te répondre aussi clairement, mais ce n'est pas entièrement de mon ressort.

C'était sibyllin ; Justine ne voyait pas du tout pourquoi il faisait tant de mystère. Un doute s'insinua dans son esprit. Et si Bjorn n'était pas venu sur ce navire ? C'était la seule piste qu'elle avait. Il lui faudrait vivre ce calvaire jusqu'au bout.

John venait d'entamer un muffin, et il se mit à parler avec de la nourriture dans la bouche.

— Je me demande pourquoi on ne se voit pas plus souvent à Halifax.

Il en venait à ce que Justine redoutait.

— Tu as tes affaires, j'ai les miennes.

— Tu m'évites, Justine. Tu refuses souvent les invitations de venir à la maison.

— Je n'ai pas le temps.

— Bjorn vient régulièrement. Et toi aussi, d'ailleurs. Quand je n'y suis pas.

— John, je suis amie avec Élisabeth, pas avec toi.

— Et pourquoi pas?

Justine n'était pas dupe. John ne l'aurait probablement pas fait venir sur la frégate s'il n'avait pas imaginé qu'il pouvait en profiter.

— Tu ne penses qu'à ton mari.

John lui répugnait. Il ne le savait que trop, mais cela ne l'avait jamais arrêté. Il faisait des avances plus ou moins voilées à Justine dès qu'il en avait l'occasion. Harley saisit une grappe de raisins.

— Tu n'as pas toujours été comme ça.

C'était dégueulasse. Harley était une vipère. S'il était au courant au sujet de Robert, c'est qu'il avait enquêté sur elle. Ou obtenu les informations de ces mêmes gens qui avaient interrogé Élisabeth.

Le capitaine en remit :

— Et Bjorn ne s'est pas toujours gêné. Je ne vois pas pourquoi tu lui serais fidèle…

— John, tu es vraiment odieux! Tu ne peux pas savoir comme cette conversation m'est pénible!

Harley poursuivit sur sa lancée :

— Je n'ai jamais trompé Élisabeth, moi!

Cette fois, Justine se fâcha vraiment.

— Mais qu'est-ce que tu veux que cela me fasse! Cette conversation est absurde, conclut-elle en se levant. Je perds mon temps.

— Mais tu es mon invitée. On ne se sauve pas comme ça.

Justine eut peur, soudain.

— Tu es sur mon navire, Justine. Les gens ici m'obéissent.

Levant la main vers la cloison, il poursuivit :

– Même dans cette ville, il y a beaucoup de gens qui suivent mes ordres. Parce que je peux les aider. Ton mari aussi, qui s'est mis dans de mauvais draps.

Justine soupira. Elle avait oublié comme il pouvait être manipulateur.

– John, dis-moi seulement où il est.

– Toi aussi, je peux t'aider, si tu m'en donnes seulement la chance. Je ne suis pas celui que tu crois.

Justine était debout. Voilà qu'il marchandait, maintenant. Elle en échange de Bjorn…

– John Harley, tu crois qu'en menaçant Bjorn tu peux me convaincre de m'intéresser à toi? fit-elle en le regardant droit dans les yeux. Mais tu es jaloux de lui! Tu veux avoir ce qu'il a!

Harley se leva pour se rapprocher d'elle. Il la touchait presque. Elle sentit son haleine quand il ouvrit la bouche.

– Et pourquoi lui plutôt que moi?

– Ce sont des choses que tu ne peux pas comprendre, John Harley.

– Je suis prêt à essayer… si tu veux me montrer…

C'était pathétique. Mais Justine, tout d'un coup, venait de comprendre un élément qui lui échappait depuis le début. La raison pour laquelle John avait fait venir Bjorn sur la frégate. Il voulait que son ami l'approuve. Parce qu'il cherchait à se justifier. Justine était en colère, et les mots sortirent de sa bouche comme des noyaux de cerise.

– Tu n'es pas jaloux, John Harley. Tu es un beau salaud, mais tu n'es pas jaloux. Ce n'est pas vraiment moi que tu veux. Tu voudrais simplement te servir de moi comme tu t'es servi de lui.

Elle fit une pause avant de lâcher le morceau :

– La vérité, c'est que tu as peur, John Harley. Peur de Bjorn Larsen! Tu as peur de ses reproches. C'est cela, n'est-ce pas? Tu as peur pour ton image! Tu voudrais être comme lui, mais tu n'y arrives pas.

– Tu divagues, Justine.

– Pas du tout. Et je comprends maintenant pourquoi tu l'as fait venir. Pour l'associer à ta petite saloperie de campagne militaire.

John recula et retourna à son siège. Il saisit une pomme et se mit à la faire tourner dans sa main.

– Laisse-moi te dire une petite chose à propos de ton cher mari. Une chose que tu ne sais pas.

La pomme s'immobilisa un instant.

– Je te répugne à cause de ce que je fais. Je fais mon devoir, moi. Ton cher mari, lui, l'a fait pendant un certain temps, puis il a eu peur.

Justine ne savait pas du tout à quoi John faisait allusion.

– Tu ne parles plus, Justine Côté. Profites-en pour écouter un peu. Cette opération, sais-tu qui en a eu l'idée? Avant que tu ne rencontres Bjorn, avant que je ne le connaisse moi-même, il y travaillait déjà. C'est lui qui me l'a enseignée. Il a édifié les bases sur lesquelles repose toute cette opération, ton Bjorn Larsen. Et il n'a pas eu le culot de la mener jusqu'au bout. Ton héros, c'est un fuyard. Il disparaît toujours quand les choses ne vont plus comme il voudrait!

Justine comprit tout. Pourquoi John était en colère, et pourquoi il avait fait toute cette mise en scène. Bjorn était bien venu à bord, mais il n'avait pas voulu entrer dans le petit jeu de John. Elle rageait de voir que Bjorn avait fait confiance à un homme pareil.

– Bjorn a fait ce qu'il fallait faire, lui. Et tu as honte de ne pas avoir eu le courage de faire comme lui, John Harley. Le courage de dire non.

Elle en était certaine maintenant : Bjorn n'était plus sur la frégate. Elle ne craignit plus John, et se rapprocha de lui.

– Et il t'a planté là! Il a foutu le camp! C'est cela, John? C'est bien cela?

Il ne répondait pas et la fixait de son regard vide.

– Et maintenant, tu vas enfin me dire où il est?

Elle imagina son mari sur l'Atlantique, dans une chaloupe de sauvetage, avec le vent qu'il faisait cette nuit-là.

– Je n'en sais rien…

– Tu mens!

– Je n'en sais rien, je te le dis.

Puis il montra l'espace, vers la cloison, du côté du fleuve.

– Il est quelque part par là…

Justine se mit en colère. John lui avait fait perdre tout ce temps. Un temps précieux qu'elle aurait pu utiliser à chercher Bjorn.

– Tu n'avais pas besoin de me faire venir ici pour m'apprendre cela. Tu aurais pu me le dire au téléphone.

Elle se dirigea vers la porte.

– Fais-moi ramener sur le quai !

John l'arrêta d'un geste.

– Je ne t'ai pas fait venir pour rien, rassure-toi.

Il se leva et se rendit au fond de la cabine, où une porte menait à la petite pièce attenante. Il revint avec un sac. En le voyant, Justine eut un serrement au cœur. C'était le fourre-tout de Bjorn.

– Il a oublié ses affaires…

John lui plaqua le sac sur l'estomac. Il avait le blouson fourré de Bjorn dans l'autre main et il le poussa dans le sac. Justine ressentit la secousse. John était à dix centimètres. Justine le saisit par le col et la cravate.

– S'il est arrivé quoi que ce soit à Bjorn Larsen, même s'il n'avait attrapé qu'un rhume, je te jure, John Harley, que je reviendrai. Je retrouverai mon chemin jusqu'à la plus sombre des cales de ce navire, et je te tuerai !

Harley la saisit par le coude, et se mit à serrer. Elle se débattit. On frappa à la porte. Le commodore Harley replaça son col et fit entrer. C'était Lonsdale.

– Nous les recevons de nouveau, commodore.

– J'arrive.

Harley avait repris son accent de tous les jours.

– Voulez-vous raccompagner Mme Larsen ?

Il sortit sans un mot, laissant Justine au milieu de la pièce avec le sac. Elle ne savait toujours pas par où commencer ses recherches. Elle cria : «John !», mais il avait déjà disparu dans le couloir. En cherchant à le suivre, Justine se prit le pied dans le seuil de la porte. Lonsdale la rattrapa.

Justine ne lâcha pas le bras qu'il lui avait tendu.

– Lonsdale, je vous en prie, dites-moi où est mon mari !

– Le capitaine ne vous l'a pas dit ?

– Non !

– M. Larsen s'est enfui la nuit dernière.

– Comment ?

Justine était atterrée.

– Il a pris la fuite dans un pneumatique, avec un marin de l'équipage.

– Où était-ce ?

– Nous étions dans l'archipel de Montmagny. Ils se sont dirigés vers les hauts-fonds, et nous avons perdu leur trace dans la nuit. Il devait être vers les trois heures, ou plutôt quatre heures du matin.

– Quelle heure est-il maintenant?

– Six heures.

– Je suis certaine qu'ils venaient ici, Lonsdale. Combien de temps faut-il?

– Cela dépend de la vitesse. Dans ce cas précis, je dirais moins de deux heures.

– Oh! mon Dieu! Mais ils sont déjà arrivés!

– Je ne crois pas. Pas dans les environs, en tout cas.

– Pourquoi dites-vous cela?

– Parce que, dans la salle que vous avez vue en bas, nous avons ce qu'il faut pour repérer une embarcation. Et nous n'avons rien enregistré.

– Oh! mon Dieu! Il leur est arrivé quelque chose!

– Ce n'était pas un voyage particulièrement périlleux. Le pneumatique a peut-être abordé sur une île ou sur la rive.

– Je dois les retrouver.

– Soyez prudente.

Lonsdale hésita. Il ne voulait pas de mal à cette femme.

– Il serait préférable que vous ne portiez pas assistance à ce pneumatique.

– C'est idiot. Je ne comprends pas ce que vous voulez dire…

– M. Larsen et son compagnon ont pris une des embarcations du bord.

– Et alors?

– Ce navire est en état de guerre, madame, et le commodore Harley a donné des ordres clairs.

Justine était bouche bée.

– Il considère que votre mari est un prisonnier évadé. Et un voleur. Le marin est un déserteur et un mutin.

– Mais vous êtes tous fous? s'écria-t-elle en regardant l'officier droit dans les yeux. Et, selon vous, on devrait faire quoi? Les pourchasser pour les arrêter? Leur tirer dessus?

– Ce sont les ordres que nous avions, madame.

Justine promenait son regard sur le visage de Lonsdale. Cet homme n'était pas mauvais. Il était poli et froid, mais il essayait de lui faire comprendre quelque chose. Quelque chose dont il n'était pas particulièrement fier. Justine l'interrogea.

— Ce n'est pas vrai ! Vous ne l'avez pas fait ?

— L'un d'eux a été touché. L'autre s'est sauvé.

— Ah ! Non ! Qui était-ce ?

— Je ne sais pas, madame Larsen.

* * *

Le jeudi 24 juin, 6 h 15,
au-dessus du fleuve Saint-Laurent

Justine avait l'impression d'être assise dans le vide sur un gros ballon mal gonflé qui roulait dans tous les sens. Et, même avec les lourds écouteurs sur ses tempes, le bruit du moteur et des pales de l'hélicoptère de la Sûreté était infernal. Marc lui avait donné ses vingt minutes pour partir à la recherche de Bjorn. Justine avait pris place devant, à côté du pilote, et elle se demandait combien de temps elle pourrait tenir avant de perdre la boule et de s'imaginer devenir elle-même une pièce du moteur.

Au travers des battements et du sifflement dans ses oreilles, la voix du pilote lui parvint. Justine ferma les paupières et plaqua les globes de plastique contre son crâne. Certains des bruits devinrent des mots.

— S'ils ont voulu éviter la frégate, ils seront passés par le chenal de l'île d'Orléans.

L'homme montrait le bras du fleuve du côté nord. Justine regarda dans cette direction, de l'autre côté des élévateurs à grain posés comme des maquettes à l'extrémité est du port. Au-delà, sur la gauche, une langue de terre rectangulaire s'avançait entre l'estuaire de la rivière Saint-Charles et l'échancrure de la baie de Beauport. Plus loin, la ligne du fleuve reprenait toute droite en longeant les montagnes jusqu'à l'horizon. La grande île d'Orléans était en plein milieu du fleuve, et le pont la reliant à la rive nord scintillait dans le lointain. Justine hocha la tête. Le pilote accéléra, l'appareil pointa du nez, et elle sentit son cœur tomber vers l'eau couleur de café au lait. Le dossier de son siège se plaqua dans son dos. Marc, à moitié agenouillé derrière, avait dû s'appuyer brusquement pour ne pas se retrouver le nez dans le tableau de bord.

Justine se remit à examiner le fleuve en dessous. Elle avait du mal à se concentrer. On aurait dit qu'un plaisantin s'amusait à lui taper sur les deux oreilles en même temps à petits coups saccadés. Et son estomac flottait. Elle avait beau s'écarquiller les yeux, elle ne voyait que des traînées de mousse jaunâtre qui passaient à toute vitesse sur de grandes plaques brunes et vertes. Quelques secondes plus tard, ses écouteurs s'activèrent de nouveau. Cette fois, ce n'étaient que des chapelets de crépitements. Des parasites, qui se manifestaient lorsque des messages passaient sur le canal réservé par lequel le pilote communiquait avec l'extérieur. Puis les crépitements cessèrent pour faire place à une voix humaine.

Les mots ne passaient pas tous, mais une chose était certaine : celui qui les prononçait semblait mécontent.

– C'est la frégate... Nous ordonne de nous poser !

Justine, incrédule, regarda le pilote. Ils venaient juste de décoller ! Elle ne pouvait pas parler. Le support de ses écouteurs ne portait pas de micro. Elle fit signe que non de la tête et des mains, et se tourna vers Marc. Ils étaient nez à nez. Justine ouvrit les yeux tout grands et forma un énorme NON avec sa bouche tandis qu'elle secouait la tête rapidement de gauche à droite. Les lèvres de Simard se mirent à bouger contre le petit micro gigogne qui pendait sous son nez. Sa voix passa dans les écouteurs.

– Denis ! Dis-leur que nous allons de l'autre côté de l'île d'Orléans. Donne un plan de vol.

Justine esquissa un sourire. Les crépitements reprirent dans ses oreilles.

Justine riva les yeux sur l'eau. Il n'y avait pas le moindre objet flottant. Aucun rafiot. Et c'était immense. Où fallait-il regarder ? C'était gros comment, un pneumatique ? Et soudain, devant, elle vit quelque chose. Un point gris sur le fond verdâtre, avec une traînée blanche derrière. Elle n'était pas certaine et tenta de fixer son regard sur cette même position pendant plusieurs secondes, en retenant son souffle. Il y avait bien quelque chose, juste là ! Une embarcation qui venait de virer vers la gauche, comme pour s'éloigner de l'hélicoptère. Justine poussa un cri en pointant le doigt. Le pilote l'aperçut à son tour et s'y dirigea.

Les écouteurs grésillèrent, et Justine appuya les mains contre sa tête. Le son lui parvint un peu mieux.

– … à faire.

Elle plaqua les écouteurs plus à fond.

– … veulent rien savoir. Ils vont me donner un couloir pour retourner à terre.

Ce fut tout. Le pilote s'était branché de nouveau sur le canal externe. Les parasites parurent à Justine comme le bruit que faisaient les moutons qui déferlaient devant la petite coque qu'elle voyait avancer rapidement vers la batture précédant la baie.

Soudain, le pilote ralentit pour entamer un virage. Justine vit le fleuve disparaître sous la carlingue. On virait de bord ! Elle se retourna pour empoigner Marc et agita la tête. Celui-ci lança dans son micro :

– Justine ! Il faut retourner ! Ils peuvent nous faire disparaître de la planète en deux secondes !

Elle ouvrit les yeux tout grands et approcha la tête de celle de Simard. Celui-ci retira ses écouteurs et elle colla sa bouche sur son oreille. Justine hurlait.

– C'est absurde, ils ne vont pas nous tirer dessus !

Marc la dévisagea un instant et replaça son casque pour lui parler.

– Tu connais bien le capitaine ?

Elle fit signe que oui. Marc replaça ses écouteurs.

– Denis, demande une confirmation pour gagner du temps.

Le pilote remit l'hélicoptère sur la course.

Justine chercha la tache grise en bas. Elle ne la voyait plus. Une voix lui parvint.

– Je ne peux pas continuer, on me demande de virer immédiatement par l'autre côté. Sinon…

Elle leva le bras pour faire taire le pilote pendant qu'elle s'avançait pour mieux voir. L'esquif était là, plus loin sur la gauche. Il avait encore viré. Une minuscule embarcation, avec des points rouges sur le fond. Les réservoirs d'essence. Un petit bateau à peine assez grand pour deux hommes. Mais l'hélicoptère était assez près maintenant pour que Justine voie qu'il n'y en avait qu'un à bord. Le pneumatique filait en zigzaguant, comme si l'homme cherchait à les éviter. Le rafiot disparut derrière le pilote avant que Justine n'ait pu voir si c'était Bjorn ou si c'était le marin. Elle s'étira sur son siège au moment où ses écouteurs s'animaient. Elle entendit :

– Je ne peux plus prendre de…

Le reste fut coupé par un sifflement strident qui envahit l'habitacle. Justine vit un feu mandarine trouer l'air de l'autre côté de la vitre. Juste à sa droite. La chose disparut en tournoyant, et il n'y eut plus qu'un ruban de fumée rose et grise qui flottait dans l'air.

– Un coup de semonce.

C'était Denis. Il était aussi blanc qu'un drap de lit. On lui avait bien fait comprendre que le prochain missile aurait une tête chercheuse et qu'il n'y avait aucune possibilité qu'il rate sa cible. Justine entendit la voix de Marc.

– On rentre !

Justine fit signe que oui. Les larmes lui vinrent. Le pilote avait déjà viré sec sur la droite, et elle sentit son cœur grimper dans sa gorge. La main de Marc lui broya l'épaule. Il tremblait. Ses lèvres murmurèrent, mais Justine n'entendit qu'une vague de parasites qui s'engouffrait dans les écouteurs. Elle était persuadée qu'ils pensaient tous deux la même chose. Que le seul résultat qu'ils avaient obtenu avait été d'aider John Harley à repérer le fuyard. Justine était déchirée. Quelque chose au fond d'elle-même souhaita que ce pneumatique en bas, sur l'eau, ne fût pas celui de Bjorn.

Manassas

Bjorn Larsen attrapa le petit câble en nylon et se mit à patauger dans le ruisseau en tirant le pneumatique. Il grelottait à petits coups comme s'il avait eu une maladie nerveuse incurable. Son corps avait perdu tellement de chaleur et d'eau qu'il était devenu comme un morceau de bois sec et blanc lessivé par le fleuve. La corde lui sciait les doigts de la main droite, mais il ne le sentait même pas. Sa main gauche pendait mollement le long de son corps. Elle avait la même forme que la poignée du moteur sur laquelle elle était demeurée crispée pendant une partie de la nuit. Bjorn Larsen avait la tête vide, hormis un petit bout de film qui passait à intervalles réguliers. L'histoire d'un petit garçon qui descendait le courant en flottant sur le dos, les yeux grands ouverts sur le ciel. Bjorn ne voulait surtout pas oublier Jean-Louis, ne fût-ce que pour se rappeler à quoi tenait sa propre vie. Il ne fallait surtout pas qu'il s'abandonne à croire que John Harley l'avait oublié.

Tant qu'il avait fait nuit, Bjorn avait foncé sans se préoccuper. Il avait de plus en plus froid, mais essayait de ne pas y penser. Il se concentrait sur la marée, sur l'heure, en calculant mentalement pour savoir le moment où la frégate quitterait son mouillage. Quand la lumière du jour fut assez forte, Bjorn se rapprocha du rivage, au cas où il aurait besoin de s'y réfugier d'urgence. Pour tromper le froid et le sommeil, il positionnait constamment le navire par rapport à sa propre embarcation. Il l'imaginait montant vers Québec en parallèle juste de l'autre côté de l'île. Bjorn évaluait mille et une possibilités, et leur donnait des valeurs relatives, sur lesquelles il pariait contre lui-même pour s'encourager. Et pour oublier sa peine. Tout son espoir se fondait sur une même prémisse. Tant que Harley serait dans le chenal Sud de l'autre côté de l'île d'Orléans et que lui-même resterait au nord, il n'avait rien à craindre. Mais il ne fallait pas qu'il se retrouve en même temps que la frégate en amont de l'île, dans l'élargissement juste avant Québec. Parce que John n'abandonnait jamais.

Le pneumatique se rendit sans encombre en vue du bout amont de l'île d'Orléans. À cet endroit, Bjorn chercha une cache pour son rafiot. Il trouva un petit ruisseau, juste avant le village de Sainte-Pétronille, et s'y glissa parmi les branches des aulnes. Une fois le pneumatique bien amarré à l'abri des regards, il suivit le chemin Horatio-Walker jusqu'à la pointe de l'île. De cet endroit, le profil de la ville de Québec était magnifique contre le ciel indigo. Il ne lui restait plus qu'un tout petit bras d'eau à franchir. En ligne droite, les premiers quais étaient à cinq ou six kilomètres, pas plus. La frégate n'était pas visible. Bjorn ne s'était pas trompé : elle était encore en aval dans l'autre chenal. Il ne lui restait plus qu'à attendre qu'elle passe et se rende devant Québec. Alors seulement il pourrait s'y rendre à son tour en mettant toutes les chances de son côté. Il s'appuya contre le tronc d'un arbre au bord de l'eau.

Bjorn n'eut pas le temps de s'assoupir. Il entendit le bruit d'un moteur arriver par le sud. Il s'accroupit derrière l'arbre. Quelques secondes plus tard, il vit un gros pneumatique qui contournait le large de la pointe. Il reconnut immédiatement la vedette de la frégate. Il s'était arrêté juste à temps ! Le gros pneumatique doubla l'extrémité de l'île, puis s'engagea dans le chenal du côté nord en direction du pont sous lequel Larsen était passé un peu plus tôt. Moins de dix minutes plus tard, la frégate parut à son tour dans le chenal Sud, devant la pointe de Lauzon, en route vers Québec. Peu de temps après, la vedette repassa et se dirigea vers le navire. Bjorn retourna au ruisseau et attendit d'être bien certain que la frégate fût en rade sous les murs de la ville avant de repartir.

Il se secoua. Jamais il n'aurait cru qu'une nuit d'été aux jours les plus longs de l'année pût être aussi froide. Au bout de l'amarre, la coque de toile cirée racla le fond pierreux sur plusieurs mètres, puis l'esquif flotta enfin librement. Bjorn fit encore quelques pas, monta à bord et se mit à pousser sur le fond de vase et de roches avec l'aviron. Quand il eut assez d'eau sous lui, il abaissa le pied du moteur et s'orienta sur la silhouette du Château Frontenac. Le moment du sprint final était arrivé, et Bjorn marqua un temps. Il fallait que le moteur démarre du premier coup, car il n'aurait pas la force d'essayer une seconde fois. Et qu'il fonce ensuite au plus vite. Il ne pouvait se permettre le moindre raté. Parce que, dès qu'il se mettrait en marche, les oreilles électroniques de John Harley l'entendraient. «Moins de trois milles marins avant le premier quai», se dit-il. Dix à quinze minutes. Il tira sur la corde. La mécanique se mit immédiatement à gémir. Bjorn enclencha la marche avant et poussa les gaz à fond.

Pour la première fois, il crut qu'il avait gagné, et en ressentit un immense bonheur. «Robert, blagua-t-il, tu peux me faire couler un bon bain chaud.» Il avait fait un bon bout de chemin et distinguait déjà clairement les élévateurs à grain de la société Bunge au bord du bassin Louise lorsque le bruit d'un autre moteur s'éleva par-dessus celui de son hors-bord. Ce n'était pas le son d'un bateau, mais un grondement de tonnerre dans lequel pointaient distinctement des claquements. Tac, tac, tac. «Un hélicoptère!» Harley l'avait entendu et envoyait l'hélico du bord à sa poursuite! Bjorn regarda derrière. L'île était déjà loin. Son pneumatique était presque exactement à mi-chemin. Autant continuer. Il tourna la manette des gaz. Elle était déjà à fond. L'hélicoptère était bien visible à présent et se dirigeait droit sur lui. Bjorn obliqua sur sa droite et fila vers les battures Champfleury, le point qui lui parut le plus près.

Le bruit de l'hélicoptère se rapprochait très vite. Dans quelques instants, l'appareil serait presque au-dessus du pneumatique. Bjorn s'attendit à se faire tirer dessus et se mit à zigzaguer pour leur rendre la tâche plus difficile. La batture approchait rapidement et il se dit qu'il avait encore une toute petite chance. Puis soudain un sifflement atroce lui fit mal aux tympans. Instinctivement, il relâcha les gaz et se retourna. Une sorte de fusée éclairante arrivait au-dessus de sa tête. Elle passa à quelques mètres derrière l'héli-coptère et disparut en direction de l'île d'Orléans. Une longue parabole de fumée grise s'étirait depuis les quais au pied du Château. Bjorn hurla de rage:

– John !

L'hélicoptère rebroussa chemin sur-le-champ, et Bjorn réalisa que ce n'était pas celui de la frégate. Il n'y avait qu'une possibilité. L'hélicoptère venait pour le secourir, et c'était celui-ci, et non pas Bjorn, que la frégate avait sommé. Rapidement, Larsen repéra sa propre position. L'estuaire de la Saint-Charles était à sa gauche, et les quais commençaient de l'autre côté. L'hélicoptère y arrivait déjà et réduisait son allure pour se poser. Une pensée traversa l'esprit de Bjorn. Il ne connaissait qu'une personne qui pût s'inquiéter ainsi de son sort. Il se dirigea vers la rive de ce côté, et traversa le bras d'eau en moins d'une minute. Une silhouette humaine avança jusqu'au bord du quai. Bjorn la reconnut immédiatement. Il agita le bras frénétiquement pendant qu'il longeait le mur de béton à la recherche d'un endroit par lequel monter. Il ne vit pas d'échelle, mais repéra un éperon recouvert de vieux pieux de bois et auquel un parement de cordage était accroché. Il y appuya le nez du pneumatique et coupa le moteur. Quand il se leva, son genou était si raide qu'il faillit trébucher. Avec peine, il se hissa le long du matelas de gros chanvre, laissant le pneumatique poursuivre seul sa lancée dans le courant de la rivière.

Justine était debout sur le béton écaillé, un sac à ses pieds avec une veste posée dessus. Il y avait longtemps qu'elle n'avait vu Bjorn pleurer ainsi. Quand elle tendit les bras, il se mit à rire au travers des larmes, et son visage blême reprit un peu de couleur. Il serra Justine dans ses bras tendrement pendant de longues minutes. Ce fut elle qui, gentiment, le repoussa.

– Tiens, mon chéri, tu l'avais encore oubliée !

Dans sa main tendue, il y avait une boussole dans un petit étui de cuir ouvragé.

* * *

Le jeudi 24 juin, 6 h 45,
à Québec hors-les-murs, sur la Grande-Allée
en bordure des plaines d'Abraham

Paul Provancher avait le visage dans les mains et les coudes bien ancrés sur le bureau. Il se secoua. Il n'avait jamais aimé cette salle du deuxième étage de l'affreux édifice en béton qui ressemblait à un antique calorifère et qu'on appelait le bunker. La pièce était ronde, la table aussi, et on se serait cru dans une soucoupe volante. Il ne trouvait pas étonnant que l'ancien Premier ministre Robert Bourassa, avec ses idées de grandeur, l'eût fait construire expressément pour les réunions de son cabinet. La plupart de ses successeurs l'avaient d'ailleurs imité. Pas Provancher. Et il n'y serait jamais venu de son propre gré.

Il claqua sur la petite table qu'on insérait toujours dans une ouverture du cercle, et où normalement s'asseyait le greffier. C'était un outrage de plus que de lui avoir donné cette place. Celle du Premier ministre était juste en face, et Provancher se sentait comme dans un tribunal.

– Oui, j'ai eu peur, mais j'ai fait ce que je croyais être le mieux pour le Québec.

– C'était une traîtrise, Paul. Tu nous a menti tout ce temps. Comme un adolescent.

L'homme laissa échapper une grosse bouffée d'air qui sortit de sa bouche en sifflant.

– Lambert et toi, vous avez joué aux agents doubles. C'est complètement loufoque. Toutes ces années, Paul. Je n'arrive pas à le croire.

– Pas tout ce temps, Gilles. Pas tout ce temps, crois-moi.

– Depuis quand alors?

– Ces derniers mois seulement. Seulement les derniers mois.

Provancher se cacha de nouveau le visage. Il se mit à suivre des yeux une veine dans le bois pendant qu'il parlait.

– J'ai demandé à Lambert de cacher certaines informations. Je les gardais en attendant, pas dans le but de vous tromper. Je voulais trouver la bonne façon de vous les présenter.

Il releva la tête.

– En fait, au début, il s'agissait d'informations que j'avais peine à croire, parce qu'elles étaient contradictoires. Je voulais les vérifier.

Boudreau le laissait parler.

– Au début... Ah! je ne sais plus...

Provancher se leva pour se rendre à la fenêtre, puis il se retourna vers celui qui avait été un ami.

– Au fond, je n'ai pas été surpris quand j'ai eu vent qu'Ottawa s'apprêtait à adopter la ligne dure. Il ne s'agissait plus du plan B, Gilles, mais de quelque chose de plus dramatique. J'ai tenté de régler les choses moi-même. Et puis on m'a approché. Et j'ai accepté.

» Je ne l'ai pas fait pour moi. Je l'ai fait pour le bien du Québec. C'était absurde que notre gouvernement aille aussi loin vers l'indépendance. Nos appuis n'étaient pas assez forts.

– Nous avions tous confiance en toi, Paul. Le peuple avait confiance en toi.

– La moitié du peuple, tu veux dire. Et si ça n'avait pas marché, eux aussi se seraient retournés contre moi.

– Difficile d'imaginer que les choses aient pu aller plus mal qu'elles ne le sont maintenant…

– Vous verrez, ils se retourneront contre vous, contre toi. Ils crieront. Ils s'entre-déchireront. Ils vont porter tous leurs drapeaux haut et fort.

Provancher tremblait.

– Tu as peur, Paul !

– Oui, oui.

– Tu as eu peur des drapeaux ?

– Oui, peur des drapeaux. Tu n'es Premier ministre que depuis quelques heures, mon pauvre ami. Tu ne sais rien de ce qui t'attend. Tu n'as même jamais dirigé un parti politique. Tu ne peux pas savoir. Tu ne sais pas ce que c'est que d'entendre des milliers de gens hurler devant toi. Ils t'adulent, mais si tu les regardes agir, tu comprends qu'ils peuvent facilement perdre la raison et devenir fanatiques. Ils te portent aux nues quand cela leur plaît, même lorsque tu sais au fond de toi qu'ils se trompent et que tu as tort. Ou bien ils te traînent dans la boue alors que tu as raison. Et dans les deux cas, les hurlements sont les mêmes.

» Tous ces gens dehors, sur les plaines, qui brandissent leurs drapeaux du Québec, ils me font peur, Gilles. Affreusement peur.

– Moi, ils ne me font pas peur. Et dès que j'en aurai terminé avec toi, je devrais aller les rejoindre.

– Méfie-toi de tous ces patriotes, Gilles. Et des autres aussi. Ce sont les plus dangereux. Il te faudra aussi mater la minorité, comme on l'appelait entre nous pour se donner du courage.

Ceux-là seront contre toi irrémédiablement, et ils sont presque aussi nombreux que ceux qui voulaient l'indépendance. Et aussi farouchement attachés à leur pays. Seulement, il ne s'agit pas du même pays.

» Et laisse-moi te dire une autre chose, Gilles Boudreau. Ne t'y méprends pas. Ces gens, ces anglophones, ces immigrés, qu'ils soient récents ou qu'ils soient fils ou petits-fils d'immigrés, qu'ils viennent d'Europe, du Moyen-Orient ou de l'Asie, ils sont de pays où on sait autrement mieux que nous ce que veut dire le mot «guerre», civile ou non. Il y a cent cinquante, deux cent cinquante ans qu'on ne s'est pas battus ici. Un Québécois ne sait pas ce que cela veut dire, défendre sa peau pour un bol de soupe. Mais eux, Gilles, ils le savent. Et, malgré l'horreur que cela leur inspire, ils sont prêts à courir le risque parce que eux, jamais, tu m'entends, jamais ils n'auraient accepté de se séparer du Canada. Et le Canada non plus ne veut pas les laisser tomber. La preuve, c'est qu'ils sont là, dans nos murs, ce matin du 24 juin.

– On n'en serait peut-être pas là si tu avais agi autrement.

– Foutaise! Foutaise! Oui, j'ai eu peur des drapeaux. Peur de voir ces gens dans la rue s'affronter. Des centaines de fleurdelisés et d'unifoliés, des centaines de drapeaux bleus contre des centaines de drapeaux rouges.

Il s'était mis à faire le tour de la pièce en parlant.

– Cela ne t'a jamais frappé, ces couleurs? Ce sont les mêmes. Il n'y a rien de nouveau sous le soleil. C'est la même bataille qui reprend, qui n'est jamais morte. La guerre qu'on a crue terminée en 1760, celle de la France avec ses soldats en habit bleu, et de l'Angleterre avec ses habits rouges. Le bleu contre le rouge. Les innocents contre les envahisseurs. Le lys contre la rose.

» Quand le Canada s'est enfin donné un drapeau, beaucoup se sont demandé pourquoi la feuille d'érable était rouge et non verte. Certains ont cru y voir une feuille aux couleurs de l'automne, sur le point de tomber, un message annonçant la fin du pays. Pas du tout. La couleur était bien choisie, dans l'ordre des choses. Il fallait que ce soit rouge, rouge contre bleu. Et nous contre eux, c'était perdu d'avance, Gilles. Et tout ce que j'ai voulu faire, c'est sauver notre peau.

– Sauver la tienne, Paul. La tienne.

– Et la vôtre.

Puis, montrant la rue, il ajouta :

– Et la leur aussi.

– Et celle d'Évelyne ?

– Je l'ai fait arrêter, oui. Je n'avais pas le choix.

– Par qui ? Les services de sécurité ou la Gendarmerie royale ?

– Je ne sais pas. Demande à Lambert. L'un ou l'autre, ça n'a aucune importance.

– En effet, dans un cas comme dans l'autre, Évelyne est foutue.

– Tu dramatises encore. Ils vont la relâcher quand tout sera rentré dans l'ordre.

– Tout est si simple, n'est-ce pas, Paul ? Tout est si simple pour toi. Mais tu t'illusionnes. Ils ne vont pas relâcher Évelyne, ils vont la juger. Et tous les agents qui se rapportaient à Marion, qui se rapportaient à Lambert, Paul, ces gens qui avaient confiance en toi, qui travaillaient pour leur pays eux aussi, Paul, tu les as fait arrêter, ceux-là ?

– Je ne les connaissais pas tous. Et on ne l'a fait que lorsque c'était nécessaire.

– Et ceux que tu as donnés, ils vont les relâcher aussi, je suppose, maintenant que le problème du Québec est réglé ?

Provancher se taisait.

– Tu sais aussi bien que moi qu'ils vont les juger et les condamner. Pour trahison ou pour sédition, ou quelque autre motif. Beaucoup de ces agents travaillaient au gouvernement du Canada, étaient dans leurs forces armées. Ils avaient prêté serment et ils ont trahi. Ottawa ne va pas tout simplement passer l'éponge. Ils ne vont rien laisser passer, Paul. Rien. Au Canada, ceux qui luttent pour leur indépendance ont toujours perdu. Nos patriotes de 1837, les Métis au Manitoba. Et maintenant nous.

– Tu fabules, Gilles, tu fabules. On n'est pas au temps de Louis Riel.

– Mais si, mais si. Tu l'as dis toi-même. Bleu contre rouge. Il n'y a rien de changé. Et je peux t'assurer d'une chose, Paul Provancher. Si nous nous en sortons, et s'il ne tenait qu'à moi, malgré ce que nous avons vécu ensemble, ta peau, tu ne la sauverais pas. Il y a eu un grand traître dans tout cela. Et c'est toi.

– Je n'ai rien d'autre à dire que ceci : je l'ai fait pour le Québec.

– Eh bien, tu as eu le résultat contraire.

– Ce n'est pas moi. C'est vous! Et cet imbécile de Simard que vous avez écouté. S'il n'avait rien vu, s'il ne vous avait pas ameutés, tout se serait déroulé dans l'ordre. Comprends-moi, Gilles, je n'avais pas le choix. L'alternative était encore pire.

– De quelle alternative parles-tu?

– Il n'y avait que deux options, tu le sais, nous le savions tous. Nous conservions notre indépendance, et, dans ce cas, nous nous retrouvions avec le problème insoluble de tous ces gens de l'ouest et du sud du Québec qui veulent que leurs communautés restent rattachées au Canada. Des gens qui représentent la moitié de notre territoire économique, et auxquels il aurait fallu faire presque la guerre de toute façon.

– Et l'autre alternative?

– On revenait au bercail, on laissait Ottawa reprendre le contrôle, on faisait ce que j'ai accepté de faire.

– Et le Canada continuait de faire la sourde oreille auprès des sécessionnistes…

– Précisément!

– Eh bien justement, Paul, tu nous a perdus.

– Que veux-tu dire?

– Je veux dire que tu as voulu tout faire toi-même, en secret. Tu t'es cru fin stratège, mais tu as tout gâché.

Boudreau produisit une feuille de papier.

– Mon gouvernement vient de recevoir cette dépêche d'Ottawa.

Boudreau agita la feuille.

– J'ai protesté, Paul, mais nous n'avons pas les moyens de nous opposer. Sauf en déclenchant une guerre de rues. Et, bien entendu, les neuf autres Premiers ministres ont donné leur accord. Il y aura un référendum national, mais ce sera une simple formalité.

Il tendit la feuille à Provancher.

– Lis-la, avant que je ne la fasse diffuser, à sept heures, en même temps que les autres Premiers ministres.

Paul Provancher saisit la feuille. Ses mains tremblaient. Il la lut trois fois, et s'affala dans le fauteuil.

– Les salauds!

– Tu n'auras pas été le premier ni le dernier à te faire prendre, mon pauvre Paul. Un par un, morceau par morceau, ils finiront par nous avoir, jusqu'au dernier!

* * *

Le jeudi 24 juin, 7 h,
Québec, sur les plaines d'Abraham, au pied de la citadelle

Kenny Banks n'avait jamais fait des images pareilles. Même en tournage sous-marin dans les mers tropicales. Sur un arrière-plan vert, il voyait passer des bancs de grands poissons bleu et blanc qui se formaient et se brisaient en de longs mouvements comme si un requin s'amusait à les effrayer. Partout, des drapeaux fleurdelisés portés à bout de bras tanguaient et roulaient comme des vagues sur la mer. Et la meute chantait et hurlait à la fois en les brandissant. Banks n'avait jamais vu autant de monde de sa vie ni entendu pareil boucan. Même en série mondiale de base-ball au Yankee Stadium. Au-dessus de la mêlée flottaient ici et là de longues banderoles qui ondulaient comme des serpents dans les rues au nouvel an chinois. Des bannières préparées de longue date, aux lettres bien formées, et sur lesquelles Kenny pouvait lire seulement les mots «QUÉBEC» et «INDÉPENDANCE». D'autres qui n'étaient que de simples morceaux de draps déchirés et peints à la hâte de slogans qu'il ne pouvait pas comprendre. Banks arrêta sa caméra sur l'une d'elles et se remit à tourner. Quelqu'un y avait tracé des mots familiers : «PRAGUE 1968».

Quand Banks était arrivé sur les plaines vers six heures, beaucoup d'espace était encore libre, et l'atmosphère était à la fête, les chants étaient joyeux. Kenny s'était installé au point le plus haut d'un remblai qui s'appuyait sur un large muret de pierres, dernier contrefort de la citadelle. Il avait ensuite téléphoné à Justine pour lui faire savoir où il était. Le terrain derrière le mur tombait à pic dans un fossé; s'il avait été rempli d'eau, Kenny aurait pu filmer une authentique douve pour la première fois de sa vie. Devant sa caméra, le terre-plein descendait en pente douce jusqu'à la plaine. Au pied du talus, et se prolongeant sur des centaines de mètres de pelouses vallonnées, des milliers d'hommes, de femmes et d'enfants piétinaient à perte de vue. Kenny avait commencé aussitôt à saisir des images. Seulement de courtes séquences. Certaines de ses piles étaient déjà à plat, et le car le plus près pour se brancher était enlisé dans la foule, à plus de cinq cents mètres. Il préférait ne pas avoir à s'y rendre.

Tout d'un coup, l'humeur de la foule avait changé du tout au tout, comme un grain qui passe sur la mer. Une grande clameur était née à l'autre bout de la plaine et s'était propagée jusqu'à la citadelle. Kenny avait interrogé les gens autour de lui pour en connaître la raison. On lui avait montré le fond du paysage, contre un mur d'arbres. Là-bas, une colonne de blindés approchait, et des grappes de gens s'étaient mis à courir dans leur direction en vociférant et en agitant leurs drapeaux. Les véhicules bientôt furent forcés de s'arrêter. Et ils restèrent sur place, immobiles, comme des tortues de mer égarées dans une mangrove, sous le bourdon de millions d'ailes de guêpes furieuses.

Kenny avait envie de crier, tellement il était excité et survolté par la foule, et, en même temps, il avait la frousse, la plus grande des frousses. Quand il vit enfin Justine se frayer un chemin à travers les gens assis sur l'arête du mur de pierres, il se sentit comme un naufragé qui a vu la fumée d'un navire voguant vers son île. Justine arriva jusqu'à lui.

– Ça va, Kenny ?

Ce dernier fit signe que oui. Justine était avec le petit homme qui collectionnait des chasse-neige, et elle lui en présenta deux autres qu'il ne connaissait pas. Kenny serra les mains de Robert et de Bjorn, et s'écarta comme il put pour leur faire de la place. Les quatre s'assirent au faîte du talus, à cet endroit qui servait encore de havre pour les familles avec de jeunes enfants, qui venaient s'y échouer comme les ballots rejetés d'un naufrage.

Justine paraissait consternée.

– Ces blindés vont foncer dans la foule et tout écraser. Pourquoi ces gens ne le voient-ils pas et ne retournent-ils pas chez eux ?

– Parce qu'ils n'y croient pas, dit Marc en hochant la tête. Ils ne croient pas que cela va se passer, que des gens vont être blessés, horriblement mutilés. Que certains d'entre eux vont mourir. Nous n'avons jamais vécu ces choses. Nous sommes un peuple de badauds.

Robert Laroche approuva de la tête, et ajouta des mots qui se perdirent dans la clameur qui se faisait plus forte. Bjorn se pencha vers lui.

– Qu'as-tu dit, Robert ?

– Oh ! je me parlais à moi-même.

Laroche était complètement abattu.

– Je me disais que cette foule ici me rappelait Manassas.

– Manassas?

– Le site de la première véritable bataille de la guerre de Sécession. C'était un dimanche, tout près de Washington. Les citadins s'étaient dit que, par une si belle journée de congé, ce serait amusant d'aller assister à une vraie bataille. Parmi eux, il y avait une douzaine de sénateurs et d'autres membres du Congrès.

– Et que s'est-il passé?

– La bataille a eu lieu. La plupart des gens n'ont pas vu grand-chose. Mais il s'écoula peu de temps avant que plus personne ne trouve amusant d'aller voir d'autres gens se faire tuer.

Justine s'interposa.

– Cette fois, je souhaite que ça ne dure pas. Et qu'à la nuit tombée les gens rentrent chez eux et que les soldats retournent d'où ils viennent.

Robert se prit la tête entre les mains.

– Je crains que ce ne soit infiniment plus long.

Bjorn acquiesça.

– Robert a raison.

Il parlait d'une voix cassée, absente. Il avait déjà vu deux hommes mourir sur le Saint-Laurent. Peut-être même trois. Dans son esprit, ce n'était que le début.

– Il y a sans doute dans cette foule des gens armés. De simples fusils, des armes de chasse, mais qui peuvent tuer tout aussi bien. Et l'un d'eux trouvera quelqu'un qui porte un drapeau rouge… Ils se menaceront, il y aura un accident…

– Et quelqu'un d'autre tirera à son tour, et puis un autre encore…

Robert parlait en se balançant de droite à gauche tel un enfant qui récite une leçon.

– Une guerre moderne se compte en semaines, en mois. Les guerres civiles, par contre, peuvent ne jamais s'arrêter.

Il se tut un instant, attendant que le gonflement du bruit en bas se résorbe de lui-même. Il pensait que souvent les frères ennemis se ressemblaient, faisaient les mêmes gestes, comme dans un rituel. Comme des cerfs mâles pendant le rut, et que cela pouvait durer toujours. Il y avait des trêves, la saison passait, mais les cerfs se heurtaient de nouveau l'année d'après. Les vendettas duraient des siècles.

– C'est pour cela qu'il ne faut pas les déclencher. Parce qu'on ne peut plus les arrêter.

Robert leva la main vers la foule qui scandait slogans et mots d'ordre en bas et tournait sur elle-même.

– Regardez-les bien. Demain, vous ne les reconnaîtrez plus.

Ceux qui gagneraient cette première bataille retrouveraient au lever du jour, étendus sur ce champ, les cadavres de frères qu'ils avaient tués de leurs propres mains. Et cette force irrésistible qui les poussait la veille se retournerait contre eux-mêmes. Le mépris qu'ils avaient pour l'autre deviendrait mépris de soi. Ils n'en sortiraient que plus barbares et plus désespérés. Plus dangereux que des ours blessés. Et, pendant ce temps, les survivants de l'autre camp le seraient devenus tout autant, croyant le droit passé de leur côté, pour avoir été attaqués injustement…

Justine posa sa tête sur l'épaule de Bjorn.

– Il faut arrêter cette folie avant qu'elle ne nous gagne tous. Y a-t-il quelque chose qu'on puisse encore faire?

Kenny Banks se pencha sur Justine et lui toucha l'épaule. Un inconnu à ses côtés avait une radio qu'il gardait collée contre son oreille. Bjorn s'écarta pour que l'homme puisse s'accroupir au milieu du petit groupe. Il augmenta le volume et on entendit la voix d'un annonceur de la société Radio-Canada. «… termine ce bulletin d'information. Nous rappelons la principale manchette. À sept heures exactement, ce matin, le Canada a reconnu que le territoire du Québec n'était pas indivisible. Dans le but d'assurer la sécurité de tous, son territoire a été scindé en deux. La région au sud et à l'ouest du Québec, regroupant toutes les municipalités qui ont indiqué leur fidélité au Canada, a obtenu une existence légale au sein de la Confédération canadienne.»

Les quatre amis se regardèrent. Marc Simard était abasourdi. Il refusait d'y croire.

– Cela voudrait dire que la grande région de Montréal a été coupée en deux?

– Mais ils n'ont pas le droit!

Les yeux de Justine lançaient des balles. Elle se tourna vers Robert. Ce dernier avait les épaules courbées et se tenait les genoux de ses deux bras pendant qu'il soliloquait:

– Les droits des États ne veulent rien dire quand ils s'opposent à ceux de la nation…

– De quels États parles-tu, Robert?

– Je voulais dire «provinces». Je ne faisais que répéter une vieille rengaine.

Robert revivait encore le cauchemar qui le poursuivait depuis sa visite chez l'ambassadeur. Il était toujours hanté par le passé.

– Ce fut la position que prirent beaucoup de Virginiens en 1861…

Marc se rapprocha.

– À la veille de la guerre civile?

– Oui. À ce moment, il n'y avait qu'une seule Virginie. Lorsque la guerre se déclencha, les Virginiens qui habitaient à l'ouest des Appalaches prirent parti pour le Nord, tandis que ceux qui habitaient à l'est rejoignirent le camp sudiste. Et ainsi ils scindèrent eux-mêmes leur propre État en deux.

Robert releva la tête et ajouta :

– N'est-ce pas ce qui vient de se produire ici?

– Peut-être, fit Marc en agitant le bras, mais cela ne durera pas. Surtout si le Québec décidait de retourner dans la fédération canadienne!

Robert savait que ce n'était pas possible.

– La guerre de Sécession est terminée depuis longtemps, et les deux moitiés de la Virginie ont fini par être rattachées à l'Union. Et pourtant elles sont toujours distinctes. Il y a deux États qui portent le nom de Virginie encore aujourd'hui. Comme il y aura désormais deux Québec.

– Bjorn se sentit devenir cynique.

– Le Haut-Québec et le Bas-Québec!

Robert le regarda bien en face.

– Ceux qui ont été fidèles sont toujours récompensés par le côté qui gagne.

Marc Simard était furieux. Il se leva.

– Le Québec peut encore négocier avec le Canada. Et puis nous avons des amis à l'étranger. La France nous aidera certainement! Et pourquoi pas les États-Unis? ajouta-t-il à l'intention de Laroche. Robert, est-ce que ton pays ne prendrait pas parti pour nous, si nous montrions que nous sommes décidés?

Robert soutint le regard de Marc, mais ne répondit pas. Ce dernier se fit insistant.

– Et pourquoi pas ? D'autres avant nous ont obtenu l'aide de ton pays. Les États-Unis ne se proclament-ils pas champions de la liberté ? N'ont-ils pas prévu ce qui pouvait se passer chez nous, au nord de leur frontière ? Je suis certain que Washington a étudié cette possibilité. Je ne sais pas, moi, la C.I.A., l'armée américaine, et...

La fin de sa phrase se perdit dans une clameur. Un événement nouveau venait de se produire, qui causait dans la foule une commotion. De joie ou de désespoir, ou les deux à la fois. Un événement qui se passait dans le lointain, car autour du petit groupe les gens s'interrogeaient tous du regard. La rumeur vint, passa et revint, puis se précisa. Chacun se mit à répéter à son voisin :

– La frégate s'en va ! La frégate s'en va !

Marc Simard réagit vivement, de joie autant que de peine.

– Cela veut sans doute dire que les troupes du Nouveau-Brunswick sont arrivées ! Ils n'ont plus besoin des navires de guerre et les renvoient chez eux !

Bjorn se secoua, monta sur le parapet et se haussa sur la pointe des pieds. Il put de là-haut apercevoir un petit coin du fleuve. La frégate y passait. Malgré la distance, on voyait clairement l'eau jaillir devant l'étrave. Le navire accélérait en catastrophe, comme si son capitaine venait de prendre une décision soudaine. En soi, ce départ subit était troublant, mais il y avait plus. La frégate ne rentrait pas à son port d'attache. Elle ne descendait pas le fleuve. Au contraire, elle le montait, en direction du pont de Québec ! Bjorn s'écria, par-dessus le bruit de la foule :

– Marc, tu n'y es pas du tout. La frégate ne va pas à Halifax, elle s'en va vers Montréal !

Marc et Justine se hissèrent à côté de Bjorn pendant que Robert, lui, demeurait obstinément assis. Il avait l'air prostré, mais, en réalité, il était soulagé. Il y avait près de deux jours qu'il attendait ce moment. Le moment d'en finir et que toute la vérité sorte enfin. Justine redescendit à ses côtés.

– Robert ?

– Oui ?

– Tu le savais?

– À propos de la frégate ou des troupes?

– Les deux?

– Oui.

Marc et Bjorn les rejoignirent, et ce dernier s'informa.

– Que se passe-t-il, Robert?

Laroche était silencieux. Justine se souvint de ce qui s'était passé au consulat plus tôt.

– Quand tu as appelé à Washington tout à l'heure, c'était pour quelle raison au juste?

– Comme je te l'ai dit.

– Avertir que la frégate était arrivée?

– Oui.

– Rien d'autre?

– Non.

– Comment se fait-il que les États-Unis étaient au courant de tout ce qui allait se produire?

– Tout simplement parce que le Canada les en a avisé, étant un allié très proche. Et aussi parce que les États-Unis connaissaient le plan de cette opération.

– Et encore?

Robert cherchait ses mots. Justine insista :

– Robert?

Ce dernier ne répondit toujours pas. Il ne voulait pas risquer la moindre chose qui lui ferait perdre Justine à jamais. Il regardait ailleurs. Il était immensément triste. Justine s'interposa encore. Robert fit un signe de la tête qui voulait dire oui, qui voulait dire non, et qu'il accompagna d'un geste de la main qui signifiait : «Cela a-t-il encore de l'importance?»

– De quoi s'agit-il?

Marc s'interposa.

– Le Canada a demandé l'aide des États-Unis?

– Non, pas du tout.

Justine haussa les épaules.

– Le Québec, alors?

– Le Québec n'avait pas besoin de demander cette aide pour qu'elle arrive…

Ils étaient tous trois suspendus à ses lèvres, mais Robert ne savait par où commencer. Comment leur expliquer qu'on ne pouvait pas, comme venait de faire le Québec en se séparant, changer l'échiquier de l'Amérique sans risquer que les États-Unis s'en mêlent? Que, chaque fois que cela était arrivé dans le passé, il y avait eu de lourdes conséquences, un prix à payer. Robert commença aussi loin qu'il put.

– La dernière fois, c'était Panama.

Justine sursauta. De toute sa vie, jamais elle ne s'était intéressée à ce petit pays, et voilà qu'en moins de douze heures deux personnes lui en parlaient. Cameron la veille, et maintenant Robert. Elle s'étonna :

– Qu'est-ce que ce petit pays vient faire là-dedans?

– Ce n'est pas tant le pays, que le canal.

Robert parlait lentement, en souriant. Il n'y avait plus d'urgence. Justine, par contre, devenait de plus en plus impatiente.

– Alors, parle-nous du canal, Robert!

La suite était inéluctable, comme le courant d'un fleuve, et il lui sembla que les lèvres de Justine ondulaient comme une fleur posée sur l'eau et qui descend lentement. Les mots n'étaient que les rides qui suivaient son passage. À la fin, Robert se décida.

– Les Français ont commencé de creuser le canal. Leur effort a duré des années, mais ils n'y sont pas arrivés. Puis les Américains ont repris les travaux. Et ils l'ont achevé.

– C'est tout?

Bjorn s'interposa.

– Je t'en prie, Justine, laisse-le parler!

Robert reprit :

– À l'époque, le Panama n'était pas un pays indépendant, mais une simple province de la Colombie. Roosevelt était déterminé à construire le canal pour que les navires américains puissent commercer entre la Nouvelle-Angleterre, le golfe du Mexique et la Californie. Mais aussi et surtout pour des raisons de sécurité, afin de donner à la marine de guerre un libre passage entre l'Atlantique et le Pacifique. Et il y a eu des frictions avec la Colombie…

– Qui ne voulait pas donner le contrôle du futur canal aux États-Unis…

– En gros, c'est cela, oui.

– Et alors?

– En 1902 ou 1903, je crois, le président Roosevelt a coupé les négociations avec la Colombie, et il a…

– Il a fait quoi?

– Il a fomenté une révolution à Panama, qui a aussitôt déclaré son indépendance.

– Et la Colombie a accepté?

– Non, bien évidemment. Il y a eu une courte guerre entre le Panama et la Colombie. Les États-Unis ont pris le parti de Panama, et ce dernier a gagné, bien entendu. Puis il a du même coup assuré son indépendance.

Robert fit une pause.

– Et il en a payé le prix.

– C'était quoi, le prix?

– La perte de contrôle et de la souveraineté sur une bande de terre qui longe le canal des deux côtés.

– Et c'est ce qui se produit ici en ce moment pour le Saint-Laurent?

Robert hocha la tête. Il ne voulait plus continuer. Il souhaitait que quelqu'un trouvât la suite. La suite logique. La raison pour laquelle la frégate se dirigeait vers Montréal en catastrophe. Marc vint à son secours.

– J'ai compris. Les forces armées canadiennes ne sont plus seules en campagne. Notre voisin du Sud a franchi la frontière… Et, pour les troupes et les navires de guerre du Canada, la résistance ici sur les plaines est devenue le moindre de leurs soucis. Protéger l'ouest du Québec d'abord, et conserver ce qu'ils pourront…

– C'est à peu près cela.

Robert était épuisé.

Justine ne lâcha pas prise.

– Et ce sont les Américains qui sont derrière tout ça, non seulement cette guerre qui nous attend, mais l'indépendance du Québec? Tout? Ils ont enfin trouvé l'occasion de prendre le contrôle sur la voie d'accès aux Grands Lacs? Et ils ont tout fomenté depuis le début?

– Non.

– Ils ne sont pas derrière tout ça?

– Ce n'est pas ce que j'ai dit.

– Tu as dit quoi, alors?

– Que les États-Unis ne sont pas derrière tout ça depuis le début.

Bjorn appuya les mains sur ses genoux et se releva. Sur le fleuve, la frégate avait disparu vers l'amont, et, à quelques centaines de mètres derrière, une autre frégate et un destroyer arrivaient à leur tour à pleine vapeur.

– Tout ce qui s'est passé au cours de ces trois jours n'était qu'un écran de fumée. Et je ne suis pas le seul à avoir mordu. Cette affaire de la frégate, des blindés et de la citadelle, c'était une diversion.

Justine se tourna vers ses amis.

– Et les plaines d'Abraham, un vieux piège. Le véritable enjeu, c'était la onzième province !

Bjorn la prit dans ses bras.

– Et le cinquante et unième État.